陳彥亨／著

前言

本小說《債與償》以李嘉華為主人翁，描述其自幼到老，一生之境遇與轉變，及其心路歷程，並旁及他的家人、親屬、同學、友人等之生活遭遇，以資對照和比較。時代背景是從日治時期以迄今，含蓋太平洋戰爭、終戰後、國府敗逃來台、二二八血腥鎮壓、白色恐怖、解除戒嚴、步入民主時代，直至當前不進反退之際。在此漫長歲月裏，亦可從小說中，窺見台灣社會的各種變遷。

書中人物有實有虛。實者乃歷史或新聞人物，但皆屬於陪襯或輔助性。至於虛者，即虛構人物，也是小說創作中最主要者，包含主角、配角等。此等人物自是以現實生活中的人物為模型，但一經塑造，其性格、思想、生活經驗等多少有別於原樣，兩者之間不宜劃上等號。或更精確地說，這類虛構人物乃人類普遍的代表，可能存在於不同的時代、不同的地區或國度。他們所呈現出的智愚昏賢等，正是普世人性的流露。

最後談及本小說的主旨或主題。人有愛恨、恩怨、悲歡、虧欠、彌補、負債、償還等有形、無形的糾葛，民族之間、地域之間、國家之間亦復如此，甚至益加複雜，如中東的以（色列）阿（拉伯）糾紛等。在書中縱有各種人物間的百般糾葛，形成虧欠他人，或為人所虧，但於背後欲透露的是，外來政權更迭，國府流亡來台，所造惡業尤大，台灣承受其苦，有如負債或賣身，始終償不完，始終無地位。既然個人該釐清財物、情感各種債，一民族或國家更當如此。惟有確認身分，努力爭取，了結糾纏，方可昂首闊步，迎向嶄新的未來。

於二〇一二年八月五日

第一章

台灣史上所稱的日本時代，從清帝國在甲午戰爭中被日本打敗，雙方在日本馬關（今稱下關）簽訂條約的一八九五年算起，一直到第二次世界大戰中日本戰敗，並無條件投降的一九四五年為止，頭尾正好是五十年半個世紀。起初，清帝國將本來就不太想要的台灣割讓給日本，打算由台灣承擔戰爭的惡果時，台灣人還曾起兵反抗過幾回，後來，日本改採半柔性的政策，在一九二零年代左右台灣已較安定且進步。就在一九二六年，即大正十五年（也是昭和元年，因嘉仁天皇於該年十二月中病逝，由其子裕仁繼位，改元昭和），今天延平北路一、二段一帶，當時名為太平町通的一間店家裡，有個男嬰出生。

這個姓李名叫嘉華的男嬰長得很健康，二歲半時就大概知道家裡是從事買賣業，因為樓下店鋪擺滿腳踏車和車輪，常見父親和夥計搬運貨品，也常看到顧客上門。在那時購買腳踏車比現在買摩托車，甚至於轎車還稀罕，必須是有錢的仕紳階級才買得起。當然，嘉華也知道他還有一個哥哥叫嘉隆、一個仍是小嬰孩的弟弟叫嘉生，以及一個叫玉梅的大姊姊。這三個童年最初的玩伴中，玉梅份量最重，因為她比嘉華大八歲，像是小褓姆似的呵護他，疼愛他。其實，玉梅並非親姊姊，真正有血源關係的姊姊叫淑德，但不幸未滿二歲就夭折。玉梅姊姊是買來做家事，並且長大後準備和哥哥嘉隆結成夫妻的新婦仔。關於這點，父母雖沒特別說起，嘉華五歲時就大約看出，心裡還替哥哥高興。

像玉梅這樣從小賣給或送給人家當新婦仔的女孩，在當時的台灣很普遍，就是在同時期的日本、中國等地也是常見的社會現象。玉梅原姓郭，因家中女孩多於男孩，父母養不起，又有債款須還，經過一位李家的熟人介紹，就將玉梅賣給李家。李太太看玉梅長得乖巧清秀，雖然比大兒子嘉隆年長二歲，心中還是有意留著將來和嘉隆成親。李先生也表贊同，還認為也該讓玉梅讀些書，否則將來夫妻的教育程度差太大，對於家境不錯的經商人家總是不相稱。李太太對丈夫的意見不反對，只是玉梅來到李家時，已過了就學年齡，再說將來還是要當妻子持家，倒不如讓她多學些家事，這樣家裡也等於多了個幫手。果然，玉梅伶俐聰明，家中的傭人都誇她學得快，做得又好。實際上，尚是孩子的玉梅已十分清楚，此後是在新的家庭中過活，務必勤奮刻苦些，免得讓主人失望或生氣。

或許就是看到玉梅會到廚房幫忙，也會替媽媽梳頭，還會為爸爸燙衫褲等，聰穎的嘉華才覺得玉梅不像是父母所生的孩子，倒像是煮飯的那位老媽子阿秀，或是洗衣兼打掃的阿琴所帶來的孩子，同樣做著幫傭的雜事。但最大的不同是，玉梅年紀輕又生得很有人緣，家裡上下都喜歡她，和哥哥嘉隆看來又像是一對很要好的小大人似，將來也會跟爸媽一樣結婚生小孩吧。不過，嘉華最高興的是玉梅不用做家事時，他可以吵著要玉梅帶他去散步行街路。那時的太平町和其他主要的街道都很寬敞，除了人力車、腳踏車，或牛車走過外，行人的步行空間很大。四周環境整潔，兩旁用紅磚砌成的屋宇很典雅，有幾分像是歐洲街上所見的舊樓房，樓下多設有亭仔骹，可避風雨並遮陽，即使是遠山看來也清晰明朗、翠綠欲滴。若是碰到節慶拜拜，街頭在迎鬧熱，看那舞龍、舞獅、踩高蹺、八家將、跳鼓陣、布馬陣等真是快活。

有一回，嘉華看到迎鬧熱的隊伍中有一輛牛車，上面佈置得像漂亮的戲台，坐著或站著一些妝扮成仙女、民間傳說人物等的孩童。他對這種稱為藝閣的遊行車台上的小孩頗有興趣，於是就扯扯身旁玉梅的裙擺，仰起頭問她說：

「阿梅！愛按怎樣，遮佮頂懸（上面）ê囡仔仝款，坐咧扮戲？」

「彼是互茨內散赤（家裡貧困）ê囡仔咧做ê代誌，賺淡薄仔工錢。嘛真辛苦，愛坐歸半工（大半天）。」

「但是聽咱兜阿秀講過，囡仔若是按爾妝做仙抑是王，坐咧遊街迎鬧熱，神明都對伊有保庇。」

「喔！華ちゃん（即小華或阿華）真巧。不過，只要華ちゃん踮（在）茨內時乖乖聽爸母ê話，踮幼稚園時聽先生ê話，後擺入學好好讀冊，按爾神明對汝都有保庇。」

「喔！我知影啊！」

關於嘉華上幼稚園還有段小插曲。原先他是和嘉隆當年一樣，由家人送到一家天主教所辦的「聖心幼稚園」就讀，可是沒幾天他就害怕上學，賴著不想去。李太太擔心他是和其他小孩相處不來，也可能是被人家欺負，就問他說：

「華ちゃん！按怎樣無愛去幼稚園呢？」

「幼稚園ê先生攏是穿長長ê大領白衫，由頭殼崁甲骹（蓋到腳），看囉足驚ê（很恐怖），我袂想愛去啦。」嘉華一臉害怕又無可奈何地說。

「戇囡仔，佪是修女啦，外國來ê尼姑啦，人真好，猶閣（而且又）有學問，免驚啦。」

「我無愛去啦！看囉足驚ê！」嘉華說完就跑掉了。

那晚，在住家二樓的房間裡，李太太向丈夫提起這件事，李先生聽了說：

「華ちゃん也真趣味，不過白色總是看起來無色彩，親像病房仝款，大人就無啥愛看，感覺淡薄仔（有點）恐怖，閣袂輸（何況）是囡仔。汝看叫阿梅每日佮伊鬥陣去，啥款？」

「袂當啦！阿梅茨內有種種ê代誌愛做。咱嘛愛顧店做生理。我看不如換一間普通ê幼稚園讀，反正囡仔無閣逃走書都好。」

「是啊！幼稚園是咧學規矩，華ちゃん若乖乖每日去讀都好。咱都甲換一間。」

從此嘉華改到另一家幼稚園就讀。在這個名為「愛育幼稚園」的地方，嘉華變得喜歡上學，也使得小他二歲的弟弟嘉生之後也送來這兒念。嘉華似乎和嘉生較親，也較有緣，從幼稚園到中學二人都是念同樣的學校，而分別大他們六歲及八歲的嘉隆就顯得和他們有些距離，有點長兄若父的威嚴感。

當他們還沉醉在《格林童話》、《伊索寓言》等兒童文學的繪本時，嘉隆已在閱讀冒險小說、推理小說、幽默小說等青少年文庫。不過，畢竟是孩子，每個月上旬媽媽一帶回新的《少年俱樂部》雜誌，三人還會搶著看，後來就多拿一種《幼年俱樂部》專門給二個小的看。課餘看書是當時孩子的主要活動，尤其是中上階級家庭的子女，因為他們比較有受教育的機會，也不用像鄉下孩子須幫忙農作，而雖有收音機，卻是電視機、電動玩具、電腦等尚未問世的時代，自然而然翻閱書籍就是最好的半休閒方式。當然完全的休閒活動是少不了，像下棋、打球、游泳、賽跑等動態的體能活動。這當中，下棋比較不費體力，卻得動腦筋思考，還得有耐心。

比較之下，看課外書似乎最輕鬆，而且嘉華不但著迷於繪本文學的美麗奇異世界，還常常向嘉隆問東問西，有好多疑問都是嘉隆當年未曾想過或發現到。那本《格列佛遊記》就是一個最好的例子，使嘉華掉入了想像與迷惑的漩渦裡。

「お兄ちゃん（即哥哥或阿兄）！古早真實有細漢仔人ê所在？」嘉華好奇地問著也在一旁看書的嘉隆。

「喔！古早無得確有，但是彼是咧真遠ê英國，就是專門講英語彼咧國家。」

「佫過照尪仔冊所講，ガリヴァ——（即格列佛，Gulliver的日語拼音）是由英國出發，坐大架船仔出發ê。彼咧細漢仔人ê所在應該是別ê國家，無奈呼做細漢仔國？而且，彼咧大仙人ê所在嘛是別ê國家，是了後ガリヴァ——閣再坐別架船仔，隨海湧流過去ê國家。」

「華ちゃん攏知影，那得閣再問兄さん。啊！拄好佃攏是講英語ê國家啦。英語是世界通用，聽先生講，咱入去中學校都開始愛讀ê科目。」

「喔！按爾我到時愛好好讀，將來有一日倘好去ガリヴァ——所滯（住）ê英國。」

「是啦！是啦！遮請ガリヴァ——佮汝做夥去細漢仔國佮大仙仔國。好啦！兄さん這陣愛看學校ê冊，汝去揣（找）生ちゃん（即阿生或小生）佚佗，抑是揣阿梅，將ガリヴァ——ê故事講互伊聽。」

其實十八世紀初的《格列佛遊記》原是抨擊時政的小說，讓成年讀者跟隨海上遇難的格列佛漂流各地，體會不同國家的制度，並比較出人類社會較適合什麼樣的政府，不料竟成為世界聞名的兒童文學。除了《格列佛遊記》《魯賓遜漂流記》《愛麗斯夢遊仙境》等英國文學也都充滿想像色彩，就是嘉隆所看的日本作家所寫的冒險小說、推理小說、幽默小說等少年文庫也含有幻想成分，只是較接近現實的社會。這些少年文庫顯然都有模仿西洋文學的人物、情節等，那或許正是日本明治維新改採西化，一反過去千百年來以唐、宋之中華文化為重心的結果。當前述的西洋童話大量譯介並引入日本後，日本文壇受到激勵，除了發掘古老的本國童話或傳說之外，也開始創作新的青少年讀物。這種經由吸取再仿效的模式，不僅表現在文學上，更發揮在生活用品、器具等工業製造上。正因為如此，當時的台灣雖淪為日本的殖民地，卻比英屬印度，或法屬越南等大部分亞洲地區進步，早在二十世紀前十五年就大有發展。很奇怪，英、法等西方先進國家反而未能紮實建設其亞洲殖民地。

至於每個月發行的《少年俱樂部》、《幼年俱樂部》等是以文學、漫畫為主，偶爾也有與生活相關的自然科學等之介紹，算是綜合性雜誌。台灣在一九六零至七零年代，也有推出仿傚的同類雜誌如《王子》、《幼年》等，帶給戒嚴時期的孩童無比的歡樂。然而早在一九二零年代，《少年俱樂部》、《幼年俱樂部》就從日本輸入，在台灣流通，使得嘉華和當時的孩子多了一項學習的來源。當嘉華看到以圖片說明空氣存在的實驗時，看得似懂非懂，就跑去問嘉隆說：

「お兄ちゃん！汝有蠟燭無？咱來看到底空氣有存在無？」

「唉！汝欲準備做啥米？」

「就照《幼年俱樂部》所講ê，看蠟燭咧燒，需要空氣無？」

「喔！當然嘛愛，想一下嘛知影。」

「做看覓！我抑袂（尚未）看過啦。叫生ちゃん亦來看，亦閣（還）有阿梅。」

「阿梅佇無閒，免叫伊。若互伊看到咱咧點火，伊都足緊張，會甲咱阻止。」

「好啦！莫叫伊。汝去揣蠟燭佮番仔火枝，亦閣有㧣蠟燭ê茶甌仔（茶杯）。」

於是，嘉隆在客廳旁的佛桌上拿了根細小的蠟燭，還有一盒火柴，又從餐桌邊的櫃子裡取出一隻茶杯。實驗器材都準備妥當時，嘉華也帶著嘉生來了。站在嘉隆左右側，二人眼睛睜得晶亮，就這麼看著嘉隆劃了根火柴，將小火苗點在蠟燭上，讓它燒得紅紅、旺旺的，再拿起茶杯，從正在燃燒的蠟燭頭上蓋下去，一兩秒後再將茶杯抽出來，那燭火就熄滅掉了。嘉隆笑笑，對二個弟弟說：

「蠟燭愛燒都愛四周ê空氣，都是雜誌所講ê一款さんそ（日語漢字寫成酸素，即氧，oxygen），按爾知影無？」

「喔！空氣對蠟燭佇燒赫（那麼）重要，若是對人抑是貓仔、狗仔呢？」嘉華問說。

「嘛是真重要。四周圍若是無空氣，人佮貓仔、狗仔，亦閣有兔仔、鳥仔，一切ê動物攏袂當（不能）活。暗時咧睏ê時陣，若將被仔崁佇頭殼，按爾都歹透氣，人會足艱苦，彼都是無空氣。萬一若翕（窒息）久都會死去。」

「喔！我佮生ちゃん攏知影囉。對無？生ちゃん！」

「嗯！我知影。棉被袂當崁佇頭殼，按爾都無空氣，歹喘氣。」嘉生點點頭說。

「喔！生ちゃん真巧。華ちゃん！記得袂使甲阿梅講點火ê代誌。」

「お兄ちゃん！知影啦！汝將蠟燭佮番仔火收互好。」說完就拉著嘉生溜走了。

家中有男孩子顯得較活潑、熱鬧，而從古至今，就如人口地理學所說，世界各處幾乎都是生男比生女多，至於其原因則需要社會學、民族學、社會心理學等來解釋和分析。大致上，農業時代或工業初期都很需要人力，顯然在這方面男性的勞動力較佳，比女性較佔優勢，所以世界各國都偏重生男。但是到了男女平權觀念越來越深入的新世紀，還是生男比生女多，根本原因是出自傳宗接代的使命。在今日的中國，仍有從小像玉梅那樣被賣給或送給人家當新婦仔的女孩，比起那些遭墮胎打掉，或一出世即被殺害的女嬰，她們的運命可能好些。但整體而言，男女比例過於懸殊，未來適婚年齡的男子就難找配偶。

縱然古今東西皆重男輕女，在日治時代的台灣，像嘉華所誕生的李家那樣的中產階級的家庭，女孩子還是受歡迎，特別是家中已有不少男孩的家庭。就在嘉華六歲那年，李太太懷孕生下了女嬰，而且是雙胞胎，頗令李先生喜出望外，更為家裡增添歡樂氣氛，使得嘉華三兄弟一下子多了二個小妹妹。這二個降生在李家的女嬰會大受喜愛，很可能也是因為李太太在生下老大嘉隆後，隔二年曾產下一名女嬰，但養到一歲七個月就患病死去。那病也不是什麼大病惡疾，起初只是普通的感冒、發燒等，卻在服藥哄睡之後，隔日清晨就昇天成仙，了卻一段塵緣。

這兩個新生的雙胞胎女嬰，自哇哇落地後就頗安靜，夜裡也不太會哭鬧，李先生和太太一人抱一個，四周圍著嘉華三兄弟、玉梅，以及煮飯的阿秀、洗衣兼打掃的阿琴。大家越看越覺有趣，三兄弟和僕傭都輪流抱一下。阿秀問說：

「頭家！甲此二個查某囝呼名袂（取名沒）？」

「抑袂啊！我來想看覓。」

「此二個查某嬰仔攏真秀氣，閣靜寂寂，無啥會吵人。」玉梅說。

「對啦！甲大ê呼做淑文，甲細ê呼做淑靜，啥米款？」李先生靈機一動說。

「聽囉嶄然仔（頗）好聽。呀！佗一個是叫做淑文？佗一個是叫做淑靜？」阿秀問說。

「雙生就是雙生，看起攏仝款，但是後擺遮實袂使（不可）叫錯。」阿琴說。

「簡單啦！我有做記號。頷頸（脖子）結紅帶仔彼個先落土，是大姊，就叫做淑文。頷頸結黃帶仔彼個了後落土，是小妹，就叫做淑靜。」玉梅說。

「喔！阿梅足敖（很棒）ê。我掠準（當成是）紅帶仔佮黃帶仔是縛媠ê。」嘉隆說。

「無啦！是彼日產婆叫我暫時按爾做。太太嘛知影。」玉梅說。

「是啦！是啦！」李太太點頭說。

「咦！記號做一個就會使（可以），攏總嘛遮二個嬰仔，無做記號ê當然是另外一個，咱知影誰卡大，誰卡細都好囉。」嘉華忽然想到就說出。

「有道理喔！華ちゃん真巧。」李先生笑著說。

「但是一人縛一條帶仔真古錐。佪是雙生仔。」嘉生說。

「對啦！生ちゃん講ê亦有道理。」李先生笑著摸摸嘉生的頭說。

眾人聽了頗覺有趣，也都笑呵呵。

此後，家裡上下都將取名淑文的那個喚做文子或阿文，取名淑靜的那個喚做靜子或阿靜。雙胞胎固然給家庭帶來樂趣，並且雙倍的生活開銷李家也足以負擔，但同時要撫育二名嬰孩可不輕鬆。玉梅才十四歲，還沒有授乳的能力，只能有時背背文子，有時背背靜子，換個尿布，再加上原本瑣碎的家事，就耗去一整天，而身為母親的李太太更是忙碌，須餵奶、幫嬰孩洗澡等，還得照料先生和三個兒子，並顧及腳踏車的生意。那樓下的車行是有僱用二、三名夥計，但大部分是管買賣、進貨、出貨、到中南部收款等，而李先生除了也擔任一部分此類事務，主要是負責銷往日本、中國等地的貿易，因此整個帳務的掌管多半就歸李太太。這麼一來，一支蠟燭兩頭燒，李太太顯得比現在的職業婦女還辛苦。

阿琴目睹這情形，心中思量是否可推薦自己的姊姊來李家當乳母，但回頭一想，姊姊阿枝住得偏遠，本身有家庭，也有一些農事要做，恐怕不太合適。可是這些年來那四個姪兒都已大得離手，阿枝再帶個嬰孩應該沒問題。於是有天午後，趁著清掃客廳，看李太太正坐在靠窗的桌邊核對帳簿，就對她說：

「頭家娘！我聽汝彼日講想欲請人看嬰仔。阮大姊阿枝會使替汝看，但是伊蹛咧城外卡遠ê所在，茨內有一寡仔穡（一些事）愛做，無法度歸日蹛（整天住在）此，所以嬰仔愛寄佪兜（家）餵，汝感覺啥米款？」

「居然是汝介紹，閣是恁大姊，我是卡放心。伓過，伊本身有囡仔愛顧吧？」

「伊ê囡仔攏真大漢，會當專心顧嬰仔，汝放心。」

「按爾好。我遮佮頭家參詳（商量）看覓！」

夜裡就寢前，李太太向丈夫提起育嬰的事，李先生聽了說：

「好啊！是啥人有意思欲扰（撫養）？咁二個嬰仔攏請人扰？」

「都是透過阿琴介紹，佪大姊有閒當扰，但是路頭遠，愛寄佪茨扰。請人扰一個就會使，另外一個我家己扰，而且嘛有阿梅鬥骹手（幫忙）。」

「那按爾，是文子抑是靜子，佗一個欲請人扰？」

「大ê文子好啦！此三個月來我感覺文子卡好扰，此個查某囡仔看起來真結實，呷佮睏攏真順，無親像彼個細ê靜子有時都餵歸埔（半天）。我看靜子卡幼秀，愛人卡特別用心照顧，咱都留咧家己扰。」

「好，文子請人扰會當，但是袂使久長寄人兜，囡仔轉來若袂慣勢（習慣）都伓好囉。我看差不多滿二歲進前都愛取轉來。」

「當然是按爾扑算，到時阿梅嘛會曉看顧。」

「關係嬰仔請人扰ê費用呢?半年算一擺抑是每季算一擺卡通?」

「每季算一擺好啦。我會交待乳母一切愛注意ê代誌。」

幾天後，阿枝在阿琴的陪同下來到李家，和李太太交談一陣，就趁著天黑之前，抱起熟睡中的文子搭火車回鄉。過去常說三歲可決定人的一生，而最近的醫學研究顯示，嬰孩在出生沒多久已具備學習能力，某些方面比我們想像的還要強。當然，他們還無法像兒童可用言語表達，僅能以動作、表情、聲音等傳遞其想法、意願等。此外，即使是雙胞胎在同一個家庭中長大，漸漸地也會發展出不同的個性、喜好等，因為每一個人都是獨立的個體。總之，當時是沒有像現在所謂的職業性託嬰，李家將小孩寄放在別人家養，這只是權宜之計，孩子稍大還是要帶回來。關於這點，當時尚未如現在的託嬰一樣，每到晚上，父母就會趁著下班，趕來託嬰家庭中領回自己的小孩。不過，就算現在這樣，每晚領回小孩，孩子還是會將託嬰家庭中的某些習性，或學習經驗帶回自己家中。

第二章

在七歲那年的四月初，李嘉華進入太平公學校就讀，成為一名新生。依日本的學期制度，一學年分為三學期。從四月上旬到七月中旬是第一學期，接著放暑假；從九月上旬到十二月下旬是第二學期，然後放寒假；再從隔年一月上旬到三月上旬是第三學期，緊接著是春假。畢業典禮就在三月舉行。所謂的公學校相當於目前的國民小學，但在日治時代，與專門供在台日本人子弟所念的小學校還是有差異。小學校是按照日本國內的教育法規設立，而公學校則是依台灣總督府的法令設置，完全是以教育台灣人子弟為主。兩者的課程大致相同，但在程度上有深淺的差別，特別是國語（即指日本國的語文）一科。即公學校的國語課本淺顯易懂，小學校的較深奧些。據說這是一種保護日本人子弟的政策，好讓他們未來在中學的入學考試上，可用國語一科彌補數學科的失分，因為台灣人子弟的數學成績向來優異，很可能造成錄取人數遠多於日本子弟，為此只好使出這招。

然而，在教育制度與政策上雖有差異，在台的日籍老師大部分都做到有教無類、循循善誘等孔夫子的古訓。有人研究說，來台的老師多半是武士的後裔，而就在以武士為主的幕府時代於十九世紀末結束後，這些武士的子孫大多轉而投考師範學校，畢業後即成為教育現代國民的專才。或許正是如此，受教的學生，不論是日本人子弟或是台灣人子弟，個個都循規蹈矩，認真學習。當然，人的才智有高低，不可能皆成績優秀，但當時學生的品格、操守、道德觀念等都很純正。師生之間的情誼更是超越國界、民族，甚至歲月，以致於今天有些老人家還念念不忘日本恩師，對於數十年前的教誨，包括學識、人格、體能方面都津津樂道。中國常講的尊師重道反而在日治的台灣體現，這顯然是為人師表者本身很正。

嘉華就讀公學校後愈發活潑，但在校的實際表現如何呢？學期中，級任老師藤原先生有來李家做過家庭訪問。這類家庭訪問雖是例行公事，老師、家長和學生三方還是很重視，尤其這是入學以來的第一次拜訪調查。藤原先生約在午後二點半到府，因此中午吃過飯後，李太太就吩咐玉梅將桌椅再擦拭一番，將地板再清掃一下，然後泡壺清香又回甘的烏龍茶，準備些爽口的糕點，以迎接老師的來訪。玉梅把握時間，做得井然有序，一旁嘉華只能站著旁觀。玉梅瞧著他說：

「無啥米好看啦，攏是普通茇內ê工課。汝坐咧等待先生都好。會緊張咻？」

「無啦！但是嘛伓知先生到時ê講啥？」

「講啥？講汝ê好話啦！無汝咁有佇學校無乖、無好ê代誌驚先生會講？」

「無啊！那有啥米無好ê代誌？我攏嘛真守規矩。」

「按爾真好啊！坐咧等待先生都好。對啦！挓（拿）一本冊來看都伓免緊張。」

「尪仔冊咁會使？我宿題已經寫好啊。」

「會使啊！即馬是上課以外ê時間，而且看尪仔冊是汝ê趣味。」
「好！我會挓一本卡新ê冊來看。」
「是啦！看冊卡免感覺無聊。我即馬欲去灶骹，水差不多滾囉。」

玉梅去廚房後，嘉華也跑回房間，拿了一本童話書出來。現在已是公學校的一年級生，看的雖然還是以插畫為主的繪本，但文字增多了，情節也變得豐富些。這回他挑選出的是《尋母三千里》，一本義大利的兒童文學。光看那書名就很吸引人，於是他坐下來打開書本，一字一句地默念，跟著書中主人翁馬可一起走，從義大利的熱那亞的老家出發，搭船到南美洲的巴西，再換乘移民船，直抵阿根廷的首都布宜諾斯艾利斯，那兒就是馬可的母親替人幫傭的地方。就在跟著馬可來到布宜諾斯這個南美洲的大城時，藤原先生已和下樓迎接的李太太上來二樓，走進了明亮幽雅的客廳。

嘉華見到藤原先生立刻將書闔上，擱置在桌邊，起身鞠躬並向先生道午安，藤原先生也向他道安問好。李太太請先生坐下，先生也請她和嘉華一起坐下。這時玉梅端出了托盤，上面擺著一壺烏龍茶、二隻茶碗，還有幾塊綠豆糕、鳳梨酥等。玉梅幫藤原先生和李太太倒好茶後，李太太指著茶說どうぞ（請用）。先生回說はい、はい、ありがとうございます（好，好，謝謝）。禮貌性地端起茶喝了一口，先生頗覺芳香甘醇，連說うまい（真好喝），也回請李太太一起享用。然後藤原先生開始報告嘉華在校學習的狀況，途中多半是以この子は（這孩子）……做為句子的起頭，而李太太大部分是以そうですか（是這樣嗎）或ほんとうですか（真的嗎）……當做回應的開頭。這段交談直接轉換成台語如下。

「此個囡仔真守規矩，可見恁茨內家教好。伊處處攏會讓人先，罕咧佮人相爭，無論是排隊亦好，佚佗（玩）球亦好、分尪仔冊看亦好，確實有守規矩。」

「誠是按爾生呦！但是佇茨內有當時仔（有時候）會佮兄弟仔相爭呷庶饈（零食）。」

「囡仔總是囡仔，佇茨內佮兄弟姊妹相爭免不了，此嘛是手足之情自然ê表現，若無傷（太）超過，亦無扑歹手足之間ê感情都好。」

「是啦！先生講囉有理。」

「此個囡仔ê功課優秀，國語、算術、生活科攏真好，畫圖相當有天份，其他音樂、運動亦表現囉好。」

「誠是按爾生呦！啊！顧講話，歹勢。先生！請呷遮糕仔啦。」

「好，好，多謝。互汝按爾破費招待。對啦！此個囡仔亦足趣味，有當時仔看伊戇神戇神（心不在焉），伓知咧想啥？驚伊上課無法度專心，特工（特地，故意）點名問伊課程ê一寡仔問題，伊攏應甲真正確，可見伊有咧聽課，我就卡放心。」先生仍顧著說。

「有影喔！可能佇咧想尪仔冊ê故事，此個囡仔一向愛看學校以外ê冊，茨內亦買真濟（很多），佃兄弟仔攏嶄然仔（頗）有興趣。」

「按爾生真好，對國語這科有真大ê幫助，後擺有作文時，囡仔自然就寫囉好。對啦！嘉華！拄即（剛才）我入來時，汝若像佇咧看冊，是看啥米冊？」

「喔！都是此本《尋母三千里》啦！」嘉華說著，順手拿起桌上的書。

「真好！《尋母三千里》是一流ê文學作品，專工寫互囡仔看ê，不單是佇歐洲，都是佇米國、亞洲、南米洲足濟（很多）所在亦真出名。原本ê內容閣卡豐富，《尋母三千里》是其中ê一篇。此歸本冊照原來義大利文是呼做《心》，都是人ê心，但是佇中國出版ê時陣，有一個叫做夏丏尊ê作家，根據英文ê翻譯本翻做中文，而且將書名改做《愛ê教育》。此名稱確實好，因為歸本冊所講ê都是用愛做出發點ê國民教育。嘉華！升去三年時，汝一定愛找機會看彼歸本冊。我看，反勢（說不定）二年時，汝都有法度看歸本囉！講來真趣味，也真親切，此冊是用囡仔ê角度看代誌，模仿囡仔記日記ê方式寫出來。此篇《尋母三千里》就是此本冊內底，學校為著教育學生，每個月所安排ê一段鼓勵ê故事，而且閣是用影片ê方式放送（播映），加深囡仔ê印象。簡單講，《尋母三千里》都是故事中ê故事。」

「好，先生！升去二年ê時陣，我一定揣（找）歸本冊來看。」

之後，老師、家長和學生三方又談了些生活環境、休閒活動等的事。當藤原先生準備離去時，李太太再次請他品嚐糕點，盛情難卻之下，先生吃了一塊綠豆糕，不禁連說美味しい（真好吃），一問方知是台中州一帶的名產。李太太見他吃得有味，請他再吃點鳳梨酥，但藤原先生表示時候不早，還得去別家拜訪，這些糕點就留著給嘉華他們兄弟吃。

母子兩人送走藤原先生後，李太太回房探視小女兒淑靜，嘉華則走到桌邊，坐了下來，又拿起那本《尋母三千里》來看。這時玉梅忙完其他家事，走來客廳準備收拾茶點和托盤，嘉華聽那腳步聲也知道是玉梅，就擡頭對她說：

「阿梅！先生講糕仔留ê互汝呷。」

「互汝華ちゃん呷卡有影。」

「好啊！糕仔稍留囥ê（留下擱著）。一兩塊就好啦！其他留ê互お兄さん佮生ちゃん呷，汝家已亦呷一塊。好呷喔！」

「好啦！汝呷ê時陣就用綿仔紙稍駐ê（墊著）。閣等一陣仔天若暗，桌仔頂ê洋燈都點互光，按爾看冊遮免扑壞目睭。」

「好！我知影。」

輕鬆自在之下，嘉華一邊吃著糕餅，一邊繼續跟著馬可在阿根廷遊逛。從大城到小鎮，幾經波折和勞累，馬可終於尋獲他的母親，只是母親感染重病，顯得很虛弱憔悴，嘉華看了百感交集，既慶幸馬可已找到母親，又擔心母子會永別。還好這是勵志性的故事，結局總是圓滿愉快。闔上書本後，嘉華才意識到窗外已是黃昏時刻，只因為是五月末的初夏，天空尚無暗黑的色澤。這本《尋母三千里》是看完了，也跟世界上大多數的孩子一樣，不必像馬可那般千辛萬苦找尋母親，但在嘉華的內心深處，連他自己也意識不到，尋母的過程日後竟會轉化成追求愛情、關懷、幸福、理想、抱負，乃至於公平、正義、和平等美好目標的歷程。無論最後的結果圓滿與否，這辛苦的歷程是免不了，任何人都免不了。

六月初的一日午後，天氣晴朗，微風輕拂，還未進入炎熱階段，李太太帶著嘉華和嘉生，搭乘人力車，來到大龍峒的仙公廟（即今之覺修宮）進香，一則為家人祈福，二則拜祭娘家的祖先。李太太本姓鄭名彩煥，其父母僅生她一女，為延續鄭家香火，原先與名為尚吉的李先生有約，婚後所生子女皆從母之鄭姓，也等於是李尚吉入贅。然而鑑於鄭家已育有三名養子，成為鄭彩煥之兄弟，並先後完婚生子，因此李尚吉的兒女也就無須再從鄭姓。關於這一點，嘉華直到十六歲才得知。小時候他只覺得親戚多，有三個舅舅、一個叔叔、一個伯伯、一個姑媽，每逢年節，家中有拜拜時，大人小孩、男女眷屬，一桌接一桌真夠熱鬧。

在寺廟裡供奉先人的牌位，從古至今皆有，有人甚至也將祖先的骨灰放置在廟裡。就這一部分而言，類似近年來興起的專營塔位、禮儀等之買賣與服務的企業化殯葬公司。不過，在當時仍以傳統的土葬為主，並非像現在一樣火葬普遍，然後將往生者的骨灰託付殯葬公司保管。土葬自然是選在郊外的山區較多，但一年當中除了清明節前後，很少有人往山上掃墓祭拜，更何況昔日交通不便。因此，除了忌日在家中祭拜外，在廟裡，特別是市區的廟宇中，安設先人的牌位也很可行，一來平時祭拜方便，二來寺廟整年都有尼姑、和尚誦經，時時刻刻可撫慰亡靈。時下的殯葬公司也有誦經、超渡等服務，但都已商業化。

論起天然環境，依山而建的殯葬公司固然不錯，但還比不上日治時代的覺修宮。那時覺修宮的後側所面臨的不是一條高速公路，而是一條銀波盪漾的基隆河，河上帆船一艘又一艘，就連那些從淡水河飛來的海鷗也愛上這片天地，而遠山近峰無一不蒼翠巍峨，充滿靈秀之氣。難怪上香拜祖後，趁著李太太和廟公閒話時，嘉華拉著嘉生跑到露台，望著悠悠蕩蕩的基隆河雀躍無比，對著弟弟說：

「生ちゃん有看著無？河頂ê鳥仔一晝久飛懸（高），一晝久飛低，真快樂ê款。」
「有，我有看著。河ê頂懸有鳥仔咧飛來飛去，河ê水面上有船仔咧行。啊！彼個ガリヴァ——（即格列佛，Gulliver的日語拼音）都是坐船仔去外國四界遊。」
「但是ガリヴァ——坐ê船仔閣卡大架，而且伊是遇著大風雨，若像風颱仝款，歸架船反倒閣破去，姑不而將（不得已）隨海湧流去外國ê。」
「對啦！對啦！華ちゃん對故事誠清楚。華ちゃん有愛欲坐船仔無？坐船仔去外國愛偌久？我想一定愛足久ê，伓過真心適（有趣），會當看大海，看魚仔咧水底遊，看鳥仔飛懸飛低。」
「對，生ちゃん講囉對。坐船仔去外國愛真久，但是真心適、真趣味。大漢了後，我欲一擺仔坐船仔去外國看看ê。」說著，腦海浮現馬可搭船尋母的畫面。
「我嘛大漢了後，欲坐船仔去四界看看ê。」

就在這時，李太太走到露台來，叫喚二個孩子回家。面對山河佳景，心情舒坦愉快，想到在此先人的亡魂有所寄託，家中丈夫的事業蒸蒸日上，眼前的孩子正蓬勃成長，一時之間周身彷彿流竄著幸福的氣流。趁著夕陽沈落觀音山之前，母子三人再搭著人力車返家，一路上幸福的氣流雖看不見，卻泛著金黃色、橙紅色的光輝，連那辛勤拉車的車伕都感受到，分享到。

幸福，幸福，大致上就是快樂與滿足，但終究是世間的凡人才會興起這樣的感觸，仙界的眾神想必無此感覺。再進一步想，人人會喜愛幸福，進而追求幸福，那是因為人世間不如意之事多過順心之事。李太太懷著幸福的心情歸來，丈夫和玉梅等自然都感覺出，也受到感染，沉浸在那愉悅的氛圍中。不料幾個月入冬後，愁雲慘霧籠罩著李家。那個走路穩健、老愛叫人的淑靜，竟和之前的姊姊淑德一樣，一場重感冒就結束了二歲的一生。淑靜這一生幸福嗎？備受疼愛呵護當然稱得上幸福，可是她的人生瞬間就過完，比朝露還短暫。葬女後李先生安慰太太說：

「咱可能是佮查某囝卡無緣。看卡開ê！佛教咧講，咱人出世攏是帶業障來，著愛還業債。此個囡仔已經還了還清，自然是成仙ê時陣。」

「唉！無彩（可惜）我用心照顧，最後伊亦是早一步離開。看來咱確實是佮查某囝無緣，此亦是無法度ê代誌。」

「看卡開ê！咱亦有三個後生（兒子）。隆ちゃん已經入去中學校，華ちゃん巧閣敖讀冊，生ちゃん古錐閣性情溫順。有此三個後生咱就感覺滿足囉！」

「啊！文子。亦閣有文子啊！」

「對啊！我險嘛袂記得。自舊年（去年）過年時抱轉來一擺，了後顧做生理，直透（一直）寄人兜，即馬應該好取轉來。文子佮靜子是雙生仔，此都是冥冥中天公伯仔所安排ê。」

這時玉梅端著二碗香菇雞湯進來，李太太看到就對她說：

「阿梅！明仔早阿琴來拚掃ê時陣，叫伊來揣我，我有話欲交待伊。」

「喔！是欲取文子轉來咻？」玉梅說著就將雞湯擱在桌上。

「是啦！差不多愛取轉來囉！好佳哉亦有伊，感覺上若像靜子亦佇ê。唉！生此對雙生仔，原來都是天公伯仔所安排。」

「好！明仔早看著阿琴，我緊叫伊來揣太太。雞湯汝佮頭家趁燒緊啉。」

阿琴回鄉找上姊姊阿枝後，沒隔幾天阿枝就帶著淑文返回李家。回到自己家中的淑文畢竟還是小孩，儘管乳母事先一再向她解說開導，她仍然是一副來作客的樣子，也懷著這樣的心理，以致於午睡過後找不到乳母就嚎啕大哭。嘉華三兄弟見狀，趕緊從罐子裡掏出糖果，並搬出一些玩具，特別是淑靜的日本娃娃、中國娃娃、西洋娃娃等，淑文看了心生歡喜，一時之間才由嚎哭轉為抽泣。然後看著三個男孩玩得起勁有趣，又從抽泣變成靜默無聲，之後甚至笑出聲來，因為這三個哥哥會玩也會耍把戲。當然，淑文心目中的哥哥、姊姊是遠在鄉下的那一群，不過說也微妙，她已漸漸感到這三個男孩有所不同，好像長得較好看，穿得較整齊乾淨，就連整個屋子看來都寬敞亮麗。當李太太見她笑逐顏開，抱起她並親她時，她馬上嗅出一種與乳母大不相同的氣味，縱使李太太只淡淡地擦些粉而已。緊接著李先生也來抱她，親她，她也即刻嗅出一種與乳母的丈夫全然不同的氣息。那種氣息似乎代表著有身分、有學問，以及最重要的，有財富的樣子。顯然小孩子說不出這一切，也不太懂，只是覺察到身處陌生卻舒適的環境中。

要淑文接受這樣的環境比要她喊出爸爸、媽媽等還快、還容易。可是小孩畢竟是小孩，當家裡上下都當她是淑靜一般愛護，且身邊又有三個哥哥圍繞，特別是年齡差距較小的嘉華和嘉生，不出二個月淑文就開始叫人，雖然不像淑靜叫得那麼勤、那麼甜。另外，淑文對於家中誰是主人，誰是僕傭很快就一清二處。像玉梅那樣幾乎是婢女身分的人，在她看來就跟煮飯的阿秀、洗衣的阿琴，或者曾帶過她的乳母阿枝差不多，可是嘉華偏偏就跟她特別親。

這樣過了二年，初春時李太太又生下一名女嬰。為求嬰孩的健康、平安與幸福，也期望新生兒給家裡帶來更多的財運、好運等，李先生就將這女嬰取名為淑幸。此後家人都叫她「幸ちゃん」，自然親友之間、左右鄰居也都這樣叫，反而不叫「幸子」。這個ちゃん大概就是「小」的意思，卻聽來格外惹人憐愛。

淑幸出生那年嘉華已九歲，正就讀公學校三年級。上完第一學期後的暑假中，有一天李太太想去廟裡燒香，藉此答謝神明對家中大小的庇佑，而另一方面農曆七月半的中元普渡也快到，於是就決定到慕名已久的木柵仙公廟（即指南宮）進香參拜。關於七月半這個節日，相當於日本陽曆八月的おぼん（御盆），在當時有定為假日，反而是現在不放假。無論如何，這次跟她一道去的只有嘉華。說是為人母者較偏愛學業優秀的嘉華也對，實際上則是嘉隆已是十五歲的少年，放假中自然是跟同學去爬山或游泳，而嘉生和淑文這幾天剛好去親戚家玩，至於淑幸還是小嬰兒，根本不適合帶出門，尤其是到山上去。

出發那一天雖豔陽普照，還不算酷熱難耐。李太太和嘉華先是搭人力車，之後就乘著轎子上山。一路上行人不少，有些人還挽著盛滿香燭、貢品等的竹籃，看來也是要到仙公廟或其他的寺廟膜拜。李太太心想木柵的仙公廟一年四季香火鼎盛，如今七月半中元普渡近在眼前，難怪進香客比平日多，恐怕到了廟裡會碰見一兩個熟人。這木柵仙公廟建於一九八一年，只比台灣淪為日治早四年，卻從日本時代迄今歷久不衰，盛名傳至海外，顯然已成為進香兼觀光的勝地，其周邊即闢有觀光茶園。有趣的是，供奉的不僅是呂洞賓一仙，就連佛祖釋迦牟尼、孔、孟、堯、舜等都奉為神明，真可說集道教、佛教、儒教於一大廟。

據說從山腳下爬到山頂上的仙公廟，一共要爬一千二百個石階，而且每爬一階就會讓人多活二十秒。真的嗎？從下往上數，石階也正好一千二百個嗎？無論如何，當時是沒有這種傳言。那坐在轎子內的嘉華只覺得一步一階，慢慢往上升高，耳畔不時傳來清脆的鳥唱，待掀開布幔的窗子一看，滿山碧綠青翠，涼風徐徐吹來，真是別有一番天地，好像童話中的傑克順著碗豆藤攀爬，不知不覺就進入了仙境。到了廟門前轎子放下後，有位轎伕掀開布幔，讓他和母親走出來。他看到那位轎伕雖頭戴草笠、頸圍毛巾，汗水仍從臉上、身上滴落不停，而前後一起扛的那些轎伕也個個汗流浹背，有的摘下草笠在搧，有的用半溼的毛巾擦了又擦。

「お母さん（即母親或媽媽）！廟內底有水倘互扛轎ê人啉無？」嘉華問說。

「有啦！和尚知影，會去捧水互個啉，個亦會當踮樹仔骹歇一下。行！今仔日人卡濟，咱時間愛節（控制）互好，緊來拜拜。」說著就牽著嘉華往廟堂去。

李太太一堂拜完，接著往另一堂去，嘴裡總是默念著些願望與謝辭，心中則保持赤誠專注。嘉華跟在後頭進出殿堂，看遍了各種神像，有的一臉威嚴，有的慈眉善目，多半都不知何方神聖，也不想發問，免得打擾虔誠敬拜的母親。他唯一也是最大的功能就是插香。每次都精準地從母親手中接過香來，再神速地將它插在香爐上。這可不簡單，一來他懂得在人群中竄進竄出，二來則表示他長高了，搆得著爐邊，可將香插進去。不過，令他有點不愉快的是，那香的味道並非那麼好聞，而且在眾香環繞下，常被燻得淚眼汪汪。

祭拜完畢之後，母子二人走到廟外，正打算在老樹下稍為休息納涼，忽然有個婦人迎面走來，喊著「彩子！彩子！」。李太太定睛一看，喜出望外地說：

「啊！是寶珠咻？久無看囉！」

「是啦！久無看囉！汝亦來燒香。」

「拄即拜煞（結束）。因為木柵仙公廟罕來，趁七月半佇眼前，趕緊來拜。來！來樹仔骹坐卡涼。汝亦取恁息子さん（即兒子）來。看起佮阮華ちゃん仝年吧？や」

「今年九歲囉！恁華ちゃん幾歲？」

「嘛仝款九歲，即馬是三年生。」

「阮清ちゃん嘛是。誠拄好。」

「華ちゃん！此位是母さん踮（在）日本讀女學校（即女子中學）時陣ê同窗ê。緊叫伯母ちゃん（即伯母、叔母或阿姨等）。」

「伯母ちゃん！汝好。」嘉華說。

「啊！誠乖誠巧。喂！清ちゃん，汝亦緊叫伯母ちゃん。伊是媽ê老同窗。」

「伯母ちゃん！汝好。」寶珠的兒子說。

「好！好！誠乖。恁會使去揣一個卡無日頭ê所在佚佗（玩）一下，阮講幾句仔話，一晝久（一會兒）都好。伓倘去傷（太）遠喔！」

「好啦！」說著，嘉華就和寶珠的兒子走離開。

在有部分樹蔭遮蔽的庭院中，二個男孩先是你看我，我看你，接著都轉過頭，傾聽鳥唱蟬鳴，觀看各種花草樹木，然後寶珠的兒子開口說：

「此地樹仔真濟，閣大欉。」

「是啊！山頂樹仔攏卡大欉，互人感覺卡涼。」

「對啦！即陣山骹真熱，阮茨內嘛誠熱。汝亦是讀三年ê咻？」

「是啦！汝讀佗一間學校？」

「日新公學校啦，倚日新町ê圓環邊，因為阮茨滯彼箍圍仔（住在那一帶）。汝咧？」

「我讀太平公學校，佇大龍峒附近。汝叫做清ちゃん咻？」

「是啦！自細漢茨內ê人就按爾叫我。我全名是邱清和。」

「邱清和？」

「喔，邱是丘陵の丘，佇正手爿加一枝耳仔。」說著就拉拉自己的右耳。

「啊！知影啊！邱是恁ê姓。閣來二字咧？」

「清是清流の清，和是平和の和。汝ê名叫做？叫做啥米ちゃん？」

「華ちゃん啦！我姓李，李仔桃仔ê李。我ê名呼做嘉華，嘉是嘉言の嘉，華是華麗の華。汝有幾個兄弟姊妹？」

「有二個大兄。汝咧？」

「我有一個大兄、一個小弟，亦閣有二個小妹。」

「喔！恁茨內一定足鬧熱。」

「伓過二個小妹猶細漢，抑是佮大兄、小弟卡有話講，尤其是小弟，伊遮差我二歲，即馬咧讀一年。伊ê算術真好。對啦！佇學校，汝上愛佗一科？」

「我喔？我卡愛體育課，會當踮運動場佚佗一下，免歸日坐咧教室內底。」

「對！對！會當踮運動場佚佗一下。」說著就笑了，對方也哈哈大笑。

此刻忽然傳來李太太的叫喚，嘉華趕緊跑過去，邱清和也跟在後頭走去。他們明白該是分手的時候了。大人、小孩互道再見後，邱氏母子轉身往廟裡去，李姓母子則乘著下山的轎子回家。下山時南風吹來一陣接一陣，感覺比上山時更加涼爽，而鳥唱雖減少了些，蟬兒卻叫得越發悠揚激烈，彷彿要把整座山震垮。

在轎子內嘉華聽母親說起一些往事。除了李太太和邱太太當年念女中時是同學之外，二人的父親在念公學校時也是同學，成人後又先後到中國的福建去，原來二人當時都是從事貿易事業，像進口煙茶、器具等。巧的是，之後二人都將女兒從廈門送到日本的大阪念書，然後二個女孩又同校同班，真是有緣。嘉華聽著是覺得有趣，可是全是些過往的舊事，假如不是在今天與邱太太不期而遇，母親也絕不會提起這些事。不過，與邱清和認識倒還不錯，只是接下來一段時日二人都不再碰面。嘉華忙著自己的課業和生活，幾乎忘了邱清和，但終究是雙方有緣，這對母子幾年後還是與他搭上，進而影響了他的生涯，或說改變了他日後人生旅途的軌跡。

第三章

大嘉華六歲的李家長子嘉隆，在嘉華入學那年，正好從公學校畢業，也和一般家境不錯、學業尚佳的孩子一樣，選擇繼續升學。當時在台北只有四所公立中學，很不好考，還得與在國語一科佔優勢的日本子弟競爭。入學考試的結果，嘉隆表現得不盡理想，未能進入公立學校，只好選擇私立的成淵學校（即今之成淵高中）就讀。成淵之校名是時任民政長官的後藤新平所取，其根據的就是《荀子勸學篇》中的一句：積土成山，風雨興焉，積水成淵，蛟龍生焉。這所在終戰後改為公立的學校，一度在初中聯考上，曾排行第二位，僅次於大同中學。

嘉隆上了中學後，似乎每過完一個暑假，身高就長了些，容貌也越來越有成年男子的感覺，可說是個瀟灑的春風少年兄。從他與嘉華、嘉生的合照中可看出，他高出他們一大截，真是「長」兄。他長得快，長得高，除了有父親的遺傳基因外，喜愛運動，特別是爬山，可能也是一大原因。短短數年間，台北近郊的大小山峰他都爬過，幾乎有放假的日子就爬，暑假爬，寒假、春假也爬，而且固然與友人結伴爬過，就是獨自一人也爬得樂在其中。有一年寒假，台北有家廣播電台為提倡冬季運動，主辦了一項登山活動，目的地就選在原稱草山的陽明山。這對稱得上登山高手的嘉隆而言很簡單，心想應趁機找個新手，邊磨練邊激勵他比較有趣，也比較有意義，便腦筋動到嘉華頭上。他對正在看雜誌的嘉華說：

「華ちゃん！後禮拜ê拜五佮我去跖山好無？」

「跖山喔！愛跖偌久？」嘉華說著就將雜誌擱在桌上。

「講是跖山，其實是行山路，會當訓練汝ê骹力。敖行（擅走）ê人時間卡短，憨慢行（不擅長走）ê人自然時間都拖久。」

「我無親像汝赫敖行，一定愛行歸埔，顛倒（反而）浪費汝ê時間。」

「汝已經是四年生，體育課ê先生咁無訓練恁行遠路？我有一個同窗咧講，伊佇八芝蘭（即今之士林）公學校ê時陣，先生定定（常常）訓練個行遠路。個有法度由八芝蘭行到草山附近。」

「有啦！阮學校捌（曾經）安排行遠路、跖山此類ê體育課，但是我攏無啥興趣。此擺是準備跖佗位ê山？」

「近郊ê草山啦！此是ほうそうきょく（放送局，即廣播電台）所辦ê，有提供中晝頓，亦閣有紀念品。」

「啥米款紀念品？」

「來去就知影。橫直即馬是歇寒（放寒假），都當做去佚佗。有我佮汝鬥陣，免驚啦！」

「那無愛去招阿梅佮汝作伙去？伊看起卡敖行ê款。」

「無妥當啦！阿梅有茨內ê工課愛做，無閒倘佮我鬥陣去。」
「喔！去招生ちゃん佮汝作伙去跕好啦！」
「伊猶細漢。此擺汝先。汝年一過都十一歲囉！愛卡捷（常常）運動ê。」
「我遮好好想看覓。」
「好，後禮拜ê拜五進前，汝好好想看覓。跕山講趣味亦真趣味，會當那行那看風景，都是途中稍歇睏（休息）一下嘛無要緊，此亦伓是咧參加比賽，只要阮行到山頂，佮歸陣人拄著都好。」
「好啦！お兄ちゃん，橫直（反正）我亦無啥米代誌，佮汝去跕一擺亦好。」

登山那天一大早，嘉隆騎腳踏車載著嘉華，從太平町一路騎到市郊的某個集合定點，再從那兒和一群參加者逐步走上山去。當時台北街道的交通沒現在這般複雜，腳踏車的行駛空間很大，四周空氣的品質也比目前好上幾十倍。從山腳下爬到山頂上，其實就是在山路上健行，對於當時善走的年輕人，甚至兩腿勤快的中高齡者都非難事。一路上有說有笑，還可欣賞山川美景，的確是項良好的全民運動。中午過後不久，二兄弟就走到了山上的終點站，這時大部分的人也都陸續抵達，正好趕上午飯的用餐時間。由於是冬天，主辦單位準備的午餐是熱騰騰的火鍋料理，吃下肚既能犒賞轆轆饑腸，又能驅除高山寒氣。環顧四面，雲霧飄渺，山雨欲來，自然是無法像夏日時，遠山近峰每一座都看得清楚，但熟悉地理的嘉隆還是能指出附近各山丘的位置，只是嘉華像是霧裡看花，幾乎三百六十度繞一圈，所見大同小異，全是隱去一大半的灰濛濛的山頭。

「會寒袂？」嘉隆問說，邊將嘉華垂落下的圍巾再纏到他脖子上。
「卡袂感覺赫寒囉！大概是佇山頂企久（站久）ê關係。」
「看起熱天來卡適當，爬到山頂就真涼，周圍ê風景、山頭亦會當看清楚。」
「仱過熱天時就無なべもの（鍋物，即火鍋）倘呷。」
「有理！有理！其實寒天來踮山亦有好處，筋骨動動ê就袂感覺畏寒。」

午餐後，主辦單位讓大家休息一會。有人像嘉華他們一樣，四處走走，有人就坐在石頭上打盹，有人則掏出相機拍照，但天候陰沉，效果恐怕不佳。提到拍照，那時代擁有照相機的人畢竟是少數，可是有些拍得好的黑白照片還真能流傳久遠，已變成珍貴的歷史紀錄，比現在用數位相機拍出的彩色照片更美。同樣的，傳統的相機有其特色與價值，攝影家都無法輕視，更非過於普及的數位相機或手機所能比擬。

由於是在冬天，僅能休息片刻就趕路下山。回程和去時差不多，但總覺得下山的路走來較不費力。登山者最後拿到什麼紀念品呢？原來是一份廣播電台的節目宣傳單，以及鉛筆、原子筆、橡皮擦等的學用品。這類學用品嘉華根本不缺，不過還是受歡迎，只要是學生一定用得上。真正讓嘉華感到可貴的還是登山活動本身，特別是在嘉隆的鼓勵下，與他一起參加，又是在歲暮天寒的冬季。那天之後，他曾想著春假或暑假時，再和哥哥一道去爬山，然而各忙各的學業及課外活動，竟一直難以實現。

登山之後舊曆新年也近了。日治時期的台灣與日本內地一樣，一切社會行事均以陽曆為準，但一些古老的年節時令仍照陰曆算，統治當局鑑於社會安定為首要，一方面也順應地方民情風俗，便讓台灣人繼續過其年節，但不列為國定假日。通常陰曆新年來臨時，學校的第三學期已開始，台灣孩子卻滿心期待這個新年，因為在除夕夜吃完飯後有壓歲錢可拿。

過年前一週的星期天，像是春暖花開提前到來，白天盡是日麗風和的好天氣。嘉華早上做完功課後，心中盤算著下午到何處玩，正巧嘉隆受母親之託，午後欲陪同玉梅去採購些年貨，嘉華趁機就跟他們出去遊逛。那時台北市街已有公共汽車行駛，而且所有的路線均會通過熱鬧的榮町（即今之衡陽路、博愛路一帶），於是三人就在那兒下車，特地去逛逛有六層樓高的菊元百貨店，順便在店裡購買部分應節貨品。這家於一九三二年創立的菊元百貨店，比三越、高島屋早一甲子來台開業，帶動了台灣百貨公司的興建與營業，相隔不久即有林百貨店、吉井百貨店分別在台南、高雄開幕。菊元百貨店的外觀大方典雅，和歐洲老牌的百貨公司一樣，深具建築藝術之美與價值。

嘉華等三人一走入菊元百貨店，人潮洶湧，就像現在年節逼近時，各地的百貨公司、購物中心、超級市場等總是人滿為患一般。他們見狀，本想爬樓梯上去，但來到菊元不搭台語稱為流籠的電梯，簡直是空入寶山，就耐心等了一陣才搭上。那時百貨公司的樓層規劃和現在差不多，以西餐為主的菊元食堂就設在五樓，而六樓之上還有一層瞭望樓，可登高俯瞰市街的風景。

在百貨店內，除了買些過年要吃的台式、日式糕餅等，嘉隆還替玉梅買了條繪有花草圖案的絲質手帕，為嘉華買了本日文翻譯的《湯姆歷險記》，也為自己買了頂貝雷帽。當他看到男裝部那些西裝、襯衫、領帶等，雖已在父親、舅舅、叔叔等人身上司空見慣，心中卻頗嚮往，畢竟那是成人的象徵，也代表著摩登與進步的西方文明。是的，中學畢業後就快接近成年了。

購物告一段落後，嘉隆突然想到五樓的食堂，想到咖啡。平常在家中根本不喝咖啡，但父親為招待日本的進口商，常邀請客戶到數一數二的ボレロ（Bolero，即波麗路西餐廳，在延平北路口）用餐，偶爾也會帶他們兄弟去，他們就這樣喝起了咖啡。餐後當然也有紅茶，他們卻覺得比不上家裡的烏龍茶，還是喝咖啡好。

「行！來五樓的食堂啉コ——ヒ——（coffee，即咖啡），稍歇一下。」嘉隆提議說。

「好啊！但是阿梅啉ê慣勢袂？」嘉華說。

「奈袂？我一擺佮お母さん出門，途中去拜訪伊ê一個朋友，彼個太太都是捧コ——ヒ——互阮啉。」玉梅說。近來玉梅受到李家夫婦的鼓勵與要求，知道遲早有一天將與嘉隆成親，已改口叫兩老為お父さん及お母さん。

「真好！阮緊來去，稍等ê人都卡濟。」嘉華說。

搭著流籠上到五樓的食堂，由於是午後二點半，客人沒用餐時間那麼多。挑了個靠窗的座位，點了三杯咖啡並端來後，嘉隆和玉梅邊攪拌飲料，邊眺望窗外的風景，嘉華則拆掉包裝紙，打開剛買的書來瀏覽一番。看著看著，忽然說道：

「啊！轉去茨，互生ちゃん看著此本冊，伊嘛愛得一本。」

「對啊！等ê閣再去買一本適合伊看ê冊。」嘉隆說。

「文子咧？伊若看著，恐驚ê（恐怕）亦會討。」玉梅說。

「亦閣有幸ちゃん。」嘉華說。

「個彼二個會曉看冊咻？」嘉隆說。

「我看抑閣袂曉，歸氣買尫仔物互個卡通。」玉梅說。

「買尫仔咻？茨內已經赫濟仙，比個二個加起卡濟。」嘉隆說。

「都是講啊！幸ちゃん猶細漢袂討囉！糖仔互伊都真歡喜。」嘉華說。

「文子可能愛提ハンドバッグ（handbag，即手提包），尫仔物ê就會使。無要緊，等下恁去買冊，我去尫仔物ê所在揣看覓。我買都好。」玉梅說。

喝完咖啡後，三人分二路購物，沒多久就在樓下大廳集合。他們手上多了一本兒童文學，一只玩具手提包，還有一隻布縫的小狗。之後，又到永樂町通（即今之迪化街）的市場買了些瓜子、菓子、蠟燭、香、金紙等才回家。歸途中三人的心情好愉快，度過了一個美好的午後，緊接著歡樂的新年就將迎面而來。

當時過年沒放假不是很掃興嗎？其實舊曆年主要是拜祭神明和祖先，一家團圓吃年夜飯，接著晚輩向長輩拜年，長輩發紅包給晚輩，老少和樂融融迎接新的一年到來，這一切在一個晚上就可完成，隔日起的玩樂算是較次要。試想聖誕節在亞洲多數國家都不放假，可是日本、台灣等，甚至無神論的共產中國還是過得有聲有色，歡慶的氣氛與規模不輸歐美。當然聖誕節早已商業化，反而喪失原先宗教的意義。無獨有偶，近幾年台灣也在十月三十一日過起萬聖節，同樣是個不放假且已商業化的外來節日。

年去年來，轉眼間嘉隆已中學畢業。畢業旅行是去日本內地，曾參觀東京的朝日新聞社，以及多處名勝古蹟。回台後他參加了來自東京的通信講座。通信講座就是所稱的函授學校，可在家依校方所寄的教材和指示學些課程，再將自我測驗的考卷寄回批改，成績合格即可獲證書。這對嘉隆來說，其實就是從商之前的一種進修，因為修習的科目以一般商業為主，而最大的好處就是無須上學，可自由安排學習的時間。這樣一來，除了進修，以及在家中見習腳踏車的買賣之外，他尚有時間與朋友去爬山，或著聆聽音樂等。

聽音樂的興趣，尤其是古典音樂，也是在Bolero那裡培養出來。一邊吃著西餐，一邊聽著柔和優美，或慷慨飛揚的協奏曲、奏鳴曲、交響曲等，不知不覺就喜歡上那種旋律、那種曲調、那種氛圍，縱然聽了幾遍還是說不出曲名，也不太清楚曲子的結構，一旦再聽就像故友重逢般，既熟悉自在又無比愉悅。事實上，和父母到Bolero用餐的次數很有限，絕大部分的樂曲都是從廣播電台，或黑膠唱片聽來。除了樂器的演奏，嘉隆也聽歌曲的演唱，像歐洲的舒伯特、孟德爾頌等人的藝術歌曲，或美國的佛斯特等人的民謠。這些歌曲有幾首在公學校、中學校的音樂課上都教過，聽來特別親切。至於台灣本土的歌謠首推鄧雨賢的《雨夜花》《望春風》《四季紅》等，很可惜這些創作於一九三三年左右的歌，到了一九三七年因中日開戰，加上推行皇民化運動，不是遭禁唱，就是改成日語軍歌。不過聽來聽去，嘉隆還是偏愛以器樂為主的古典音樂。顯然鄧雨賢也是受到古典音樂的薰陶，接觸了鋼琴、小提琴、曼陀林等樂器，從此創作靈感如泉湧。

器樂的演奏，一把小提琴，或一架鋼琴等即可，不必非得各種樂器都加入，像有一天嘉隆所聽的鋼琴曲集就是一個例子。他一邊聆聽，一邊看著通信講座的教材，連玉梅走近都沒注意到，偶一抬頭才知便說：

「喔！是汝。」

「啊！此ピアノ（piano，即鋼琴）ê音樂真好聽。」

「是啊！此是十九世紀歐洲一位叫做ショパン（Chopin，即蕭邦）ê音樂家所作ê曲。伊出身ê國家叫做ポ——ランド（Poland，即波蘭），佇歐洲ê中部。伊所作ê曲攏是互ピアノ演奏ê。」

「古典音樂ê一款都對。聽起互人心情感覺輕鬆閣平靜，無怪汝赫愛聽。啊！顧講話。汝ê衫仔褲攏熨好囉，等ê會使收落櫥仔底。」說著就將襯衫、西褲放在桌邊的椅上。

「對啦！汝有愛去現場聽音樂無？我有招待券，是一個同窗互我ê。伊ê大兄佇台北帝大ê醫學部（即今之台大醫學系）讀冊，佃佇此禮拜ê拜六暗時七點起，踮學校內底ê大禮堂有辦一場音樂會。佮我鬥陣去聽好無？」

「七點到幾點？」

「喔！七點到九點。」嘉隆拉開抽屜，拿出招待券，看了一下說。

「華ちゃん咧？伊有想愛去無？」

「無通啦！囡仔恐驚ê袂當入場。」

「聽煞轉來會傷晚袂？」

「九點煞，咱半點鐘久後都會當轉來苶，袂傷晚啦。我家己去，單單用一張券，另外彼張無用真無彩。」

「我是有想愛去，只是恐驚êお母さん會感覺傷晚，無妥當。」

「喔！我知影。我會事先佮お母さん講一聲。」

晚上弟弟、妹妹都上床睡覺後，嘉隆輕敲房門，走入父母的臥房裡，向他們提起聽音樂會之事。

李先生聽了笑著說：

「我嘛有二張音樂會ê招待券，是生理上有來往ê人互我ê，伊大概多少有熟知佇帝大ê醫學部，所以有票倘抡。呷晚頓時我無講起，因為只有二張招待券，一講華ちゃん反勢討欲去，生ちゃん亦會愛去聽看覓，按爾生一來，彼二個查某囡仔亦會吵欲去。囡仔人音樂會那聽有？當然是我佮恁老母來去聽卡適合。拄好汝亦有二張票，阮佮阿梅四個人拜六暗來去。對啦！叫阿秀稍顧囡仔一下。」

「會啦！我遮請伊顧甲咱轉來。」

「誠好。我遮甲阿梅按爾講。お父さん！お母さん！おやすみ（晚安）。」

「おやすみ（晚安）。」父母也道晚安後，嘉隆轉身離去，將門輕輕關上。

「好佳哉汝亦有票，咱亦欲去，按爾上好。」李太太說。

「按怎樣咻？」李先生問說。

「互二個未婚ê少年人暗時出門，總是感覺無啥妥當。」

「汝擔心隆ちゃん，抑是袂放心阿梅？此二個少年人ê性情汝嘛ê無了解？個袂隨便揣機會去佚佗，抑是做啥米無適當ê代誌。放心啦！」

「我知影。日時卡無要緊，但是暗時總感覺無妥當。」

「汝按爾想亦是對。好啦！咱差不多愛消燈歇睏囉！」

週六當晚的音樂會對李家，對其他數百名與會者而言都是一次美好、難忘的回憶。節目的安排很多元，有口琴、曼陀林、小提琴的演奏、絃樂四重奏，以及男聲四部合唱等。至於樂曲方面，進行曲、狂想曲、奏鳴曲、南歐民謠、藝術歌唱皆有。表演者都是台北帝大醫學部的學生，也就是未來的準醫生。早在醫學專門學校的時代，即一九二零年代時，學生除了習醫，還可依個人興趣選擇音樂部，學習各種樂器的演奏，或聲樂的演唱等，而且傳授音樂的也是教醫學的老師。醫學固然不簡單，音樂也不是很容易，還得具有天分和才能。或許習醫的人資質高乎常人，世上有太多醫生出身的藝術家、音樂家、文學家，甚至社會改革者、革命家等。然而儘管有這些傑出人才，若沒有普羅大眾的欣賞與支持，他們也是孤掌難鳴，或僅是孤芳自賞，可見大眾有其作用，人民的力量尤其偉大。

聽完音樂會，李家老少四人也是分搭二部人力車返家。途中，嘉隆問玉梅說：

「下暗ê節目汝上愛佗一項？」

「互我稍回想一下。」

「好，慢慢回想。」

「嗯！我感覺樂器ê聲真好，但是人ê聲，尤其是合唱時ê聲亦閣卡好聽，亦閣卡感動人，所以我卡愛合唱ê部分。」

「嗯！有理喔！伫學校ê時陣，教音樂ê先生嘛捌（曾經）按爾講過。伊講人ê聲真特別，一條歌十個人唱攏好聽，伓過彼十個歌聲ê特色攏無仝，因為每一個人ê聲音本來都無仝。但是比較的，我卡愛聽樂器ê演奏。」

玉梅聽了點點頭。這時車子拐個彎，駛入另一條大道，片刻後就到家了。

第四章

李家自經營腳踏車買賣以來頗平穩，部分助力是來自李太太的娘家。李太太的鄭姓娘家，從祖父那一代起就經商，常往來於台灣及中國的福建省，專門從事兩地的進出口貿易，因而後來李家也在廈門設立分店，委託李太太的第三個義弟，即嘉隆他們兄妹所稱的三舅，管理店務並當作與台北的聯絡窗口。在嘉隆中學畢業前後三年間，李家的事業輝煌騰達，使得李先生有能力買下田地，之後又買進山地。那千坪的田地就位於今日台北東區一帶，至於約三甲半的山地則位於現在新北市的林口鄉附近。此外還有面積較小、分散別處的零星土地。名為尚吉的李先生除了踏實勤奮，有經商才能之外，還真歸功於賢內助的輔佐，就連他的弟弟也獲得協助，先後到廈門、福州，乃至上海、天津等地求發展。事實上，李太太非僅內助而已，當小女兒淑幸三歲大時，她就開起布行，專賣泉州、廈門等地船來的布疋，著實為家裡累積了一筆財富，數年後才將店面讓渡出去。

嘉隆十八歲那年，家中的腳踏車店來了二位新人。一個是大舅的兒子鄭揚海，也就是嘉隆的表哥，長嘉隆一歲，經長輩的安排，來到姑丈的店裡幫忙，同時學做生意。另一個則是叫林金龍的外人，比嘉隆大二歲，也等於是和玉梅同年。林金龍原是桃園的腳踏車工廠的技術工人，因店主重視售後服務，欲縮短維修時程，於是經由廠方的推薦，就被調派至台北的總店。他的成長經過，或說他的身世，與玉梅有幾分像。小時候因家裡貧困又有債務，一度寄養在親戚家，過著受苛待的生活。公學校念到五年級就被送去當學徒，從此與家人、親戚失去聯繫，也不想再與他們往來。經過刻苦自立，十五歲就學會修補雨傘、皮包、鞋子等，十七歲時經人介紹，進入腳踏車工廠工作，沒多久就成為一名優秀的技工。

初來時，林金龍每天晨昏，騎著工廠提供的腳踏車，往返於台北和桃園兩地。李先生沒覺得不妥，但半個月過去，發現林金龍似乎睡得不好，就對他說：

「阿龍！我看汝咧修理車ê時陣，不時就挼目賙（揉眼睛），有時閣會哈吸（打哈欠），汝大概是每日長途通勤，睏無夠眠。我看歸氣（乾脆）滯阮兜好啦！」

「按爾生會攪擾恁ê生活，伓好啦。」

「袂啦！店ê後頭都有一間房，過去遠路頭來ê身勞捌滯過。」

「頭家是咧講目前囥（放）一寡仔物件ê彼間房間咻？」

「是啦！稍拚掃一下就會當滯人。汝若無棄嫌，以後那準做汝ê房間。講實在，我亦是為著腳踏車設想，總袂當因為汝無精神，影響著車ê修理佮維護。另外，汝三頓歸氣佮阮呷，免閣出去揣呷ê，我遮由汝ê工錢內底扣都好。」

「多謝頭家！我此二日仔就搬來。」

此處所謂的與老闆一起用餐，自然是指和其他店員、佣人等一道吃。總之，這些年來在外討生活，幾乎沒碰過像李先生這麼為身勞著想的頭家，林金龍想著，今後只有賣力工作才能有所交待，才不辜負老闆的好意。

身為技工的林金龍和少東的李嘉隆，以及嘉隆的表哥鄭揚海相處如何？起初似乎除了點頭寒暄，沒什麼交談，畢竟在林金龍眼裡，這二位穿著西裝的年輕人雖不是老闆或重要的合夥人，但也不是一般被雇用者，而是有著特別的身分，一個可說是未來的頭家，另一個則是未來重要的幹部，無論如何表面相敬為妙。然而三人一起在有限的空間裡工作，從事的皆與腳踏車的買賣、維修等有關，彼此又年齡接近，總有實務上須互動之處，於是日復一日，逐漸熟悉起來。不到三個月三人就另眼相看。林金龍覺得李嘉隆頗有乃父之風，對上對下都有禮且有原則，而鄭揚海則大方又愛談笑，線條較粗，非常好相處。至於這二位少爺則感到林金龍誠懇又踏實，絕不會以身懷技術自傲。

關於當時的男子穿著西裝，一方面是代表近代西方文明東傳，成為時代潮流下商場上一種較正式且合乎禮節的服裝，另一方面也象徵學生時代的結束，成人時期的開始。不過，在二十世紀初，亞洲女性還是以傳統服飾為主，極少穿上洋裝，即便像李太太那樣的職業婦女，仍是身著一襲旗袍或大裪衫（清代民間女裝，襟沿及袖口有花紋繡飾），穿梭在布行與車店間。再回味一下當時的西裝，比起現今的樣式，非但不覺土氣，反而古樸中帶著雅氣。但在林金龍眼中，還是李嘉隆穿起西裝比鄭揚海好看，舉止間總有股書卷氣。

儘管三人的身分與職務不同，年輕人就是年輕人，工作之餘總想輕鬆一下，於是有個星期天他們相約去爬山。這事嘉華也獲知，也想跟這些大哥哥去，無奈那個星期天學校開運動會，他要參加賽跑、跳高，還要充當其他項目的啦啦隊長，根本無法去爬山。這樣也好，三個準大人就不必為個小孩多費心。

星期天一大早，三個年輕人各自騎著腳踏車，帶著前一晚玉梅特地幫他們做的飯糰，還有竹筒式的水壺、毛巾、手杖等，一路有說有笑，或偶爾吹吹口哨，直往郊外奔去。到了山腳下，他們將腳踏車寄放在人家屋外的空地，然後一步一步開始往山林裡走去。這時太陽早已露臉，但夏末秋初顯得威力不強，反倒越走越深入，涼風徐徐吹來，久了感覺還真有點寒冷。

近午時分他們已爬到頗高的地方，放眼望去山巒起伏、峰迴路轉，正值天高氣爽之際，令人精神大振，忘了翻山越嶺之苦，卻也開始覺得饑渴。找到一棵大松樹，三人就在樹蔭下，坐在石塊上，掏出毛巾擦汗，再打開竹筒喝水，拿出壽司般的飯糰來吃。吃著喝著，鄭揚海有些疲憊的說：

「一段時間無踏山，今仔日踏甲嶄然仔辛苦。」

「阿揚！汝是有卡大箍（體型較大），愛捷（常常）運動。」嘉隆說。

「按爾生就愛每禮拜來踏山咻？」

「免啦！有閒時去扑球，抑是熱天時卡捷去游泳嘛會使。」

「阿龍汝咧？汝體格算標準，汝攏做啥米款運動卡濟？」

「我想大概是定定行路佮騎腳踏車吧！」林金龍說。

「對，此亦是真好ê運動。」嘉隆說。

「行路喔！我嘛有咧行，但是身軀欲大箍，我亦無法度。對啦！聽新聞講日本內地佮中國扑起來囉，大概是由舊年開始。個內地ê少年人滿二十歲若收到紅單，攏愛去做兵。唉！伓知相戰愛進行偌久？目前阮佇台灣是免去做兵，畢竟彼是日本佮中國ê戰爭，咱免參加相戰上好。」

「誠歹講，內地有戰爭，反勢有一日咱亦愛去援助。」林金龍說。

「卒業時有去內地遊覽，彼當時看ê真太平，那知影經過一兩冬戰爭就爆發。我想個內地ê國民亦無愛戰爭，但是一旦扑起來亦歹收骹手。」嘉隆說。

「唉！咱亦無能力倘改變已經發生ê代誌，閣是相戰此款大條代誌，只好恬恬仔（靜靜地）過阮ê日子。假使有一日誠是愛派去做兵，彼亦是無法度閃避。對啦！隆ちゃん！近來有一條歌呼做コロラドの月（The Moonlight on the Colorado，即科羅拉多之月）定定佇電台放送，真好聽。汝捌聽過無？」鄭揚海說。

「有啊！我來唱看覓。」嘉隆說著，稍停一下就唱出　“Moonlight on the river Colorado. How I wish that I were there with you. As I sit and find each lonely shadow. Take me back to days that we once knew……”（科羅拉多河上的月光，多麼希望和你一起在那裡，坐在這兒獨自對孤影，帶我返回熟悉的往日吧……）

「唱囉真有氣氛喔！歌聲亦真純！」

「真贊！來，我噴ハ——モニカ（harmonica，即口琴），汝閣唱一擺。免緊張，咱配合好就會使。」林金龍說著，從袋子裡掏出一支口琴，輕拍一下就吹了起來。

歌聲、琴聲相協調，嘉隆唱得更婉轉悠揚，好似道不盡的相思情懷一縷接一縷，淡淡的感傷有如潮水襲來。這是一首在一九三零年問世的歌曲，屬於美國鄉村歌謠之類，卻深具民謠風格，媲美早期南方的名曲如《老黑爵》《肯塔基州的老家鄉》《金髮的珍妮》等。就那時風靡亞洲的情況來看，頗像是終戰後實施戒嚴的時期中，在一九七零年左右極為流行的《世界的頂端》《萬事萬物》《雨點不斷打在我頭上》等歌曲，大大轉移了年輕人對時局的關注，也沖淡許多無奈。由此可見台灣除了承襲中日文化，更深受美國通俗文化的影響。

聽二人吹唱完畢之後，鄭揚海拍手叫好，卻不免好奇的問說：

「阿龍！汝是值咚時學會曉噴ハ——モニカ？」

「喔！我咧學補雨傘彼當時，有一個師傅歇睏時就愛噴ハ——モニカ，聽起真好聽，我就佮伊加減學。坦白講，伓識譜，攏是一擺閣一擺，聽久遮噴出，當然有ê歌卡簡單，無偌久就噴熟手。此支ハ——モニカ就是離開時，彼個師傅送我ê，有卡舊，但是猶原（仍然）會噴ê。」

「聲噴起嶄然仔清閣嬌。我亦來唱一條，汝幫我噴。《望春風》好無？」

「此條歌即馬已經改做軍歌，禁止唱原文，我看無妥當。」

「但是噴應該無要緊。」嘉隆說。

「是啊！我人大箍，歌聲真幼秀。汝噴汝ê，我哼哼都好，橫直歌詞我亦無啥有自信。此是山頂尾溜，普通踮山當佚佗ê人罕行到此，無人聽ê得。」

「好，我來噴看覓。」林金龍說著，緩緩吹起《望春風》，鄭揚海跟著輕輕哼唱，哼完一段後，李嘉隆接著也放聲唱出。

互風騙伓知？不，帶著思慕及些微哀怨的琴聲與歌聲連風、雲、山、林聽了都動容，一時彷彿蔚為天人齊唱，怎說是被風耍弄。這時若明月昇起，絕不笑人癡。吹畢唱罷，三人閒坐了一會，然後收拾好行囊，再循著來時路下山。

從深山返回城中，三人在每天機械化的工作中雖有互動，然而更多的時候是各做各的事，特別是嘉隆，幾乎中午時上樓用餐，飯後就不再下樓到店裡來。在樓上自己的房間或客廳裡，他會繼續讀通信講座的教材，或看些報章雜誌，也會聆聽電台準時播放的古典音樂、流行音樂等，而每當心血來潮時，更會跟著詠唱那首熟練的《科羅拉多之月》或其他類似的鄉村歌曲。《科羅拉多之月》的優美旋律與思念情懷好像感染力特別大，唱得連著手準備中學入學考的嘉華都朗朗上口，有時也會跟著哥哥唱上一段。

至於樓下的林金龍還是忙著修護腳踏車，或研究些物理、機械等現象，根本沒空也無法吹口琴。有一天他彎下腰，正準備換修失靈的車鏈時，一粒上衣的鈕扣脫了線，掉落下來。他想著修理車子要緊，沒順手去找，待收工時再找卻遍尋不著。算了，一粒鈕扣掉了就算了，還是拿支掃把清掃一下地面。

「阿龍！塗骹（地、地板）稍等下阿琴會掃啦！」從樓上下來收信的玉梅看了說。

「我目的是咧揣扑加落ê鈕仔。塗骹掃掃ê揣看覓。」

「汝值咚時扑加落？」

「下晝差不多三點彼陣。」

「是汝外衫ê鈕仔咻？」玉梅說著，端詳了一下林金龍衣服上的鈕扣。

「是啦！伓知落到佗位去，真歹揣。」

「免揣啦！下暗汝換起時交互我，我有大概仝款ê鈕仔，遮幫汝紩互好。」

「伓免麻煩啦！我遮鉸尾仔彼粒，補頂懸此粒都好。」

「汝有針佮線？」

「有啊！」

「免客氣，交互我就好，我樓頂有鈕仔，一晝久都紩好。」

這時阿琴在樓上收回晾乾的衣物，並大致摺疊好後，也下樓來。她看到林金龍手拿掃把覺得有點意外，也有點可笑，就問說：

「阿龍！今仔日汝赫搰力（好勤勞），替我掃塗骹，按怎咻？」

「喔！我衫ê鈕仔扑加落，掃掃ê揣看覓。」

「我叫伊免揣啦！下暗換起時交互我，我樓頂有鈕仔，會當紩。」玉梅說。

「免互阿梅無閒。阿龍！交互我，我幫汝紉免二分鐘都好。像此款鈕仔，我針盒仔內底嘛有。免互阿梅無閒。」阿琴邊說邊瞧瞧衣服上鈕扣的樣子。

「好啦！遮拜託阿琴。」林金龍說。

「免客氣。啊！阿梅！樓頂ê衫仔褲攏摺好囉，汝去點點ê，好收落櫥仔底。」

「好，我即陣來去收。」玉梅說著，拿著些信件就上樓去。

爬著樓梯時，玉梅恍然想到阿琴等於是在幫她忙。晚上縫好再下樓交給林金龍，不免要敲他的房門，這對於身為嘉隆的未婚妻的她而言，多少有些不恰當，尤其對方又是單身男子。如果這點瑣事是在白天進行，可能情況較佳、較自然，但是阿琴連說二遍「免互阿梅無閒」，似乎在暗示著，未來的少奶奶怎好替雇用的人縫鈕扣。總之，一時出於善意，這些擾人的顧忌也沒去想。看來人的身分一改變，有理無理的顧忌或避諱就馬上跟著來，特別是身分較低的人忽然高升時。

稍後阿琴有去向林金龍拿上衣，準備吃晚飯前幫他縫鈕扣，但是林金龍反而向她要了鈕扣，自己在茶餘飯後縫了起來。誰說王老五很可憐，衣破無人補？只要有針線等工具，自己補，自已縫不就得了，更何況像林金龍這樣雙手靈巧的人。不過，若身邊有個母親、姊妹，尤其是妻子，這種瑣事就無須自勞了。剛來時，看那秀外慧中的玉梅像是頭家娘的貼身婢女，但聽她喊著お母さん時，直覺就以為是李家的大小姐，可是卻也幫進幫出，所做的部分家事還與佣人差不多。現在，一切很清楚，玉梅是從小就住在李家的新婦仔，也就是嘉隆的未婚妻，否則阿琴根本不會插手幫忙。至於對玉梅的好感就存在心中，一切順其自然。

在自己的房裡，林金龍邊想邊縫，著實縫得很牢，因為慢工出細活，花了將近五分鐘。到了二十歲，已是不遲不早的適婚年齡，可是對林金龍這樣從小漂泊，在外討生活的人而言，娶個太太何嘗容易。在當時或稍早的台灣、中國、日本等，有一些像林金龍這種出身卑微的人，從小在富商家中當學徒或做工，成人後頗受僅生女兒的老闆賞識，女兒本身也有意，於是就招來入贅，一方面也可延續家業。然而這類機遇不多，也不敢斷言此後平步青雲。有些時候反倒是學徒與某個婢女真心相戀，結果途中殺出個妻妾成群的老闆，或不成材的紈綺子弟，硬將婢女搶來納為新妾。這種強凌弱，富欺貧的現象非亞洲僅有，在早期農業時代的俄羅斯，或其他歐洲國家，甚至新大陸的美國亦時有所聞。時至今日，中國還積習難改，顯然這也是專制政權下公義不彰、人權不保的一種惡劣現象。

第五章

當嘉隆在家修習通信講座，準備十九歲與玉梅結婚，迎向成人的新生活時，嘉華升上六年級，也面臨另一階段的挑戰，即中學校的入學測驗。級任老師宮崎先生問班上有多少人願繼續升學，結果五十個學生當中，只有十六個舉手要念中學。宮崎先生對此不覺意外，畢竟大部分的台灣孩子能念完公學校就不錯，再則中學的入學考也蠻難。對於包括嘉華在內的十六個人，宮崎先生表示，除了算術，必須多加強的就是國語（日語）這一科，因為入學考是顧及日本學生，希望多增加其錄取率，因此以日本人在小學校所讀的國語為命題範圍。一般而言，公學校的國語較簡單，小學校的較深奧。為此，關愛學生的宮崎先生提出補救之道，要求那十六個學生另外購買小五、小六的國語課本，他願在課餘花點時間教導。

初聽先生這番話，嘉華有些不以為然，他的國語向來居全班之冠，看了不少課外書，家中又有閱覽頗豐的父親可請教，何必浪費時間再學？放學後應該是自己的時間，除了念書、做功課，還可下棋或看雜誌等。他這麼想，也想探詢從一年級以來就跟他很要好，也在十六人當中的王哲欣，便在回家的路上問他說：

「哲ちゃん！汝有欲放學了後，留佇學校，閣再聽宮崎先生講課無？」

「先生都按爾生規定，當然愛留咧聽課，而且我ê國語無講真好。」

「所以汝欲乖乖仔留咧聽課。」

「是啊！華ちゃん無愛？對啦！汝國語ê成績真優秀，伓過亦有算術。」

「我對算術嘛有自信。我感覺放學了後，學生應該有自由運用ê時間。」

「汝講囉對，但是宮崎先生亦是為咱好。我聽汝捌講過，恁兄さん考中學校彼年，都是因為國語此科考無好，所以遮考無著。真可惜！聽汝講，伊嶄然仔傷心，因為伊ê算術考真好。汝看！咱若無加強國語，到時就贏袂過日本囡仔，因為照先生所講ê，入學考試是用個讀ê冊出題。」

「對啊！」嘉華說著，想起哥哥那年未考上，深感遺憾的情景。

「好啦！佮我鬥陣留咧讀，只是每日慢一點鐘轉去。講互茨內ê人知影，因就袂時間到咧矚矚看（著急張望）。按爾生咱亦會當佮平常時仝款，做夥轉去茨ê。」

「好，我留咧讀看覓。如果對我來講無啥必要，先生應該袂強逼。」

接著二人又說說笑笑，走了一段路，最後才在十字路口分手道別，各人往各自住家的方向走去。

這位王哲欣同學的家庭雖非經商，在當時或現在看來皆算富裕，也有些社會名望，因為他父親是小兒科醫生。至於母親則是幼稚園的老師，彈得一手好風琴，歌也唱得好，使得王哲欣耳濡目染，喜歡上音樂，更愛歌唱，像那首原本是成人的歌曲，後來轉變成童謠的《紅蜻蜓》，由他來唱真不輸大人。究其原因，除了歌者的唱腔清純柔美之外，這首歌描述的正是姊弟情，由弟弟回想姊姊般的小女佣曾背他看蜻蜓，曾在田間採桑，直到嫁至他鄉後就斷了音訊等，很適合男孩子來唱，而王哲欣唱得尤其感人。就是有這些相似的成長背景，從進入公學校以來，二人的情感一直很融洽，儘管偶爾也會意見不一，或看法不同等。關於兄弟姊妹方面，王哲欣是老大，下有二個弟弟、三個妹妹，和嘉華差不多。不過，由於是老大，父母總希望他能做弟弟、妹妹的好榜樣，所以對他的念書、升學、乃至於未來的就業、婚姻等都寄予厚望。也許正因為如此，當宮崎先生願課後多教時，他立即響應，拚的就是考入一流的中學，好讓父母感到光榮。

宮崎先生的課後教學，在今天看來等於是補習，可是他未收分文，純粹是為學生著想，希望提升他們的實力，能夠考上理想的中學。上了課後，嘉華果真發現同樣是五年級或六年級的國語課，公學校的教材與小學校的差異頗大。舉例而言，當公學校的學生在讀簡化或改寫的文章時，同齡的小學校學生已開始閱讀原典。如此一來，嘉華心中有點畏懼，只得乖乖按時聽課。然而另一方面也激發他的求知欲和好勝心，宮崎先生顯然也懂得他的心理，有時會特地叫他朗誦課文，或問他一些問題，既讓他有表現的機會，也藉此更正他在讀音、理解上的錯誤，同時並達到加深其他人的學習印象之效果。

原定一小時的課常延長三十分鐘，除了國語，宮崎先生總會復習一下算術，讓他們做些練習題，再進一步分析講解。數個月後，這些額外的教學終於有了成果，或說辛苦有了代價，那十六個學生全考上，分別進入台北的四所公立中學，其中李嘉華、王哲欣等四人是考入台北二中（即今之成功高中）。學生興奮，家長高興，宮崎先生更感欣慰，彷彿這樣的成績就是最佳的答謝之禮。

在李家，大人、小孩都感受到嘉華考中的喜樂氣氛，李先生和太太尤其高興，更引以為傲，一方面也思索著該如何向宮崎先生致謝。李太太問嘉華說：

「汝看先生卡愛啥米款物件？」

「我嘛無啥清楚。」

「辦一桌請伊，啥米款？咱會使佮其他ê家長合咧辦，按怎樣？」

「我看先生可能袂慣勢此款呷桌ê風俗，送伊禮物卡妥當。」李先生說。

「但是伓知伊甲意啥？送傷貴ê物件，伊歹勢收，而且互學校知影嘛無啥好，尤其是別ê先生無一定佮伊仝款，處處會替學生設想。」

「お母さん！我此二日仔遮佮同窗參詳看覓。想看先生卡需要啥米？」

「好啦！恁學生囡仔卡了解先生，恁參詳看覓，需要錢遮講。」

「好，即陣我欲出去扑球，已經佮同窗約好，天暗進前會轉來。」

嘉華匆匆下樓離家後，父母接著談論起他未來的出路等。李太太說：

「華ちゃん這回算術考囉普通，但是國語考誠好，差六分都滿點。」

「是啊！此囡仔ê國語一向真好，以後進大學時，互讀文政部有通。」

「唉！台北帝大ê文政部攏是收日本囡仔卡濟，無好考喔。」

「無要緊啊！有大學ê學歷都真贊，橫直茨內嘛有事業等伊接。」

「做生理有隆ちゃん此大兄都會使。華ちゃん敖讀冊，亦考著二中，我是愛伊將來做醫生，所以愛鼓勵伊後擺去讀帝大ê醫學部。」

「華ちゃん對做醫生咁有興趣？即馬遮欲入中學校ê囡仔，袂想赫濟。」

「包括我ê外家茨，咱已經有真濟人咧做生理，落去此代應該愛出一個醫生，華ちゃん確實是此款人才，而且台灣囡仔欲讀帝大ê醫學部嘛卡有機會。」

「好啦！橫直以後亦有時間，看伊ê情形，遮鼓勵伊讀醫學。」

李太太所言不虛，直到一九四五年二次大戰結束前，台北帝大的學生仍以日籍佔大多數，台籍只佔百分之二十，剩餘的則是極少數的外籍生。而在文政、理農、工學、醫學四個學部中，唯有醫學部的台籍與日籍生平分秋色，各佔一半，其他三個學部都是日籍生佔絕對多數。根本的原因在於自入台以來，鑑於亞熱帶台灣有種種傳染病，為改善其環境衛生，日本當局刻意培養醫療人才，鼓勵台籍生習醫，但在涉及民權思想等的文政學部則加以限制，即不希望台灣人從事政治、法律方面的工作。至於理農、工學部的台籍生也較少，原因在於這類課程在農林、工業等專門學校就可以念，畢業後的出路也不錯，無須上大學，當然帝大也有所限制。除了醫生，殖民地政府還熱衷於培養老師，以利推動日式教育。

醫生也好，老師也好，對於剛考取台北二中的嘉華來說還言之過早，眼前他只想和同學討論關於宮崎先生的謝禮，還有就是在四月入學前，度過公學校時代最後一個愉快的春假。在討論謝禮方面，十六個人當中有九個無意見，因此真正動腦筋想的只有七個，包括嘉華在內。他們提出購買手錶、鋼筆、西裝布料、客廳裝飾品等，後來想到先生喜愛研究各種學問，於是合資買了一套百科全書送他。這套百科全書不像有名的大英百科，或現代所發行的百科那般浩大華麗，但人文、社會、自然等各成一冊，書面精裝，開本不大，很適合捧在手上看。

相約到宮崎先生家的也是這七個人，既代表其他九個考上的同學，也代表全班向老師致謝。這樣也好，畢竟宮崎先生的住處不寬敞，若十六個學生全來，那就顯得太擁擠，而且宮崎先生的太太也會忙不過來，擔心拉麵煮得不夠吃。如今老師、師母，加上七個學生，九個人坐在十疊的榻榻米上還蠻溫暖，可以從容吃著熱騰騰的拉麵，悠哉談著中學校的教育、未來的新課程，以及百科全書的製作、功用等。對於百科全書這樣的禮物，宮崎先生總覺得讓學生花費不少，但也很高興學生了解他愛做研究的個性。他隨便翻閱其中的一冊，然後面對著學生，說出一段感觸的話。將這席話轉換成台語，大約如下：

「此一切攏是緣份。由內地調來台灣進前，我擔心台灣ê囡仔無好教，恐驚ê無法度佮內地ê囡仔比，其實不但比ê過，而且閣真體貼先生。各位送我此套冊，對我以後ê研究佮教冊誠有幫助。どうもありがとう（感謝）。」

和同學去拜訪宮崎先生後，約過了一週，嘉華的家中也有個熟客遠從東京而來，那就是腳踏車的進口商三浦さん（即三浦先生，但此處之先生等於英文的mister，與稱呼老師、醫生等為先生有別）。三浦さん是李家的大客戶，也因進口其腳踏車在日本銷售而致富，與李尚吉先生的商業往來很密切。他每二年就會來台灣一次，雖然是以商務為目的，總會抽個空，帶著羊羹之類的伴手禮來李家坐坐，然後再由李先生招待他去北投洗溫泉，以及上館子吃飯等。由於常來李家，小孩對他都不陌生，而他也蠻喜歡嘉華他們兄妹，或許是結婚多年未生子的關係。一般而言，商人之間除了商業利益，大概已無交集，可是三浦さん和李先生頗可貴，竟能在尚無打高爾夫球套交情的年代，以對音樂、繪畫、文物等之共同嗜好鞏固私交與商誼。想來也不足為奇，放眼今日，有些企業家還會彈琴、開畫展，甚至兼營慈善事業，既有助於本業，又贏得好名聲。

這回三浦さん來訪，得知嘉華考上台北二中，也跟著替他高興，便要求李先生讓嘉華同行，一道去北投玩，並問嘉華喜歡什麼東西，願買來送給他當賀禮。嘉華當然推說不須破費，僅表示能跟三浦さん出遊就很滿意。在北投洗完溫泉後，三浦さん知道嘉華會下棋，便吩咐旅社的人搬來棋子、棋盤等，二人坐在榻榻米上就下起來，一旁李先生看得有趣又緊張。將近一個鐘頭二人仍在廝殺，勝負未決，但三浦さん已開始分心，想著西餐廳的晚餐，就索性鬆懈下來，任由嘉華攻取，反正對手可敬，已無心也無力再戰。

從北投返回市區後，李先生直接就帶著三浦さん和嘉華到Bolero西餐廳用餐。三浦さん看那菜單蠻豐富，一時不知從何點起，便問嘉華愛吃什麼，他就跟著吃。嘉華於是邊點邊介紹，果真龍蝦、蜜豆、咖哩雞、羅宋湯等一道道吃得賓主盡歡。商人進餐總言商，但如今小孩在場，話題自然轉向。三浦さん對嘉華說：

「華ちゃん！考著台北二中誠敖啊！おめでとう（恭喜）！以後佇中學校愛好好仔讀，倘互為將來進大學做準備。中學校ê課程除了國語、算術、社會科以外，閣增加誠濟新ê科目，尤其是英語愛打好基礎，以後進大學，出社會攏用ê著。啊！汝需要一本英和辭典。汝有無？」

「無，伓過兄ちゃん有，伊講欲互我一本。」

「免啦！呷飽了後，伯父ちゃん（即伯父或叔父）來書店買一本上新、上好ê英和辭典互汝。」

「三浦さん！免麻煩啦！」李先生說。

「難得華ちゃん考著，本來都愛送伊一項仔禮物，而且我亦欲去書店買書。對了，華ちゃん！假使將來汝愛來東京讀大學，伯父ちゃん會當替汝安排滯佮呷一切在內ê宿舍，按爾生對汝卡方便。汝來內地時，身軀邊有我佇東京ê住所，佮我聯絡著就會當。遇著別項代誌，亦會使來揣我。伓倘客氣喔！」

「好！好！どうもありがとう（感謝）。」

「三浦さん！閣五年後ê代誌，汝都替伊咧扑算。」李先生笑著說。

「李さん！五年講久亦無久。若囡仔有心欲來讀，當然愛甲協力（協助）。」

飯後三人閒步到附近的文友堂書店。三浦さん在那兒幫嘉華選了一本英和辭典，還買了日文版的《基督山恩仇記》《茶花女》這二部法國小說送他。然後他自己買了本西洋美術方面的書，而李先生則是拿了本當期的《文藝春秋》。待結帳時三浦さん請店員算在一起，由他付清。離開書店後，三人道聲晚安，李先生雇了輛人力車，送三浦さん回旅館休息，自己再和嘉華走回家。

嘉華過完愜意的春假，於四月初到二中報到後，李家緊接著就要在六月辦喜事，誰知這時準新郎倌的嘉隆生病了。起初只是咳嗽，嘉隆心想大概是春寒感冒，過幾天就好，但過了一個禮拜，咳嗽未停，還增添心跳加速、呼吸短促、以及發熱等徵狀，有時甚至會感到肋膜性胸痛。上醫院診斷後得知是染了肺炎，雙親和玉梅比他本人還痛苦，一時又不敢告訴他，只能期待醫生用藥緩和病情，更深切期待奇蹟出現，好讓發炎性滲出液不再擴散，流滿肺泡內。

住院時，嘉隆的病情雖有得到控制，然而發高燒、畏寒的現象還是無法完全排除，乾咳或咳出膿痰、褐紅色鐵銹般的痰也是常見。縱然如此，有些時候卻平靜無事，人雖虛弱卻精神好轉些，醫生判斷可能是慢慢恢復過來的徵兆，也和病人家屬衷心期待著，但仍不敢掉以輕心。

白天李先生和太太會趕來探望嘉隆，但為了店裡的生意，無法久待，大半的時候還是由玉梅在照顧，而也是在此時，李太太興起將布行停業，讓與他人經營的念頭，畢竟長子重病使她無心再投入商場。玉梅在與嘉隆相處的這最後幾天，除了幫他準備鹹粥，削些水果給他吃，或協助他服藥等之外，幾乎沒任何交談。一天當中病人除了咳嗽、呼吸不順暢等，總是睡得昏昏沉沉，就算清醒時有些精神，似乎已沒什麼說話的氣力，或覺得再講都是多餘。在他周圍出現的人，可以讓他放心並依靠者，醫護人員固然是首要，卻看來盡是一群機械化的人，或說暫時與他並肩對抗病魔的半神之人，唯有那從小熟悉，又像姊姊，又像妻子的玉梅最令他感到一陣溫馨。與玉梅相望時，玉梅總微笑著看著他，像是在問候他，安慰他，鼓勵他，而他所回報的已非過去那種陽光般燦爛、充滿魅力的微笑，僅是蒼白的嘴角輕輕上揚的淡淡的微笑。這樣的微笑就令玉梅欣喜萬分，不禁伸出左手去握住他那消瘦的右手。

晚上李先生、鄭揚海和林金龍會輪流來探視嘉隆，但約九點半就離去，一切交給護理人員照顧。為了讓病人安心休養，李家盡量謝絕訪客，除了未告知嘉隆的同學、朋友等，連嘉華他們四個兄妹也被禁止，僅向他們表示嘉隆很快就會康復，回到家中。玉梅配合李先生的作法，也總在下午五點過後就返回家裡，然後若碰到孩子問起，就說嘉隆正在接受治療，過幾天就會好。嘉華猜想嘉隆可能是在台北帝大的附屬醫院，這樣的話也蠻方便，下課後直接從二中走過去就行。可是嘉隆住幾號病房？既然父母不希望他們去，也不願親友去打擾，院方恐怕也不會隨便說出病房在幾樓？又是第幾號？

到了嘉隆入院後的第四天晚上，別說嘉華心裡明白事情有了變化，就連五歲的么妹淑幸也感到家裡的氣氛不對勁，但說不上來，也不想問。沒錯，病情起了變化，一切回天乏術，在午後三點多，嘉隆嚥下了最後一口氣，就此離開了塵世，道別了這個曾帶給他歡樂、煩憂與希望的塵世。肺炎在當時就跟肺結核一樣難醫。治喪期間，悲痛逾恆的莫過於李先生和太太，但李先生為了專心辦喪事，不想讓子女看到白髮人送黑髮人的悲哀，便將淑文、淑幸暫時交由阿秀帶回家照顧，而嘉華和嘉生，則由他的一位蕭姓好友接去同住，並給予照料。

這位蕭先生與李先生曾在中學同窗過，也曾在鐵工廠共事過，後來才轉職到台北信用組合。他與李先生的友誼較純，沒什麼商業上的利害關係，全是因性情相近而保持往來。在帶回嘉華和嘉生之前，他已向太太、兒子及女兒說明原委，因此當嘉華他們一踏入蕭家，蕭太太已幫他們準備好房間，並打掃乾淨，放上盥洗用品等。為了怕他們有寄人籬下那種感覺，當天晚上吃飯時，蕭太太特地多煮了一兩樣菜，更吩咐兒女在進餐時可多說些學校、課業、課外讀物、休閒活動等的趣事，以增添活潑的氣氛。蕭先生除了幫嘉華、嘉生添菜盛飯，更主動加入孩子的交談，幫他們創造有趣的話題，營造出自然、親切、溫馨的感覺。

吃過飯，洗過澡後，嘉華和嘉生回到他們的房間去念書，寫作業。這時蕭家的女兒蕭麗杏捧著一盤水果，腋下還夾了本書來敲房門。嘉華聽到叩門聲便問：

「是誰人？」

「是我杏子，媽媽叫我捧蓮霧、楊桃來互恁呷。」

「喔！我來啊！」說著就起身開了門。

蕭麗杏進來後，將那盤水果交給嘉華，順手關上門，再抽出腋下的書問說：

「華ちゃん！此本冊汝看過袂？」

「啊！此是《戦争と平和》（即戰爭與和平）。我知影此是ロシア（即俄羅斯）ê文學，伓過抑袂看過。生ちゃん！《戦争と平和》汝看過袂？」

「我嘛抑䀲看過。聽講真長，愛看足久。」

「但是我此本是閣改寫ê，變卡短、卡容易看，而且有附一寡仔圖。」

「有影咻？」嘉生說。

「有嘔！汝看圖是印做烏白ê，伓過真媠。」嘉華說。

「啊！此圖繪甲親像古早ロシア彼款。真媠。」嘉生跑來看了說。

「好，此本冊互恁慢慢仔看。彼蓮霧佮楊桃趁生（新鮮）緊呷。」

「ありがとう（謝謝）。」嘉華說。

「いいえ（不用客氣）。」蕭麗杏說完就轉身離去，並帶上門。

清秀可愛的蕭麗杏正讀公學校六年級，年紀就介於嘉華與嘉生之間。比起那大她三歲的哥哥，顯然在嘉華他們眼中她較善體人意，像個小天使。然而若是在剛考上台北二中時見到蕭麗杏，嘉華可能覺得心曠神怡，如今是因為家中辦喪事才暫住蕭家，反而感到無奈。儘管如此，之後偶爾回想起來，蕭麗杏還真像是天使，在他們有如墜入憂慮、無望又無趣的深淵時，為他們帶來一絲光芒。

當晚上床睡覺時，就像台語所說的「換舖睏䀲去」，二個兄弟一時難以成眠。嘉生翻來覆去，就開口問嘉華說：

「華ちゃん！汝會記得細漢時看蠟燭咧燒ê代誌無？お兄ちゃん幫汝做ê。」

「會記ê啊！彼是蠟燭咧燒需要さんそ（酸素，即氧）ê實驗。我請お兄ちゃん準備材料做互我看。對啦！開始做進前，我緊去揣汝，叫汝來看。」
「是啦！彼回看蠟燭咧燒真趣味。」
「生ちゃん！お兄ちゃん有招汝去踗山無？」
「伊有招過我一擺，彼陣學校拄好欲辦遠足，了後伊無閒伊ê代誌，我亦伓是真愛踗山，無閣再講起。汝有一擺佮お兄ちゃん去踗山，真心適對無？」
「是啊！彼陣是寒天，踗到草山嶄然仔冷，但是呷なべもの（鍋物，即火鍋）都袂感覺赫寒。お兄ちゃん有指附近ê山頭互我看，伓過看起攏霧霧。」
「華ちゃん！お兄ちゃん佇病院是因為無法度喘氣遮死ê咻？」
「大概是按爾生吧！彼病聽佪講是呼做はいえん（即肺炎，日語漢字同）。」
「お兄ちゃん誠可憐。咱無お兄ちゃん囉！」
「生ちゃん！汝亦有我啊。」
「對啦！華ちゃん嘛是我êお兄ちゃん。」
「暗啊，咱莫想半項，目睭瞌瞌（眼睛閉起來），心情放輕鬆，好好仔睏。」
「好，おやすみ（晚安）。」
「おやすみ（晚安）。」

過了三天返回自己家中，嘉華和嘉生發現一切看來跟過去沒什麼不同，淑文、淑幸她們回來了，阿秀、阿琴，還有玉梅忙著各種家事，樓下店裡的夥計，包括林金龍、鄭揚海表哥也各忙各的事務。一切看來跟過去沒什麼不同。唯有李太太多半時候都待在房裡，她那位於附近的布行暫時關閉，正等著一週後讓渡出去，轉由別人繼續經營。雖然過去也曾有二個女兒因病去世，但都是非常年幼時夭折，傷心固然傷心，卻絕對沒有這回嘉隆之死這般令人錐心泣血。別說是李太太，就是李先生、玉梅等人也十分哀痛，獨處時總是潸然淚下。嘉隆之死真有如古文所云：雹碎春紅，霜凋夏綠。一個十九歲的青年，即將與從小一塊長大的女孩成親，迎向光輝燦爛的未來，怎知一場惡疾就魂歸離恨天，好似盛夏忽然飄落冰霜，一時紛飛不止，青翠的草木均受摧殘而斷了生機。

第六章

遭受喪子之痛的李太太近日來精神不佳，全靠玉梅服侍。有時她會靜靜地讓玉梅餵食，有時則緊緊地摟住她痛哭，玉梅不禁也淚水如泉湧，二人哭得阿秀、阿琴都暫時拋下手邊的工作，跑來勸慰她們，一邊也跟著淚水擦不停。幸好白天小孩都上學去，最小的淑幸也已上幼稚園，因此沒聽到母親宛如哭斷腸般的哀號。至於樓下的店裡，多少有些隔絕之效，再加上買賣、修護等各種雜音，乃至於大街上所傳來的人、車紛至沓來之聲，樓上深閨的泣聲就因而被淹沒了。

幾番痛哭過後，彷彿積滿毒素的腸胃被一遍又一遍洗滌沖淨，李太太慢慢恢復理智與健康，人也平靜多了。有一天午後，當玉梅端著木耳湯來時，坐在客廳靠窗邊角落的李太太擱下帳簿，請她也坐下，然後對她說：

「阿梅！我知影汝真乖、亦真有孝，但是隆ちゃん已經往生啦，假使閣甲汝留佇茨內，按爾生會耽誤汝ê青春，今年汝都已經二十一歲囉，應該愛為汝設想。我佮恁お父さん有參詳過，欲互汝轉去汝ê外家茨，由恁序大人（父母）替汝揣對象，講親情（談婚事）。汝想啥米款？查某人終歸是青春有限，袂使害汝婚姻嘛無去。」

「お母さん！伓過我是互外家茨賣來還債ê，都是歸世人照顧お母さん佮お父さん我亦甘願。自細漢就來李家，誠久無佮外家茨往來，我對外家茨已經真生疏啊。而且婚姻嘛愛靠緣份，外家茨無一定有辦法替我講親情。」

「阿梅！汝ê債已經還清，此幾年來攏還清啦，即馬起汝都是自由身，好好惜汝ê青春伓要緊，講起是隆ちゃん無福氣。免趕緊，汝遮閣好好想看覓。」

「好。彼木耳湯真好咻，退火閣止嘴焦（止渴），汝溫溫仔咻。」說著轉身就離去。

玉梅回到廚房，開始幫阿秀準備晚餐，一邊也思索著何去何從。返回郭姓娘家好像可行，但就跟林金龍一樣，多年來不相往來，不知親生父母是否還健在？其他的兄弟姊妹呢？在李家長大成人，早已習慣李家及其親友，原來的娘家反倒變得遙遠又陌生，恐怕無緣一起成長的親兄弟、親姊妹個個早就離家而去，如大限來時各自飛的鳥兒，自顧性命要緊。算了，既難以聯絡上娘家的人，獨自回去路遠又不熟，甚且毫不光彩。算了，還是另尋其他的出路較妥。再回想一下方才母親所說的話，可能是在責備我沒好好照顧嘉隆，如今嘉隆已過世，留下我也無意義，只得說是為我的青春著想，要娘家為我另謀婚事。

從廚房到臥房，從樓上到樓下，一兩天後人人都知道玉梅即將離開李家。嘉華和弟弟、妹妹捨不得她離去，跑去問父母，希望能將她留下。當母親婉轉告訴他們，這全是為了玉梅的青春，以及將來的幸福著想時，他們也只好無奈地接受。又過了二天，恰逢星期日，鄭揚海的姊姊鄭秋錦回娘家小聚。閒聊中，鄭揚海特別提到玉梅的事，於是鄭秋錦對她弟弟說：

「叫阿梅來阮兜佮我滯，我佮恁姊夫開店真需要人鬥骹手，阮歡迎伊來，而且我會替伊注意適當ê對象。」

「好，我明仔載去姑丈仔ê店上班時，緊甲阿梅講一聲。」

鄭秋錦是李太太的義兄的長女，即嘉華他們的大表姊，比玉梅大二歲，已嫁為人婦，住在八芝蘭（即今之士林）一帶，丈夫擅長攝影，也會吹奏口琴、小喇叭，以經營寫真館（即照相館）為業。鄭秋錦和玉梅雖然一年到頭，多半是在年節拜拜或辦喜事、喪事等才會碰面，但或許是同為女性，又是一群堂、表兄弟姊妹中二個年齡較長者，彼此間的互動不錯，頗有手足之情，因此一方有困難時，另一方總想盡力幫忙。

其實在鄭秋錦的這個提議之前，林金龍也曾想著，不如趁此機會向玉梅表達他的愛意，帶著她一起離開李家，不再受李家雇用，也不必像僕人般的在李家過活。但是玉梅對他的心意如何？會不會僅是自己一廂情願？這樣做，若嘉隆在九泉下得知又會如何想？對得起算是少東的嘉隆嗎？反正死者無法復活，也無從計較，活著的人還是要為自己盤算才是。但是大東家李先生呢？這樣做可對得起他？看來他是開明的人，如果夥計欲離職他去，一番慰留不成，自然任由他去。只是帶著原本該是其媳婦的玉梅一道離去，他心中百般滋味不難想像。不過，要玉梅返回娘家的正是他們夫婦，說來也沒什麼可後悔或懊惱。一切還是在於玉梅的心意。不知她是否有著同樣的心情？如果淡到幾乎沒有，那就只好吞下暗戀的苦果了事。然而若是對方也有意，那就立刻由暗戀轉為相戀，彷彿從煉獄上升到天堂，一時之間滿是愛之喜的樂聲迴盪在耳畔。不，不全然是愛之喜，一個欠缺家庭支持的男女先天就吃虧，要覓得一處躲風避雨的地方可不容易。沒關係，趁年輕可多奮鬥，玉梅看來也是吃苦耐勞的人，怕就怕她根本沒這心意。

光想沒有用，必須找個機會向玉梅表白，探詢她的心意如何？這可需要一番勇氣。不，光是有表白的勇氣尚不足，還得說出今後的打算，也就是二人共同的出路，這真是比思考個人的出路還複雜。沒關係，有了表白的勇氣，對方也欣然接受這份情意，接下來的種種都可互相商量，一起努力解決。眼前還是表白最重要，尤其是表白所需的勇氣。

好不容易鼓起勇氣，準備次日看到玉梅，藉機向她表白時，卻見鄭秋錦來到店裡，和鄭揚海打個照面，姊弟倆就上了二樓。一兩分鐘後鄭揚海下樓來，顯然是讓鄭秋錦留在樓上，由她跟玉梅及姑媽交談一番。最後則見鄭秋錦伴同拎著行李的玉梅下樓來，和店裡的人打聲招呼，雙雙就離開了李家。唉！說來道去皆在一個緣字。若是無緣，再怎麼表白，再怎麼求取都枉然。不，根本連表白都尚未表白。如此這樣豈不很明，二人根本無緣，連個表白的機會都沒有。認分吧！玉梅跟著鄭秋錦，立即有個避風港，或說是溫暖的窩可去，若是跟著林金龍自己呢？初嚐愛情的甜蜜之後，下一刻二人馬上面臨何去何從。看開吧！從此不相見，各人走各人的路，自顧性命要緊，千萬別多情空餘恨，終究是彼此無緣。

玉梅和鄭秋錦從太平町通（即今之延平北路）一路走到台北火車站，再從那兒搭北淡線的火車往八芝蘭去。在一九四零年代的台灣，火車路線已遍佈全島，且這條北淡線更早在一九零三年即開通，但一般人除非是北上南下，平日不常搭乘火車，而玉梅雖在離車站不遠的太平町長大，更是難得搭上一次。當她坐在窗邊的位置，看著窗外熟悉的街景一一倒退，接著綠野平疇一片又一片展現開來，晴朗的天空像是藍色的大海，東一朵西一朵的白雲則恰似汪洋中一艘艘的帆船，或四處散開的浪花，不禁心情跟著開闊明朗起來。記得小時候就是從稻田處處的鄉下，被親戚帶到李家，從此就在繁榮的太平町度過童年、少年，直到成人。如今搭上這班列車，眼前所見雖是翠綠的鄉村景物，卻不是返回早已模糊的鄉下老家，當然也絕不會再走回李家，和李家的關係已告結束，或說在李家已還清了債，今後已是自由身，應好好追求自己的未來。

坐在一旁的鄭秋錦很了解玉梅的心理，望著飛掠而過的田野，對著她說：

「阿梅！阮茨後壁ê山骹嘛有田，空氣好，環境亦好，但是徛家（住家）佮店面是合做伙，攏佇一條鬧熱ê街仔頭，相隔壁就是食堂、篏仔店、剃頭店，亦閣有其他ê店，日常生活算是真方便。」

「聽講姊夫除了翕相，亦會曉噴ハ——モニカ佮喇叭？」

「是啊！此個人ê趣味袂少，但是開寫真館是本業，袂當因為噴ハ——モニカ佮喇叭嘛耽誤生

理，所以茨內有汝來看前看後，加一個人鬥骹手卡好。汝所知影，我亦得扰嬰仔，歸日是真無閒。恁姊夫每日攏愛噴一下ハ——モニカ抑是喇叭，遮好過日，汝若聽慣勢就好。」

「會啦！我嘛愛聽音樂，可能是受隆ちゃんê影響。聽阿揚講，姊夫噴喇叭是職業水準，有參加樂團ê演出咻？看起姊夫逐項攏內行。」

「啊！噴喇叭是趣味，翕相是技術，但是一旦開店愛會曉管理。此個人講起亦是好鬥陣，只是憨慢管帳，攏愛我幫伊清點記帳。阿梅！寫真館有大月、小月，拄著親像人結婚，抑是學生囡仔卒業此款季節，生理真好，亦特別無閒。汝來就會當幫恁姊夫鬥準備翕相ê器材，招呼人客，抑是暫時替我顧嬰仔。當然，一開始卡袂慣勢，尤其是翕相ê器材佮材料，但是一段時間了後汝都熟手。」

「喔！我知影，我會好好仔做。」

「阿梅！汝放心，我袂永遠甲汝留咧阮兜做穡，一方面我會替汝揣對象。反勢佗一日汝佮來翕相ê人客有緣嘛有可能，而且恁姊夫嘛有朋友抑袂娶，其中多少有汝會甲意ê。橫直此是以後ê代誌，好ê緣份來囉慢無差，後擺會幸福卡重要。汝感覺啥米款？」

「阿姊講囉對。婚姻愛靠緣份，而且暫時我亦無愛去想此代誌。」

一路邊說邊欣賞田園風光，很快地火車已抵達八芝蘭。通過驗票口，出了站後，二人走了些路，沒多久就來到了鎮上，一個可讓玉梅展開新生活的純樸又熱鬧的小鎮。說它純樸是因為有人情味，說它熱鬧則是商機盎然。

玉梅的離去、嘉隆的過世皆令嘉華難過，幸好尚有學校生活、同窗友誼等填補了他心中的空虛，洗去不少憂傷。在台北二中，除了公學校的老同學王哲欣再度與他同班之外，他還喜出望外地發現另一個熟面孔，那就是公學校三年級時，到木柵仙公廟進香所遇見的邱清和。還有一個姓黃名慎謀的同學，公學校時代也是就讀太平公學校，性情和嘉華差不多，只是較沉默寡言，顯得木訥些，不過書同樣念得好，學業成績常與嘉華名列前茅。這樣一個也算志同道合的人，過去在太平公學校共讀六年卻渾然不知，顯然是分在不同班級的關係。如今二人在台北二中同校且同班，莫非是靠著緣份，使得以往沒交集的人現在交上了。

嘉華與王哲欣、邱清和、黃慎謀這三個人都是同輩，在過去也有或多或少的淵源，但是與大他三歲的學長杜恩輝就非如此，卻同樣在北二中結下善緣，之後雖各自的境遇迥然不同，二人終生都是莫逆之交。換個角度看，學生時代與同窗交往本來就很尋常，若是與高幾屆的學長往來，先後畢業離校後還維持情誼，那就很難能可貴，特別是歷經二次大戰、二二八事件、白色恐怖等時期。

說起這對學弟、學長認識的經過也蠻有趣，竟是一本書所引起。那是某個星期六的午後，嘉華對自然課上先生提到的《物種起源》頗好奇，於是特地跑去圖書館找尋。若有這本書，準備借閱一陣子。他先翻找分類卡片，果然館裡有收藏，高興地將索書碼寫下後，開始在自然類的一排排書架中搜尋。很不幸，找了一會兒，前後號碼相連的書都有看到，唯獨這本達爾文的《物種起源》找不到。顯然是被借走了。問問館員何時書會歸還？結果一問方知書根本沒被借出，還在館裡，只是一時不在書架上，有可能是被人放錯了位置。看來就先向館員預約，待圖書重新整理過後再來取書。這樣想著，就要離開成排的書架時，忽然迎面走來一個學生，手上拿著的正是《種の起源》（即《物種起源》的日文版）一書，便小聲地詢問那學生。由於在校一律說日語，這段對話就轉換成台語如下：

「請問汝手邊ê書看了啊咻？」

「是啊！拄即（剛才）佇內底看了啊。」對方也壓低聲音回答。

「無借出去，佇內底就看了啊？赫敖啊！」

「汝奈知影我無借出去？喔！汝急欲借轉去看，對無？來，書互汝。」

「好，謝謝。」

「歹勢，害汝揣歸埔（找半天）。汝是一年生咻？」

「是啊！汝咧？」

「我是四年生。來，來櫃台辦借出遮閣講。」

嘉華借到書後，跟著這位學長一起走出圖書館。到了館外的校園，二人說話聲可大些，感覺較自由，也較正常，便繼續館內未完的對話，頗有一見如故的樣子。

「請問汝貴姓大名？」學長問說。

「喔！我姓李，名呼做嘉華，嘉是嘉言の嘉，華是華麗の華。せんぱい（先輩，即學長或前輩）咧？」

「我姓杜，詩人杜甫の杜，名呼做恩輝，恩是恩師の恩，輝是光輝の輝。咱來樹仔骹坐卡涼。」

說著就引著嘉華走向一棵大榕樹，雙雙坐在樹底下。

「先輩一日佇圖書館內底就將此本書看了啊？足敖！」指著剛借出的書說。

「無敖啦！我三年前借過一擺，看差不多二禮拜遮看了，今仔日是來圖書館閣掀掀看看ê，大概復習一下。此本書有五百三十頁左右，攏總分十五回，汝會使慢慢仔看，不但會當了解動物、植物種種ê變化，亦會當看做是ダ——ウィン（Darwin，即達爾文）海外探險ê記錄。有ê所在真心適，有ê所在卡無好理解，汝若一時看無，袂要緊，以後有機會遮閣看。」

「先輩對生物亦真有興趣，看起後擺進大學欲讀醫學方面？」

「有按爾扑算。汝咧？看起汝對理科亦真有興趣。」

「普通啦！即馬咧讀ê數學，不比公學校時ê算術，有時感覺嶄然仔深。」

「汝會曉繪圖形解決算術ê問題，對無？」

「彼是公學校時先生所教ê方法，但是對即馬ê數學有效無？」

「即馬卡注重思考ê ロジック（logic，即邏輯），多多做練習題都好。」

「可惜今仔日無扢（携帶）數學ê書出來。」

「袂要緊，我滯佇學校附近，明仔載是禮拜，汝會使來揣我。來，我寫住所互汝。」說著，從書包裡掏出一本作業簿，撕下後頭空白的一頁，寫上地址，並畫個簡略的地圖，就交給嘉華。

「啊！此所在離學校真近，應該真好揣。」

「明仔載早時汝就會使來。會記ê扢書來，因為恁即馬ê書卡新。」

「我知影。多謝先輩。」

「好，咱亦好起行，日頭看起欲落山囉。」說著就站起來，嘉華也跟著起身，然後二人一起走到校門外才分手道別。

隔天嘉華循址來到杜恩輝的住處，那是二層樓的建築物，和自家一樣，樓下做為店面，專營鐘錶的買賣與修理，樓上才是一般住宅。據杜恩輝說，屋主是他父親的一個老朋友，但全租給遠房親戚開店兼住宿，然後杜恩輝從高雄北上念書，經其父與友人的安排，再將樓上一間小房間騰出供他住。在那小房間待了大約二小時，除了請教數學，一起動腦筋思考並解題外，嘉華還針對英語問說：

「先輩，有ê英語ê單語（即單字）發音無啥問題，但是スペリング（spelling，即拼字）有倘時無好記，容易寫伓對，尤其是卡長ê單語。汝攏按怎記？」

「卡長ê單語都是表示彼個字有一個音節以上，比如講morning有二個音節，mor-ning，afternoon有三個音節，af-ter-noon，所以若拄著此款長ê單語，唸一個音節就寫出彼部分ê スペリング，一個一個音節來，等汝攏唸完，歸ê單語就寫出來啊。另外，有ê單語是二個獨立ê單語合起，比如afternoon就是after後壁，佮noon中晝，此二個單語所結合，所以佇中晝ê後壁都是下晝，亦都是afternoon。按爾生試看覓，以後記起都袂呷力，變囉真自然。」

「好，以後我按爾生記。」

「起初學英語會使用國語（日語）來幫助，但是英語終歸是外國語，佮國語是無仝ê系統，慢慢仔汝若讀濟，尤其是讀到文法時，照英語ê原本吸收就好，免對國語所對應ê講法想太濟。」

「目前算是簡單，以後讀卡深時，我會照汝所講ê去注意。多謝先輩。」

「免客氣，以後有問題，無論是數學抑是英語，咱會當閣討論。」

經過二個小時的請教後，差不多已接近中午，杜恩輝有意下廚煮個飯或麵，請嘉華留下來吃午餐，但嘉華覺得太打擾學長，便推說弟弟正在家中等他，準備下午去打球，往後若有機會，再嚐嚐學長的手藝。當他離開前，有去上洗手間，途中經過廚房，看到一個婦人正在裡頭炒菜，想必是鐘錶店老闆的太太，也在忙著準備午餐。然後，洗手間上到一半，有人在外面敲門，聽來像是很急的樣子，反正也快好了，就讓他多等一兩分鐘。待打開門出來時，一看竟是個毛頭小孩，顯然是老闆的兒子，還一臉怒氣，像個小霸王。看來學長住在這裡像是寄人籬下，除了那間小房間，廚房、洗手間等必須與人共用，而且三餐得自己料理，內衣、外衣等也都得自己清洗。這些習慣了就好，令人不平的是老闆一家人也是租人房子，卻像惡主一樣，很少顧到杜恩輝方便與否。想到此，嘉華深感自己在家很幸福，同時也欽佩學長隻身在外，竟能書讀得好，日常生活自理得好，對待低年級生也有如兄弟般，絕不像有些高年級生老愛佔人便宜。

論起杜恩輝的家世背景，幾乎不輸嘉華，其父也是從事貿易，而且前往南洋（即東南亞）開拓事業。小時候杜恩輝曾隨父母搭船到馬來西亞，在吉隆坡度過無憂無慮，甚至頗荒唐嬉戲的童年。父母忙著生意和應酬，成天讓孩子到處遊蕩，但也深知如此下去會毀了他的前途，後來就將他送回台灣，委託其叔父看管。或許杜恩輝天資聰穎，也可能是在吉隆坡已接受幾年日語教育，回台後竟能通過口試，進入日本人子弟所讀的小學。不過，真正啟發他的才智，培養出他的胸襟的要數五、六年級時的級任老師中野先生。中野先生教導學生，無論台籍或日籍，總是同樣嚴厲和關愛，對於父母不在身邊的杜恩輝，更是鼓勵有加，使得他不僅以高分考入台北二中，還無形中激起他日後鑽研醫學的熱忱。

有一回在課堂上，杜恩輝臉色蒼白，全身發抖，中野先生以為他來自南洋怕冷，就叫他暫時出去曬太陽。回來後看他依然全身發冷，抖得牙齒喀喀響，中野先生這才懷疑是染上瘧疾，便立刻帶他去就醫，數日後才治療好。瘧疾在當時會致命，威力不下於肺炎、霍亂、傷寒等早期台灣常見的惡疾。若非中野先生機警，杜恩輝的一條小命很可能就枉死。在一般同學心目中，中野先生稱得上是教導有方的良師，而在杜恩輝的心目中，則不單單是良師，更是救命恩人。

任何人的一生當中，總會遇到一兩個對其產生深遠影響的人。除了小學時的中野先生，杜恩輝還認識一位長老教會的廖牧師，透過他的開導與指引，進而成為耶穌基督的子女，使得心靈有所寄託，不再是孤獨、徬徨、冷漠的少年。那是在升上中學二年級之前的春假裡，杜恩輝由台北返回高雄老家，途中和過去一樣，在最後步行的半哩路，總會經過一所教會。這一次路過又被優美純淨、和平安祥的聖歌詠唱聲所吸引，出於強烈的好奇，就索性走入小花園，來到教會門前，然後輕輕推開兩扇門進入。當場正在佈道的廖牧師一邊引領大家合唱，一邊也注意到有個中學生走進來，便點頭微笑表示歡迎他加入。就這樣從接觸聖樂開始，杜恩輝在廖牧師真心的關懷、誠意的感召之下，於十四歲那年受洗成為基督徒。

宗教總離不開傳道者或法師，以及信徒。宗教信仰可視為心靈的寄託，就像有人寄情於音樂、美術、文學、科學、舞蹈、運動等。不過後述的這些領域也是百種嗜好當中的數種，熱衷者偶爾炫耀一下無妨，但假使信徒也將其所信的宗教常拿來炫耀，那就令人懷疑其入教的動機與心態。很遺憾，現在總有人認為信教高人一等，特別是信仰西方的宗教，成天到處誇耀，卻講不出該教的真義。更惡劣的是時有所聞的藉教斂財、騙人失身、失志等，甚至藉宗教之名，行干政之實。此處所謂的干政專指不顧蒼生，只顧逢迎權貴，或違背人性之體制那一類的過問政治者。若是出於愛土愛民之心，處處為國為民著想，能對當權者進諍言，敢對違反人性、人權的政體予以批判，則此宗教的傳道者、法師或信徒就是發揮大愛的精神，念茲在茲皆為蒼生。簡而言之，讓宗教蒙羞或增光全繫於傳道者、法師或信徒，尤其是具有影響力的傳道者或法師。

顯然在杜恩輝年少時，台灣雖是日本治理下的殖民地，社會風氣普遍良好，人人知法守法，更守本份，罕有神棍詐財或蠱惑人心之類的事。此外，能遇到像廖牧師這樣的好牧師，對於杜恩輝而言也是三生有幸，使其更懂得尊重生命，珍惜人生。在他與同窗或學長、學弟的相處中，只見他樂於在功課上、生活上、課外活動上協助別人，顯得有自信又謙恭，極少甚至看不到他大談教義或聖經，畢竟在那時他就領悟到真正的信仰是讓自己，也讓周圍的人活得自在美好、心安理得。好的宗教家或信仰者不會製造對立、排斥或仇恨，只懂得營造和諧、包容與關愛。就是基於這樣的認知，杜恩輝獨自在外過得很充實、很有意義。

第七章

平常上課時，各年級的學生都是在不同的教室分開上，但碰到分組活動、運動會，或是上圖書館等，則有可能高、低及同年級生混在一起。就是在類似這樣的場合下，嘉華將杜恩輝介紹給他三個親近的同窗認識，不過除了那個公學校時就同班的王哲欣以外，成績優異的黃慎謀，以及功課較差的邱清和幾乎從未向杜恩輝請教過。或許是資優生不需額外指點，而中等以下的學生則嫌麻煩，結果只有像嘉華和王哲欣這一類中上學生樂於接受輔導。這也無所謂，喜歡課外活動的邱清和反而常向杜恩輝討教劍術，因為他和學長都參加劍道社，很佩服學長揮劍前的心神專注，以及比武時的從容應戰等。

當嘉華他們升上二年級，開始接觸新的課程時，杜恩輝已是五年級的學生，也是在北二中的最後一年，之後就要念預科，準備升大學。他有遠大的抱負，打算克服一切，遠渡重洋至日本，在內地攻讀醫學。看來每個人都有的忙。可是這一年卻不見邱清和的身影，原來經過一年的學習與考慮，他決定轉校，改念台北工業學校（即今之台北科技大學），畢竟自己不是真正讀書的料子，未來沒打算上大學，只想學得一項專門技術，早些出社會工作。關於他的轉校，事先大家只當他是每逢考試考壞，隨便說說，發洩怨氣而已，沒想到第二年真的轉走了。要好的四個伙伴少了他，頗令其他三個念念不忘，於是在二年級第一學期上完的暑假裡，四個好友再度聯絡上，計劃到野外露營，過個最愉快的夏天。他們想讓杜恩輝也參與這個活動，就由嘉華出面邀請學長，但對方以復習課業及返鄉為由婉拒，一方面也是顧慮到他們，希望他們同年級生能玩得痛快些、自在些。

八月仲夏最適合遠離城囂，投入四周青山綠水環繞的大自然中。露營那天，嘉華他們背著背包，提著用具，一早就出發，健行一段路程後，約九點半就抵達現在新店一帶的營地。當時的營地十分天然，幾乎沒任何公共設施，當然也無須申請或登記，但從另一方面看，這樣的野外住宿正好可考驗生活能力，既有趣又刺激。選好了依山傍水的一處好地點，四個人即刻展開各項工作，如紮營、挑水、撿樹枝、放置炊具及其他用具等。由於勞動出汗，而且離午餐時間尚早，他們就脫下內、外衣褲，換上泳褲，噗通一聲跳入溪裡玩水再說。

在溪裡玩水兼洗澡，甚至想水中抓魚，不過每次都失敗，只好上岸來，擦乾身體，換上衣褲，開始生火煮飯。這時邱清和拿出釣竿、釣鉤，準備坐在溪邊的石堆上垂釣看看。他想著，若能釣得一尾新鮮的魚，不僅是就地取材，還可為過於簡單的午餐加菜，甚至手氣好多釣一兩條，也可留著當晚餐。於是，當其他三個人忙著煮飯炒菜時，他就跑去釣魚，好像有責任為大家增添菜色的樣子。實際上，他個人蠻愛吃魚，又會釣魚，如今正逢溪邊露營，自然不願錯過一展身手，又可品嚐鮮魚的機會，況且還能豐富野外的料理。果然天公伯有意給大家加菜，讓邱清和釣到了一條大魚、四條小魚，足夠當天的午餐及晚餐吃。

他們將那條大魚暫時存放在水桶裡，午餐時先烤四條小魚，再配上青菜、碗豆及鹹蛋，一餐吃下來還真夠味。飯後在帳篷裡休息一會，接著就收拾好炊具，背起背包，拄著登山杖，一步步往後面的樹林走去。在林中，嘉華忙著觀察花草樹木，王哲欣留意著昆蟲百態，黃慎謀仰望著天上的太陽，又俯視地上的陰影，像是在推測時間，而邱清和則左右擺動頭部，上下甩動雙手，乃至扭動整個身軀，直接就做起體操。他們享受著芬多精，邊走邊看，但不想走太遠，免得太陽下山後，天一黑恐怕走下來就費時費力。再則，夜幕籠罩下的森林也不利於考察生物，或做其他活動。

他們在林中逛了約三個鐘頭，差不多能看的都看了，覺得有點厭倦，就趁著天色猶亮的夏日黃昏，緩緩走下坡，步出樹林，回到溪邊的營地。放下背包，擦乾汗水，納涼了一會，覺得身上有些癢，想必是在林中被蚊蟲叮咬，於是再度脫下內、外衣褲，換上泳褲，一個個跳入溪裡洗澡。也對，晚餐前該洗個澡。

洗完澡後開始準備晚餐。邱清和拿出上午釣到的一條大魚，問其他三人說：

「此尾大尾魚咁闍欲用烘ê？我看魚頭ê部分煮湯，魚身用煎ê。」

「大尾魚無好煎，恐驚ê煎穤（不好看），看起亦是用烘ê卡妥當。」嘉華說。

「假使先切甲一塊一塊細細塊遮煎啲？」黃慎謀問說。

「恐驚ê油煙傷濟，會煎甲臭火焦（燒焦），我感覺亦是用烘ê好。」王哲欣說。

「好啦！先切甲一塊一塊，親像中晝呷ê細尾魚，遮閣來烘。」邱清和說。

「按爾好。下暗加一項魚湯，一定真有營養，伓過愛燉卡久ê。」嘉華說。

「無要緊，咱飯煮起，先呷菜佮魚，最後遮啉湯。」王哲欣說。

「呷飯ê時陣應該先啉湯遮對。喙內有水份對呷物ê消化卡好。」黃慎謀說。

「對啦！但是魚湯稱采（隨便）燉會失去好滋味。先啉すいとう（水筒）偆ê水（剩下的水），橫直湯煮起時嘛傷燒。咱欲燉卡久都是不單欲啉湯，亦欲呷魚肉。假使無彼魚頭倘煮湯，咱佮中晝仝款，舀溪仔水來滾，生水就變做會啉ê水囉。」邱清和說。

「魚頭亦有肉？」黃慎謀問說。

「有啊！喙殼內面ê肉真幼真好呷，殼嘛會哺ê，莫吞落就好。」邱清和說。

「看起清ちゃん熬釣魚，閣誠敖呷魚，會當做魚科ê先生。」王哲欣說。

「好啦！腹肚足枵（肚子很餓），緊來起火煮飯。」邱清和說。

夜晚的溪邊原本清冷，但正值仲夏，不僅毫無寒意，還隨著南風陣陣吹來，令人感到無比涼爽愉快。一夥好友聚在溪旁營地吃著晚餐，有燒烤的魚塊，有煮沸的魚湯，再加上蔬菜、雞蛋等，簡直就是夏天的火鍋。當晚雖無明月高空掛，卻有繁星天邊現，舉頭望去像是鑽石、寶石，在那暗藍的穹蒼閃爍不止。這一頓晚餐有如一場盛宴，大家慢慢吃，吃得起勁又有味，尤其是在這天然、美好的山川中，遠勝過那巍峨宮殿裡的華麗酒宴。飯後大家仍圍著營火而坐，邊喝湯邊閒話學校、課業、未來的志向及出路等，甚至也談到杜恩輝學長。

「清ちゃん，台北工業學校讀ê科目攏是きかい（機械）方面咻？」嘉華問說。

「即馬咧讀ê科目有一半佮北二中仝款。」

「按爾生汝何必轉校？」王哲欣問說。

「但是𪜶二年生以後，機械方面ê專門科目都增加。」黃慎謀說。

「對，以後專門科目會增加。」邱清和說。

「好讀無？看起愛讀一般ê科目佮專門科目，伓是卡無閒？」王哲欣問說。

「但是一般ê科目無北二中赫深，專門科目讀起嶄然仔有趣味。」邱清和說。

「按爾生上好。」嘉華說。

「是啊！工業學校卒業了後，我亦無扑算加續（繼續）讀冊。」邱清和說。

「恁茨內家境好，汝嘛免緊欲出社會做穡。」黃慎謀說。

「是無錯，伓過讀甲大學去，有一日嘛是愛出社會做穡。」邱清和說。

「親像華ちゃん因茨內咧做生理，卒業了後佇茨內做穡都好。」王哲欣說。

「先輩𪜶茨內嘛是咧做生理，但是伊扑算欲去內地讀醫學，將來做いしゃ（醫者，即醫生），伊對做生理無興趣。」嘉華說。

「即陣去內地伓是真危險？日本佮中國拄咧相戰。」王哲欣說。

「已經戰三年，但是社會嘛愛運作，人嘛愛生活，車嘛愛走（跑，行駛），學校嘛愛開，所以對先輩ê留學無啥影響，顛倒伊讀煞，戰場真需要伊。」黃慎謀說。

「按怎講？戰場伓是足危險？」王哲欣問說。

「啊！派伊去做軍隊ê醫者，因為戰場有真濟受傷ê兵仔。」嘉華說。

「對，對，華ちゃん講囉對。」黃慎謀說。

「按爾生看起，先輩讀醫學有通，平常時佮相戰時攏需要醫者。哲ちゃん，恁お父さん嘛是醫者，伊一定真希望汝將來讀醫學，對無？」邱清和說。

「伊是有按爾生想，但是亦尊重我家己ê看法。目前我無想赫濟，到四年生彼時遮講抑袂慢，即馬將中學校ê課讀好卡要緊。」王哲欣說。

「華ちゃん咧？汝有欲佮先輩仝款，大學ê時陣讀醫學無？」黃慎謀問說。

「茨內是有希望我將來讀醫學，但是我佮哲ちゃん仝款，即陣亦是將一中ê課讀好卡重要，到時欲讀醫學抑是工學遮講。」嘉華說。

「阿謀汝家己咧？咱四個人汝功課上好，上適合讀醫學。」邱清和說。

「喔！我若看著血啦、病人啦、開刀啦，抑是鼻（聞）著藥水味都袂堪（受不了），絕對袂使讀醫學。若是工學抑是理科都卡適合。」黃慎謀說。

「暗啊！咱物件收收ê好歇睏囉。」嘉華說。

收拾好炊具、碗筷等，並在帳篷四周撒了些石灰粉，以防止蛇類侵襲，他們就進入篷內睡覺。夜深的戶外，寂靜中仍可聽到輕柔的風聲，從山上徐徐吹來，飄過溪水，掠過帳篷，吹向後頭一大片的樹林，之後無聲無息消失在黑暗的林野中，接著風又從山上徐徐吹來，徹夜就這樣循環不已。這股夏夜溫柔的微風，一陣接一陣彷彿大地之母吟唱著搖籃曲，唱得人心好舒暢、好沁涼，瞬間就將人帶往遙遠、神秘又瑰麗的夢之鄉，讓人忘卻白天的喧囂、世俗的煩憂等。

當輕柔的風聲轉為清脆的鳥唱時，黑夜已褪去，白晝正降臨人間。一早甦醒過來，聽著鳥鳴走出帳篷外，放眼望去，青山綠水籠罩在晨霧中，活生生一幅潑墨山水畫。雖不見飛鳥蹤影，耳畔盡是鳥語交響曲，此起彼落，熱鬧非凡，連花草上的朝露都聞聲雀躍不已，一顆顆如晶瑩的珍珠滾滾而落。趁著浪漫的晨光，他們四個人又換上泳褲，跳入溪裡游泳。游到豔陽即將施展威力時，就匆匆上岸來，擦乾身體，換上內、外衣褲，並著手煮早餐。這頓早餐是在外露營的最後一餐，十分簡單，只有幾把青菜和一些碗豆，拌著白飯吃起來還不差。飯後收拾好炊具等一切用具，拆了營帳，疊好塞入行囊裡，背起背包，拄著登山杖，一行人就懷著大功告成，或計畫圓滿達成的愉快心情，揮別了這山林野外。

暑假過後，嘉華返回學校，展開第二學期的課程，而就在這秋高氣爽的九月、十月之間，他母親李太太也有一趟遠行，即前往廈門分店視察。說是視察固然沒錯，但實際上也有出外散心的用意，特別是計劃到杭州西湖等地遊覽。這回與她同行的除了一位資深的夥計外，還有嘉華他們的大舅媽，也就是表哥鄭揚海、表姊鄭秋錦的母親。李太太等人抵達廈門後，負責分店業務的三舅先做個簡報，向李太太及那位老夥計報告營業概況，並呈上帳簿供瀏覽。之後數日裡，那位老夥計留在店中稽核，且與三舅等店員一起處理日常業務。至於李太太和大舅媽則在三舅媽的陪同兼嚮導下，搭船到中國內陸觀光遊玩。

然而此時因中日戰爭正在進行，有很多名勝古蹟不便參觀，或交通中斷無法通達。李太太等三個女眷僅在杭州待了二天，特地到馳名於世的西湖逛逛，看看那十景中的雷峰夕照、花港觀魚、柳浪聞鶯、蘇堤春曉、三潭印月等，隨即搭船返回廈門，再另外參觀境內的南普佗寺，鼓浪嶼等地。自從長子嘉隆去世一年多以來，李太太心中的痛始終無法完全消除，只是藉由外物，或對其他子女的加倍關愛而轉移情感，使得痛楚變淡些，變輕些。這次再訪廈門，最令她驚喜的是幾年沒見，那個與嘉生同年的姪女鄭碧霞出落得標緻又大方，已不再是毛頭小孩的模樣，並且明年也預備念女學校（即女中）了。據三舅媽說，三舅對這個寶貝女兒的教導頗有一套。當女兒調皮或犯錯時，三舅不處罰她，也不責罵她，反而用量布的尺打自己的手心，或叩打自己的頭，結果女兒看到深感羞愧與不忍，馬上伸手阻止，並保證下次絕不再犯錯或惡作劇，此後就越來越乖巧柔順。

李太太看在眼裡，心想若鄭碧霞能與嘉華結成夫妻該多好，便問她說：

「阿霞，汝會記ê華ちゃん無？」

「會記ê啊！伊頂懸亦有一個隆ちゃん，就是我ê大表兄。隆ちゃん看起真大漢，閣誠顧小弟小妹ê款。我足欣羨華ちゃん佪有一個像隆ちゃん按爾生ê大兄。」說完立刻想到大表哥已過世，心中頗惶恐，就對姑媽表示歉意：

「阿姑，誠歹勢，汝問我華ちゃん，我嘛講起隆ちゃんê代誌。」

「無要緊啦！汝抑會記ê隆ちゃん，阿姑真歡喜。對華ちゃん咧？抑是生ちゃん咧？汝對佪有啥米印象無？」

「聽ê講華ちゃん真敖讀書，即馬咧讀台北二中。生ちゃん嘛聽ê講敖讀書，性情比華ちゃん卡溫順。」

「喔！華ちゃん無乖無溫順咻？」

「伓是啦！華ちゃん嘛乖，但是伊卡有主張，卡有意見。會記ê細漢時去阿姑兜吃桌，阮囡仔吃了咧佚佗時，攏愛照伊ê指示做。」

「嶄然仔正確喔！看起汝誠了解華ちゃん。好，以後歇寒歇熱ê時陣，卡捷來阿姑兜佚佗。汝若有功課無清楚ê所在，亦會使問華ちゃん，伊會教汝。」

「好啊！到時亦會當看得文子佮幸ちゃん，個嘛卡大漢囉。」

鄭碧霞當然不知道姑媽有意撮合她跟嘉華，何況這件事還需三舅夫婦的同意。大人之間倒是好說，成不成全在於孩子本身，李太太再怎麼期盼，也絕不會強迫，畢竟她是疼愛孩子，也尊重孩子。暫且不管事成與否，這類親上加親的婚姻在過去頗常見，就連著名的英國文學《咆哮山莊》最後亦以表兄妹結合，化解了上一代的恩怨情仇。至於講究血統與身分的英國，或其他歐洲王室，表兄弟姊妹間的通婚直到二十世紀初都還有。顯然現在無論是東方或西方國家，這種親戚間的結婚已很少見，甚且法律上也明文禁止。不過，回頭再看鄭碧霞與嘉華的情形，他們雖稱為表兄妹，實則毫無血緣關係，因為三舅是李太太的義弟，而鄭碧霞及小她二歲的弟弟也非三舅親生，全是由於三舅媽不孕而領養的孩子。其實換個角度看，有時領養的孩子比親骨肉還孝順，無血緣關係的家族比一般人還珍惜天倫親情。如此看來，這種緣份還真深厚，彷彿是前世修來的福。

那天晚上，李太太飛也似的返回台灣，然後和丈夫驅車抵達台北二中，因為學校有一場跳水比賽，嘉華也是其中的參賽者。當輪到嘉華出場時，觀眾席上的來賓依慣例給予掌聲鼓勵，李太太和丈夫自然是鼓掌最熱烈的一對家長。嘉華向大家鞠躬答謝後，很有自信，也很炫耀地一步一階爬上了跳水板，再走到最前端，低頭俯視底下如藍色大海的游泳池，接著後退至跳板中心處，憑著一鼓作氣，向前衝，並以踩踏板緣之力，讓整個身子彈跳起來。哇！在半空中翻滾的姿勢好棒、好酷，看得令人屏息以待，直到落入池中，濺起水花，觀眾才放心猛拍手。之後，時間一秒秒、一分分逝去，卻不見嘉華從池裡游上來。怎麼回事？等不及大會的安全人員及教練等跑去一探究竟，李太太已掙脫丈夫的勸阻，獨自從席上趕下來，衝到泳池邊，俯身一看，水中的嘉華像洩了氣的橡皮艇，面朝下半沉半浮著。此時，教練等人跳入池中將嘉華抱起，抬到地板上搶救，無奈早已氣絕。李太太悲憤難抑，放聲痛哭，驚醒了睡在隔床的大舅媽。大舅媽邊下床邊說：

「無代誌，無代誌，是作夢。汝閣夢見隆ちゃん咻？」

「伓是隆ちゃん，是華ちゃん。此夢誠驚人，華ちゃん竟然死咧游泳池。」

「阿彌陀佛！無代誌，華ちゃん好好咧讀冊，咱嘛後日都欲轉去。」

隔天李太太想起嘉華很喜愛搜集郵票，便決定在回台灣之前，到專賣店去選購些郵票。由於正逢禮拜天，學校不用上課，因此李太太也想帶姪女鄭碧霞去。

「阿霞，今仔日下晝阿姑欲出去買きって（切手，即郵票），汝有愛佮阿姑鬥陣去無？買了後，

咱來去きっさてん（喫茶店，即咖啡店）淋コ——ヒ——（coffee的日語拼音，即咖啡），呷ケ——キ（cake的日語拼音，即蛋糕）好無？」

「好啊！但是切手哪得買？店內有，我嘛有，來抟（拿）一張就會駛。」

「伓是寄批（信）用ê，是欲買互華ちゃんê，伊真愛收集種種ê切手。」

「喔！按爾生喔！我嘛收集誠濟，我會當互伊一寡仔。」

「按爾汝都減少了，哪倘？」

「我仝款ê有真濟張，無差啦，都準做是送伊ê禮物。我來抟互汝看。」

一溜煙跑走，又一陣風似的跑回來，鄭碧霞將手上三本集郵冊交給李太太。看來這女孩跟嘉華蠻有緣，居然有著共同的嗜好，長大後讓他們結成夫妻一定很幸福。李太太邊想邊攤開其中的一本集郵冊，翻閱了一下說：

「阿霞誠かんしん（感心，即用心），收集赫濟切手，一張一張貼甲誠整雋（整齊），歸本保持甲真媠，但是若欲送互華ちゃん，由仝款ê部分抽幾張都好。」

「無要緊，歸本送伊好啦！我亦閣有真濟，貼貼ê都閣變一本。」

「下晝咱來買一本新ê簿仔，甲汝欲互伊ê切手，攏總貼咧新ê簿仔內底，按爾生汝此本都袂了去。簿仔買了後，來去呷ケ——キ（即蛋糕）。」

「好，好。我緊來甲宿題寫互了，下晝都會當佮阿姑出門。」

到了下午要出門時，除了鄭碧霞，連她弟弟鄭青峰也跟來，李太太當然很歡迎，因為明天上午她和大舅媽，以及那位資深的夥計就要搭船返回台灣，趁此機會可以再與姪女、姪兒單獨相聚。說來微妙，小孩子若天天看，不覺得有何變化，但隔個四、五年再看，變化就明顯了。鄭碧霞固然是邁入青春期，且又是女孩子，外觀變化較大，鄭青峰卻在身高上直逼姊姊，容貌也顯得和過去有些不同。這對姊弟的成長變化，在身為養父母的三舅夫婦看來，或許沒有李太太的感受那般強烈，但還是了然於心，充滿欣慰之情。

在郵票專賣店裡，李太太幫嘉華買了一本棗紅色皮面的集郵冊，然後分別為嘉華和鄭碧霞各買了一套歐洲的名畫郵票。接著，他們就去附近的一家咖啡店喝咖啡，吃蛋糕，也許這正是鄭青峰跟來的目的。李太太看著這二個孩子吃得那麼愉快，不免又想起自己的孩子，特別是嘉華。現在嘉華就是弟弟、妹妹的大哥了，無論如何都得平安無事，健康快樂地成長，然後攻讀醫學，成為名醫。

第八章

從廈門返回台灣後，最讓李太太開心，或說放心的就是嘉華書念得好，身體也很健康，其次則是在翌年一九四一年春天，嘉生也以優異的成績考入台北二中。此後兄弟同校，一為三年級生，一為一年級新生，彼此相互照應，為人母者甚覺高興。然而與此同時，嘉華的學長杜恩輝畢業離校了，並按其原定計畫，將於五月間赴日留學。原先嘉華和他三個同窗打算去基隆送行，可是那天非假日，學校有課得上，只好作罷。為此，嘉華在杜恩輝離校前一週的星期天去找他，等於是與他話別，謝謝他二年來的照顧，也祝福他早日學成歸國。關於課業方面杜恩輝說：

「此擺去日本伓是馬上讀醫學，愛先考高等學校，就是大學ê預備校，讀三年遮會使考大學。若順事考著，一般科讀三年就卒業，醫科愛讀四年。」

「哇！按爾先輩愛佇日本恬（待）七年。」

「是啊！若順事是七年，萬一做ろうにん（浪人，即重考生），時間都拖久。」

「想起醫學確實無好讀，尤其是先輩欲去日本，愛佮內地ê學生拚。伓過照先輩ê實力來看，考著東京帝大（即今之東京大學）無問題。」

「恐驚ê誠競爭，何況是台灣去ê學生，所以到內地我愛揣一間補習班，先補習英語佮數學。此二科佇高校亦是真注重，若成績無夠，都大學無望。」

「先輩讀書ê精神確實互人佩服。對啦！愛寫批轉來互我喔！反勢透過批，我亦閣會當向先輩請教問題。」

「會啦！佇日本若安定了後，我一定寫批轉來，按爾生汝都知影我ê住所，以後隨時會使寫批互我。」

「好，我有閒時卡捷寫。先輩，此個おまもり（御守り，即護身符）是我去廟寺求來ê，送互汝保平安。」說著就從上衣口袋裡掏出一個護身符。

「どうもありがとう（感謝）。」

對於基督徒的杜恩輝而言，護身符的意義是比不上十字架，而且也可像一般基督徒拒收，但終究這是學弟出自內心的一番好意，再則對方尚不知他信奉基督教，因此就大方地收下來，反正當做一件紀念品也很值得。看到這個護身符，想到的不僅是嘉華這個學弟，還會思及台灣的風土人情，況且到了日本內地，那也是神社、寺院林立，護身符處處可見的佛教之國。身為基督徒當然不會主動去接觸佛教、回教等別的宗教之物，但是像上述的例子，不見得拒收或丟棄才忠於所信之教，要珍惜的是那份情，至於物品本身則可視為傳達的媒介，另有一番意義，不再是固定的宗教之物，如此一來內心就較坦蕩。

從之後的書信往返中，嘉華得知杜恩輝不久即考上位於埼玉縣的浦和高校，接下來就是保持優秀的成績，三年後投考東京帝大的醫學部。受到學長的鼓勵，嘉華更加用功，也常幫嘉生，甚至其同學解決課業難題，因而現在他也變成受歡迎的學長。看來一切都十分順利，怎知在一九四二年的初夏，也就是嘉華二中四年級、嘉生二年級時，李太太於沐浴中，突然發現左邊乳房的皮膚紅腫，且有局部凹陷的現象。起初她以為過幾天就自然好轉，但經過半個月這現象仍存在，甚至有逐漸擴張的趨勢，只好在丈夫的陪同下，不甘願地去醫院接受檢查。當李太太聽到檢查的結果是罹患乳癌時，她直覺的反應是想到絕症及死亡，並且想起她的外婆、姨婆，她們皆因乳癌去世，如今隔了母親那一代，這個女性最常見的癌症又找上她這獨生女，連想要躲避都無法躲。當時台灣的醫藥衛生雖在殖民政府的努力下，比起甲午戰爭前大有改善和進步，但對於癌症的治療還是以藥物控制及手術為主，化學療法尚未問世，因此別說是台灣，就是醫學發達的歐美國家，碰到癌症也深感頭痛。其實，即便化療普及的今日，任何患者都聞之變色，原因乃是化療會殺死癌細胞，同時也會毀滅正常的細胞，可說副作用極大。再則，化療也不保證能將癌症治癒。總之，李太太得知患了乳癌，整個人已陷入憂懼的深淵，所幸尚有親人為她打氣，醫生更鼓勵她接受治療，以求康復。

偏偏此時負責煮飯的阿秀已告老還鄉，烹飪的工作暫由洗衣婦阿琴兼任，而李先生須經營車店，孩子得上學，家中竟無人可專心看顧李太太。李先生見到這情形，腦海浮現出玉梅的身影，似乎只有玉梅最了解李太太，也最適合長久照顧她。可是當初請人家走，現在怎好意思請她再回來？事到如今，在這種節骨眼，只好厚著臉皮去求她，希望她不計前嫌，為挽救李太太的性命，盡可能早些回來。萬一玉梅已嫁人了，恐怕更難，或根本不可能請她回來。不過若與人成親，鄭揚海也會說起，他姊姊鄭秋錦也會告知眾親好友，畢竟他們也算是一齊長大的表姊妹，感情特別好，不至於讓婚禮秘密進行。想來思去，李先生便在午後暫歇時，登上二樓，來到臥房探望太太，並趁她醒著躺在床上，就對她說：

「彩子，我看咱叫阿梅轉來，好無?伊會使專工（專門）照顧汝，隨時陪汝去病院。」

「我有按爾生想，但是當初咱請伊離開，即馬實在無面子叫伊轉來。唉!此是我家己做得來，只有怪家己，無怪得到此款絕症。」

「莫按爾講，彼陣ê代誌是一回事，即馬ê病是另外一回事，眼前好好養病，好好調養身體卡要緊。我亦有責任，當時想到袂使耽誤伊ê青春，一時閣想無適當ê對象，都是有，反勢伊嘛無甲意，所以遮決定互伊轉去伊ê外家茨。其實阿秋來叫伊去姻兜亦對，家己ê外家茨顛倒久無往來，變囉卡生疏。汝看咱拜託貴鳳（指大舅媽）講情，啥米款?」

「汝是講叫貴鳳甲個阿秋講，拜託阿梅轉來啉?好啊，會使試看嘜。此幾日仔請貴鳳來，我講互聽，拜託伊出面一下。唉!此是我家己做ê孽，家己愛擔。」

「莫閣講彼有空無榫（無意義，無聊）ê話。阿梅若肯轉來，一方面愛甲發落伊ê婚姻，我遮好好想看覓。眼前是治療汝ê病卡要緊，都是此點愛拜託伊幫忙。」

「若互外人知影此款代誌，人會講咱自私。咱亦確實自私，臨時有急ê代誌，遮欲叫伊轉來，實在對伊袂得過。」

「莫想赫濟，萬一伊若無意思欲轉來，咱遮另外想辦法。汝安心調養卡要緊。」

當大舅媽受託，專程到女兒鄭秋錦家，向她及玉梅訴說李太太病危，並懇求玉梅回去照顧病人時，玉梅立刻點頭答應。在一旁的鄭秋錦看了也無話可說，但在母親離去後，拉著玉梅的手，以半提醒半勉勵的口吻對她說：

「阿姑此病會好無誠歹講，眼前看起來，汝ê決定是對ê。換做是我，亦會答應，阿姑終歸是咱ê頂輩，講起亦是汝ê老母，咱無目睭金金看伊破病無人顧，但是汝亦愛扑算家己ê將來。以後無論遇著啥米款代誌，汝攏放心來揣我，阮兜時時刻刻歡迎汝來。此二年來，講起是我佮恁姊夫傾慢，無法度替汝揣一個好對象，害汝按爾白白過了此段時間。」

「阿秋，莫按爾講，婚姻ê代誌愛靠雙方ê緣份。一方有意思，另外一方無此意思，中間人抑是講親情ê人按怎講嘛是無采工（毫無作用）。」

「是啦，汝講囉對。會記得，以後遇著困難，一定愛來揣我。」

「我知影。真感謝此二年來汝佮姊夫ê照顧。」

「好，好，此幾日仔汝包袱仔款互好（整理好），遮轉去袂慢。」

次日晚上，玉梅在整理行李時，摸到一條有花草圖案的絲質手帕，那是十九歲那年的舊曆新年前，嘉隆在菊元百貨店買給她的禮物。這些年來很少使用，整條手帕完好如新，攤開來一看，在花草欣欣向榮的圖案中，那段無憂無慮的歲月彷彿又呈現出，有如跑馬燈，各種畫面一幕接一幕轉得快又急，剎那間就到了嘉隆長眠的最後一幕。想到此，玉梅心中很平靜，然後慢慢如倒帶似，將嘉華、嘉生，還有林金龍等人也放入跑馬燈中。關於身世和她幾分相似的林金龍，在跑馬燈中，最鮮明的就是準備為他縫鈕扣那一幕。不知他是否還在店裡？結婚了沒？恐怕還沒，否則鄭揚海來時也會提起。這樣想起他，可對得起嘉隆？沒關係，嘉隆若九泉下有知，不但不會責怪，反而會讓她盡情地想。是啊！盡情地想，自在地想。活著的人不能老是纏著過世的人，這樣會害得死者無法安心離去，苦惱地在煉獄中徘徊，難登極樂世界。林金龍和李嘉隆有何不同？最大的區別在於，前者是以外來的成年男子出現，而後者出現時是孩童，然後跟著自己一齊長大。如果以崇尚自由戀愛的女性來看，嘉隆就像兄弟一般，再好總沒有外人那樣具有吸引力，或說有著新鮮、神秘的感覺。玉梅或許沒意識得如此透徹，僅僅是一條手帕喚起她的回憶，讓她想起那贈與的人，還有環繞在那人周圍的人。將手帕再疊好並收入箱子後，她很清楚活著的人該多為生者著想。

俗話說有緣人兒千里來相會，好巧不巧，玉梅返回李家，第一個看到的人就是林金龍，而林金龍前一刻還聚精會神在擦拭腳踏車，猛一抬頭竟與玉梅四目相望。玉梅向他點頭微笑，他也同樣回禮，眼神充滿了喜悅、希望的光彩。他心中的希望並非全為著自己，想著未來幸福的可能性，也有一大半是為著李太太，畢竟這位頭家娘已歷經喪子之慟，如今又染上惡疾，能否戰勝病魔，不光是她個人的運命，還會牽動丈夫和孩子，影響到店裡的業務及經營。他在李家已好幾年，除了玉梅上回離開時有些埋怨，幾乎家中的大人、小孩，甚至其他夥計等早就和他形成了一個命運共同體。雖說外頭有的是工作機會，要找個像李先生這樣的好頭家卻不容易。當然，未來的事難料，不過有了希望，就產生出勇氣。

聽到夥計說玉梅回來了，阿琴立即下樓來，幫玉梅提行李，帶著她到李太太的臥房去。阿琴見到玉梅頗高興，一方面是隔了二年多又相逢，另一方面則是慶幸有了好幫手，在照顧李太太之餘，尚可與她分擔些煮飯、打掃、洗衣等家事。說實在，自從阿秀年老離職後，她也想著有一天盡早退下來，回家享清福。

躺在床上的李太太一臉病容，但看到玉梅時卻突然神采煥發，對著她說：

「阿梅！來，來母さん正手爿ê椅仔坐。」玉梅坐下後，李太太繼續說著：

「講起是母さん對汝袂得過，汝都伓倘見怪，真多謝汝轉來照顧我。萬一我佗一日袂堪ê，都按爾往生去，恁お父さん，亦閣有華ちゃん因攏會記得汝對阮李家ê恩情，會想辦法好好報答汝。」

「お母さん！莫想赫濟啦。我是轉來幫助汝調養身體，咱都照先生（即醫生）ê指示來做，其他ê代誌莫去想，以後啥米款亦莫講。專心治療都好。」

「好啦！以後攏莫講。差不多好呷中晝囉，汝揣阿秀先去呷一下。」

玉梅重返李家的確令人興奮，嘉華尤其高興。他知道今後玉梅雖以看顧患病的母親為主，但仍會像從前一般，照顧他和弟弟、妹妹的生活起居，提醒他們上學或外出時該注意的事項，譬如天冷多添件衣服、喝湯要慢慢喝、盡可能別熬夜念書等。這些似乎是為母者該留意或叮嚀之處，但過去李太太忙著做生意，始終難以全面顧到，多半都轉由玉梅負責。在那時候，嘉華他們不免會嫌玉梅囉嗦，如今分別二年，這才發覺有玉梅在真好，連阿琴、阿秀都無法取代她。

在玉梅的照料下，家中秩序井然，李太太也顯得較有精神，但實際上病情並未轉好，只是靠藥物控制暫時無慮。就在同一年的七月中旬，李先生那名喚李尚福的三弟來訪，表面上是探望兄嫂，實則想請李先生幫忙，由他向台北信用組合貸款，以便購屋，因為李先生是組員，較容易借到錢。李尚福之前也有得到哥哥及嫂嫂的協助，搭船到福州、廈門，甚至華北的天津等地找尋商機，也總算和友人有做起小型貿易，不過自結婚生子以來，一直是賃屋而居，現在孩子漸長，極需一棟自有的住宅。關於李尚福的孩子蠻有意思，較大的二個女兒是跟前任的太太所生，較小的二個兒子則是和現任的太太所生。這位現任的太太是他在天津時所認識，其雙親皆為台灣人，卻長期待在天津，同為一所中學的教職員。至於那位前任的太太，福氣較薄，未等到丈夫賺點錢，就因感染瘧疾死去。

慰問兄嫂之後，李尚福提及購屋一事，李先生感到憂喜參半，問弟弟說：

「汝看甲意ê茨佇佗位？價數啥米款？」

「佇憖此箍圍仔，太平町通ê巷仔內，二層樓仔茨，總共一百坪，每坪七十六箍，所以總價是七千六百箍。此個價數按怎樣？無貴吧！」

「此箍圍仔ê茨是起（蓋，建）囉好，價數會使考慮，但是汝手頭咁有赫濟錢？」

「就是無夠錢，欲請兄さん幫忙，向信用組合借錢來買。兄さん是組合ê社員，欲借錢卡方便，亦卡緊。」

「但是哪需要買甲二層？對恁一家口仔來講，一層都夠企（住）囉。」

「若二層歸ê買，俗閣有通，會使一層租人，有租金ê收入。都是無愛租人，咱兄弟仔一人企一層嘛算會合，畢竟兄さん到即馬抑無家己ê茨。」

「我有欲將目前租ê店面佮企家攏總買落來，但是按怎佮茨主參詳，無論價數偌好，伊伓肯都是伓肯。」

「換做是我嘛伓肯，終歸是家己ê茨卡好，租人有租金，若像雞母會生卵，閣是金雞卵。我看兄さん做我ê保證人，向組合借錢來買上通。拜託，拜託。」

「好啦！我遮閣想看覓。如果會當，汝扑算欲借偌濟？」

「差不多七成，大概五千箍，偆ê我家己想辦法，會使袂？」

「好啦！我此幾日仔內去問看覓，但是伓敢講一定成。」

「會啦！兄さん出面一定成，多謝兄さんê協力。」

李先生雖未能買下目前位於大街的店面及住家，卻在數年前買下現在林口鄉的一塊山坡地，以及台北東區附近的千坪田地，後來更趁著事業扶搖直上之際，又陸續購入二、三塊小田地，交由佃農耕作，坐收佃租。此外，想到未來終有一日須退出商場，林口鄉的山地屆時就成為好去處，而前些年帶著貿易伙伴三浦さん去參觀時，他也很贊成善加開墾，以備未來生活上自給自足，於是就將買不到店面的那些錢，投資在山地上，蓋了房子，又闢出果園、菜園，還雇請一位親戚看管。或許正因為有了這些山地、田地，縱然在市區裡少了一幢自有的房子，多年來李先生並不深感遺憾，反正在城裡能將生意做成功最重要。可是如今不一樣了，既然三弟李尚福想在附近買棟房子，價錢也還可以，不妨就順手拉他一把，向台北信用組合貸款，完成他購屋的心願，自己也能沾上好處，分到一層。看來三弟這些年來生意做得尚可，到時應該有能力還債，就姑且成全他。

這樣想著，錢財與土地皆有，然而之前長子英年早逝，現在太太又罹患乳癌，光憑這些就足以抹殺財富所帶來的喜悅。回想年輕時，就像現今的林金龍一樣，是個修理腳踏車的技工，之後慢慢在業界展露頭角，憑著勤奮、才能及機遇，終於成為獨當一面的老闆，也變成工廠的三大股東之一。此處所謂的機遇即遇到一個鄭姓貴人。這位鄭先生從事貿易，常往來於台灣、福建等地。有一次因腳踏車失靈，他將車子送回經銷店，而經銷店又送回原廠，最後則落到李先生頭上，由他負責檢修。修理完畢，鄭先生急著要用，卻一時忙得找不到人去取回，李先生得知便自告奮勇，願將車子騎回鄭家，交給主人。還好這段路不長，回程用走路即可。關鍵在於應門的是鄭家獨生女鄭彩煥，且二人竟然一見鍾情，連鄭先生也頗賞識，願促成二人的婚事，更願協助未來的女婿開創事業。如此回顧，這個後來成為李太太的鄭彩煥才是真正的貴人，若沒有她，或縱使有，卻看不上一個修理匠，李先生恐怕無法像今天這般騰達。正因為這樣，太太染上重病對他打擊相當大，但面對太太時又須顯得樂觀開朗。

關於李太太的病狀，原本醫生想動手術，將左邊乳房的腫瘤切除掉，但無論是在當時或現代，婦女總是將乳房視為性別的一大象徵，有如生命那般重要，非不得已多半不願割除，即便之後尚可施行乳房重建術。而就李太太的病例來看，等到被檢測出得了乳癌時，幾乎離末期不遠，就算願意接受手術，恐怕為時已晚，剩下的只能用藥物抑制癌細胞的生長。這情形醫生有告知家屬，所以李先生很清楚，此外玉梅也知其一二，因為都是她陪同李太太到醫院複診，或是單獨去拿藥。李先生為避免孩子問東問西，還叮嚀玉梅勿說出實情，只說是服藥後慢慢會好轉，一段期間之後就能完全康復。

想到有玉梅專心照顧太太，李先生多少感到欣慰，也還記得曾向太太說，這回玉梅歸來，無論如何總得幫她談一門親事，畢竟她已二十四歲了。對了！那位林金龍大嘉隆二歲，今年數來也是二十四歲，正巧與玉梅同年，也同樣尚未娶親，不知可否撮合他們？怎麼當初沒想到？顯然那時嘉隆剛過世不久，太太的心情盪到谷底，若得知結果是玉梅嫁給林金龍，可能難以接受。再則，林金龍算是店裡的夥計，出身又卑微，多年來已和自己的親人失去聯繫，即使當時有考慮到他，可能也會因不太理想而作罷，況且男女雙方是否有同樣的心意也未知。當時會列入考慮的不外乎是親朋好友的兒子，但是少數合適的已娶妻，其餘的都比玉梅小很多，最後只好讓玉梅返回原來的娘家，由她娘家設法為她物色對象。實際上呢？玉梅在表姊鄭秋錦家待了二年，如今仍是孑然一身回到李家。也正因為玉梅依然單身，在太太急需人看顧時，可以毫無顧慮立刻回來。

玉梅離去的二年間，若照李太太所言，乃是恢復其自由身，即等於終止做為李家新婦仔的關係，則應該在戶口名簿上除名，但夫婦倆忙於事業，竟遲遲未去辦理，以致戶籍上玉梅仍是養女的名分。或許這層養父母與子女的關係不易拋除，而今玉梅又為照顧養母重返李家，則為人長輩就更該為這孝順的養女找個好丈夫。如果玉梅和林金龍雙方皆有意，不妨請求林金龍入贅，生下的孩子就是李家的孫子，也可為李家延續香火，這不是美事一樁嗎？再設若雙方有意，但林金龍不願入贅，那也無妨，就由他們去，只要玉梅確實嫁對人就好。關於後者，除了出身較低微，林金龍可看得出是個堂堂正正的人，憑著年輕、勤奮與才幹，將來可能大有作為，玉梅跟著他應該沒錯。

從三弟的貸款購屋、太太的病狀，直到玉梅的婚事，李先生思考了不少事情，結果還是太太的病最傷神，其餘的都不難，或到時再提也不遲。

第九章

時序進入七月中旬，學校開始放暑假。李先生為避免孩子吵到靜養中的太太，一方面也想再視察開墾後的山地，便在八月中帶著嘉華他們兄妹到山上去，就當做是避暑度假。數日後三叔、三舅等也來拜訪，還攜家帶眷一齊來。大人小孩群聚山上，甚是熱鬧歡愉。一兩天後大人為了工作須返回城裡，孩子們則意猶未盡，玩得不亦樂乎，要求多待幾天。李先生一想，反正這時候是暑假，就讓他們痛快些，多玩幾天。只是這樣一來，看守房舍的阿月和她丈夫就有的忙，既要餵雞養豬，種植蔬菜，整理果園等，還要供應一群孩子吃和住。當然，這些開銷李先生都會支出，此外也按月付給看守者一筆工資，所以阿月夫婦忙歸忙，反而趁此多獲得些補助。這個稱為阿月的女子與李太太有親屬關係，乃是她姨媽的養子的女兒，該叫李太太為表姑媽，但通常都直接叫姑媽。

上山度假的孩子中，在男生方面，除了嘉華、嘉生兄弟外，還有三叔與現任太太所生的二個兒子，李明傑、李明偉，以及三舅所領養的鄭青峰。在女生方面也同樣是五個人，除了嘉華的二個妹妹，淑文、淑幸外，還有三叔與過世的前妻所生的二個女兒，李雪綾、李雪絹，以及三舅所領養的鄭碧霞。如果再以上學的等級來看，除了嘉華、嘉生、鄭碧霞、李雪綾四人已念中學校，其餘的六人都還在念公學校。這當中最大的是十六歲的嘉華，最小的是六歲的李明偉。由於堂、表兄弟姊妹間年齡差距蠻大，除了自己的弟弟嘉生外，嘉華自然是跟鄭碧霞、李雪綾這二個女孩較處得來，也較有共通的話題可談，例如中學的課程、活動等。

鄭碧霞和嘉生一樣，正就讀中學二年級，但所上的學校不在台灣，而是廈門的一所日僑女學校。原本三舅是打算讓女兒回台灣念，可是這樣就必須借住在親戚家，還得麻煩人家照料，不如就擇近，在廈門當地日本開辦的女學校念。至於小嘉華一歲的李雪綾，其父雖也常往來於台灣、福建等地，但家在台灣，和嘉華他們一樣，始終是在本地受教育，目前是第三高女三年級學生。終戰前的台北有四所供男生讀的中學，也有四所高等女學校。終戰後第一、第二及第四高女合併為北一女，而第三高女則變成北二女，然後再於一九六七年更名為中山女高，以配合台北升為院轄市。

對於鄭碧霞，嘉華當然很感謝她曾送他郵票，不過說來有趣，他似乎對母親看中的這個表妹感覺蠻普通，就像是自己的二個妹妹一樣。但對於堂妹李雪綾卻感覺有所不同，好像她不是所謂的表妹、堂妹那一類，而是另外一個少女似，既熟悉又陌生。以外貌來看，鄭碧霞比李雪綾漂亮些，可是看在一個也處於青春期的少男眼中，鄭碧霞卻不如李雪綾那般吸引人，那般亮麗、明朗、活潑，又善解人意。原先他和她們，還有嘉生，即四個中學生，是走在一塊，邊走邊聊，閒步在果樹園中，但那六個小的在屋前的院子裡玩，忽然吵嚷起來，嘉生只好跑過去看看，跟著鄭碧霞也跑去，於是就只留下嘉華和李雪綾在散步。聽那群弟弟、妹妹又哭又鬧，李雪綾有些好奇，也有點不放心，轉過頭望著院子說：

「扗即好好咧佚佗，即陣到底是出啥米代誌？」

「無啥米代誌啦！囡仔攏是按爾生，一晝久歡歡喜喜，一晝久吵吵鬧鬧，閣過一晝久猶閣歡歡喜喜。生ちゃん佮阿霞有走（跑）去看，按爾都好，咱莫管個。綾子！一年仔無看，汝加卡大漢，強欲甲我逐過。」

「華ちゃん是大兄，我逐袂過啦。對了，汝二中閣一年就卒業，大學是欲去內地讀，抑是踮台灣讀？」

「我有想欲去日本內地讀，但是恐驚ê實力無夠讀醫科。我有一個先輩姓杜，伊即馬佇埼玉縣讀高校，讀煞時會去考東京帝大ê醫學部。伊讀二中時都按爾生計劃，精神真可佩，因為此不但成績愛優秀，環境ê適應力嘛愛強。想起我亦閣無啥把握，雖然佇學校功課好，伓過去日本歹佮人競爭，會考袂過。」

「無一定愛讀醫學，別科嘛會使，二且踮台灣讀醫學嘛會使，咱台北帝大ê醫學部嘛真出名。若是踮台灣讀，省錢閣省工，汝感覺按怎樣？」

「汝所講ê省工是省啥米工？卡容易讀咻？」

「我看仝款是醫學，佇東京讀佮踮台灣讀，應該攏無赫容易，但是踮咱台灣讀，汝就免去適應新ê環境，亦會當每日見到家己ê親人，免互相掛念，步步靠批信聯絡。按爾生伓是真好？我所講ê省工就是此個意思。」

「對啦！踮台灣讀有好處，至少四、五年中間，每年攏有倘見到汝。」

「哈！哈！華ちゃん誠巧。」

「汝家己咧？第三高女嘛真緊就讀煞，卒業了後有欲閣讀大學無？」

「免啦！就是我愛，阮お父さん嘛會講無需要，顛倒加開錢，不如去學校教囡仔，抑是去商社工作卡贏。伊ê觀念是無論查甫囡仔，抑是查某囡仔，書免讀傷濟，有基本以上ê教育都好，以後出社會趁錢卡要緊。」

「叔父さん講ê亦無錯，讀大學都愛看本人ê意思佮能力。」

走過柑橘樹叢，來到楊桃樹下時，二人似乎聊得有點口渴，望著仲夏裡早已成熟，又呈現出誘人的青黃色澤的楊桃，不禁想摘來品嚐。嘉華觀望一會說：

「有欲愛呷楊桃無？我來挽。」

「會使咻？阿月個尪袂罵？」

「罵啥米？此楊桃是阮種ê，即陣拄好會當呷ê時機，按怎袂使挽？汝看！若無挽，風一吹落落來，顛倒互塗骹ê蟲呷去。」說著就摘下兩顆，一顆給李雪綾。

「抑袂洗，慢嘦時（暫且不要）呷！生生按爾呷，汝嘜會破。」看到嘉華將楊桃在衣服上擦擦，一口就要咬下去，李雪綾提出警告說。

「咁嘜會破？按爾生佅是卡好呷？」

「佅倘啦！水洗一下卡安全，彼楊桃頂懸有風飛沙，嘛可能有塗粉（地上塵土），反勢有鳥仔啄過汝嘛伓知。啊！阿月佃尪行來囉！伊手頭有ホ——ス（hose的日語拼音，即水管），挓來互伊洗洗，了後遮呷卡安全。」

「楊桃挓來我洗洗遮呷。」看到二人手上拿著楊桃，阿月的丈夫阿達說。

「汝看！伊嘛講愛洗洗遮呷。挓來互伊洗一下。」

「好啦！」說著就跟著李雪綾走向阿達那兒，將楊桃交給他沖洗。

「愛洗一下遮倘呷。即陣楊桃頂出，應該袂酸啦。」阿達邊洗邊說。

「確實有甜分，亦有一點仔酸，酸甜酸甜誠好呷。」嘉華接過來吃一口說。

「好呷，誠好呷，無怪華ちゃん愛欲呷。」李雪綾吃了也有同感說道。

「水果ê酸是天然ê，莫傷酸就好。愛呷閣挽，但是伓倘挽了了。」阿達說。

「放心啦！阮無赫敖呷。」嘉華說。

「對啦！挽一寡仔來互彼陣囡仔呷，佃一定呷甲真歡喜，袂冤家。」李雪綾說。

「阿達！柑仔抑袂使呷，閣行落去是柚仔園，柚仔會使呷袂？」嘉華問說。

「後個月挽來呷卡適當，倚（靠近）中秋時。好，恁挽幾粒仔轉去分小弟、小妹呷，我欲來菜園仔無閒。樹仔叢上後壁有籃仔，挽咧囥落籃仔內卡方便」阿達說。

「好，知影，多謝。無閒作汝去。」李雪綾說。

阿達走離開後，李雪綾回過頭來望著嘉華，此時嘉華早已吃完楊桃，卻見他嘴角沾了些果皮屑，便掏出手帕，輕輕將它擦拭掉。這一擦令嘉華有點驚訝，呆了一兩秒才想起嘴角可能沾了果皮屑，用手去碰觸一下，確定已被擦掉，馬上露出喜悅和感激的表情，眼神更充滿愛慕之意，讓李雪綾看得既歡喜又有些害羞。就這樣二人相互凝視了一兩秒，緊接著就別過頭去，分別採摘兩旁的楊桃，準備帶回去給那群孩子吃。說也奇妙，彼此背對背忙著摘楊桃，耳根還是熱熱的，心底還真像是有頭小鹿在那兒亂跳，連摘楊桃的那隻手都有些抖。在嘉華身上，這些情狀尤其明顯，恨不得趕快揮掉，或竄入樹叢裡待其恢復正常。

隔天十個大孩子、小孩子又很自然地分做二組，各玩各的，一下逛逛果園、菜園，玩些捉迷藏等遊戲，一下則跑去看阿月餵雞養豬，也學著幫她餵。雖然是八月的大熱天，山上涼風徐徐吹來，大夥兒都不覺得悶熱，更不覺得疲倦。吃過午飯後，只須小睡片刻，漫長的下午又可讓他們放心遊玩，盡情揮灑充沛的精力。

就在離開山上的前一天午後，當天邊浮現出片片彩霞，天光猶亮，而太陽即將西下時，嘉華從屋後的山坡漫步下來，沿著小徑來到屋前，正好看到李雪綾在曬菜脯。或許是女孩子，年紀也大些，在山上這段日子，她和鄭碧霞多少都有幫阿月做些家事。那些菜脯已曝曬了好幾天，一到中午阿月就拿出來，鋪在院子裡，任由夏日的陽光吸乾其水份，黃昏時再收回去，所以嘉華此刻所見已近尾聲。果然如此，李雪綾正赤足穿梭在一排排的菜脯中，用手指觸摸以確定曬乾了，然後一塊塊撿拾起來。這些動作十分尋常，無論男女老少差不多都這樣做，可是看在情竇初看的少男眼裡，李雪綾這十五歲少女的一舉一動真是美妙，尤其是黑色裙擺隨風飄揚，裙下一雙赤足來回移動，像是跳舞般，夕陽照臨下，雪白的膚色泛著閃閃金光，多麼巧妙優美。一時之間，那雙赤足彷彿化作纖纖玉手，悄悄遁入嘉華心中，撥弄著他心底那把豎琴，一會這根弦，一會那根弦，忽而音強如鐘鳴，忽而音弱如鳥語，真教人情牽意惹。

過完約一個禮拜的山上假期，返回城裡家中，嘉華開始寫起暑假作業，也溫習功課，並看些課外書籍。然而當他在寫字或看書時，落日餘暉中，李雪綾在庭院收拾菜脯的那幕情景就會湧現，像是一段默片在腦海中播放，沒有任何配樂，也幸好不太會干擾到進行中的事。幾回之後，他竟能將這幕情景呼喚自如，譬如在看書告一段落，或午後閒來無事，或夜裡入睡前，像是打開回憶的寶盒似，讓這情景再度放映，在腦中、心中同時放映，一齊回味，好好重溫。說來頗奧妙，換做別人，或許回想一遍就心急一遍，急著想向對方傾吐情意，又心懷畏懼，深怕僅是一場單相思、空歡喜。但對嘉華而言，回想一遍就興奮一遍，原來相思不盡然是苦滋味，也有蜂蜜般的甘甜，因為他對自己很有信心。

看他那副神采奕奕，顯得蠻開心的樣子，李先生有天晚上吃過飯，聽了段收音機的節目後，趁著其他三個孩子和玉梅都外出看戲，就好奇地問他：

「華ちゃん看起若像有啥米歡喜ê代誌？講出聽看覓。」

「因為佇山頂過甲真心適啊！」

「是啊！有歸陣兄弟姊妹足鬧熱，汝閣是因ê兄さん，親像頭兄（老大哥）仝款。按怎樣？阿霞幾年仔無看，即馬卡大漢，嘛卡有人緣，對無？」

「對啦！但是綾子嘛加卡大漢，閣比以前卡媠。」

「汝講囉對，綾子嘛有人緣，伓過恁お母さん是甲意阿霞，希望伊將來做咱ê新婦，就是嫁互汝，做汝ê牽手。汝感覺啥米款？我佮恁三舅仔𪜶尪仔某（夫妻）攏同意，感覺按爾生對汝，對阿霞攏有好處。」

「有啥米好處？我是卡甲意綾子，希望有一日佮伊結婚。お父さん！汝卡瞭解我ê心情，拜託汝遮講互お母さん、三舅仔𪜶知影。而且，阿霞對我嘛無特別ê意思，伊顛倒對生ちゃん有好感，佇山頂時𪜶攏行鬥陣。」

「我瞭解，但是綾子是我ê小弟，都是汝ê阿叔ê查某囝，血統佮咱真親，所以袂使，法律上亦袂允准。」

「若是按爾生，按怎佮阿霞結婚就會使？阿霞是三舅仔ê查某囝，算起嘛是咱ê親情，伓是仝款血統佮咱真親？」

「困った（即感到頭痛或傷腦筋）！我看坦白講互汝聽好。彼三舅仔伓是恁お母さんê親小弟，是恁外公佮外嬤ê貰い子（即養子），連大舅仔、二舅仔嘛攏是貰い子，所以佮咱完全無血緣ê關係。聽有無？」

「無血緣ê關係，所以會使結婚？」

「是啊！譬如講，汝佮蕭さんê查某囝杏子無血緣ê關係，按爾生恁結婚都無問題。會記ê杏子無？都是蕭麗杏。頂回隆ちゃん往生，我送汝佮生ちゃん去蕭さん𪜶兜，伊彼個查某囝都呼做杏子，會記ê無？杏子減汝一歲，拄好佮綾子仝年，看起嘛真有人緣，閣真有教養。」

「會記ê啦！但是我亦是卡甲意綾子，希望成年了後有倘佮伊結婚。」

「我看咱莫閣講啊！横直汝亦抑袂成年，等成年了後遮閣講。對啦！恁お母さん即陣咧療養，千萬怀倘去揣伊講此代誌，知影無？汝ê心情父さん瞭解，一切等互汝成年，亦出社會了後遮扑算。此款代誌無需要急，汝亦怀倘去問阿霞抑是綾子，知影無？汝已經十六歲，都愛遵守佮父さんê約束，知影無？」

「知影啦！お父さん會瞭解上好。」

不能去問病中的母親，自然也不用去問玉梅，那麼寫信去問杜恩輝學長總可以，他又是將來準備念醫學的人，應該對血緣問題有些認識。這麼想著，有天午後就提筆寫了封信，透露出他愛上堂妹李雪綾一事，並請學長為他解答疑惑。在當時書信的往返不像現在這般快速，等待回音常令人感到漫長難耐，於是嘉華憑著對美術的喜好，以及繪畫上的才能，開始拿起鉛筆畫草圖，再用水彩調出五顏六色，畫出腦海中李雪綾收拾菜脯的那一幕。專心畫了幾天，終於完成一幅深藏情感的傑作，但要請誰先看呢？杜恩輝遠在日本，連個回信都還沒收到，難道要將整幅畫也寄過去？啊！對了，去找教美術的谷崎先生。他就住在學校附近，和過去杜恩輝所住的地方只隔一兩條巷子，暑假中很少返回內地，不妨就將畫作帶去給他看，終究他是專家，課堂上也常鼓勵學生多畫畫。

翌日早上約九點半，嘉華帶著畫來到谷崎先生的住處，而先生也是這時候才起床，只好請嘉華稍坐一下，他得先洗個臉，刷個牙，吃頓簡單的早餐。等待中，嘉華發現谷崎先生的起居室，也是他的臥房兼畫室，離他上次和王哲欣來時，不到三個月的時間，油畫、水彩畫、炭筆素描等又增加了些。那些畫作中幾乎什麼樣的題材都有，又是風景，又是靜物，又是人物等，而且同樣的人物或靜物，用油畫或水彩畫表現，也用炭筆素描畫出，讓人看了深覺有趣，彷彿素描是底稿或骨幹，而著上顏色的油畫、水彩畫則成為有血有肉的成品。當然，站在畫家的立場來看，素描也是完成的作品，好的素描一樣具有美術價值。

谷崎先生吃過早餐後，知道嘉華有帶著一幅畫來，顯然是想給他看，也希望聽聽他的意見，便伸手要那幅畫。當嘉華將裝在牛皮紙袋裡的畫拿出來，交給先生後，先生看了有點驚訝，讚美道すばらしい（素晴らしい，即很棒）。接著又端詳了一會，然後問起嘉華創作的動機、佈局、用色等。這段談論直接轉換成台語如下。

「此圖抑袂擦色進前，是佇現場那看那用鉛筆繪ê咻？我看若像伓是ê款。」

「先生厲害，此圖是憑記憶繪出來ê，由鉛筆繪底到擦色完成攏憑記憶。」

「亦閣有空想ê部分。此空想亦真重要，會使講是創作ê源頭。」

「照先生所講，就是佇現場先繪出底，了後踮室內擦色時，除了頭殼內所記ê景色、位置，佮色彩等等，繪圖ê人亦愛發揮空想ê能力，彌補記憶ê不足，按爾生繪出來ê圖遮卡會互人注目。」

「無伓對。當然啦！此伓是ちゅうしょうびじゅつ（抽象美術），所以莫傷過空想，抑無圖會失去真實。此圖中ê查某囡仔是汝熟知ê人咻？」

「是啊！伊是我êいとこ（從妹，即堂或表妹）。此情形是一禮拜前發生ê，就佇山頂阮茨ê面頭前ê庭，彼陣伊拄好咧收曝瀌ê菜脯。」

「若無看到天頂日頭欲落山ê景色，反勢感覺是咧曝菜脯，好佳哉汝空想ê部分發揮囉好，將黃昏ê狀況繪甲誠徹底，所以人一看，自然就知影彼查某囡仔是咧收曝好ê菜脯。我看汝對恁いとこ（堂妹）嶄然仔有感情，對無？」

「先生厲害，按怎知影？」

「誠簡單，繪此圖需要時間佮精神，而且無報酬，如果伓是對當時ê情景彼恁（那麼）數念，對圖中ê人彼恁有感情，誰人愛按爾認真繪。」

「先生，坦白講，我繪此圖就是欲表達心內對伊ê愛。」

「哈！哈！愛情都是此款物件，會互人忽然間變做文學家、繪圖家、音樂家。當然啦！彼個人亦愛有創作ê能力，抑無心內ê感受都無法度表達。」

「先生，假使佮家己ê いとこ（堂妹）結婚，是伓是社會上袂接受？」

「我所知影ê是，如果佮お母さん彼爿ê いとこ（表妹）結婚，此自以前都有聽過，社會上亦肯接受。但是，若是佮お父さん彼爿ê いとこ（堂妹）結婚，此自過去都人人避免，社會上亦伓肯接受。主要ê原因是お父さん彼爿ê血緣亦閣卡親。實際上，二爿ê血緣攏親，雙方若結婚真冒險，生出來ê囡仔誠有可能是頭殼有問題，抑無都是體質誠差，真容易破病，尤其是傳染病。」

「先生所講ê冒險是伓是有彼風險佇ê，但是無一定會發生？」

「無伓對。有人按爾生結婚，生出來ê囡仔真正常，但是既然有風險，生歹ê可能性誠大，何必去冒險，害死無辜ê囡仔。汝講對無？」

嘉華點點頭，本來還想回說只要雙方愛意堅定，冒險是值得嘗試，但稍為一想，很可能谷崎先生會和父親一樣，勸他成年後再看看，於是就將話吞了下去。谷崎先生也蠻懂青少年的心理，知道越講會越令他反駁，就折回美術的話題說：

「汝有繪圖ê才能，如果以後欲走藝術此條路，我建議汝卒業了後，去內地ê大學抑是專門學校讀美術，終歸踮台灣，此方面ê學校卡少。」

「讀轉來就變成藝術家囉？」

「會使按爾講，但是大部分讀煞ê人佮我仝款，去小學校抑是中學校教美術，只有少數ê人遮有法度靠賣伊繪ê圖生活。踮文學界、音樂界亦大概是此款情形。無要緊，汝佇二中抑有一年ê時間，會使好好想看覓。」

「坦白講，未來欲讀啥米科，我心內抑無明確ê目標。如果是將繪圖當做趣味咧？親像跖山、游泳仝款，愛繪就繪，會使袂？」

「當然嘛會使，差是差咧技巧卡無法度提升，但是準做趣味真好。」

「喔！我瞭解。多謝先生ê指示佮鼓勵。」

接著谷崎先生向嘉華展示自己的近作。他的用意並非完全沒有炫耀的成分，但絕大部分是與學生同好分享心得，藉由自己的畫作，指出成功、失敗之處，提醒嘉華應注意的事項，而且隨著油畫、水彩畫、素描等之不同，創作上須具備的知識、技能，甚至態度自然也會有所不同。就當時台灣的美術發展而言，時至今日仍為大眾津津樂道的畫家如陳澄波、李梅樹、李石樵、廖繼春、楊三郎等人，幾乎無一不是赴日習畫，然後返台後一邊在學校任教，一邊努力從事創作。到嘉華二中四年級這一年（一九四二年），上述這些畫家多半已在日本帝國美術展覽會（簡稱帝展）大放異彩，贏得令名，甚且還與旅台日本畫家立石鐵臣組成「台陽美術協會」，對畫壇頗有貢獻，因此整體環境不錯，培育出不少新秀。從戰前到戰後，有志習畫者之所以選擇留學日本，除了日本內地可視為台灣本島的延伸，語言溝通毫無困難之外，最主要的原因乃在於，自明治維新以來，日本廣泛吸取西洋文化，本身即有不少人才赴歐深造，研習西畫，而當這批人返國後，自然就帶動日、台等地的美術活動，發掘更多人才。有趣的是，時光流轉，當今有不少人赴日非學習西畫，而是漫畫，或所謂的動漫，即動畫加漫畫，因為日本的動漫在亞洲領先，在全世界也有一席之地。

再返回一九四二年的八月之夏。當嘉華在十一點離開谷崎先生家後，回家的路上，腦中所想的不是美術方面的事，而是愛上李雪綾的事，特別是由此衍生的棘手問題。或許他今天專程帶畫來拜訪，除了請先生鑑賞，有部分的動機是藉此請教心中的難題，看看先生所見是否與父親相同。雖然先生沒說出「成年後再看看」這句話，很顯然他的態度和父親一樣，根本不表贊同，還認為該禁止，因為他們都是大人，又分別是老師及家長。那麼學長的看法呢？等他的回音吧。

到了八月下旬，暑假已近尾聲，嘉華終於收到學長杜恩輝寄來的信。在信中杜恩輝告訴他，與堂妹結婚是近親通婚的行為，會使得生下的小孩容易感染遺傳性疾病，就算家族中沒有遺傳性疾病，他們會生下先天性畸形兒的機率頗大，原因就在於血緣太近。連這個準備念醫學的人都這樣說，父親和谷崎先生的話更該遵守了。沒錯，這是不爭的事實，可是他們真能體會一個少年初戀的心情嗎？恐怕學長也僅是一知半解，因為他是個書呆子，根本還沒墜入情網，不知戀愛為何物？不，學長虛歲二十，已算成年，或多或少總有過戀愛，就是暗戀也稱得上是戀愛，一種在心中獨自讓愛苗滋長蔓延的情事。咦？這不就是現在自己所處的境況嗎？愛戀的對象李雪綾可曾知道這份情？這份意？不用懷疑，也不用去問，那天在山上的果園裡，一切已很清楚。現在就等著有一天，她再來訪時，將這幅連谷崎先生都贊美有加的畫獻給她，到時她就更明白這份情、這份意。也許那一天來臨時，雙方都已成年，雙方都有堅定的愛意，雙方都能決定彼此的終身大事，也完全願意為此負責，為此努力。是啊！安心等待那一天吧！

第十章

九月初第二學期開學後，嘉華和弟弟、妹妹都返回學校，家中頓時變得十分寧靜。有天下午，李先生趁著生意稍歇，又上樓來探視太太。這一陣子李太太看來精神不錯，此刻正值金風送爽的秋季，午後陽光雖耀眼，已不似夏日那般猛烈，因此有時候她會離開臥房，來到客廳，坐在靠窗的角落裡，凝視著窗外的天空、街景等。李先生一看，知道她又在窗邊享受秋陽，也像是在想些事情，就開口問說：

「彩子，家己一個靜靜咧想啥？」

「阿梅ê婚事啦。伊此陣拄好去病院，替我挓藥仔，咱會使好好來討論。伊已經二十四歲，亦猶原（仍然）是咱ê新婦仔，趁我抑會做主，想欲甲揣一個適當ê對象，抑無閣再拖落去，害伊變做老姑婆就伓好。我佇伊此個年歲，已經生隆ちゃん了。」

「汝目前是療養卡要緊，莫想傷濟啦！」

「我ê病家己真清楚，無啥要緊，總袂使按爾生，嗰耽誤阿梅ê青春。趁我好好抑佇ê，會當看到伊得到好ê婚姻，我亦卡放心。」

「汝心內咁有適當ê人選？」

「有啊！此幾日仔我有想到阿龍，咱店內ê阿龍，汝感覺按怎樣？」

「赫拄好！我七月彼時嘛有想到阿龍，感覺此少年仔嶄然仔會使。誠心適！過去竟然攏無想得。

伓過，第一愛先確定個男女雙方有意思無？」

「此簡單啦！我來問阿梅，汝去問阿龍。假使雙方攏無意思，代誌都免講。」

「抑若是雙方有意思咧？」

「按爾上好啊！咱都會使替個辦喜事。」

「若是按爾生，第二愛請阿龍互咱招。看起阿龍欲娶某ê條件有卡差，我所講ê差伓是伊此個人差，是伊ê經濟條件、出身方面咧差。假使伊若肯互阿梅招，人講囝婿是半子，在此款情形下，伊等於是咱ê囝，閣佮我仝款是修理じてんしゃ（自転車，即腳踏車）出身，當然將來會駛替我援店（經營店面），互此生理繼續落去，終歸華ちゃん是讀書ê料，以後卡適合做醫生抑是學者，生ちゃん嘛差不多仝款。而且，有阿梅佇阿龍身軀邊鬥援，我亦卡放心。有阿梅佇ê，欲照顧汝亦卡方便。」

「是啊！若會倘完成阿梅ê婚事，我都心安囉。」

「好，咱私下揣一個機會，試探因雙方ê意思看覓。」

數日後，李家夫婦分別問了男女雙方，他們心中都有與對方結合的意思，但玉梅擔心婚後生下小孩，要照顧李太太可能無法盡心，而林金龍對於入贅是可接受，較在乎的還是玉梅婚後須扮演多重角色，得照顧一家老小，特別是患病中的李太太。關於這一點，李太太和先生稍為商量之後，對這對準夫妻說：

「此簡單啦。我知影阿梅卡愛嬰仔家己扰，所以咱閣另外請一個人陪我去病院檢查，替我挓藥仔都會使，橫直即馬是二個月去病院一擺，藥仔是呷了遮去挓，平常時此倩丌（佣人）亦會當做一寡仔茨內工課，甲阿琴鬥骹手。假使有倘時我愛阿梅陪我去病院，嬰仔臨時都會使交互此倩丌去顧。總講一句，恁有倘做尪仔某，我都真歡喜，以後嬰仔若出世，無論是查甫囡仔，抑是查某囡仔，攏是我佮恁お父さんê孫，按爾生我都誠滿足囉。」

陰曆九月中一個納婿的吉日（陽曆十月），玉梅與林金龍終於結成夫妻。由於日本內地戰況吃緊，台灣本島多少受到波及，一切婚禮和喜宴都從簡。當天玉梅穿著一襲桃紅色、帶有銀白花紋的長旗袍，而林金龍則穿著一套剪裁合身、質地極佳的黑色細條紋西裝，配上一條橘紅色的領帶。他雖長相普通，體格卻頗健壯、挺拔，因而生平首次穿上西裝，不但不覺憋忸，還看來十分豪邁，幾乎搶去新娘的光采。道賀的親友中，最替新人高興的莫過於大舅的女兒鄭秋錦，以及兒子鄭揚海，前者是新娘最要好的表姊，後者則是新郎的老同事。在婚禮進行中，這對姊弟跟在新人身旁，幫他們留意些細節，也等於是擔任伴娘、伴郎的角色。

婚後的頭一個星期天，在鄭秋錦的邀請下，玉梅和林金龍於午後相偕前往八芝蘭（即今之士林），在表姊家待了些時刻，也順道去附近的田野走走，當做是假日出遊。在表姊家閒聊時，表姊夫得知林金龍也會吹奏口琴，便取出一把交給他，自己再拿出一把，然後二人很有默契地演奏了世界民謠、流行歌曲等。接著，熱愛音樂的表姊夫又拿出小喇叭炫耀，吹了些輕快的樂曲，甚至要求林金龍再吹起口琴，來個小喇叭與口琴的二重奏。午後秋陽燦爛，吹者、聽者全陶醉在音樂中。

至日暮時分，鄭秋錦極想留下這對新婚夫婦吃晚餐，但玉梅覺得不便再打擾，便推說家中雙親正等著他們回去一齊用餐，匆匆告辭即離去。當他們手牽手走向鎮上的車站，準備搭火車返回台北時，迎面來了二個穿著制服的中學生，邊走邊談論著當兵、戰爭等事，那樣子看來不激動，也不徬徨，反倒有為國為民出征的些許光榮感。自一九三七年中日開戰以來，由於費時耗力，折損不少，戰區又擴大至太平洋諸島，日本內地的兵員已不敷所需，因此從一九四二年起，滿二十歲的台灣男子也被徵調當正規兵。和玉梅他們擦身而過的這二個中學生，大概是已滿十八歲，受到校方鼓勵，預備當海軍或陸軍志願兵，也可能未滿十八歲，被指派當學徒兵。無論如何，林金龍一聽他們的交談，心中即很清楚，本身雖已過了當兵年齡，但二十五歲左右的青年還是隨時會被徵召上戰場。他不知道身旁的玉梅是否感觸到，只覺得戰爭的陰影就像落日餘暉，原本遠在天邊，彷彿事不關己，現在則正如夜幕襲來，不多久就會籠罩在其下。

林金龍的擔憂沒錯，那時二十五歲至三十歲的青年是會被徵召為軍伕，專門搬運軍糧、炮彈，或擔任炊事、打雜等工作。事實上，早在一九三七年戰爭開打時，日本雖尚未在台徵兵，卻已起用部分台籍人士，派往中國各地，擔任通譯或雜役等工作。而在日本內地，二十五歲至三十歲的男子業已當起正規兵，這還不夠，就連三十歲至四十五歲，或更年長些的人也會被調遣，難怪老百姓有感而發，哀嘆說到這般田地，日本已不似想像中那般所向無敵，幾乎正步步走向敗亡。果然如此，聯合艦隊的司令山本五十六就是在一九四二年殉國陣亡，並且同一年裡，向來勇猛善戰的陸軍也在南太平洋所羅門諸島被擊潰。

那天之後，一陣子就聽到熟人當中有役男當兵去，包括店裡的二、三個夥計，以及桃園的腳踏車工廠的一些年輕員工等。至於不認識的廣大人群中，這類被徵召入伍之事幾乎天天發生，其人數也相對地增多。面對這帶有逼迫與威脅感的趨勢，白天因忙於工作，並且在婚後，在李先生的督導下，開始學習管理、業務等工作，林金龍比較不易察覺，也不受影響，但到了晚上，特別是夜深人靜，在樓上房裡與玉梅相處時，他心中總是有些惶恐和憂慮。通常裝著沒事，飽睡一晚，明天一早上工就什麼都忘了。然而某天晚上，他不再壓抑，開口向玉梅說道：

「汝抑會記ê頂個月，咱對八芝蘭轉來ê途中，拄著一個學生囡仔，個那行那咧講做兵ê代誌無？最近確實有真濟人調去做兵。」

「我抑會記ê，做兵此代誌我亦真清楚，欲怨只有怨嘆咱生咧此時代。」

「汝無後悔佮我做尪仔某？彼陣お父さん來探我ê意思，我確實誠歡喜，因為自來此了後，我心內都甲意汝，所以馬上答應，當然亦有欲互お母さん安心ê意思。但是即馬想起，感覺對汝袂得過，我隨時會互人調去做兵，隨時會離開汝。咱雖然是佇台灣，怀過是互日本政府咧管，既然內地兵力無夠，身為查甫囝，愛做兵是當然ê代誌，但是按爾生嘛害到汝，拖累到汝。」

「袂按爾講，都是我家己ê選擇，因為我心內亦有汝，想欲佮汝結合。再講，佮咱差不多時陣結婚ê，嘛亦有別人，都是近來嘛有人結婚，可見有戰爭無戰爭，人活咧世間，攏愛過日子。結婚了後會互人調去做兵，此亦伓是干焦（只有）咱，別人仝款會拄著，講起都是此時代ê人共同ê運命。」

「汝會當按爾想，我都卡放心。此幾日仔我有想過，雖然年歲已經超過二十歲，伓過即馬踮李家有明確ê戶籍，以後互人調去做兵抑卡容易，何況我二十歲時，日本政府根本抑袂佇台灣招兵。簡單講，咱愛有心理準備，我隨時會互人派去做兵。我看此代誌お父さん亦會理解，一日仔我會講互伊聽。」

「我知影，咱猶原照平常時過日子都好。暗啊！莫想赫濟，卡早來歇睏。」

過了十一月，再來便是十二月，一年又到了盡頭，緊接著新的一年就在冷冽的寒風中登場。這一年是一九四三年。過完銜接舊年尾、新年頭的短暫寒假，並且上完僅二個月的第三學期，學校又在三月初放起春假。李家的大人除了迎接陽曆和陰曆這二個新年外，一切生活作息都跟平常沒兩樣，但是孩子就顯得快樂多了，因為春假足足有一個月，他們可以好好計劃一些課外活動。關於這一點，就處於二次大戰末期，日本內地頻遭美機轟炸的情形來看，台灣的孩子似乎較幸運些。實際上，本島的防空演習從未間斷，而且家中隨時有父兄等被調去當兵，因此全盤而論，兩地的孩子、婦女、老弱，乃至於出征的男子皆是戰爭的受害者。

縱然世局不利，孩子就是孩子，總有他們自己的生活方式，更何況是在假期裡。三月中，改念台北工業學校的邱清和來信，邀請嘉華到他家玩。由於久未碰面，又從信上得知，對方學會了攝影、吹喇叭等新鮮玩藝，嘉華一時深感有趣，極想探個究竟，便在十二號那天下午去拜訪邱家。原先是打算傍晚就回家，但邱清和希望他留下來吃晚飯，邱太太也說有煮了他的份，還特地煎了他向來愛吃的荷包蛋，嘉華只好又待了下去。為此，邱太太趕緊下樓，越過馬路，跑到對面常惠顧的一家雜貨店中，向店東借個電話，打到李家樓下的店裡，向李先生說明嘉華晚回去，或很可能留在邱家過夜的事實，並順便問及李太太近來的病情等。

與邱家一家人共進晚餐後，嘉華又跟邱清和談論起攝影，顯然會畫畫的人對此也興趣濃厚，而已學會此道的邱清和更高興，趁機指導並賣弄技巧、知識等。試拍一兩次，嘉華很快就抓到要領，並且憑著繪畫的才能，更懂得如何營造出藝術的美感。當然，那時的照相機不像後來的拍立得，更不似現今的數位相機或手機，要看實際拍出的照片尚須沖洗，等上一段時日。通常這一階段的工作就交由照相館去做，除非家中也設有暗房，擁有沖洗器材、藥水等，但在當時能買到一部相機已很難得，一般人實無餘力再購買顯像設備，而事實上也無此必要。總之，嘉華既欣喜轉校後，邱清和益發活潑，從學校社團、兄長那裡學會吹口琴、吹喇叭及攝影等，又羨慕他擁有一部照相機，縱使那是邱家父子所共有。沒關係，等技巧熟練後，再央求母親買一部當做禮物也不遲。

把玩相機之後，邱清和接著拿出口琴來獻藝，就跟嘉華那位住在八芝蘭，家中開起照相館的表姊夫一個模樣。他吹起有名的《雙頭鷹進行曲》一派龍虎生風，而且是邊吹邊踏步而行，從前面的客廳走到後頭的飯廳，再折回來，總共來回走了約三趟，才將這支威風凜凜、振奮人心的進行曲吹奏完畢。很可惜，也很諷刺，聽眾當中，除了嘉華拍手叫好，邱清和的家人已聽了不下數十遍，早就聽膩了，甚且覺得有些吵鬧，因為邱先生是皺著眉頭，邊聽邊看報紙。還好更加嘹亮的小喇叭在下午就表演過了，那時也是唯有嘉華真正在聽，邱太太因忙著家事，根本有聽像沒聽，至於二個哥哥和邱先生則尚未返家。

當天晚上，嘉華果真留在邱家過夜。睡前，邱太太有催促他去洗個澡，並將邱清和的內衣褲、睡衣等借給他換穿，幸好二人體型差距不太大，勉強還可穿上應急。在熄掉燈火的臥房裡，二個好朋友不免又閒話些學校、郊遊等事，但片刻後就呼呼睡著了。或許是玩累了，聊倦了，在別人的床上，嘉華竟也睡得頗安穩。

隔天一早醒來，漱洗、換穿之後，正悠閒地與邱家大小用餐，忽然聽到有人敲門，嘉華看了一下邱清和，仍舊伸手去夾菜，伴著飯吃。這時邱太太站起來，立刻走到客廳，打開門一看，原來是嘉生跑來找嘉華。

「華ちゃん！お母さん過身啊！」

「汝講啥米？」

「お母さん過身啊！」

「值咚時過身ê？有影無？」嘉華滿臉驚慌地問說。

「昨暝十二點過十分彼時。」

「我即陣緊佮汝轉去。」說著抓了外套就匆匆下樓。

「華ちゃん！卡勇敢ê，汝抑有お父さん佇ê。佮生ちゃん一路愛小心，千萬佅倘用走ê

（跑）。稍等下伯母ちゃん佮伯父ちゃん會去恁兜。」邱太太在背後喊說。

一回到家，上了二樓，來到雙親的臥房，看到母親安祥地睡在床上，從此長眠，嘉華看了十分震驚，心中非常哀傷，卻一時叫不出來，也哭不出來，只是整個人趴了下去，癱瘓在地板上。在一旁的玉梅見狀，趕緊走過去，欲扶他起來，無奈他悲痛逾恆，如沉重的鉛球般難以舉起，反倒是玉梅被拖下地，二人相擁，哀泣不已。過了一會兒，他聽到客廳有人聲，想必是邱清和跟他父母前來弔慰，於是掙脫玉梅的擁抱，站了起來，跑到客廳去。這時一看，廳堂裡全是親朋好友，全是趕來弔唁。在人群中，他瞧見了邱清和，便走過去，將他拉到牆角，對他說：

「若方便，明仔載汝抾（攜帶）カメラ（camera的日語拼音，即照相機）閣來一暡（一趟）。」

「有啥米代誌？」

「我想欲將阮お母さん最後êようぼう（容貌）翕（照）起，永遠留ê做紀念。」

「喔！我瞭解。下晝二點左右我會閣來，抾カメラ來。」

「多謝。」

「免佮我客氣，此是應該ê。」

午後，在葬儀社人員的協助下，李太太已入棺，客廳裡也搭起靈堂。親友焚香祭拜，並瞻仰李太太的遺容，整個廳堂哀慟肅穆。李家大小，包括最小的淑幸都知道母親病危，但沒想到這麼快就仙逝，以致個個泣聲不斷，如潺潺水流，親友聞聲也跟著淚如泉湧，頻頻擦拭。李先生見到嘉華及邱清和走向棺材，邱清和還手持相機，原本想問個究竟，但看到嘉華回過頭來望著他，立刻明白他想拍下母親的遺容，便點頭示可。邱清和對著躺臥在棺材中的死者拍了二、三張照片，數日後有沖洗出來，嘉華看了卻頗失望，因為角度、光線等的影響，照片中先母的頰骨十分突起，不太像是那副安祥、端麗的遺容。

出殯前一天，嘉華獨自關在房裡思前想後，從此母親再也看不到他在校優異的成績，或傑出的表現，更見不到他成人後，可能在事業上大有作為，足以光宗耀祖，就連殷切期盼中，在台灣完成醫科教育，或自日本學醫歸來，成為濟世名醫的那一天都等不及了，一切已天人永隔。思及此益加悲從中來，於是放聲痛哭，有如洪水沖破堤堰，聲勢的確浩大，聽得全屋子的人都潸然淚下，跟著哭泣。李先生擔心嘉華哭傷身子，本想跑到房裡去勸慰，林金龍則說：

「互伊好好哭一下，按爾生伊積咧心內ê艱苦佮委屈遮會透。此幾日仔，大概因為伊是大兄，佇眾人ê面頭前，干焦流目屎，難得出聲大哭。」

「是啦！伊哭哭ê，心內會卡氣活，顛倒對身體好。」玉梅跟著說。

「亦對，橫直明仔載就欲出山，互伊去佮因お母さん好好講一群（一頓）。咱莫顧咧哭，明仔載出山（出殯）ê物件，應該注意ê代誌，一切愛準備好。」

送母親到觀音山下葬後，連日來嘉華變得有些消沉，面對即將開學，升上中學五年級一事也毫無特別的感覺，彷彿整個人就是提不起勁。縱然這般，他還是利用春假最後幾天，看了些有益的課外書，像英和對照的短篇故事等。有一天下午，他看書看厭了，想邀嘉生去打個球，或到街上逛逛，卻找不到嘉生，連淑文、淑幸這二個妹妹也不見蹤影，可能分別到同學家去吧。這時他有點餓，也像是嘴饞，就踱步到廚房，找阿琴要了片糕餅吃。一時看不到玉梅，便問說：

「阿梅人咧？去佗位？」

「大概去雜貨仔店買一寡仔日常用ê物仔。欲知影詳細，問阿龍上清楚。」

「免啦！阿龍佇樓骹咧無閒，無啥代誌，免去問人。」

「對啦！對啦！糕仔愛呷，遮閣來挓。下晝無風無雨，去外口（外面）行行嘛好。」

嘉華隨便點個頭就離開。走到飯廳與客廳之間的佛堂時，不免想再瞻仰母親在世時所拍的玉照，也想燒個香拜祭一番，於是就拉開佛桌底下的抽屜，拿出香和火柴。這時，他發現還有一包東西放置在抽屜裡，出於好奇，就將這包用牛皮紙袋裝著的東西拿出來。打開一看，竟是二幅畫，父親與母親的肖像畫，並且裱褙完好。為何早就請人畫好像？通常若不是在接近晚年，就是在過了中年之後，何以雙親皆在四十出頭就留下畫像？是啊！母親享年也不過四十六歲，難道接下去父親也會……？想到此，嘉華雖不至於心底發毛，或脊椎發冷，但不祥的兆頭卻如雲霧襲來。他趕緊劃了根火柴，點燃二支香，拜祭先母，也拜祭亡兄，祈求他們保祐家人，也願他們往生極樂世界，一切了無牽掛。

過完春假，新學年於四月初展開後，幾回測驗下來，除了文科，嘉華在數學和理化方面退步相當多。總成績的排名已無法保持前三名，近來都落居十名，甚至二十名之外，讓王哲欣、黃慎謀等要好的同學大感意外。對此，他倒不覺得驚訝，因為最疼愛他、鼓勵他的母親已過世，他無心再好好念書，甚至連過日子都感到有點索然無味。雖說書是為自己念，但古往今來，無論東西方，幾乎每個優等生都是在受到褒獎、讚揚、鼓勵之後，更加激發出求好求勝之心，而後長保佳績，以便在未來的各種大考中，贏得最高的榮譽。事實上，除了讀書，在社會上工作，或從事某種活動、運動等，獎勵與表揚對於參與者也是同樣重要，這樣方能激發其潛力，使其表現良好或優異。基於此，一旦激勵向上的因素消失掉，任何人都會逐漸鬆懈，開始走下坡，更何況是成長中的孩子。此刻，嘉華忽然想起《尋母三千里》中的馬可，覺得一個小孩遠渡重洋去尋母真不可思議，但至少他還能去找尋。假使馬可找到他母親時，人已病死異鄉，他承受得住嗎？故事的結尾總是討人歡喜，世事就無常又無奈了。

正當嘉華對課業、生活，乃至於整個人生均感到愁悶無趣時，留學日本的學長杜恩輝在五月中又寫信來，問及他的近況，並告訴他將在明年報考東京帝大。嘉華在信中感受到學長誠摯的關心，看完信後心裡有陣溫馨感，想著不妨在回函中，向他訴說目前的困境，看看他能提供什麼樣的解答或啟示。

當時台日間的通郵除了靠輪船，也經由航空，但都比現在費時，加上回信耽擱等，常耗去一個月或更久的時間，因此嘉華再度展讀來信時已是六月中，學期又將接近尾聲。在信中杜恩輝表示，很能理解他喪母之痛，因為在十五歲那年，他遠在吉隆坡的母親也意外過世。在一九三八年五月上旬的某一天，他照例收到一張從南洋匯來的支票，那是父母寄給他的生活費。平常他收到支票後，幾乎立刻騎腳踏車去銀行兌現，而這回卻從信封上的字體就察覺有些不尋常，那不是母親慣有的筆跡，完全是另外一個人的字。待拆開來一看，果然所附的書信非母親所寫，乃是由父親代筆，而最駭人的是一開頭就寫著母親已去世。真是晴天霹靂，究竟怎麼一回事？往下讀去，這才明白，四月時商界有個晚宴，雙親均出席，但中途六度懷胎的母親感到十分疲倦，不想再應酬下去，便獨自乘車提前返家。不料路上遇到車禍，被酒醉駕駛的一輛吉普車撞翻，滾落橋下，司機當場死亡，母親則立即送醫院搶救，無奈回天乏術，三天後就斷氣，可憐胎兒也跟著魂歸西天。為此父親自責頗深，但即使有父親陪同，若命中此劫難逃，很可能雙雙罹難。

看到此，嘉華鼻頭一陣酸，眼眶中淚水已在打轉。接下去，從信上得知，那天杜恩輝根本沒心情去銀行，只是關在房裡痛哭，哭得連同為房客的鐘錶店老闆娘都大感驚慌，一反平日不太理會的樣子，趕緊跑過來看他。當他道出母親的死訊，並將信拿給她看時，老闆娘也跟著落淚，同時勸他想開些，畢竟父親尚在，但他就是嚎哭不已。不消說，同是喪母的孩子，感觸最痛切，嘉華一時淚如雨下，只差沒放聲嚎啕。過了約五、六分鐘，情緒和緩下來，才又拿起信再看。

在信末，杜恩輝提醒嘉華，痛哭一場能將體內負面的激素或因子，例如哀傷、憂慮、不滿、憤怒、委屈，甚至恐懼等發洩掉，整體而言有益於身心，但千萬不可耽溺在其中，否則舊愁難消，再添新恨，反而造成雙重打擊，身心將不堪負荷。他知道嘉華還不致於此，因此很放心，並勉勵他珍惜念書的時光，設下目標，勇往直前，無須屈服於一時的困頓，終究人生有太多事非個人能避免或改變。

整封信終於看完，心中彷彿清水洗滌過，頓時變得較舒坦，然而眼中的淚水卻未乾。最後流下的淚水為那樁？杜恩輝在信上雖未提及，嘉華則心裡很清楚，正是有感於學長在逆境中奮發圖強，全力追求高深學識而落淚。

第十一章

暑假再度來臨，李家在林口鄉山上的家園，比起去年同一時期，滿屋子孩子的嬉戲喧鬧聲，這一年夏天顯得很冷清。最初是李先生上山來休息，之後則是嘉華帶著邱清和、王哲欣、黃慎謀等要好的同學來看望他，順便參觀果園、菜園，欣賞山上的風光等。嘉華他們是在上午十點半左右抵達，中午時和李先生一齊用餐，下午遊逛了大約三個鐘頭，日暮時分就匆匆離去，未在山上過夜。在這半天的相聚中，主要是帶同學來玩，因而父子間幾乎沒多少互動，不過隱約中嘉華仍感到父親像是心事重重，特地忙裡偷閒，跑來山上度假，一邊思索著種種問題。究竟是什麼樣的問題？關於此，嘉華也懶得去揣度或臆測。幾天後，從邱清和送來的照片中，他明顯看出，即便那天大家在院子裡高高興興合照，坐在籐椅上、四周少年圍繞的父親仍難掩孤寂落寞之情。是啊！母親去世後，父親不光是少了事業上的賢內助，還失去了終身的好伴侶。

除了中年喪偶顯得鬱鬱寡歡外，李先生確實還有其他心事。上山之前，他有收到長年客戶，也是重要進口商三浦さん的來信。自從四年前嘉華剛考上台北二中那年，三浦さん有來台灣，之後就沒再來，已打破了每二年來台一次的慣例。不過，在這不長不短的四年間，凡是李家發生的大事，例如長子嘉隆因肺炎去世、三子嘉生考入台北二中、養女玉梅招婿成親，以及李太太因乳癌過世等，三浦さん都直接或間接獲知，也本著多年的交情，該弔該賀絕不缺，墨守人未到而禮到的成規。當然，李先生事後都有寫信去致謝，順便歡迎他再來台遊歷，但十之八九無下文，畢竟那僅是謝函上應酬式的用語，或說禮貌性的邀請，更何況近幾年日本屢遭美國軍機轟炸，民間苦不堪言，實在無心也無力出國。在最近捎來的這封信上，三浦さん就特別提到這一點，表示戰爭存在就有威脅，一切難如願，而今生意難做，已無法再進口腳踏車，彼此間的商業往來該告一段落。

緊接著在信文第二段，三浦さん也寫著私人友誼應持續下去，因為縱然是在商言商，卻難得二人有生意以外的交集，諸如對音樂、繪畫、文物等之喜愛與鑑賞。他很高興當初放棄學校的教職，改而投入實業界的正確選擇，更覺得能遇到李先生真好，因其腳踏車性能優越，品質又佳，進口至內地販賣，讓他賺了不少錢，大幅提升了他們一家的生活品質。但很不幸，如今烽火連天，遍地哀鴻，再多的金子也難買和平，眼前唯有祈求神明保佑，讓大家熬過這煉獄般的日子。

文末免不了客套話，但在此戰火肆虐下，人心幡然大悟，句句皆是肺腑真言，既祝禱對方健康平安，亦提醒錢財乃身外之物。最後猶記曾鼓勵嘉華留日深造，而今協助之力恐不足，對此不免抱憾，但只要有信心，活著自有辦法，一切仍以健康為要，生命尤其可貴。

信中所提放棄教職一事，三浦さん過去曾偶然說起，因此李先生知其梗概。在一九二五年，當三浦さん耗去青春歲月，勵志苦讀，終於在大學院（即研究所）獲得經濟學的修士（即碩士）學位，可晉用為助理教授時，其任教大學的長兄卻因故被迫離職，使得三浦さん深受打擊，心生恐懼與憤怒，遂捨棄學術生涯，轉而至商社工作，不久即自營買賣業。長兄離職的原故並非作奸犯科，而是其政治論述受到政府的特別關注及過問，校方又過於保守，無法庇護教員，最後當事人只好提出辭呈，憤然離開校園。

三浦さん的長兄所遭遇之事，在當時非唯一個案，京都學連事件也在一九二五年發生。該事件中，京都帝大等多名研究馬克思主義，並支援勞工爭議、勞工教育運動的學生遭逮捕，雖有釋放，隔年卻有三十八人依違反治安維持法遭起訴。接著政府於一九二八年在內務省設置特別高等警察，簡稱特高，專門從事政治彈壓，迫害見解、觀點、想法等不同的知識分子或社會人士。著名的案例有一九三三年時，京都帝大瀧川幸辰教授因刑法理論遭免職、一九三五年時，美濃部達吉教授的憲法著作被禁，其「天皇機關說」亦引發爭論、一九三七年時，東京帝大矢內原忠雄教授因傳佈和平思想遭革職等。至大戰期間，觸犯當局忌諱的知識分子不僅會被解職，關入牢獄，還可能終身受禁錮。

毫無疑問，同時期的台灣也受到特高嚴密的監控，所持理由皆是防止共產主義之擴張、維護國家體制等。諷刺又可恨的是，當戰後在美國的督導下，日本逐步走向民主化之際，特高卻有如借屍還魂，轉變為警總，在國民黨來台後的白色恐怖年代大行其道，且其專橫跋扈、陰狠殘忍、囂張妄行更是有過之而無不及。

身在日本的三浦さん雖遠離學術界，但對於一九二五年後的思想箝制應有所感，只是做為貿易商，注意的焦點自然放在經營、獲利上。無論如何，他的來信已引起李先生的關注，考慮到今後自身企業的走向，也同樣著眼於獲利等方面，思索著在此亂世，是否該提早結束營業，反正財富已賺到，再來就是頤養天年。但在另一方面，經營成功的企業實在不想就此停擺，何況海外市場並非日本一地，而一邊也在栽培林金龍當接班人，甚至二個讀書材料的兒子也行，以便事業能傳承下去。當然，誠如三浦さん在信上所言，戰爭存在就有威脅，一切難如願。

再繼續做吧！這麼想著，李先生四天後就下山返回城裡。回到家，大概過了一個禮拜，玉梅生了個白胖可愛的男嬰，算起來就是李家的長孫，初當祖父的李先生喜出望外，幾乎忘了喪妻後的寂寞，以及各種世俗的煩惱。除了李先生，以及為人父母的林金龍和玉梅，隨著這個嬰孩的誕生，家中其他人也跟著升級，當起長輩來，像嘉華、嘉生成為二叔、三叔，二個女孩淑文、淑幸則成為四姑、五姑。新生兒該取什麼名字呢？玉梅他們夫婦一時想不出，覺得該由祖父來命名較妥當，也較有意義，便交由李先生去思考。抱著孫兒的李先生邊逗著嬰孩邊說：

「叫阿公。乖孫ê！叫阿公。」

「お父さん，扗即出世ê嬰仔，抑袂曉叫啦！」玉梅說。

「咧滾笑啦！我看伊生囉嶄然仔巧，將來有倘做事業ê款。好，都甲呼做志成，志望ê志，成功ê成。希望伊有志氣，後擺會當做大代誌，若像漢語所講，有志氣ê人最後一定成功（有志者事竟成）。恁感覺按怎？」

「お父さん呼ê無怀對，志成二字閣好寫，都用此名好。」林金龍說。

小志成的誕生恰逢暑假，可說來得正是時候，即刻成為李家兄妹的真娃娃、活玩偶，人人都有較多的時間可抱他，哄他，唱歌給他聽，或在黃昏時揹著他到街上走走，尤其是漫步在屋外長長的騎樓下，一齊享受著晚風輕拂的悠閒時光。不過，當小志成啼哭時，縱然他們判斷出是餓了或尿濕了，拿他也沒輒，只得趕快交還給玉梅。在講究授以母乳的舊時代，小褓姆是無法隨便泡瓶牛奶交差，而換尿布也沒那麼容易，所以碰到嬰兒哭鬧不止時，快點交到他母親手上就對。

輪到嘉華抱嬰兒時，望著時而清醒、時而熟睡，或有時安靜、有時啼哭的小志成，他不太清楚嘉生、淑文、淑幸他們會怎麼想，他則是必然想起母親。如果小志成來得早些，讓母親能及時當上祖母該多好！有個小孫兒或許吵些，但家中已好長一段時間聽不到嬰孩的笑聲、哭聲，若能再聽到，並且伸出手去抱抱，享受一下含飴弄孫的天倫之樂，說不定母親就不會在三月春臨時匆匆離去。這麼一想，同時也想起杜恩輝的母親死於意外事故，看來人的壽命冥冥中已註定，一切難逃天算。顯然就是這麼回事，除了自己的母親、杜恩輝的母親，其他像英年早逝的哥哥嘉隆、在一歲多時即夭折的姊姊淑德，以及同樣在襁褓中死去的妹妹淑靜，還有許許多多在不同的時候、不同的情況下，如天災人禍當中失去生命的人，他們的遭遇皆如此。想到此，再看看懷抱中的小志成，他正睜亮雙眼東張西望，彷彿這個人世間充滿了神奇奧妙。對啊！好好長大，去探索一番吧！

嘉華他們雖稱不上全能的褓姆，或多或少總能幫些忙，因為四月底老傭人阿琴就已離職，現在所有的家事全由玉梅一人負責。當初的約定是玉梅一旦生孩子，為了也得照顧病中的李太太，勢必要再請個傭人，如今李太太已乘鶴西歸，李先生似乎覺得無此必要，就沒再提起。至於玉梅，她也不想讓養父破費，反正孩子本來就是自己帶最好，至於家事早已做慣，尤其到後來，阿琴手腳有些遲緩，大部分的煮飯、洗衣、打掃等都是她一人在做。家中大小平安就好，集養女、長姊、太太、母親於一身，既是一家的女主人就責無旁貸。

炎熱的仲夏來得容易，去得快，過完暑假，返回學校後，總令人感到九月還帶有夏末的餘威，卻隨著之後秋風秋雨的頻吹屢下，轉眼間就進入了秋冬之交的季節。就在十一月二十五日那天，從未受到空襲的台灣，忽然首度遭到美國軍機強烈的轟炸，主要的地點是在新竹。此後直到一九四五年八月中旬，日本無條件投降，二次大戰結束，這期間台灣南北各地均遭到空襲。轟炸的目標包括航空基地、機場、港灣、發電廠、火車站、工廠、市區民宅等。然而，戰爭歸戰爭，生活還是要過，就如玉梅之前對其夫婿所言：有戰爭無戰爭，人活咧世間，攏愛過日子。正是在這樣的情狀下，加以當時台北還算安定，李先生的三弟李尚福遂於十二月中，再度登門拜訪。一陣寒暄，並略談些時事後，他問他二哥說：

「兄さん，阿嫂死去半年卡加，汝有想欲閣再娶做後ê無？」

「都算有按爾生想，一時嘛歹揣對象，我看免想啊。」

「有啦！我有適當ê對象會使介紹互汝，一方面亦是感謝頂回汝鬥相共，互我倘買得茨。再講，汝茨內囡仔濟，闍為佪揣一個老母亦有好處。汝想啥米款？」

「是啥米款對象？傷少年反勢人嘛無愛嫁互我。」

「兄さん，此汝放心。對方是公學校ê先生，今年三十二歲，婿閣有氣質，因為愛看書，愛研究，眼光亦卡懸，所以到即馬抑袂嫁。此是透過玉嬌（指三嬸）相識ê，伊佮玉嬌姻爸母有熟，仝款是佇教育界，嘛有去過天津。揣一日仔適當ê日子佮伊見個面，啥米款？」

「對方ê大名咧？汝想伊咁欲嫁人做後ê？」

「喔！此先生姓林，名呼做香雲，香港ê香，白雲ê雲。伊知影年歲有卡大，所以無反對嫁人做後ê，但是對方愛有經濟基礎，而且，愛佮伊性情會合，仝款愛看書，愛聽音樂等等。汝看，此明明都是註定欲佮汝做尪仔某。關係汝ê情形，我佮玉嬌大約仔有講互聽，伊感覺會使考慮，有意思欲佮汝見面看覓。按怎樣？汝揣一個好日子，關係地點，抑是場所我遮來安排，比如ボレロ（Bolero，即波麗路西餐廳）都誠適當。」

「好，此二日仔我稍想一下，決定欲見面ê日子遮甲汝講。」

過了幾天，李先生在他三弟夫婦的安排下，終於在Bolero與林香雲會面，或說得正確些，與她相親。初次見面，男女雙方皆有好感，也對彼此的職業狀況、家世背景、興趣嗜好等有進一步的瞭解。交談逐漸熱絡後，林香雲對李先生說：

「李さん，照汝所講看起，除了已經招尪生囝彼個養女，其他汝四個囡仔，上細漢ê查某囝嘛有十歲，上大ê後生亦已經十八歲，我加減會擔心少年囡仔ê心理，一時恐驚ê歹接受我做因新ê老母。」

「林さん啊！汝是學校ê先生，上知影教育，咧擔心啥？」李尚福說。

「都是咧教書，所以無法度看輕囡仔ê感受，尤其是少年囡仔。」林香雲說。

「莫想赫濟啦！尪仔某做會來，做會久卡要緊。林さん是先生，自然對囡仔有一套好辦法倘應付。莫想赫濟啦！恁二人做會成尪仔某卡要緊。」玉嬌說。

「是啊！囡仔早晚嘛會成家獨立，恁有緣做尪仔某卡重要。」李尚福說。

「林さん，此段時間咱先行看覓，橫直此咚陣學校得欲歇寒，汝亦卡有閒，一日仔來阮兜坐坐ê，囡仔大部分攏有佇ê，會使互相熟知一下。」李先生說。

「好啊！我嘛愛去看看ê，遮揣一日仔方便ê日子去拜訪。」林香雲說。

「對啦！先去看囡仔亦好，大家互相培養感情。放心，會成啦！」玉嬌說。

林香雲數日後有去李家拜訪，因正逢一九四四年元月，也當做拜年，特地買了些孩子愛吃的義美糖果、餅乾等當伴手禮。在堂皇的客廳裡，李先生高興地將林香雲介紹給玉梅夫婦，以及嘉華他們兄妹認識，但暫時不提她是未來的新母親，只稱乃是最近結識的友人，從事教職工作。一聽這位阿姨是公學校的老師，淑幸頗敬畏，也深感興趣，心想這樣真好，今後在家裡寫算術作業時，遇到不懂的地方，就可以透過父親聯絡到她，直接向她請教。至於大淑幸三歲的淑文即將公學校畢業，並準備在四月初就讀女學校，自然不會這麼想，不過父親有個朋友當老師倒也不錯，事實上也很特別，畢竟從小觀察所知，往來的都是商人較多。而嘉華和嘉生則憑直覺就大概曉得，對方不久可能會與父親結婚，成為他們的繼母，就像三叔再婚，娶了玉嬌，後者遂成為李雪綾姊妹的後母，也等於是他們的新三嬸。有趣的是，儘管兄弟倆都這樣意識到，性情溫和的嘉生倒覺得林香雲可接受，因為看起來和藹可親，又是老師，唯獨個性倔強的嘉華心生反感，斷定比不上先母，無論如何也要阻止父親續弦。

當天晚上家人都入眠後，一來反正是寒假中不必早起，二來心中悶悶不樂，而碰巧父親也還在房裡看書，於是嘉華就敲門進來，和父親談論起來。

「お父さん，汝是伓是準備欲佮早起來ê彼位林さん結婚？」

「無錯，我有按爾生扑算。汝感覺林さん啥米款？伊亦是學校ê先生，卡知影囡仔ê心理佮需要，應該對恁真有幫助，適合做恁兄妹仔新ê老母。」

「我感覺按怎講伊攏歹佮お母さん比，因為伊抑閣少年。」

「無喔！林さん已經三十二歲，誠有社會經驗，本身閣識教育，真瞭解囡仔。」

「阮亦伓是伊生ê，恐驚ê無赫容易瞭解。お父さん，莫閣再娶啦！聽綾子偷偷仔咧講，姻新ê老母干焦會曉疼伊家己生ê囝，對個姊妹仔攏無啥愛插（管）。」

「咱兜ê情形佮個無仝，我敢講林さん一定真關心，真愛護恁，都是因為按爾生，我遮佮伊交往，亦進一步想欲娶伊做後ê，亦都是做恁新ê老母。」

「伊是頭一攏來咱兜卡客氣，以後正經（正式）入來咱茨內，恐驚ê都無赫客氣囉。」

「袂按爾生，伊應該怀是彼款人。我看幸ちゃん佮文子嶄然仔甲意伊。」

「幸ちゃん囡是囡仔人卡好騙，我佮生ちゃん遮無赫好騙。」

「汝奈知？生ちゃん有按爾生甲汝講？明仔載我問伊看覓？」

「生ちゃんê個性大家知，都是無好，伊嘛無愛直接講。橫直新來ê某攏是對前某生ê囝無好。お父さん，拜託汝，莫閣再娶啦！茨內有阿梅佇ê，伊嘛真照顧阮，再講，彼個林さん是咧學校教書，反勢茨內工課無啥會曉做。お父さん，拜託汝，莫閣再娶啦！咱即馬怀是過囉好好，阮嘛已經大漢啊。」

「好啦！我遮閣詳細想看覓。即陣已經誠暗，汝緊去睏。稍等下，汝近來成績攏無好，後學期閣讀二個月都欲卒業，卡認真ê，知影無？」

「知影啦！おやすみ（晚安）。」

「おやすみ（晚安）。」

約二週的寒假轉瞬間過去後，第三學期本來就不長，對於畢業班的學生而言尤其短暫，彷彿昨日方開的櫻花，今天午後就要謝了。在最後這一學期，凡是有意升學的人，都必須填寫一份志願表，並於期限內繳回。嘉華自知成績不佳，根本無法念東京帝大，只好隨便寫個明治學院了事。與此同時，位於日本神奈川縣的高座海軍工廠發通知到校，準備在台招募海軍工員，合格者將赴日投入從軍報國的行列。此處雖名為海軍工廠，實則海軍航空技術廠，專門生產名為雷電、紫電、閃電等的戰鬥機，以對抗美國B-25轟炸機。自一九四二年中途島戰役以來，日本已逐漸喪失戰場優勢，必須再努力推出精良的武器，藉以扭轉頹勢。同樣的海軍工廠在群馬縣、長崎縣等別處也有，但仍以神奈川縣的高座工廠為大本營。當嘉華一看到公告，躍躍欲試之情洋溢於臉上，顯然這是針對不滿父親續弦，心生反抗而想離家出走的最佳方式。至於赴日留學，雖說也可離鄉他去，終究是再念書，對於近來有些厭倦此道的人而言，似乎是苦上加苦，不如直接當兵去。

為了進一步瞭解招募詳情，嘉華在課後有跑去詢問，結果導師朝倉先生頗鼓勵他，進而勸誘他，好像個人收了工廠的某些好處似。朝倉先生向他表示，這樣一來就可免除被徵召，而且以海軍工員的身分赴日，途中有軍艦護送，既安全又威風；此外，根據二年工作合約，除了每個月有薪水，最終還有千元左右的退休金，並獲得相當於高等工業學校之文憑。他知道王哲欣、黃慎謀等將留在台灣念大學，班上想應徵的同學很少，競爭不算激烈，但還是得先通過嚴格的體檢。

當初步體檢未過，再度體檢終於過關，且已畢業離校，一切塵埃落定，就等著先去高雄岡山受訓，再從那兒搭船赴日時，忽然在三月十日那天，美軍B-29巨型銀色轟炸機於夜間空襲東京，對市郊的本鄉造成重大損毀，頓時成為一片火海，十足人間煉獄的恐怖景象。幾天後得知此消息時，李先生頗覺不祥，因為三浦さん就住在本鄉，後來經其他同業的證實，三浦さん一家人，連同住在附近的長兄全家，的確就在那晚遭遇不測，皆與其他罹難者同時葬身火窟。對此李先生真是無語問青天，悲憤之情僅次於喪妻失子之慟。

乍然聽到惡耗，嘉華亦同感哀傷，有如失去親人一般，同時也頗受驚嚇，因為學長杜恩輝正在日本求學，很可能已從浦和高校畢業，離開了埼玉縣，來到東京，準備參加東京帝大醫學部的入學考。為確認杜恩輝是否逃過這一劫，嘉華趕緊寫了封信去，不過手上只有埼玉縣那邊的地址，只好將信寄到那裡，再於信封上特別註明轉交。信文中，嘉華寫著即將於三月底出發到日本，在神奈川縣高座郡的高座海軍工廠服役二年，因此若杜恩輝收到信，欲回信報平安時，就直接寫信到高座海軍工廠。總之，這封寄自台灣的信必定會到達日本，但會不會安抵學長手上，這已超出人力所能為，剩下的就唯有求神保佑，或聽天由命了。

離三月底出發的日子已不遠。有一天，李先生準備去牙醫診所換裝假牙，就順便邀嘉華一同前往。在診所換好假牙後，李先生又帶著嘉華到一家餐館共進午餐。用餐快結束時，李先生拿餐巾擦了一下嘴，再從上衣口袋掏出一隻銀色懷錶，交到嘉華手上，並對他說：

「此個錶仔佮我已經有一段時間，嶄然仔久長ê時間，但是物件品質好，真耐用。即馬互汝扌(帶) 去日本，一定對汝誠有用途，緊收起。」

「お父さん，呰恁貴重ê錶仔汝家己留ê卡好，我有普通手錶仔都好。」

「佮父さん免客氣啦！以後踮日本做代誌，時間上重要，愛有卡好、卡準ê錶仔幫汝提醒，千萬怀倘互人講攏無時間觀念。」

「若按爾生，我都收起。お父さん，ありがとう（謝謝）。」

「來，此百円札一枚（即百元鈔票一張）亦抲去做小遣い錢（即零用錢）用。出門佇外口，身軀邊愛有錢，所以錢愛扌有有夠。」

「お父さん，ありがとう（謝謝）。」

「另外，愛注意健康、安全等等ê代誌。二年後轉來台灣，一切若安定，上好閣再進大學，抑是汝愛留ê日本讀亦會使，有需要錢遮講。」

「好，我知影。お父さん免煩惱，汝家己身體嘛愛保重。」

「知啦！橫直茨內有阿梅佇ê，一切我會當放心。」

聽到這麼一說，嘉華忽然覺得，父親好像已無再婚的打算，同時也十分感傷，離情依依即刻湧上心頭，彷彿這是與父親永久話別似。

過了一兩天，李先生的好友蕭先生有事來訪，還特地將女兒蕭麗杏親手做的針線包帶來，當面交給即將遠行的嘉華，希望在未來縫補衣物時用得上。看到這輕巧可愛的針線包，嘉華不免想起那善解人意的蕭麗杏，更憶起五年前嘉隆出殯前夕，曾和嘉生在蕭家過了三天，當時最令人窩心的就是這個天使般的女孩。

「叔父ちゃん！杏子此包包仔做甲誠嫷，轉去時遮甲伊講一句多謝。」

「好，好。汝以後家己一個人咧日本，萬事攏愛卡注意ê。」

「好，我知影。叔父ちゃん恁一家亦保重。」

接下去的幾天，除了人在廈門的三舅外，像三叔等親戚能來的都盡量來，畢竟晚輩要赴日從軍也是件大事。這當中最令嘉華高興、振奮的莫過於李雪綾的來訪。一陣寒暄後，趁著她父親與大伯在談別的事，李雪綾又和嘉華在客廳另一角落裡敘舊起來。邊說著，李雪綾邊打開皮包，掏出一個長條形的盒子，外面還用素色紙包得很美觀，然後將它交給嘉華。

「此是啥米？」

「互汝êプレゼント（present的日語拼音，即禮物）啊！掏起看就知影。」

「哇！是一枝鋼筆。」嘉華撕掉包裝紙，將盒子打開，看到裡頭的東西叫著說。

「有甲意無？以後咧日本辦代誌ê時一定用ê著。」

「此互汝開袂少錢吧？誠贊êプレゼント（禮物）。多謝囉！」

「是有卡貴淡薄仔，橫直我是用小遣い錢（即零用錢）買ê。」

「恁お父さん一擺互汝赫濟小遣い錢（即零用錢）？誠好啊！」

「無赫好啦！是我每個月一屑仔一屑仔（一些些）累積起遮買ê，希望汝用卡久ê。」

「我會特別愛惜。對啦！我嘛有一項プレゼント（禮物）欲互汝。稍等下。」

說著轉身就往房間跑去，再帶著二年前畫的那幅水彩畫出來，將它交給李雪綾。

「此是圖咻？汝繪ê？」

「展開看都知影。」

「哇！是水彩，繪我彼年熱天佇山頂曝菜脯ê情形。誠媠！誠互人會感動。華ちゃん！多謝汝，互我些恁（這麼）媠閣有意義êプレゼント（禮物）。我會好好愛惜，永遠保存起。」李雪綾展開後，看到那幅畫，高興地說。

「按爾我都誠歡喜囉！最近攏咧無閒啥？」

「喔！我已經加入篤志看護婦人會（台北支會成立於一八九九年，隸屬日本赤十字社），即馬咧學做看護婦（即護士），除了戰爭時救護兵仔以外，平常時亦踮病院服務，加強一般國民對健康、衛生ê觀念。」

「誠敖喔！對國家、社會真有貢獻，但是嘛愛注意安全，尤其即馬咧戰爭。」

「有啦！支會內底攏有教，顛倒是汝欲去內地，按怎講攏是外地，免不了會生疏，愛卡注意ê。無論如何，汝平安去，平安倒轉來，按爾都真有保庇囉。」

「多謝！汝佮茨內ê人亦愛保重。二年無算長，咱到時就會使閣見面。」

至嘉華啟程之前，親朋好友當中，除了送些隨身用品的小禮物，或包點錢當紅包外，大概就數送他御守り（即護身符）的最多。想當年杜恩輝赴日留學時，自己曾送他一個護身符，如今則輪到別人來送他，可見小小一個護身符效用頗大，幾乎在出國、探病、生育、考試，比賽、選舉等情況下都能派上用場。從小疼愛嘉華的玉梅也不例外，特地到艋舺（即萬華）龍山寺求了一個來送他。不，應該說是同時求了二個，另外一個是留著給林金龍，因為最近二十五歲以上的人多被徵召為軍伕，派往南洋、中國等戰場效勞，想來自己的丈夫遲早也會去，遂一併求取。

除了這些他人所送的物品外，在行囊裡，嘉華也為自己準備了些東西，像詩集、相簿等，以便一解旅愁、鄉愁。那本詩集名為《少年詩集》，稱得上是部名著，收錄了西條八十、北原白秋、佐藤春夫、島崎藤村、土井晚翠、與謝野鐵幹等人的詩作，很能激發青少年的高尚情操。至於那冊相簿則貼滿了家人、親友、同學等在不同的時候，於不同的場合下所拍的照片，其中仍以李雪綾那三張最令他愛不釋手，彷彿看了如同目睹其人。

第十二章

玉梅料想得對，就在嘉華到岡山受訓，並於一週後搭船赴日時，林金龍也收到了徵召令，奉命在四月上旬前往中國，擔任協助戰事進行的軍伕。親戚中同樣被調去當軍伕的還有鄭揚海，因為他也年滿二十五歲，不適合當正規軍。至於他那個開照相館的姊夫，也就是鄭秋錦的丈夫，則由於超過三十歲，暫且不用當兵。

面對家中有二個人分別要去當志願兵和軍伕，李先生感到頗無奈，特別是這一陣子教導林金龍種種店務，希望他和他本人當年一樣，能從技工蛻變為負責人，好讓企業永續經營下去，現在看來顯然受到了阻礙。當志願兵和軍伕同樣都有遭遇不測的危險，但相較之下，曝露在沙場上，或說槍林彈雨中的軍伕更有陣亡的可能性，因為海軍工廠的志願兵只是在製造飛機，並非真的上戰場，況且有些中學畢業者是擔任事務性工作，並非像小學畢業的少年工全從事組裝。無論如何，對處於這時代下的命運感到無奈、憂慮，甚至憤慨都無濟於事，一切唯有坦然接受，並期盼戰爭早日結束，出征的人能平安歸來，萬事皆能重新再來。李先生這樣想，林金龍自然也是這樣想，他還對玉梅說：

「拄即華ちゃん去無一禮拜，即馬輪著我愛去，以後茨內都拜託汝啊。」

「尪仔某代講啥米拜託，汝若會當平安去，平安倒轉來就好。」

「志ちゃん（即小志成）咧？」

「呷乳了後拄即睏去。咁欲甲伊叫醒？」

「互伊去睏好。此個囡仔後擺都互伊受卡充分ê教育，伓倘像我連公學校抑讀無煞。お父さん對伊嶄然仔期待，亦是咱唯一ê囝兒，汝都愛卡辛苦ê，好好飼（養育）伊，好好教伊，將來汝年老ê時，伊亦會誠有孝汝。」

「講甲赫久以後ê代誌，免想赫濟啦！」

「對囉！免想赫濟啦！我有信心，咱志ちゃん一定袂互咱失望。另外，お父さん近來心情卡無像過去赫明朗，年歲亦有啊，汝就愛注意伊ê身體，甲伊提醒，但是伓倘傷囉嗦，伊ê脾氣是無愛互人管傷濟，家己有家己ê看法。」

「我知影。其實伊家己嘛有咧注意，需要特別提醒ê時，遮甲講一聲就好。」

「閣來都是生ちゃん個兄妹仔，講起亦是咱ê小弟、小妹，即馬攏咧讀書中，生活種種ê方面，汝仝款代替お母さん，多多甲因照顧一下。」

「我知影。抑汝咧？去甲中國赫遠ê所在，汝家己亦愛保重。我每日會使為汝做ê都是求神明保庇，以除外嘛無倘為汝做半項，所以汝家己愛注意。」

「誰人講無倘為我做半項？汝會當照顧此個家，都為我做誠濟囉。」

「好，咱想卡開ê，心情放互平靜，該準備ê物件，此幾日仔準備互好。」

這時房間裡傳來小志成的啼哭聲，或許是被蚊蟲叮咬得厲害，也可能是聽到父母在談話的緣故。玉梅立刻轉身，往房裡去，將他抱了出來。

「來！怀倘哭，乖乖，互爸爸抱。」說著，就將孩子從玉梅懷裡抱了過來。

「誠心適呢！過汝ê手抱就袂哭啊。」

「志ちゃん巧喔！可能知影我欲去做兵，愛欲佮我卡親ê。汝看！即陣閣會笑。對，互爸爸永遠記ê汝古錐ê笑面，此都是互我上大ê安慰佮鼓勵。」

當林金龍與妻兒話別，準備幾天後前往中國時，嘉華已乘船安抵東京，並在名為難波驛的車站改搭火車，欲進入位於神奈川縣高座郡大和町的高座海軍工廠。那天搭乘火車的人相當多，除了士兵、海軍工員等軍人外，也有不少尋常百姓，各節車廂都坐滿人。火車緩緩開動後，車速令人感到逐漸增強。嘉華閒著無事，閉目養神一會，接著望向車窗，看那窗外一幕幕飛也似掠過的景物，有如跑馬燈那般美妙又虛幻。此刻正值夕陽向晚天，鐵道沿線凡是有人住的地方，不管是大鄉鎮或小村落，幾乎家家戶戶都點亮了燈火，從無數的窗口放射出橘黃色的光芒，遠遠望去點點輝耀，媲美夜空裡銀色的繁星。看得有些出神，竟對燈火下的萬戶人家起了遐思，揣想著屋簷下的每一個人如何走出他的人生。就算同樣是生在幸福，或不幸的家庭中，每個人的運途與造化還是有所不同吧！

想著看著，一時感到尿急，遂站了起來，將懷中的小箱子擱在椅上，瞄了一下行李架上的大箱子，頗覺安心，就匆匆往洗手間跑去。小便回來，再將小箱子拿起來，坐了下來，同樣抱在懷中，而此時鄰座的士兵已入眠，顯然是坐得疲倦就睡著了。嘉華也跟著閉上雙眼，小睡片刻。好像才要進入熟睡狀態，就聽到大夥喊說到站，火車已抵達目的地。下車後立即排隊，辦理報到，完成入廠手續。

高座海軍工廠的宿舍稱為寮，約有十二間寮房，每一間寮房都是一棟木造的二層樓建築物，上下層合計共有十到十二間房間，每一間的面積約在十八至二十塊榻榻米大小。由於是中學畢業，嘉華被分發到工事計畫課，專門管理設計圖，並製作統計圖表等。這項職務不但使他不用組裝飛機，還讓他擔任起部屋長（即房間長），有權管理，或照顧小學畢業的少年工。

海軍工廠裡，從廠長、總務部部長、醫務部部長、醫生、教官到基層的少年工等，全由男性任職，想當然是男兒的天下，其實不盡然，其中尚有女子挺身隊。這支女性隊伍，或稱娘子軍是由高等女學校（即女中）畢業的少女所組成，主要是從事勞動服務，或謂打雜的工作，像燒開水、倒茶、遞毛巾等皆包括在內。與來自台灣的海軍工員、少年工有所不同，女子挺身隊的成員全是日本女孩。很不幸，這其間也有利用女子挺身隊的名義，實則誘拐朝鮮（即今之韓國）、台灣、中國、東南亞等地的女子充當慰安婦之事。顯然這也是大戰中日軍的一項暴行。

面對年齡相仿的女子挺身隊隊員，嘉華除了在她們奉茶，或遞上毛巾等時會說聲謝謝，以及碰面時點頭打招呼之外，幾乎是跟她們不相往來，畢竟對方是日本女孩，而自己也早有意中人。可是有些來自他校的海軍工員就不一樣，面對日本女孩難免會有幻想和期待，加上對方也有類似的心態，於是一拍即合，從親蜜交往到未婚懷孕的傳聞皆有。來自同校的某些工員得知後，常會夥同其他同學，對出軌的工員動粗，將他打一頓以示警告。看到這種修理同窗的場面時，嘉華憑直覺就猜出非真的出於正義感，而是出於嫉妒；也就是說，動手的人羨慕被打的人，因為後者有受到女孩的青睞，有嘗到愛情的滋味。

當然，這些緋聞瑣事都是一段日子後才聽到或看到。早先來到工廠時，首要之務就是做好份內的事，並遵守廠規，適應新環境，其次便是等待家人或友人的來信。在這樣的期盼中，於五月上旬終於收到杜恩輝的一紙來函，而且是同房間的少年工當中，最討人喜歡、名為葉新茂的男孩所帶來。面交收信人時，葉新茂還好奇地向嘉華問了些問題。身在高座海軍工廠，為管理便利，台灣子弟皆有日文名字，也全用日語交談，因此二人的對話轉換為台語約如下。

「部屋長，看汝赫歡喜！佇埼玉縣ê先生抑是友達（即朋友）寫批互汝咻？」

「我台北二中時ê先輩杜さん寫來ê。伊三年前來埼玉縣讀浦和高校。」

「浦和高校是出名ê學校，伊成績一定誠好。即馬應該卒業啊？」

「應該是啊！我批稍看ê。」說著就拆開信來看。

「無錯，伊卒業啊，七月時都欲來東京參加大學ê考試。」看了一下說。

「喔！我知影，杜さん大概是欲考東京帝大。有講欲考佗一科無？」
「醫科。伊佇台北二中時就發願欲讀醫科，將來欲做醫生。」
「按爾生誠好。部屋長，我欲來去做工啊！批汝遮慢慢仔看。」
「好，好，緊去。」

葉新茂走離開後，嘉華將來信細讀了一遍，很慶幸杜恩輝一直都在埼玉縣，等於是避開了三月十日在東京本鄉的那場夜間轟炸，否則今天恐難收到他來信報平安。接下來就等他來信報佳音，告知考上東京帝大的醫學部，這將會是天大的好消息。神奈川縣大和町離東京不遠，從大和町搭火車過去，很快就可到達東京，也許屆時可找個假日去看望他，這樣一來，隔了這些年，二人終於又可見到面。想來巒有趣，當初因有課，無法到基隆為他送行，只好先送他一個護身符聊表心意，而今自己竟也帶著別人送的護身符來到日本，看來護身符還真靈。

看完信，將信收到櫃子裡的抽屜後，杜恩輝其人其事就告一段落，接著腦中浮現的，心中所想的竟是人人稱為茂的葉新茂這男孩。坦白講，若換做是別的少年工，送信來還問東問西，像是在探人隱私，嘉華一定會覺得有些討厭，但如今對方是葉新茂，不僅不覺得煩，反而倍感親切。到底十三歲的葉新茂有什麼比其他少年工佔優勢的地方呢？顯然是他那俊秀可愛的容貌，斯文中帶著陽剛之氣，不至於全然女性化的一張娃娃臉。其次，他的身材雖然和一般少年工差不多，然而英氣十足，使他顯得較挺拔。除了外表迷人，內在的個性又如何呢？說來妙，居然是介於嘉華的倔強與嘉生的溫和之間；

也就是說，有時顯得很有衝勁，很具熱忱，也很執著，有時卻顯得知性較強，一派溫文有禮，又善體人意的模樣。無論是那一種面貌，十三歲的孩子終究是正在成長中，會讓人有些捉摸不定是很正常，也正因為如此更加討人歡喜，特別是受到年齡較長者的喜愛。

身旁有此美少年，嘉華似乎忘了家人、友人，以及在心中頗重要的李雪綾，閒來已很少翻看相簿，但這不表示他真的那麼喜新厭舊，只是在陌生的環境中，暫時有新鮮、美好的人、物、事吸引了他的注意，況且嚴格說來，他也是個成長中的少年，只不過比葉新茂大五歲而已。他是很喜歡葉新茂這孩子，偶爾也想抱抱他，但想歸想，畢竟對方已不是嬰孩或兒童，隨便擁抱人家恐招致反感，徒增不必要的尷尬及誤會。此外，嘉華雖倔強些，根本不會因為身為部屋長，等於是對方的小長官，就處處想找機會佔便宜。很顯然，在成人的世界中，不管是異性或同性之間，藉主管之職佔屬下便宜者所在多有，然而嘉華就不至於這般，連想都不會想這麼做，可見他還很純真，心靈很潔淨，因此葉新茂也樂於親近他。

葉新茂既長得俊秀聰明，只念到公學校實在可惜。出於好奇，嘉華曾問他說：

「茂，汝奈公學校卒業了後，無愛閣去讀中學校咧？」

「部屋長，汝嘛是，奈無愛閣讀高校，進大學，佮恁先輩杜さん仝款？」

「巧喔！問題挨轉來（推回來）互我回答。我是想到來此工作，一方面是做兵，另外一方面會使得到高等工業學校仝款ê證書，所以無愛閣讀高校，但是二年後轉去台灣，假使有機會，我會考慮閣再讀高校，進大學。」

「我嘛是按爾生扑算。」

「但是汝欲挓到甲種工業學校仝款ê證書，愛踮此工作兼讀書五年。」

「袂要緊，五年都五年，到時都佮汝即馬仝款年歲。」

「對啦！汝抑少歲，將來機會真濟。伓過相戰咁會拖赫久？已經扑七冬啊。」

「此誰人都伓知影，但是嘛是此幾年仔扑囉卡熱，咱只有期待緊扑贏。」

「是啦！橫直汝抑少歲，以後轉去台灣，讀書抑是工作攏有機會。」

「部屋長嘛是。」

「好，咱互相鼓勵，以後佇工廠做代誌愛卡認真ê。」

整天在高座海軍工廠都很忙碌，大致上沒多餘的時間可閒聊或鬥喙鼓，但人在骨子裡總是好逸惡勞，難免會利用休息，或者用餐時彼此交談，說些工作以外的瑣事，藉以放鬆心情，並聯絡情感。事實上，嘉華與葉新茂一天當中說不上一句話的情況很普遍，就算有上述閒聊的時候，頂多也是十分鐘內即結束。這根本無妨，只要能看到葉新茂，對嘉華而言，一天的元氣與活力就具備了。當時猶年少，不懂這樣是否算是暗中愛慕對方？或說得更正確，算是一種同性間的愛戀行為？反正每天按表操課，一切作息皆已機械化，只須見到對方就心滿意足，根本無暇去思索暗戀或同性戀。直到戰後多年，有一次在哲學，還是心理學的書上看到「柏拉圖式的戀愛」這一名詞解釋，方才明白當年愛慕葉新茂即屬於這種類型，也就是所謂的精神式的戀愛。據說在古希臘時代，哲學大師如柏拉圖、蘇格拉底等均曾與弟子有過精神式戀愛，即出乎情，止乎禮，偏重在心靈的契合，而排除肉體的欲望。當然，這種精神式的戀愛不限於同性、異性，也不拘於身分、職位、年齡等，只要雙方互相仰慕，心靈有默契，性情相投即可。總之，暫且拋開「柏拉圖式的戀愛」這一說法，少男之間，或少女之間彼此愛慕也是很自然，畢竟這是成長中的青少年必然會走過之路。

整體而言，嘉華在這段服兵役的日子裡，或許是因為有愛慕對象的存在，心靈上有了寄託，使得原本單調乏味、幾無色彩的工廠生活，從一開始就顯得活潑、亮麗，充滿了希望與朝氣。另外，在八月初再次收到杜恩輝的來信，告知已考上東京帝大醫學部。高興之餘，很想再看看他，便在下旬的某個星期天，從大和町搭火車到東京，循址找到杜恩輝在校外的住處。見到學長，嘉華感觸地說：

「想袂到會踮東京佮先輩見面。おめでとうございます（恭喜）！」

「多謝！汝對台灣來日本一路真辛苦，對無？緊坐落來，慢慢仔講。」

「無赫辛苦啦！顛倒是先輩來此考醫學，讀醫學卡辛苦。」坐下後說。

「講囉對，即馬上課攏用ドイツ語（即德國），所以亦愛讀外國話。」

「赫敖啊！用ドイツ語（即德語）教醫學，讀醫學。想起亦有好處，加知影一項外國話誠有路用，閣是科學、軍事發達ê ドイツ（即德國）ê話語。」

「是啊！但是讀起遮知影英語卡簡單。汝咧？氣色嶄然仔好，工廠慣勢啊？」

「是啦！卡慣勢啊！日子過囉有淡薄仔緊張，但是嶄然仔充實。」

「按爾生真好。稍躭等下佮我來去呷遮點心。」

「袂互先輩開錢啦！」

「無啥米倘招待，呷遮好呷êらーめん（拉麵），試遮湯頭爾爾。」

吃完拉麵，杜恩輝陪同嘉華信步走到車站，看著他搭上返回大和町的火車，還對著窗口和他揮手致意，直到火車遠去，月台變得冷清，這才走回宿舍。

嘉華說在工廠過得充實，固然是個人的感想，但大部分的海軍工員、少年工多少都有同感。戰地的工廠非比一般工廠，飛機的組裝也非比普通商品，時刻還得防範美軍空襲等危險的事，然而一有假日，以及一九四五年終戰後、歸鄉前，只要手邊沒什麼雜事，這些來自台灣的少年士兵還是會相偕出遊。日本有名的風景區像熱海、泰野大山、鎌倉大佛、江之島、皇宮二重橋、琵琶湖、日光東照宮，還有以馴鹿聞名的奈良東大寺等都有他們快樂的遊蹤。

喜愛接近山水的嘉華也曾偷得浮生半日閒，和葉新茂等人同遊高德院，共賞鎌倉大佛。高德院就位於神奈川縣鎌倉市的長谷，屬於佛教淨土宗的寺廟，其四周樹林蓊鬱，供奉的鎌倉大佛像高達十三・三五公尺，僅次於奈良東大寺高達十五公尺的釋迦牟尼佛像，自古以來即是鎌倉市最著名的景點與地標。當時嘉華目睹這尊大佛像頗嘆為觀止，返台多年後有一回旅行至彰化八卦山，看見二十三公尺高的如來佛像，不僅高過鎌倉大佛，還號稱亞洲第一大佛，心中蠻有驕傲感。這二尊大佛像各有藝術價值，但塑造於十三世紀的鎌倉大佛在歷史、古蹟上，顯然遠勝過建造於二十世紀的八卦山大佛。

既是難得的半日遊，邀請最愛的葉新茂同行即可，何必多邀同房間的另三個少年工呢？原來最大的原因在於照相機。試想好不容易有趟郊遊，又是在異地服兵役時，怎能不設法捕捉一點歡樂的身影？而寢室中唯獨一位謝姓少年工有帶相機赴日，於是這位謝同學就頗受「借重」，幾乎每次郊遊都獲邀，連平常在寮房內外拍照時，也是人與機皆提供。不過，嘉華攝影技術佳很快就傳遍宿舍，這樣一來，謝同學只須提供相機就行。嘉華一機在手，不管是團體照或個人照，每一張都用點心思去拍，更增旅遊樂趣。看到之後沖洗出來的相片，葉新茂贊歎說：

「部屋長，汝敖翕（照）相。恁厝內有カメラ（camera的日語拼音，即照相機）無？」

「抑無，但是轉去台灣欲買一架，到時揣遮機會，約汝出，閣再甲汝翕。」

「好啊！咱一日仔互相留遮住所，轉去台灣就好聯絡。」

「好，此是咱二人ê約束（やくそく，即約定，亦成為台語）。」

在這些甘與苦皆嘗的生活中，對嘉華而言，深感遺憾的是搞丟了懷錶，那支臨行前父親送給他的銀色懷錶。是在什麼地方弄丟？喔！當時搭火車來工廠報到，下車前曾跑去洗手間，會不會離開的剎那間，鄰座的人，或其他車上的人偷偷打開小箱子，將它摸走了？還是被宿舍的某個少年工竊取了？或是被外面的小偷在夜間扒走了？無論如何，那支銀色懷錶已遺失，再也無法復得，除非有一天掃除時突然發現。算了，只怪自己不留意，也無須去質問宿舍的每個少年工，或其他寮房的海軍工員、少年工等，他們一天下來已夠戰戰兢兢。

想開了後，似乎什麼事都未曾發生，日子一樣過得忙碌、有意義，甚且養成了更加看管私人物品的好習慣。有天晚上睡熟後，好像在夜半，也像是在破曉時，忽然夢到有個星座閃閃發光、輝耀不已，像艘大船，航行在無垠的夜空中。緩緩航行，漸漸增大，轉瞬間卻破裂開來，迸出的火花燃燒了整片夜空。就在這急難當中，夢醒了，窗外天色已大亮。這是個什麼樣的夢？那星座象徵日本嗎？一切由盛而衰，終究打不過以英、美為首的盟軍，所謂的「大東亞共榮圈」到頭來不過春夢一場。或是那星座代表台灣的家園？難道最近有什麼事發生嗎？雖然只是一個夢，睡眠中隨便夢到的一個夢，很可能毫無意義，僅僅是發洩身心的疲憊而已，但總覺得不太好、不太吉祥。然而夢就是夢，一早剛醒，記憶尚清，接著展開一天的工作與學習後，印象就變得模糊不清，差不多到日落前就淡忘了。

第十三章

比起在神奈川縣擔任工員的嘉華，被派去中國當軍伕的林金龍就遭遇堪憐。在一九四四年四月上旬抵達海南島後，一則征途過勞，二則水土不服等，不久即染上盲腸炎，拖到五月下旬，就病死在野戰醫院中。這樣的遭遇確實悲傷，然而比起活到終戰後的台籍士兵，似乎有句話「長痛不如短痛」差堪比擬。怎麼說？於一九四五年二次大戰結束後，有些倖存下來，流落在菲律賓、海南島等地的軍伕藉美軍的協助返台，旋即被「接收」變「劫收」的國民黨所哄騙，還包括青少年等，一同被遣往中國東北、華北打擊共產黨，即捲入國共內戰。結果戰死的戰死，遭俘虜的則被編入共軍，參與所謂的「解放戰爭」，調到北韓，投入「抗美援朝」的韓戰。這一場韓戰中，僥倖存活下來的台籍士兵到了一九六六年，在前後長達十年的文化大革命中，很不幸遭至批鬥，被打為「國民黨特務」、「台灣特務」等所謂的「黑五類」。在台的國民黨只知照顧中國老兵，對同樣曾為其效命的台籍士兵不聞不問，許多人就淒涼含冤地老死於中國，這正是台灣人的悲哀。

林金龍的死訊由軍方送達李家時，玉梅還算鎮靜，但淚水已潸然落下，而李先生則悲從中來，深感雙重損失，既失去一位好女婿，又喪失一位可栽培的人才，不禁放聲哭了起來。兒孫見狀也跟著落淚，尤其是二歲的小志成還哭著問說：

「阿公，爸爸按怎樣咻？爸爸按怎樣咻？」

「志ちゃん，來！乖乖，媽媽抱。」玉梅說著就抱起走向前來的小志成。

「唉！看起是天欲滅咱李家啦！」李先生說。

「お父さん，咱做人光明正大，做生理亦規規矩矩，絕對無彼款代誌，莫按爾生想。出兵相戰免不了會得傷，抑是戰死，此亦是無法度ê代誌。」玉梅說。

「通知書有寫屍體會運轉來無？生ちゃん，幫阿梅批稍看ê。」李先生說。

「屍體已經燒做骨灰，囥咧甕仔，付一筆運費，會使運轉來。」嘉生看了後說。

「好啦！只有按爾生辦。假使是死咧戰場，連灰嘛無地揣。」李先生說。

將林金龍的骨灰運送回來，匆匆行過葬禮沒幾天，戰況已愈加緊迫，玉梅只得準備一切衣物、日常用品等，帶著兒子志成、李先生的二個女兒淑文、淑幸，以及三叔李尚福的二個兒子明傑、明偉前往林口鄉山上疏開，以躲避美軍的空襲。至於李先生、李尚福夫婦則因工作的關係，未隨同上山，僅在緊急時走避防空壕。就讀台北二中四年級的嘉生也因課業的關係，且又被編入學徒兵，所以仍留在城內。與姊姊同樣擔任篤志看護婦的李雪絹亦復如此。

實際上，約在此時，為了通學的便利，嘉生個人已搬離含店面的老家，遷入新家，即之前透過李先生的協助，李尚福貸款所購二層樓房的樓下部分。在此，除了嘉生，李先生的大哥李本義也搬來同住，並同樣拜託樓上三弟夫婦妥為照顧。

關於這個嘉生他們該叫「阿伯」的李本義，曾在英商德記洋行工作過，那已是多年前的事。由於他不擅與人交際，個性也較內向、保守，常在一個地方工作一陣子後，不是因人，就是因事心生不快，憤而離職，因此一直無法穩定下來，自然在婚姻方面也一再受延誤，且本人只愛遊歷東亞，研究文學、哲學、藝術等，對異性似乎沒什麼興趣，終致到老仍孤單一人。李先生對這個大哥頗敬重，特別是對他豐富的學識、經歷等更是推崇，所以當大哥年老無助時，李先生必然伸出援手，幫他找個棲息處。這不難，因為整棟房子是李先生協助三弟購得，樓下的空屋本來就打算留給李先生一家住。困難之處在於照顧，尤其是照顧一位多病又沒什麼錢財的老人。被委託的三弟夫婦口說會照顧，實則常以經商為由予以推卸，即便難得出門應酬，整天很閒的三嬸玉嬌也僅是供應三餐，對於大伯的病痛等向來愛理不理。雖說有嘉生同住樓下，可是嘉生要上課，無法守在伯父身旁。

在疏開這段日子裡，每逢星期六下午，一有空，嘉生常徒步從台北走到林口，上山與玉梅他們相聚。當他抵達山上時總是入夜後，不過能與來此避難的家人團聚，再辛苦跋涉也值得。邊吃著玉梅為他熱過的些許飯菜，邊談論著山上山下的種種，無形中，長途步行的疲憊也就逐漸淡去。

「阿伯佇新茨滯囉慣勢無？三叔仔個有好好甲伊照顧無？」玉梅問說。

「我透早就去學校，晚遮有轉來，伓是蓋清楚，但是聽阿伯講，三嬸仔定定耽誤伊呷飯ê時間，害伊枵過飢（餓過頭）。此我亦拄過，尤其是晚頓ê時陣。阿伯有甲三嬸仔講過，我亦有甲伊提醒，但是伊無啥愛插ê款。」

「害汝佮阿伯枵過飢奈會使！伊老大人閣有病在身，袂使時常枵過飢。到底三嬸仔是咧無閒啥米代誌？家己二個囝攏寄佇此互我照顧，伊抑閣咧無閒啥？」

「我嘛伓知影。志ちゃん佪咧？踮此好好無？會冤家袂？」

「冤家是袂冤家，大漢、細漢攏嶄然仔乖，但是可能是天氣忽然間大熱，一時適應袂過，一個綴（跟著）一個破病，頭先是阿傑仔發燒，落去是阿偉，閣來是文子咧腸仔發炎。看著此款情形，我儘量甲佪分開，呷佮睏攏袂做夥。」

「按爾生都甲佪治好。赫敖啊！」

「無赫敖啊！我歸禮拜攏走去山骹揣藥仔，抑無都是取佪落山去互先生看。」

「喔！確實誠麻煩，好佳哉有汝佇ê，那無就害囉。」

「阿月佪尪仔某亦鬥相共，趁我取囡仔落山去看病時，照顧其他ê囡仔。」

「此空襲嘛伓知值咚時遮會結束？大概只有相戰煞，空襲遮會停止。」

「是啊！只有期待相戰緊煞。お父さん咧？家己一個過囉怎樣？」

「看起好好吧！店內嘛有人會甲伊照顧，甲伊鬥相共。」

嘉生既上山來，且在晚上才抵達，自然是在此過夜，隔天午後方下山，返回城裡。這一次，就在他回去後不到一星期，忽然有天下午，有四個人將李本義扛到山上來。玉梅和阿月看了頗納悶，問其中一個轎夫，這才明白，原來是李本義病氣沉沉，三嬸不願照顧，也感到不祥，遂花錢僱人扛來山中，存心丟給玉梅去負責。

「阿伯！阿伯！我是阿梅，有聽ê無？」

「甲恁爸會記ê，阿嬌此漚（爛）查某，阿嬌此歹查某。」李本義只顧喃喃自語。

「阿伯！阿伯！我咧叫，汝有聽ê無？」

「免叫啊！緊甲伊扛入茨內。喂！扛轎ê，拜託，稍鬥骹手。」阿月說。

一夥人將李本義扛入屋子裡後，玉梅欲下山延請醫生，又想前往李先生及三叔那兒問個究竟，一時分身乏術，還得爭取為病人治療的寶貴時間，於是阿月的丈夫阿達暫時放下養豬的工作，立即陪同玉梅下山。到了山下人煙較多的鎮上，兵分二路，阿達趕緊去診所找醫生，請求隨同上山一趟，玉梅則搭輕便繼續往城裡去。到了城內，由走來的方向來看，三叔的住處會先到，便決定先去三叔家。

那天非週末假日，三叔李尚福不在家，只有三嬸玉嬌在，玉梅就直接問她說：

「三嬸仔，阿伯有年歲，閣有病，何苦甲伊扛去山頂，互伊一路受苦？」

「按爾生汝遮有機會甲伊有孝，咁伓是？」

「汝奈講此款話！伊是汝ê大伯，甲伊照顧嘛是應該ê，嘛有甲汝拜託過。」

「我最近卡無閒啦！而且誰人知影伊得啥米病？欲按怎甲伊照顧？」

「汝咧無閒啥？阿傑、阿偉攏寄佇山頂互人照顧，抑閣咧無閒啥？」

「個是綴（跟）恁去疏開，恁お父さん嘛有交代汝愛甲個照顧，咁伓是？」

「無錯，所以我有甲個照顧，但是汝無願意照顧阿伯，歸氣甲伊揬來（推）山頂。」

「莫講揬來山頂赫歹聽，是專工派人送去互汝照顧，而且嘛亦有阿月佮。」

「好，互我照顧會使，我亦無時間倘佮汝辯。我先行囉！」

緊接著玉梅來到樓下鬮為店面的老家。李先生在辦公桌後一看到她，立刻起身將她引到樓上，並在客廳裡坐定後，疑惑地問她說：

「山頂出啥米代誌咻？」

「三嬸仔下晝派人甲阿伯扛去山頂，因為阿伯破病嶄然仔重，伊無願意照顧。」

「有特別拜託個愛照顧兄さん，奈按爾生？即馬阿伯咧？」

「阿達進前有落山去請先生，大概即馬佇茨內咧甲伊醫。」

「恁三叔伊此個後某實在誠害，三叔仔嘛無責無任，二個尪仔某攏真自私。」

「來此進前，我先去三嬸仔兜，已經甲伊提醒過，以後阿伯互我照顧就好。」

「眼前只有麻煩汝囉！有需要用錢，講一聲，隨時會當去銀行領。」

「好，我知影。お父さん，汝家己亦愛注意身體，伓倘傷操磨，愛捷歇睏。」

「好，我會注意。汝家己嘛愛注意，將來此個家愛閣倚靠汝。」

離開老家，返回林口鄉山上後，玉梅看到正在準備晚餐的阿月，就問她說：

「阿達有請先生來無？」

「有啊！甲阿伯量血壓，聽胸坎，閣注一叢射，通（費了）差不多半點鐘遮轉去。」

「先生有另外交待啥米無？」

「有啊！一兩日仔內愛送去大病院進一步檢查。」

「喔！即陣咧？咧睏咻？」

「是啦！互伊好好歇睏ê，後日遮取伊來病院。」

「到底是啥米款病？先生有講無？看起若像真複雜。」

「名稱有講，我嘛記袂起，橫直心臟、肝、膽攏無好，血壓高，閣中風過。」

「確實複雜。袂要緊，後日取伊來病院檢查都知影。」

在台北帝大的附屬醫院裡，李本義被診斷出心肌梗塞等病症，必須即刻動手術，並住院治療一段期間。毫無疑問，看顧病患的任務又落在玉梅頭上。對此玉梅倒也心甘情願去承擔，沒有半句怨言，畢竟伯父無妻無兒，如今能夠盡力照顧他的就屬她這個姪女。不，正確而論，她只是李先生的養女，稱不上李本義的親姪女，須像淑文、淑幸、李雪綾、李雪絹等才算是親姪女。但親姪女又怎樣？淑文、淑幸還小，尚需要玉梅照料，而三叔的女兒李雪綾、李雪絹正在當護士，忙著照顧大眾，根本無暇看顧伯父，能抽空來趟醫院就屬難得。至於像嘉生等親姪兒，不是正在念書，就是還年幼，顯然是無濟於事。而同輩的李先生和三叔等則忙於事業，僅能抽空來醫院看看。所以唯有玉梅能幫忙，也幸好有玉梅，否則大伯真要無人理會了。俗話說，相欠債所以做夫妻。那麼玉梅呢？前世虧欠李家？

動手術時是八月中旬，接著在醫院療養一個禮拜，然後醫生見病情有好轉的跡象，就在九月初讓李本義回家調養，但仍須定期回院複診。回家調養自然是在玉梅的陪同下，返回林口鄉山上休生養息。對玉梅而言，回到家還是要照護年老病弱的伯父，但至少可兼顧小志成和淑文、淑幸等，而且尚有阿月夫婦從旁協助，因此能回家調養真好，從此不必山上山下跑。關於此，李本義也有感觸地說：

「阿梅，好佳哉有汝，甲我顧前顧後，誠是感謝。」

「阿伯，咱是家己ê人，互相照顧應該ê，伓免赫客氣。」

「唉！若是彼個阿嬌都無仝款，再講，家己ê後生、查某囝嘛伓敢想，咁一定會比汝卡有孝？阿梅，汝欲相信無？全心照顧我此款老歲仔ê患者，有一日仔汝亦年老時，不但袂破病，顛倒閣卡勇健，因為天公伯仔感覺愛互汝一個報答，所以甲汝年老時會得ê病攏免掉。」

「哈！哈！阿伯敖講笑，看起身體復原囉真緊，真有元氣，按爾生誠好。」

「此是有影ê代誌，反勢汝有倘呷甲百二歲。」

「好，好，到時做生日，一定大大請阿伯。」

玉梅心想此後專心照顧伯父，還有那群孩子就行，家中應該一切尚好，完全料想不到一個月後李先生竟出事了。在十月十四日那一天，午後約二點過一刻，有三個警察來到李家的腳踏車店裡，只說有嚴重的事發生，要求李先生到派出所一趟，就當著店員的面將李先生強行架走。李先生當然感到很驚恐、很疑惑，卻也鎮定地說：「誠是出代誌，來派出所講清楚，無需要強拖。」

「到底是出啥米代誌？奈甲頭家掠去（抓去）？」一位夥計問說。

「我緊來去揣頭家個老三ê，店內恁稍顧ê。」資深的劉姓員工說。

強行架走李先生的不是一般警察，而是簡稱為特高的特別高等警察，即類似同一時代的德國納粹秘密警察，或戰後白色恐怖時代的警總等。除了做為殖民地的台灣、朝鮮（即韓國）等，特高在日本內地也十分囂張，人人聞之色變，受其迫害的知識分子、地方士紳等不計其數。由此可知，特高就是專門掌控人民思想、言論、出版、集會、結社等自由的政治警察。他們的一切作為就是取締思想。這種秘密或政治警察時至今日仍存在，像二零一一年一至三月間，在北非掀起民主革命，推翻專制政權，驅逐獨裁總統的突尼西亞、埃及、利比亞等國就一直以秘密警察監控人民。然而最諷刺、最不倫的莫過於台灣的檢調單位，居然在已民主化的二十一世紀，為了清算並鬥爭在野黨的卸任總統，可在執政黨的亂鞭揮舞下，漠視人權、證據、法定程序等，甚至違背憲法，胡作非為，硬將無罪當有罪訴，充分發揮了中國固有的東廠（即明代施行政治迫害的機關）文化，徒增中國國民黨的一頁穢史，也徒留後人恥笑辱罵。

在李先生遭逮捕之前，自一九四一年以來，日本帝國鑑於戰爭末期越來越失利，另一方面也想加強控制殖民地人民的言行，於是有一點風吹草動就大肆濫捕，並製造出不少冤獄，牽連數百人，如一九四一年九月的東港事件就是最著名的案例，其獵捕行動持續到一九四三年。李先生於隔年遭逮捕雖是獨立的個案，仍不脫一貫獵捕加迫害的計畫，從頭到尾完全是無中生有的冤案。他被控訴的理由是參與預備推翻總督府，圖謀台灣獨立建國之組織。或許真有這類組織存在，但像李先生這樣守法、守分、踏實又老實的商人就算有擺脫受殖民的想法，也僅是在心中想想而已，在經商之餘，根本無暇，也無心思像某些律師、議員、醫生等積極籌劃有關的事務。實際上他是被張冠李戴，因為在姓名、年齡、外貌、身分、職業等方面，他與遭通緝的嫌疑犯頗類似，而當時的政治氛圍也是寧可錯殺百人，不願放縱一人。就這樣，日本時代的一個好國民、模範公民無情被冤枉，被捕獲，被拷問，被迫害，然而他始終堅信沒有的事就是沒有，逼死他也毫無用處。

訊問中，警方很快就發現張冠李戴之謬誤，但為顧及警政界顏面，加以寧願錯殺之觀念作祟，便繼續追問下去。過程中難免得供出親戚、交遊、熟識及生意往來人士等名單，並給予說明。在提及三浦さん時，李先生特別謹慎，深怕被盤問並追查下去，還得說出三浦さん的大哥當年涉及的政治事件，而對那件事他實在所知有限。幸好警方只當三浦さん是普通進口商，對他沒什麼興趣，也可能是他們早已獲知三浦さん，以及他的家人全死於一九四四年三月東京那場夜間轟炸，因此不再追究與死者的交往等。

經由老員工劉先生的通報，三叔李尚福得知二哥遭到逮捕，心中既憤慨又焦急，但也一時想不出任何可行的營救辦法，只是將此消息轉告放學歸來的嘉生。一聽到父親無故遭逮捕，且又是被特高帶走，嘉生除了憤怒、焦慮、悲傷外，還多了份莫可名狀的恐懼，深怕父親最終會在獄中遭遇不測。在腦中、心中一片混沌的情況下，他馬上想到的就是上山找玉梅。對此三叔向他說：

「伓倘！即馬是暗時，汝行到山頂就差不多天光啊！汝日時愛閣上課ê。」

「抑無是欲按怎遮好？我誠擔心お父さん拖袂過審問。」

「按爾生，明仔載透早我緊叫人去山頂，將此消息講互阿梅知。另外，我遮詳細想看有啥米妥當ê辦法無？汝安心去呷飯。」

李尚福左思右想，想不出什麼解救的好方法，竟靈機一動，想和太太在近日內遠走天津。然而初念淺，轉念深，在此情況下，警方欲監視李家親友唯恐不及，怎可能輕易將他們放行。約一週後，終於有會面的機會，但見到二哥時，李尚福說沒一兩句就哭了出來，而且泣不成聲，彷彿擔心二哥之餘，更害怕自己也會遭拖累，很快就會被囚禁在牢中。李先生看到三弟這副樣子，半勸半氣地說：

「我抑閣佇ê，無需要哭甲赫傷心。汝向信用組合借ê錢還袂？貸款五千箍還袂？若手頭良贍（寬裕），緊還組合卡好，伓倘拖傷久，橫直早晚攏愛還。」

「知影啦！但是最近生理做囉無啥順，閣有生活上ê開銷，手頭無啥良贍。」

「喔！我瞭解。阿梅因攏知影我ê代誌啊！叫㑌伓免傷操煩，操煩亦無路用。後回有面會時，叫阿梅來都好，汝去無閒汝ê工課。」

「知影啦！㑌攏知影啦！我有勸㑌伓免傷煩惱。兄さん亦伓倘傷失望，一定有啥米線索倘想，只是一時一刻無知欲按怎去扑通？咱遮好好想看覓。」

有什麼線索可想，可循呢？短暫的會面結束，返回幾乎暗淡無光的牢房後，李先生這樣思索著。對了，信用組合的老同事蕭先生有個姊姊，好像是嫁給在台的日本人，而且那位夫婿像是在警政界服務，應該蠻有資歷，官位不致於太低，或許可拜託蕭先生，透過他去說情並運作。怎麼前些日子被要求提供友人名單時，只說出蕭先生在信用組合工作呢？不過，這豈不是更安全？否則當時透露太多有關蕭家的事，很可能暗中立即遭阻擾，根本無法求情。這樁案件也許蕭先生多少已獲知。無論如何，必須再聯絡上他，讓他更清楚整件事的冤屈和荒謬之處，這樣才有希望獲救，並洗刷被誣陷的罪名，還我公道和清白。

第二次會面又到了。玉梅獨自下山來見李先生，並與他進行簡短的交談。隔了一段日子後相見，卻是在令人不堪的監獄中，玉梅忍住悲憤，轉而平靜地說：

「お父さん，茨內攏平安，汝放心。有啥米代誌愛交待我辦無？」

「汝知影我ê好朋友蕭先生無？伊ê住所生ちゃん知影，恁一日仔鬥陣去揣伊，緊互伊瞭解我ê代誌。另外，一寡仔小ê田地會使叫種田ê分批買去，處分掉所得ê錢，大概萬外箍，其中五千箍還信用組合，恁三叔仔ê茨都是甲組合借錢買ê，偆ê（剩下的）留做恁生活用，有倘用一段日子。」

「好，我知影，此二日仔會緊去辦。」

「對啦！除了種田ê咧利用ê田地以外，咱亦閣有幾塊仔小ê土地，將此些土地攏處分掉，未來欲拜託人，遮有錢倘用。最近華ちゃん有閣寫批轉來無？」

「無聽ê生ちゃん講起，大概即陣仔卡無寫批來。」

「若按爾生就好，暫時免甲講我ê代誌。此個囡仔愛翕相，昨暝竟然夢到伊咧翕相，遮知影去日本進前，抉記ê買一架カメラ（camera的日語拼音，即照相機）互伊抸去。哩哩喀喀ê（零星）田地、土地處分了後，留淡薄仔錢，互伊轉來台灣時倘買カメラ，都準做歡迎伊轉來故鄉，我欲送伊ê禮物。」

「お父さん，我會注意，目前亦是緊來揣蕭先生卡重要。」

「是啦！差不多時間欲到啊！汝照我所講去發落就好。」

「お父さん，保重喔！我想無偌久都有倘轉來茨ê。」

果然託付蕭先生沒錯，深思熟慮後，正一步步為營救李先生而動用親屬關係、社會關係等。至於玉梅則照著李先生的指示，花了些時間賣掉零星的田地、土地等，還了購屋的貸款，並籌措出一筆未來打通關卡須用的錢。就在此時，李本義終於被病魔帶走，玉梅只好趕緊處理他的後事，且在之後的會面中，向李先生提及喪事梗概。得知大哥已仙逝，身繫囹圄的李先生只道：「亦好，亦好，解脫囉！」

家中老人過世沒多久，輪到十歲的淑幸突然遭到病魔侵襲。這回的病魔不像帶走伯父的那般巨大、可怕，卻也足以折騰小孩，累壞大人。昨夜看來還好端端的淑幸，一早醒來，下顎長出膿包，腫得無法開口說話，不能喝水進食，就連哭都哭不出聲來。玉梅看到這樣子，大概知道毛病出在牙齒方面，馬上背起淑幸，準備下山去找牙醫。方出門，撞見山上另戶人家的阿源伯仔來訪，正在院子裡跟阿達牽網仔補雨傘（即閒聊），便匆匆點個頭，拔腿就往山下跑。

「稍等下，稍等下，幸ちゃん按怎樣咻？」阿達問說。

「大概是齒踝有ばいきん（黴菌，即細菌）走入去，喙腫甲無法度開。我即馬緊取伊來揣齒科醫。」玉梅說。

「我有好ê漢醫報汝，比西醫卡有辦法。」阿源伯仔看了淑幸後說。

「啥米漢醫？佇佗位？緊講啊！」阿達問說。

「汝落去山骹，行到街仔，問店頭ê人，講欲揣張火盛先生，人都會甲汝報伊ê所在。真好揣，門頭嘛有掛看板，呼做張火盛漢方外科。」阿源伯仔說。

「好，好，我來去看覓。多謝！」玉梅說。

這張火盛漢醫頗有經驗，在得知病痛所在之後，輕輕將淑幸的面頰往外拉，使嘴內的膿包破裂，流出大量的惡膿，還摻雜些血，讓淑幸能張開嘴巴，再進行消毒、敷藥等療程。約一個禮拜後，經過二次換藥，淑幸就完全康復了。說也微妙，每回由玉梅背著下山換藥時，淑幸的感覺和姊姊淑文，或堂兄弟明傑、明偉他們全然不同，直把玉梅想成母親，當做另一個還在世的媽媽。

第十四章

透過蕭先生的奔走，經由他拜託在警察機關任職的姊夫，再向上一層層陳情，至最終李先生獲得釋放竟耗去三、四個月，以致安然歸來時已是一九四五年的二月間。此處雖說安然歸來，實際上經過一連串逼供、用刑等，連年輕人都難以承受，何況是年過五十的中老年人，在身心兩方面皆受損，直似風中的蠟燭，隨時都會熄滅掉，斷了氣。看到這情狀，玉梅和嘉生等不免懷疑，很可能已被折磨到瀕死的階段，才賣個人情，收了紅包，下令釋放。縱然如此，歸來本身就是好事，玉梅趕緊回到山下的家裡，幫李先生煮了鍋豬腳麵線，又和嘉生扶著他，跨過門檻前準備好的小火盆，藉以表示一切厄運遠去，從此否極泰來。

歸來後一個月，李先生就關閉腳踏車店，結束營業，再將經營權讓渡給工廠另外二位大股東，而在員工方面，有的拿了資遣費就另謀其他的出路，有的則繼續受僱於新的店東。至此李先生對三浦さん在空襲遇難前，於信上曾提及的一句話「錢財乃身外之物」感觸良多。沒錯，一旦失去生命時，再多的財富也享受不到，終究錢財是生時未曾帶來，死時也無法帶走。不僅死時錢財無法攜帶過去，世上一切的榮華富貴也都帶不走，唯一隨著死者往生的就是今世的業，今世所造的善業或惡業。可是在另一方面，當生命遭到危害，或健康受到損害時，錢財還是能發揮一定程度的功用，只是不保證能完全奏效。思來想去，錢非萬能，可是沒錢萬萬不可。至於須有多少錢才能安心，就眼前來看，李先生已覺得夠用了，也為子孫積累了些財富，業已盡到為人長輩的責任，所以才在兼顧自身健康狀況，或自覺來日不多的情形下，就此中止事業。

既結束生意，返回家裡，自然是將店面兼住家的老房子退租，搬來三弟所購的房子樓下，與三子嘉生同住。為此，玉梅也帶著小志成下山，專為照顧李先生而遷入新居。倘若遇到美軍空襲怎麼辦？就如之前所敘述，戰爭時期，即使是交戰的中日兩國，或世界其他地區的主戰場，大半的產業還是要進行，社會還是得運作，城市裡的人無法個個都往山上或郊區疏開，因此緊急時躲入防空壕或地窖就是可行的好方法。事實上，在李先生最後的風燭殘年中，能夠與兒孫共同生活，此後無須費心在營業、管理、應酬、人際關係等方面，想來也是一大安慰。

當然，在這段劫後歸來的日子裡，蕭先生是來拜訪他的第一個友人。見到李先生被折磨得瘦骨嶙峋，且精神不復往昔那般雄偉風發，蕭先生看了很驚訝，心中一陣酸楚，眼眶已冒出淚水，還好李先生視力變差，看不清這些。忍住哀傷和感慨，蕭先生輕輕拍著李先生的肩膀，盡量用著平淡些、愉快些的口吻對他說：

「會當年老時佮囝孫共同生活真好。」

「蕭ê，會當轉來亦愛感謝汝。」

「莫按爾生講，想袂到會揹（費）赫久ê時間，閣害汝開袂少錢。對啦！華ちゃん踮日本做兵好無？去差不多有半年外？」

「超過囉！我佇籠仔內都將近半年。伊踮日本做兵若像無啥會甘苦，頂禮拜寫批轉來，講三不五時啊若放假，伊就佮同伴ê兵仔去附近佚佗。看起伊有讀甲中學校，所以擔任書類管理ê工課卡輕苦。」

「是啊！華ちゃん敖讀書，閣是台北二中卒業，若轉來台灣愛互伊進大學，抑是相戰煞了後，伊愛留ê日本讀亦會使。」

「但是尾啊來成績嘛無好。即馬是生ちゃん卡敖讀，卡有希望，扑算來年三月卒業了後，先去做兵，轉來遮考台北帝大ê醫科，抑是愛踮日本讀隨在伊。」

「對啦！生ちゃん減華ちゃん二歲咻？聽杏子講自細漢都仝款敖讀書。」

「對，二個兄弟仔差二歲，二個攏敖讀，可惜華ちゃん五年時成績退步，此多少是因為個お母さん往生ê關係。在生時個お母さん都對華ちゃん特別期待，因為伊是茨內頭一個考著台北二中ê，希望伊將來進大學，讀醫科。對啦！杏子嘛應該女學校卒業，有十七、八歲啊？」

「今年咱人八月就滿十八歲。」

「按爾生好甲伊揣對象囉！」

「伊亦是嶄然仔愛讀書，個阿姑有鼓勵伊去日本留學。」

「真好啊！後日仔倘嫁個金龜尪。值咚時準備欲去日本？」

「目前日本咧相戰，總是卡無理想，閣耽一陣仔看覓。」
「閣耽一陣仔不如緊甲伊揣個好尪。」
「杏子不比一般ê查某囡仔，家己有家己ê想法，我無法度替伊做主。」
「喔！看起後日仔確實愛嫁個金龜尪，汝此老爸仔無好做。哈！哈！哈！」
「哈！哈！哈！哈！確實無好做。」

李先生與蕭先生一番閒話家常，終於笑逐顏開，頓時顯得好有活力，彷彿回到年輕時和蕭先生同窗又共事的日子。蕭先生告辭後，李先生去房裡小睡片刻。睡得很安穩，也很充足，但是中途好像有人來探望他。矇矓中他聽到一個十分熟悉的聲音說：「恁お父さん咧睏晝（午睡）咻？我佮隆ちゃん來看伊啦。」
「彩子咻？我起呀！稍等一下，衫仔褲穿ê都好。」李先生說著，匆匆抓了床邊小櫃子上的衣褲，穿上後，再披件外套，懷著興奮的心情就走了出來。
「阿吉仔，久無看囉！氣色佮精神看起嶄然仔好。」
「お父さん，真有元氣喔。」嘉隆說。
「拄即蕭ê有來揣我，阮嘛久無見面，講甲真心適。」
「有啦！阮半路有拄著。伊講汝日子過囉真平靜，伊卡放心。」
「汝佮隆ちゃん奈無愛卡早來看我。我佇籠仔內時，恁都應該來看我。」
「我知影汝當時真思念阮，其實阮嘛真數念汝，但是汝想一下攏會講，希望阮伓倘來，千萬伓倘來，看著互相會真傷心，伓知欲如何是好。」

「是呀！莫講籠仔內ê代誌，一切歹運過去呀。恁佇彼爿過囉好無？」

「真好啊！每日看媠ê風景，聽優雅ê音樂，但是有倘時會想起汝，特別是汝亦咧想我ê時陣。」

「按爾生我亦綴恁來去，聽起誠是一個無地揣ê好所在。」

「無囉！時間抑袂到，千萬伓倘綴阮去。汝即馬愛互阿梅、生ちゃん個好好甲汝有孝，個嘛需要汝ê關心，尤其是咱ê孫仔志ちゃん，需要阿公教伊種種ê道理。」

「所以我抑有任務愛完成咻？」

「是呀！好好佮個生活，過囉平靜就是汝上大ê任務。時間亦差不多囉，阮欲先走啊，さようなら（即再見）。」

「お父さん，保重喔，さようなら（即再見）。」嘉隆說。

從李先生二月中返回家裡，直到七月底因體衰病弱去世為止，這將近半年間勝負已定，日本的軍國主義正加速瓦解。在八月六日及九日，美軍轟炸機分別在廣島、長崎投下二顆原子炸彈，終於迫使日本在八月十五日無條件投降，結束了前後八年的第二次世界大戰。這場戰爭若以區域分開來看，中國、日本、台灣在意的是東亞部分，或西太平洋部分的大小戰役。而英國、法國等是對抗德國、義大利，所以主要戰場是在歐陸。然而美國投入戰場，以及末期蘇俄也加入後，就形成英、法、美、蘇、中等同盟國對抗德、義、日等軸心國，名實相符的世界大戰就開打起來。再就所謂的中日戰爭來看，並非中國打勝，而是日本戰敗。若硬要說中國打勝，不如說全仗美國出兵，亞太戰區才獲勝。

在這場時間、規模等都比一次大戰長且大的二次大戰中，亞洲民族受害最大的是遭日軍屠殺的中國人民，而在歐洲則是幾乎遭德軍滅種的猶太人。無論如何，戰後各場的大審中，發動戰爭的日軍、德軍皆有受到制裁。如今德、日二國也早已走出戰敗的陰影，快速成為戰後的先進國家，特別是在工業化與經濟方面，就連瀕臨滅族的猶太人也建立起以色列，很快即成為無人敢輕視的現代國家。最不幸的竟是靠美軍獲勝的中國，以及被中國軍隊當做光復之地的台灣。前者在毛澤東掌權後，於十年的文化大革命中，遭其直接或間接迫害而死的中國人，遠多過死於日軍刀槍下的亡魂。後者則在一九四七年二二八事件，以及之後白色恐怖的整肅中，遭國民黨所殺害的台灣人，遠超過死在日本軍警手上者。而且，最諷刺、最可惡的是迄今中、台二地的原加害者或集團仍逍遙法外，未受到制裁。

日本既戰敗投降，以美軍為主的盟軍隨即入駐，並佔領日本，其首要任務即協助日本走向民主。身為敵軍的美軍在接管各軍事要地、軍需工廠等，並督導其解除武裝，交出軍備計畫書，或機密檔案時，日軍及台籍日本兵原以為會遭羞辱，或痛責，實際上不但沒有這樣，反而顯得很友善，且能體會戰敗者居劣勢的卑屈心理，況且這些士兵都是聽命於發動戰爭的帝國主義當局。由於嘉華是管理飛機製造等工程的圖表，因此有較多的機會與前來接收的美軍接觸，甚至曾一同前往離工廠不遠的美軍駐紮地。那兒雖然也是在日本國土上，很顯然在吃、住方面都比海軍工廠好，尤其是吃食更是令日本軍民欽羨不已，常見用餐時間一過，有不少日本人民排隊等候，希望分配到美軍吃剩的飯菜。嘉華等台籍日軍見到這樣的場面，起初很難過，又有些難為情，之後便覺得美軍願施捨給迫切需要的日本國民，而且沒有浪費精心調理過的食物，何嘗不是好事。

與嘉華接洽的這位美軍名叫墨菲（Murphy），是美國第八陸軍第七十二工兵隊的軍官，年約三十二歲，為人和藹可親，興趣也很廣泛，一派很好相處的樣子。不過，在執行公務，特別是在戰場上時，就顯得較嚴肅、拘謹，一副全力以赴的模樣。有一次在辦完公事後，墨菲開著吉普車，載著嘉華返回高座海軍工廠。時值九月秋初的薄暮黃昏，晚風隨著奔馳的車體吹來，一陣陣清涼又爽快，溽暑那種炎熱惱人的氣息已消失得無影無蹤。途中墨菲望著逐漸黯淡的落日餘暉，想著片刻後將是一輪秋月升起的夜晚，遂又聯想到《科羅拉多之月》那首一九三零年代的流行歌曲，而他的家鄉就在科羅拉多州。他頗有興致地問嘉華說：

Mr. Lee, have you ever heard a song called *The Moonlight on the Colorado*?
李さん，汝捌聽過一條呼做《科羅拉多之月》ê歌無？

Yes, I have heard it many times. It is a beautiful song. I like it very much.
有，我聽過真濟擺。彼是一條好聽ê歌，我真甲意。

Then, may I have the honor to sing it for you?
按爾生，我會使唱互汝聽無？

Please sing for me. I like it.
請汝唱互我聽。我甲意聽。

Moonlight on the river Colorado. How I wish that I were there with you. As I sit and find each lonely shadow. Take me back to days that we once knew……
科羅拉多河上ê月娘，足希望佮汝鬥陣踮彼個所在，坐佇此千焦看著家己孤單ê影，取我倒轉去咱數念ê日子……

唱到第二段時，嘉華也跟著唱和。彼此配合得很好，不僅合聲婉轉動聽，情感更是自然流露，以致於唱完後二人靜默了十秒鐘。然後墨菲開口說：

To tell you the truth. It is just a song written for me. When I was younger, in my hometown Colorado I met a girl and we loved each other. We always took a walk along the river Colorado whenever we were free. One summer day it was strange that we quarreled seriously over something petty, and didn't want to see each other. Then I went to college in New York after the end of summer. A year later, I returned to Colorado and tried to make friends with her again, but she moved away. It was said that she had been married with a rich man. Perhaps my story sounds a little stupid, but first love is always unforgettable.

坦白講，此條歌若親像為我所寫。卡少年ê時陣，佇故鄉科羅拉多州，我拄著一個查某囡仔，阮二人真心相愛。有閒ê時陣，阮定定佇科羅拉多河ê河邊散步。有一年熱天，阮竟然為著小事冤甲真厲害，互相無愛閣見面。熱天過了後，我去紐約讀大學。一年後倒轉來故鄉，想欲佮伊和好，但是伊搬走啊。聽人講伊已經嫁互一個好額（有錢）人。我ê故事聽起可能有小可仔（一點點）悾悾，伓過初戀總是卡歹放袂記。

I can understand. Your story is exactly like the description of the song.

我會當瞭解，汝ê故事確實親像此條歌所寫ê。

I am so glad that you said so. By the way, your singing is rather good. Did you learn this song from the radio? As I know, a lot of songs like this one are popular in Asia.

I learned it from my elder brother. He loved music, almost all kinds of good music, and his voice was much better than mine. This song always makes me think of him.

What happened to your elder brother?

He died of pneumonia when he was 19 years old.

I am terribly sorry to hear that.

Never mind. Everybody has his own fate. His life was short, but he lived well.

Yes, you are right. I am proud of you. Oh! Here we are.

足歡喜汝按爾生講。對啦！汝ê歌聲嶄然仔好。此條歌汝是對收音機學來ê咻？照我所知影，佇亞洲有真濟像此類ê歌咧流行。

我佮阮大兄學ê。伊對各種好ê音樂真有趣味，歌聲比我抑閣卡好。此條歌定定互我想起伊。

恁大兄按怎樣咻？

伊十九歲時得肺炎死去。

聽汝按爾生講，我感覺誠袂得過。

無要緊，每一個人攏有伊家己ê運命。伊ê人生真短，但是伊活囉好。

汝講囉對，我感覺汝誠敖。喔！咱到位啊。

墨菲將車子停好後，嘉華打開車門，走了下來，然後轉身對他說：

Thank you for driving me home. Good-bye.　多謝汝載我轉來。再見。

Good-bye. Take care.　再見。保重。

回到木造的宿舍裡，其他的少年工、海軍工員等都不在，可能又在廚房裡忙著準備一頓克難的晚餐，或大夥匆匆沐浴去。撚亮電燈，獨自坐在榻榻米上，望著窗外的夜色，想著剛才說過的話：伊ê人生真短，但是伊活囉好。是這樣嗎？看來沒錯，可以這麼說，至少嘉隆不用被徵召上戰場，像表哥鄭揚海、玉梅的丈夫林金龍等被派往海外當軍伕，生活在槍林彈雨中，備受戰爭的威脅與摧殘。如今戰爭已結束，不知他們是否都能平安歸鄉？想著念著，隱約中又聽到那首《科羅拉多之月》，但那歌聲不是墨菲的歌聲，而是嘉隆那美好又帶有磁性的歌聲。隨著那歌聲悠然神往，今晚月色朦朧中，依稀又看到嘉隆，穿著一襲剪裁合身的西裝，梳著油亮、標準的西裝頭，坐在收音機前邊聽邊唱，唱得渾然忘我，好像一副少年不知愁，只為唱出憂傷、唯美的情調而認真揣摩的樣子。

「部屋長，汝轉來啊！呷飽袂？」少年工葉新茂跑回宿命，一看到嘉華說。

「抑袂。」

「緊來去食堂佮阮呷。無啥米菜啦，襯采煮煮ê，粗飽就好。」

「好，佮汝來去。恁辛苦啊！」說著就和葉新茂離開宿命，往食堂裡去。

戰爭中因有配給的關係，本來就吃不飽，也不夠營養，戰後百業蕭條，社會貧困，在吃的方面更是草率又艱辛，難怪如前所述，老百姓常在美軍駐紮地的門外大排長龍，只為分得一些殘羹剩菜。身為台籍日本兵的少年工、海軍工員等也同樣為著一日三餐想盡辦法，組織起自救委員會，一面爭取日本政府的正視與協助，一面就地取材，凡能下肚的山野蔬果莫不煮來吃。可悲的是有些地區的少年工既受苦挨餓，又無法等到歸鄉的船隻，從此就在戰後的街頭流浪。不過，縱然如此，當中意志力、生命力較強者後來都化險為夷，索性歸化為日本人，成為戰後日本重建的無名功臣。這比起大部分歸鄉後即遇上二二八慘劇的台籍日本兵，真可說幸運多了，因為不但避免掉再一次如戰爭般的衝擊，還反而能在異地充分貢獻一己之力，在講究團結合作的社會中，協助日本於戰後迅速復興。

也有為數不少的少年工、海軍工員等死於空襲、戰亂中，但直到戰後十八年，即西元一九六三年，才由一位名叫早川金次的日本人，以私人錢財買下距工廠不遠的善德寺的一小塊地，立下題名為「太平洋戰爭　戰歿台灣少年之慰靈碑」的紀念碑，藉以替為國捐軀的少年亡魂祈求冥福。早川金次原是高座海軍工廠的技手，也是少年工的教官，因而對這些台灣少年有著特殊的情感。不過，雖然立碑悼念，這段史實並未從此廣為世人所知，還得等到十年後，經由一位小學校長的努力宣揚，塵封的往事才逐漸受到重視。這位柳橋小學校的校長名為保阪治男，偶然一次公民課中，因為有學生問起，附近的紀念碑為何有台灣少年之字樣，進而開始研究這段歷史，並多次在學校公開演講，遂喚起大和市（原高座郡大和町）及別處居民的注意。再透過他們的爭相走告等，最終促成當年的少年工再度訪日，並由日本厚生勞働省於二零零三年十月，將遲延了六十年的畢業證書、在職證明書等頒發給合格的一千多名台灣少年工。

除了殉國的部分少年工、海軍工員等志願兵以外，據統計，至一九四五年八月中旬大戰結束為止，共有二十萬七千一百八十三位台籍日本兵被調去作戰，其中死於沙場的有三萬零三百零四人，而名登靖國神社靈璽簿的則有二萬七千八百六十四人。時至今日，在中國、韓國，以及某些東南亞國家的眼中，每回有日本官員至靖國神社朝拜致意，似乎是再度掀起過去錯誤歷史的瘡疤，也等於是對他們又一次的打擊和侮辱。然而站在日本本國的立場，這些犧牲性命的日籍、台籍等士兵就是愛國的英雄，曾經為著千萬子民的榮耀與信念而灑熱血，拋頭臚，因此應該被長久供奉，並受膜拜。

第十五章

在戰爭中先後失去養母、丈夫、伯父及養父的玉梅，當時處在非常狀況中，既要帶一群孩子上山疏開，還得為糧食配給等傷腦筋，幾乎沒多餘的時間好好為死者痛哭一番，只能盡早出殯，辦個簡單而隆重的葬禮。這四人當中，自然是丈夫林金龍的去世最令她傷心，不僅是因為夫妻的關係，更因為領回的只是一小甕骨灰，早已不見全屍。但是反過來一想，若是死在戰場上，很可能長此曝屍野外，任由風吹雨打，或在戰火停息後，由軍隊派人收屍，再集體草草埋葬，或堆成小塚般，再淋上汽油，點火焚化，當做火葬，如此一來，空有骨灰，也無從辨認，更無人撿骨。看來正因為有了這一甕骨灰，而且是遠從中國運回，方有可資憑弔並供奉之物。往者已矣，再暗自哭泣，或黯然神傷也無濟於事，更不能沉淪於此，必須為了志成，還有嘉華他們兄妹勇敢承擔下去。對了！大戰已結束，聽說陸續有士兵搭船返台，嘉華應該就在其中。改天去基隆港看看吧！

中秋過後十月的某日下午，玉梅帶著淑幸和志成，從台北搭火車到基隆，希望能在輪船入港時，從下船返鄉的人潮中找到嘉華。很遺憾，那天顯然是白去了，只見一張張年輕的面孔從身旁掠過，卻不見嘉華那熟悉的身影。偶爾看到幾分像是嘉華的海軍工員走過來，正想趨前探詢，不料背後已有那人的親屬在揮手呼叫，然後一家人欣喜若狂，邊跑邊喊，剎那間就擁抱在一起，讓一旁觀看的人既羨慕，又不免跟著喜極而泣。那時候的基隆港宛如眾生的舞台，一陣子就上演妻子送丈夫出國經商、父母送孩子出國念書、妻子送丈夫出國從軍、父母送孩子出國當兵，以及日本人等的入境、作客、定居、歸國等的戲碼。其實不只是基隆，當時世界上的大港像台灣的高雄、日本的橫濱、神戶、中國的上海、大連、德國的漢堡、法國的馬賽、義大利的拿坡里（英譯為那不勒斯）等幾乎同樣離別、相聚的戲碼演個不停，稱得上是日不落、燈不熄的大舞台。然而，很不幸，隨著二次大戰的結束，那一批軍紀敗壞的中國兵也是從基隆上岸，其邋遢又缺德的模樣嚇走了歡迎祖國的台灣人。接著在一九四七年三月八日午後三點，那支為鎮壓二二八事變的二十一師軍團也在基隆登陸，隨即展開瘋狂、恐怖的殺戮，一時之間天昏地暗，港都變成了槍砲齊鳴、哀號不絕、血肉模糊的人間地獄。

「媽媽，看無二叔仔，今仔日咱等無人囉！」志成頗掃興地說。

「是啊！攏看無華ちゃん對船頂落來，大概無咧此班船內。」淑幸說。

「生ちゃん有寫批問伊，講差不多是此陣仔，看起伊家己嘛袂按算。」玉梅說。

「媽媽，咱轉來去，暗時汝若有閒，遮家己寫批去問二叔仔。」志成說。

「媽媽細漢時無閒茨內ê工課，無去學校讀書，伓識字，袂曉寫。」玉梅說。

「幸ちゃん阿姑咧？汝有咧讀書，字看有，應該會曉寫吧？」志成問說。

「我伓捌寫過批，伓知欲按怎寫，我看抑是叫生ちゃん寫卡好。」淑幸說。

「對啦！三叔仔伓敖寫，彼日仔伊有教我貓仔、狗仔按怎講。」志成說。

「按怎講？」淑幸說。

「貓仔呼做ねこ，狗仔呼做いぬ，魚仔呼做さかな，鳥仔呼做とり。」志成說。

「對！對！志ちゃん誠巧，攏講囉對。」淑幸說。

「志ちゃん，後擺讀書ê時愛全款認真，汝就會曉真濟字，亦會曉寫文章。好！咱緊行，愛閣坐火車轉去，伓倘拖過時間，嘛送車走。」玉梅說。

嘉華是在隔年（一九四六）春天才返台歸鄉。從那時起學校已不再教授日本語的國語，而全面改教另一種中國語的國語，也就是台灣所謂的北京話，中國當地所稱的普通話。這樣一來，淑幸的日本教育只到公學校五年級，之後就是老一輩的人常說的改念中國書。至於志成則完全是接受中國教育，特別是如今連國民黨都不信的那一套「反攻大陸」的黨國式教育。不過，兒時對日語的零星學習還是令人難忘，而且是跟最疼愛他的三叔嘉生學習，以致於上大學後，因感到未來工作上有所需要，遂憑著丁點的基礎，重新正式學習，再加上聰敏與勤奮，最終還是將這門對台灣人、中國人、韓國人而言都難免愛恨參半的外語學成了。實際上，中國和南韓、北韓一直有在栽培日語人才，倒是短視又不懂近利的國民黨來台後，曾長期禁止公立大學設置日文系，使得台灣的日語人才產生斷層現象。

歸鄉後的嘉華也面臨到日語式微、華語抬頭的新時代，但語言的改變還算很次要，況且他的生活圈子大部分還是使用台語、日語，真正打擊他的主要在於父親的過世、家業的停擺，以及原寄望能撐起事業的林金龍。對於像是姊夫，實則取代嘉隆的林金龍之死，縱然也是因病而英年早逝，卻可視為陣亡或為國捐軀，與許多死於戰場的士兵一樣，為其悲傷之餘總有一份光榮感。而對於父親的去世，又是在冤獄下被折磨而死，就一時很難撫平哀傷和心痛。當一聽到玉梅和嘉生訴說這悲痛的事件時，嘉華幾近抓狂，憤怒地問說：

「お父さん是按怎會互人冤枉掠去關？我想攏無。」

「華ちゃん，我嘛想攏無，干焦知影特高收到指示，起狂亂掠人。」嘉生說。

「お父さん誠歹運，伊ê外表、身分、職業等等攏佮通緝犯真仝，而且彼陣仔此款亂掠人ê代誌時常發生，所以互特高當做反政府ê犯人掠去。」玉梅說。

「好佳哉有蕭先生，透過伊ê親情（親戚）佮社會關係，遮甲お父さん放出來。」嘉生說。

「伊ê啥米親情佮社會關係？」嘉華問說。

「伊ê大姊夫是日本人，佇けいさつしょ（警察署）工作，做甲科長以上，所以嶄然仔有影響力，而且蕭先生佮お父さん古早是鐵工廠êどうりょう（同僚，即同事），會當證明お父さんê人格清白，按爾生最後遮放人出。」嘉生說。

「但是踮籠仔內受赫濟苦，轉來無偌久嘛是往生啊！誠怨嘆。」嘉華說。

「講怨嘆亦真怨嘆，但是お父さん最後半年間過囉嶄然仔平靜，我感覺會出，尾仔有倘佮囝孫鬥陣生活，伊得到袂小ê安慰。」玉梅說。

「お父さん有交待啥米無？」嘉華問說。

「無特別交待啥米，但是當初為得出獄愛用錢，有甲一寡仔卡小ê田地、土地處分掉，偆ê錢囥佇銀行生利息，互咱生活用，另外有留一筆錢，欲互汝買カメラ（camera的日語拼音，即照相機），伊知影汝愛翕相，閣敖翕相。」玉梅說。

「お父さん！お父さん！」嘉華抑制不了悲痛，邊哭邊叫著。

「華ちゃん！華ちゃん！」嘉生叫著，便和嘉華相擁而泣。

玉梅見狀跟著淚水徐徐滴落，一邊則輕輕揉著嘉華和嘉生的後背，直到兄弟二人擦乾淚水，情緒緩和下來，自己的心情也沉澱下來。

「對啦！生ちゃん，汝今年二中卒業啊！愛閣進大學，讀醫科喔！」嘉華說。

「我知影，我有準備欲讀預科，二年後讀醫科。對今年起，台北帝大已經改名，呼做台灣大學，我看以後學期制度攏會改。華ちゃん，汝咧？咁無愛閣讀大學？お父さん嘛希望汝讀醫科，抑是工科。」嘉生說。

「我已經二十歲呀！免啦！茨內有汝讀大學就好，而且文子佮幸ちゃん嘛抑咧讀書，我抑是緊揣一個頭路卡好，以後生活ê開銷會增加，即馬物價閣起，顛倒比以前卡歹過日子。汝有倘入去大學讀醫科，我佮阿梅就真歡喜囉。」嘉華說。

「是啊！咱兜誠緊就會出一個優秀ê先生（即醫生）。」玉梅說。

其實李家父母留下不少遺產，包括腳踏車製造商的大額股票、位於今日台北東區的千坪田地，以及位於林口鄉的三甲半山地等。這些動產、不動產合起來的確是很大的一筆資產，但是若非為生活所迫，或發生緊急事故等，一般人是不輕易將其變換為現金，能擁有得越久，則富貴就越多越漲。當時嘉華雖不太明白這道理，或說沒深入算計，卻也所見沒錯，除了靠銀行利息過活外，父母既已雙亡，身為哥哥的人本來就該照顧弟弟、妹妹等，所以決心去工作，好讓家裡多份收入，以應付戰後變壞的社會環境。至於那些遺產就擱置著，一時沒用到最好。

憑著台北二中的學歷，在當時很容易找到工作，比起現在大學、研究所畢業的行情還好。嘉華歸來沒幾天就在「台北稅捐稽徵處」謀得一職，擔任稅務員的工作。從此他邊工作邊自修，雖非商業學校畢業，卻在短期內累積了基礎以上的財經知識。這時，他中學時代的三個好友當中，除了中途改念工業學校的邱清和以外，其餘的王哲欣、黃慎謀都已上台大，分別攻讀機械和農業經濟，當起那時候人人稱讚的大學生。這三人在中學畢業後皆未應徵志願兵，年齡又未滿二十歲，不須馬上調去當正規軍，只須做學徒兵即可，因而較愛念書的王哲欣、黃慎謀一邊就讀起預科。如今過了二年，大戰也已結束，他們就順理成章開始讀大學本科。在一九四六年，雖是所謂的送虎迎狼的第二個年頭，但大部分的教育體制還是沿襲日本那一套，即一般大學本科念三年，醫科讀四年。到了一九四九年，也就是國民黨潰敗，撤退來台後，醫科才改為七年制。日本當初的教育制度是仿傚德國、英國，而之後經國民黨改革的制度則是模仿美國。時至今日，日本也已改採美國的制度，即在六年的小學教育後，接著是三年初中（國中）、三年高中、四年大學。若從中學到大學的過程來看，現在的三、三、四和日本時代的五、二、三一樣合起來是十年。不過有一點別具意義，日本仍維持一學年三學期的劃分方式。

知己好友分別二年，思念之情頗殷切。回到台灣與家人團聚，並且工作有了著落後，嘉華特地利用一個週末的午後，按著離家不遠的舊址，拜訪了王哲欣。

「哲ちゃん看起無啥變，即馬閣是大學生，敖啊！」

「無敖啦！干焦台大一間，而且讀大學ê人抑無濟，無啥競爭。華ちゃん，汝顛倒看起卡大人款，佇海外做兵確實互人變甲成熟閣堅強。」

「有影咻？我家己無啥感覺。阿謀嘛咧台大讀，對無？恁二人總是愛讀書，閣成績好。清ちゃん即馬咧？咁有想欲閣讀書？抑是咧呷頭路啊？」

「對，阿謀嘛咧台大，伊ê專攻科目是農業方面。若是清ちゃん，伊工業學校卒業了後，無啥做得生徒兵（學徒兵），一面都走去食品工廠呷頭路。」

「是啦！咱四個內底，伊尚無愛讀書，所以遮改讀職業學校，早出社會。」

「華ちゃん，我有一張圖欲互汝。」

「啥米圖？汝亦變甲愛繪圖咻？」

「伓是啦！是教美術ê谷崎先生繪ê あぶらえ（油繪，即油畫）。」

「谷崎先生！伊咁抑閣佇台北二中咧教？」

「今年二月中就轉去日本啊。轉去進前，伊佇二中附近ê街仔路拍賣圖，買ê人袂少，看ê人抑閣卡儕，親像展覽會。我下課經過，看得伊咧賣，歸氣佮伊鬥賣，收攤時伊送我二張圖，講其中一張欲互汝。伊抑會記ê汝愛繪圖，閣𠢕繪圖。今仔日若伓是汝來，我嘛咧想，揣一日仔去恁兜，將圖交互汝。行，來我ê房間看圖，二張攏是あぶらえ（油繪），汝甲意佗一張都抾佗一張轉去。」

那二幅油畫都是靜物畫。一張畫的是擺在桌上、又紅又大的六顆蘋果，因光線的陰暗與明亮形成強烈對比，整體顯得栩栩如生、令人垂涎，甚且有一兩顆像是要滾到桌邊似。另一張畫的則是桌上水果盤裡盛著木瓜，旁邊擺著三顆芒果、一隻酒杯，而且水果盤的後面還放著一把水瓶，看來蠻熱鬧。嘉華一看就相中那幅蘋果的油畫，心中也知道王哲欣不會跟他爭，因為和一般人差不多，王哲欣較喜歡木瓜那一幅，畫面顯得較活潑。

「我抾繪りんご（林檎，即蘋果）此張。」

「好啊！好啊！」

「但是抾此張圖轉去，嶄然仔大張，我看愛坐三輪仔車。」

「無伓對，我當初嘛是坐三輪仔車，遮甲此二張圖抾轉來。稍等下，我會用牛皮紙甲包起來，按爾生卡袂甲圖扑垃圾（弄髒），汝亦卡好抾。」

「好！好！多謝。」

「老同窗講啥米多謝，應該感謝谷崎先生遮對。」

「是啊！汝咁有先生佇日本êじゅうしょ（住所，即地址）？」

「有，但是恐驚ê伊若去別位教書，會閣離開故鄉，歸氣滯ê新ê所在。」

「無論按怎樣，我揣一日仔緊寫批去答謝。」

和王哲欣道別後，回到家，嘉華本想將畫掛在自己的臥室，但一想這樣美好，又有紀念性的畫該讓家人共賞，也令訪客欣賞才對，於是當天晚上，在嘉生的協助下，就在客廳的牆上掛了起來。果真一幅美麗生動的油畫使居家生輝。每次凝視著這幅畫，特別是獨自一人時，雖然會想起谷崎先生，但緊接著就憶起請教畫作的往事，然後再從畫作迅速轉到畫中人物，思念起堂妹李雪綾。噫！李雪綾不是住在二樓嗎？堂兄妹分住同一棟房子的樓下樓上，天天碰面的機會應該很多，有什麼好相思呢？原來在嘉華返鄉前一年，也就是一九四五年春天，李雪綾和妹妹李雪絹就因身為篤志會的護士，而外調至台南的某家醫院服務。至於父親李尚福則在戰爭結束三個月後，又帶著太太玉嬌往天津、上海等地去找尋商機。目前樓上只住著明傑、明偉二個弟弟，以及專門請來照顧他們的傭人王嫂。據那老媽子說，李雪綾姊妹在這一年的六月就會返回台北，嘉華想想歸期也近了，因此雖得知台南那邊的地址，一時忙著工作和拜訪友人等，並未即刻動筆寫信。

所謂的拜訪友人，除了老同學，還包括親戚，以及對亡父而言頗重要的蕭先生等。大致上，去親戚家作客會花較多的時間，因為免不了會留在那兒吃一頓，算是長輩替他接風。像好客又擅長料理的三舅不但請他去，還叫玉梅，嘉生等統統去，如此才顯得熱鬧非凡。自從李家中止營業後，三舅也奉命關閉廈門的分店，帶著妻兒返回台灣，反正也到了該退休的年齡，能賺的都賺了，此後勤儉度日，一樣可安養天年。他原本想將女兒鄭碧霞許配給嘉華，而這最早也是過世的李太太的心願，不料嘉華僅對李雪綾鍾情，鄭碧霞也只喜歡嘉生，二人註定是無緣結成夫妻，於是見風轉舵，乾脆撮合嘉生與鄭碧霞。這麼一來，這場宴饗就更具意義，既為嘉華接風，又可拉攏嘉生的情感。

席間三舅待大家坐定後，先舉杯向嘉華說：

「華ちゃん，歡迎汝倒轉來。敖喔！踮日本度過艱苦ê日子。來！大家甲乾杯。」

「多謝阿舅、阿妗。」嘉華說。

接著，三舅重新倒了些酒，轉向嘉生，舉杯向他說：

「生ちゃん嘛敖，即馬是台大ê大學生啊。來！大家甲乾杯。」

「抑袂啦！拄即入去讀預科，二年後遮升本科。」嘉生說。

「無差啦！來！大家甲乾杯。」三舅說。

「多謝阿舅、阿妗。」嘉生說。

「我看制度若改，以後直接就讀本科。我聽阿霞講本科是？」三舅說。

「是醫科。卒業了後，生ちゃん都會當做先生（即醫生）。」鄭碧霞說。

「對啦！是醫科，準備欲做先生。看起阿霞對生ちゃん嶄然仔關心。」三舅說著望了一下嘉生與鄭碧霞，二人果然有些害羞又歡喜，耳根些微紅了起來。

「個二個看起性情真合，嶄然仔適配。」三舅媽說。

「是啊！彼年熱天佇山頂，個二個有講有笑，去花園看花攏行鬥陣。」嘉華說。

「華ちゃん，佇山頂時，我看汝嘛佮綾子行鬥陣。」十五歲的大妹淑文說。

「對！對！我想得啊。」十二歲的小妹淑幸跟著說。

「喔！二個小妹赫有頭神（記性真好）。」三舅媽說。

「少年人按爾生卡活潑。對啦！阿梅此幾年亦誠用心。大家甲乾杯。」三舅說。

「無啥米啦！多謝阿舅、阿妗。」玉梅說。

「此二年華ちゃん佇日本，茨內攏阿梅咧發落，嶄然仔辛苦。」三舅媽說。

「對！阿妗講囉對。多謝阿梅。」嘉華說。

「家己ê人講啥米多謝，是應該做ê代誌。」玉梅說。

「好！好！今仔日我煮誠濟好呷ê菜，大家趁燒緊呷。」三舅說。

吃完這席接風酒後，隔了一個禮拜，嘉華和嘉生照約定去拜訪蕭先生。原先以為午後帶籃水果去，和父親的老朋友促膝交談而已，怎知道蕭太太下廚煮起豬腳麵線，一心想為嘉華接風。盛情難卻，兄弟倆只好留下來接受款待。座中邊吃邊聊，卻只見蕭麗杏的哥哥蕭健治，不見蕭麗杏本人，嘉華感到有些意外，便問說：

「杏子咧？奈無看ê伊？」

「杏子舊年十月底都去日本，準備欲讀青山學院。」蕭先生說。

「赫敖！青山學院佇日本算是出名e學校。杏子家己選e咻？」

「無啦！是個阿姑佮姑丈仔替伊選，替伊申請得。」

「喔！終戰後進前咧做警官ê彼個姑丈仔咻？講起亦是阮ê恩人。」

「結局嘛是耽誤得恁お父さん，害伊佇籠仔內有一段時間，闍真呣苦。了後我有想起，知影彼時定定有此款亂掠人ê代誌，應該勸伊暫時閃避，去日本抑是中國攏好，按爾生就袂互烏白來ê警察掠去。」

「伓過阮お父さんê個性，叔父ちゃん汝亦知，伊一向清白，無ê代誌都是無，何必為得按爾，專工（特地）走去海外閃避。我想當時勸伊，恐驚ê伊亦無願意走。」

「是啦！恁お父さん就是此款光明正大ê人，無驚人甲冤枉。對啦！生ちゃん嘛大學生啊。恭喜！恭喜！」

「叔父ちゃん，多謝。」嘉生說。

「專攻科目是醫學咻？」

「是啦！」

「誠好，將來愛做一個りっぱないしゃ（立派な醫者，即傑出的醫生），因為此是恁お父さん、お母さん一向ê願望。」

「是，我知影，我會好好啊讀。」

「華ちゃん即馬佇佗位咧呷頭路？」蕭健治頗好奇地問說。

「佇市政府ê稽徵處。健治是仝款咧信用組合咻？」

「是啦！無啥米才調（才能），透過阮お父さん介紹入去ê。」

「免客氣，若是信用組合好闍穩定。」

「多謝。但是稽徵處嘛真好，是市政府ê，闍卡穩定。」

「伓過踮銀行有倘學卡濟商業ê物件，親像放款、開信用狀等等。」

「華ちゃん，信用組合若有欠人，叔父ちゃん會甲汝鬥注意。」蕭先生說。

「喔！多謝叔父ちゃん。」

「恁兄弟仔有欲閣呷無？伓倘客氣，我來添。」蕭太太說。

「喔！多謝，阮已經呷甲誠飽。」

又過了一個禮拜，大舅也邀嘉華過去吃頓簡單的午餐，既替他接風，也慶賀自己的兒子鄭揚海返鄉。那天，除了嘉華，就只有嘉生陪同出席。大舅頗能理解，當年同樣是去當軍伕，結果在中國的林金龍不久即病故，而在南洋的鄭揚海雖吃了不少苦頭，卻能安然歸來，看在失去丈夫的玉梅眼中，多少還是會觸景傷情。實際上，分隔二地當兵，隨人自顧性命，誰也無從得知對方的狀況，鄭揚海還是歸來後才知道林金龍已去世。對此，他無限感慨地說：

「想起彼咚時，我佮隆ちゃん、阿龍鬥陣去踮山，阮三個閣佇山頂唱歌，阿龍會曉噴ハーモニカ（harmonica，即口琴），隆ちゃん敖唱歌，歸半日佚佗甲真心適。阮三個中間，隆ちゃん年紀上小，閣來是我，上大ê是阿龍，但是人ê運命誠歹講，隆ちゃん偏偏赫早就往生。若是阿龍，細漢時艱苦，無采尾仔有倘佮阿梅結婚，閣生囝，誰人會知影去做兵就一去不回。人ê一生確實誠歹講，也存在誠濟咱無法度改變ê代誌。唉！無怪人人加減會怨嘆。」

「汝有倘平安倒轉來，咧怨嘆啥？」大舅說。

「是啊！今仔日請華ちゃん來，汝嘛咧講此些代誌，伓驚ê華ちゃん佮生ちゃん會傷心。莫閣講過去ê代誌啦！大家趁燒緊呷。」大舅媽說。

「就是想起過去，我遮真正感覺生命ê寶貴，活著本身都是好事。」

「阿揚講囉對，人ê運命誠歹講，阮有倘平安倒轉來都是福。經過此二年海外戰地ê生活，阿揚看起人抽懸（變高）啊，體格亦拄仔好，干焦肉變卡烏。」嘉華說。

「佇南洋彼款番仔所在，歸年倘天攏是熱天，免講嘛曝烏（曬黑）。」

「阿揚，汝嘛該娶某啊！有甲意ê對象無？」嘉生說。

「無啊！就是有，嘛愛先呷頭路，儉一筆娶某本遮會駛。過去有踮恁店仔學做生理，過幾日仔，抑是去じてんしゃ（自転車，即腳踏車）ê會社揣頭路卡通。」

「其他ê會社嘛適合，若是做生理ê所在攏會使試看覓。」嘉華說。

「有理，有理。」

「好，好，我秩啉酒，歹勢，用茶代替酒，大家來乾一杯，恭喜阿揚佮華ちゃん平安倒轉來，亦恭喜生ちゃん讀大學。」大舅說。

「かんぱい（乾杯）！」眾人齊說。

離開大舅家已是午後二點多，由於正值春末夏初，走在街上暑氣微微襲來，但是嘉華卻覺得很溫暖，像幸福、滿足、平安的感受那般溫暖。他看了一下身旁的嘉生，同樣的感覺似乎也呈現在嘉生臉上。

第十六章

到了六月中旬時，李雪綾姊妹終於從台南返回台北。對此嘉華感到特別高興，因為自一九四四年春天堂兄妹分別以來，已整整二年未見面。除了期待的愉快心情，彼此也不免有些緊張。李雪綾知道嘉華已在工作，特地在傍晚他下班時再下樓來，坐在客廳裡等候，還不時望向窗外，既想瞧見堂哥的蹤影，又怕一時認不出來。就在這樣一會兒坐，一會兒走到窗邊時，嘉華已神不知鬼不覺開門走了進來。

「綾子！汝轉來啊！」嘉華興奮地說。

「華ちゃん！是汝啦！互我驚一下。」李雪綾喜出望外地說。

「綾子無啥變喔！顛倒比以前卡好看。」

「華ちゃん嘛無啥變，體格比以前卡好，氣色也真好。歡迎汝倒轉來。」

「嘛仝款歡迎汝倒轉來。來，咱坐ê好好啊講。」

「坐落來看此張圖，不但媠，氣氛嘛誠好。此是華ちゃん最近繪ê咻？」

「伓是啦！是二中教美術ê先生繪ê。」

「伊送汝做紀念啉？因為汝亦教繪圖，誠好。」

「是啦！綾子，揣一日仔歇睏日，咱來郊外行行ê，好無？」

「好啊！即陣仔我抑免去病院上班。亦叫生ちゃん、阿霞、文子佪來。」

「咁愛叫赫濟人。」

「那有偌濟人？按爾生卡鬧熱，因為大家誠久無見面啊！」

「亦有理。趁此機會我緊來買一架カメラ（camera，即照相機）。」

「買カメラ欲做啥？啊！我知影，扺出去翕相。」

「對啦！佚佗時有カメラ倘翕相卡趣味。」

為了購買照相機，嘉華特地去找老同學邱清和，再請他陪同到店裡挑選，畢竟邱清和較早接觸攝影，也最先擁有照相機。那時的相機幾乎都是舶來品，而自國民黨來台接收後，物價高漲，人民生活不易，除了職業攝影師，實在沒什麼人會想買照相機，一則太貴，再則餓了又無法當飯吃。幸虧父親當年有特別留下一筆錢，否則嘉華再怎麼想買，恐怕除了勒緊腰帶，將大部分薪水存起來，別無他法。果真逼得那樣做，不僅是他個人受苦，全家也難過活。想來有父母的孩子真幸福，只要父母還健在，尚有能力時，總會想辦法為孩子做某些事，或購買某些東西，尤其是孩子渴求的東西。就算一時無法代買，也會像李先生一樣，特別留下一筆錢，等著孩子有一天親自去選購。

郊遊那天是搭北淡線的火車到北投，再從那兒像登山一樣，漫步走到草山（陽明山）。超過半個世紀，暫不論中南部的風景區，草山行在北部一直是經典的路線，在整個台灣旅遊中也佔有一席之地。若與現在相比，當時每逢假日雖也遊客不少，卻無旅人過多的擁擠現象，當然在環境和感受上也好很多，不但垃圾稀少，空氣十分清新，所見也處處皆是天然美景。原本嘉華只想約李雪綾出遊，結果消息一放出，眾人皆感興趣，同行者多達十人，包括嘉華兄妹四人、李雪綾姊弟四人、鄭碧霞姊弟二人。堂、表兄弟姊妹攜手踏青的確熱鬧，讓攝影師嘉華有的忙，且忙得不亦樂乎。這段郊遊縱使是半日遊而已，在嘉華他們心中卻留下美好、愉快的回憶，特別是對照七個月後所爆發的二二八事件，更加令人難忘，彷彿是暴風雨之前的安祥寧靜。

繼這次的郊遊之後，為了單獨與李雪綾相聚，也為了替她多拍些照片，嘉華有再約她去公園等地散步或遊玩。這時候他就會要求堂妹盡量保密，不過二次當中總有一次也邀嘉生和鄭碧霞參加，畢竟他們也在培養情感，增進認識，而且未來結成連理的可能性極高。關於這一點，嘉華知道他與李雪綾的交往不被看好，因為二人血源相近，而嘉生與鄭碧霞則不同，可說毫無血源關係，表兄妹僅是名份上，所以能獲得親友的贊同、支持，乃至祝福。在赴日本當兵前，嘉華就被告知，與李雪綾走在愛情的路上將會遇到艱難險阻，但還是想嘗試，想克服。如今返回家鄉，且已成年，表面上大家尊重他，當他只是兄妹情深，私底下他也察覺得出，幾乎沒有一個親友會點頭示可，隱約中就是存在一股強大的阻力。那就提起勇氣，與之對抗吧！只要李雪綾和自己一樣堅持，管他旁人如何想。

總之，年輕的日子不能留白，何況手上已有照相機，應盡量使休閒生活充滿繽紛的色彩。當然，那時拍出的照片還是以黑白為主，卻已令人十分歡喜。嘉華在為李雪綾及弟弟、妹妹拍照之餘，也想起那位少年工葉新茂，更記得曾答應他返鄉後，若有買到相機，一定約他出來，為他好好拍些照。這樣一想，有天晚上臨睡前，照著對方所給的地址，寫了封簡短的信去，可是一直沒有回音。也許葉新茂已舉家遷往別處。如果是那樣，他該及早來信告知啊！現在怎麼聯絡？真令人失望。然而這失望的心情隨著工作、看書、吃飯、睡覺等很快就消失殆盡，或更正確地說，隨著與李雪綾的朝夕相處而化為烏有。

過完漫長的夏天，秋天、冬天接踵而至，一轉眼一九四六年就告結束，然後在寒風頻吹中一九四七年迎面而來，天地間一時彌漫著肅殺之氣，像是預示著災難即將發生。這一年的二月二十七日晚間，在嘉華他們所住的延平北路一帶，名為林江邁的中年寡婦因販賣私煙，遭緝私員查獲，欲全數沒收她的香煙，而林婦不從，遂遭毆打，路人目睹抱不平，向緝私員理論並抗議，反遭對方亂開槍，以致引起更大的公憤。隔天二月二十八日群眾聚集專賣局抗議，結果反招致憲兵以機槍掃射，於是事情擴大，更激怒向來守法的民眾，演變為全台各地均有衝突發生。此時行政長官陳儀見勢不妙，先宣佈戒嚴，再對民間菁英組成的處理委員會虛應一番，同時則密電蔣介石討救兵，遂引來二十一師軍團自基隆登陸，旋即大開殺戒，血洗台灣，釀成悲慘事件。如今事隔六十多年，國民黨表面上雖道歉，骨子裡仍是中國官場文化作祟，能騙則騙，能詐就詐，竟狡辯蔣介石當年維持社會秩序有功，企圖逃避歷史的清算及人民的譴責。

面對這場腥風血雨般的大屠殺，人人幾乎足不出戶，或趁著停課、停工、罷市等，紛紛逃往郊外躲避，一如戰時之疏開，甚至比疏開時更惶恐不已。嘉華一家人也不例外，待街上動亂稍歇，傍晚就悄悄往林口山上去，隨行的還有李雪綾姊弟等。看來當年李先生在林口置產頗有遠見，除了可在山地上種植蔬果，養雞養豬，以及做為度假的別墅之外，遇到緊急狀況，還可當避難所使用。不過，在玉梅看來，感慨頗深，本以為終戰後，若有機會再上山，應該是懷著愉快的心情來遊玩，順便探望在這兒看守的阿月夫婦，豈知大戰結束尚不足二年，竟然又為著另一次的避難而來。極其諷刺又悲哀的是，這另一次的避難還是導因於所謂的祖國，全由其大肆殘害人民而起。

過去在高喊反攻復國、反共抗俄等口號的時代，國民黨將二二八事件的原兇推給中國共產黨，現在則出於聯共制台的策略，或媚共傾中的思維，一律改稱為官逼民反。其實最主要的發生背景，據史學家李筱峰研究，全肇因於台灣與中國社會的巨大落差。那時的台灣歷經日治，業已形成一個進步、守法、文明的現代社會，而處於同一時期的中國，不僅有外侮，更有軍閥互鬥的內戰，以致社會上長久充斥著落後、貧窮、腐敗的現象。當這二種體質不同的社會文化相遇時，除了摩擦頻仍，守份、守法的一方總是不敵奸詐、橫暴的一方，終致撞擊出莫大的悲劇。這也可說是二次大戰後，台灣與中國硬合在一起的惡果，至今禍害猶深。

台灣史上最悲慘、最重大的事變爆發後，國民黨新殖民政權即刻加強控制，並實施長期戒嚴。表面上社會秩序已恢復過來，實則人民的思想、言論及行動等皆受箝制，從此台灣人噤若寒蟬，比起日本時代有過之而無不及，其性格中奴化及認命的部分也更加深。不過，勤奮及踏實的部分還是保有，仍不失為改善生活及追求理想的原動力。在翌年（一九四八），嘉華偶然間得知台灣工商銀行（即今之第一銀行）有招考的消息，本身也想進入金融機構，便把握這良機，參加了在現今中山堂舉辦的新進行員甄試。由於在稽徵處工作時，除了稅務方面，其他商業方面的書也看的不少，累積了一定程度的知識，所以應試時十分從容，放榜時還是錄取的三名助理員中的榜首。雖說當時尚無高普考，僅是個別銀行招考，但能從九十餘名報考者中脫穎而出，可見若無實力與能力，想考上簡直難如登天。

對於這名列金榜之首的好消息，除了與家人、親友等分享，並簡單慶祝外，嘉華還寫了封信給留日的學長杜恩輝，告訴他就業的大事已底定，且又以優異的成績考上，希望他能分享這份殊榮。當然，在信上也不忘詢問學長，是否在四月時已自東京帝大的醫學部畢業？何時準備載譽歸國？更特別提及胞弟嘉生也在攻讀醫學。約半個月後，嘉華收到杜恩輝的回信。信中學長對他讚美有加，也對同為學弟的嘉生有所鼓勵，並告知畢業後正在實習，大概年底就會告一段落，接著就準備返回台灣，屆時希望能進入台大醫院服務。

杜恩輝對嘉生的鼓勵及期許，嘉華有立即轉告嘉生。身為未來準醫師的嘉生聽了頗高興，但也意識到責任重大，因為醫護人員等於是國民健康的守護者，不但醫療技術要好，醫德更要佳。就在那年八月初，趁著放暑假，暫時可拋開書本、實驗等，嘉生和四個要好的同學相約到高雄、屏東等南部地區遊玩，特別是墾丁的海邊。前後不過三、四天，回來後的當晚卻開始發燒，全身痠痛，可能是感冒的症狀。沒關係，多喝開水，多休息，吃個成藥，大概幾天後就痊癒。事實不然，一兩天後皮膚開始出疹，甚至有嘔吐、暈眩等現象。這顯然不是一般的感冒、發燒，十之八九是得了熱帶或亞熱帶地區的傳染病，很可能就是登革熱。不愧是醫科的學生，嘉生判斷沒錯，的確是感染了登革熱，即由斑蚊叮咬患者，成為病媒蚊後，再去叮咬健康的人，使其受感染的一種疾病。

剛進入台大醫科時，嘉生曾參觀過附屬的台大醫院，之後就很少來，想必得等到畢業後才會分發到此實習。誰知第三年夏天自己竟成為病人，住入台大醫院接受治療，想來有點不光彩，但也是無可奈何的事，況且醫生非神，還是有生病的時候。住院時，看顧他的主要就是玉梅、嘉華和鄭碧霞三人，其中嘉華都是在銀行下班後，利用晚上時間來探視。至於淑文和淑幸二個妹妹，也會在放學後來探望，但大致上待個五十分鐘，眼看一切還好就先離去。

「聽講生ちゃん是去南部佚佗，轉來彼暗遮發燒，但是鬥陣去ê，咁有人轉來時亦破病？」來探病的表哥鄭揚海走出病房，來到外面的院子後，問玉梅說。

「彼四個同窗，其中有二個亦破病，症頭佮生ちゃん仝款。」

「仝款是デングねつ（デング熱，即登革熱）？」

「無怀對。」

「看起佪三個卡歹運，可能是抵抗力卡弱。日時咁攏汝咧照顧？」

「我佮阿霞輪流，早時我來，下晝時伊來。若暗時，攏華ちゃん來。」

「阿霞佮生ちゃん感情嶄然仔深，未來做先生娘是穩穩ê！」
「是啊！伊攏顧甲華ちゃん來遮走。」
「汝日時有歸半工佇病院，恁志ちゃん咧？有人倘看吧？」
「有啦！暫時拜託樓頂綾子佃倩丌稍看一下。」
「志ちゃん差不多五、六歲吧？我慢結婚，後生都抑袂滿歲。」
「囡仔咧大真緊，無去想，一晝久仔都大甲有看ê。」
「好，時間無早，我先走。若有啥米代誌需要鬥骹手，緊佮我聯絡。」
「知影啦！順走。亦甲阿舅、阿妗佮恁太太よろしく（即問好）。」

趕回去上班的途中，鄭揚海的腦子裡，忽然有一種不祥的預感。嘉生可能會跟他大哥嘉隆一樣，就在快滿二十歲時，因感染惡疾，又病入膏肓，不幸英年即與世長辭。這樣的念頭一閃過，真像晴天霹靂，甚至比那情景更恐怖、更震撼，不由地令人從頭頂涼到腳底，整條脊椎骨都發麻了。不，不會這樣，大概是探望過嘉生，心中感到不捨，希望他趕快復原，一時又想起嘉隆，忘不了那早逝的哀傷與無奈，以致腦中心中皆混沌，盡受惡兆所蒙蔽。無論如何，想歸想，絕對不能說出，即使是面對自己的家人，也千萬不能說出，以免惹得人心惶惶。

那天午後約六點，下班吃過麵後，嘉華照例趕來探望嘉生。走入病房，跟看顧的鄭碧霞點點頭，向她示意來接班，再靠近床邊，凝視沉睡中的嘉生一會兒。

「今仔日有閣發燒無？」嘉華問說。

「有。發燒了後，過一段時間閣感覺畏寒，而且先生講胃腸嘛出血。」

「看起嶄然仔複雜，無倘短ê期間內復原。」

「我誠擔心，若拖袂過，可能會佮隆ちゃん全款，全款……」

「莫想赫濟啦！汝顧甲傷疲勞，緊轉去好好歇睏。腹肚會枵袂？落去樓骹呷遮麵，抑是呷遮パン（pan的日語拼音，即麵包）遮轉去。」

「下晝四點左右有呷過鹹餅幹，袂枵啦！我先轉來去。」

「好，緊轉去好好歇睏，伓倘想東想西，一切攏無代誌。」

嘉華在晚上來照顧，若沒什麼事，通常在八點半就離開，接著自然會有夜間的護士來巡查、換藥等。隔天早上，玉梅又按時來看顧嘉生，但這一天病情急速惡化。由於嘉生是屬於出血性登革熱，其血漿滲出不少，以致於造成休克，之後皮膚轉為濕冷，脈博變微弱，脈壓也變窄。玉梅一看出有異狀，立刻請護士來，緊接著主治醫生也趕來，並進行輸液療法的搶救。很不幸，一般行得通的輸液療法對嘉生竟起不了任何作用，難道是休克已久？還是命中註定英年早逝？就這樣，一條年輕的生命，也是親人的生命，又在苦苦守候的玉梅眼前消失了。關於鄭揚海或鄭碧霞那不祥的預感，玉梅倒是不曾想起，很可能是忙著照顧病人，一心祈求他康復，回到家又忙著家事的原故。無論如何，目送嘉生遠去已夠哀傷，接著在午間又得面對鄭碧霞，還得告知家人、親友等，真是令人好沉痛。

趁著中午鄭碧霞還沒到，玉梅借用醫院的電話，先打去銀行通知嘉華，告訴他嘉生已病故，可在下午請個假，前來處理善後事宜。嘉華得知這惡耗，既震驚又悲痛，但還算鎮定，因為話筒那端所傳來的玉梅的聲音，聽起來也算鎮定，並無哭泣不已，以致於近乎歇斯底里的樣子。嘉華掛上電話後，回想這些年來陸續失去親人，除了林金龍的去世外，玉梅幾乎都是第一個目睹者，想必她的心情有多沉重、有多難過。一思及此，如今又痛失弟弟，淚水早已沾濕衣襟，遂匆匆離開座位，往洗手間跑去。過了一會兒，心情緩和下來，才回去辦事假，準備外出。

「阿舅，汝亦來。」看到三舅和鄭碧霞一齊來，玉梅有些意外地說。

「感覺袂放心，歸氣綴阿霞來，其實早都該來。」

「生ちゃん咧？去檢查咻？抑是手術？」鄭碧霞看到空床問說。

「阿霞，生ちゃんê病情又閣惡化，有急救，但是無效，已經往生。」

「啥米！往生！奈變甲按爾生？」三舅頗受驚嚇地說。

「喔！已經往生。無伓對，佮我所想ê仝款。」鄭碧霞有些恍惚地說。

「椅仔緊坐落來。」看到鄭碧霞將要癱瘓下去，玉梅趕緊扶著她說。

「緊坐ê，緊坐ê。唉！生ちゃん奈呰僫無福氣。」三舅邊扶著，邊哭著說。

看到父親淚水潸潸而下，鄭碧霞再也隱忍不住，哇一聲就哭了出來。玉梅見狀欲安撫她，結果二人反倒抱在一齊痛哭，哭得連病房外經過走廊的人都聞之猶憐。過一會兒嘉華也趕到，不免四個人又傷心落淚，泣聲聞之令人心酸不已。

「華ちゃん，咱目屎擦擦ê，有要緊ê代誌愛辦。」玉梅拭著淚水說。

「是退院ê手續，抑閣有死亡證明書啉？」

「對，就是此二項，了後屍體直接送去殯儀館，好無？」

「好，按爾生好。」

「我想欲佮恁鬥陣去辦，但是阿霞我袂放心。」三舅說。

「無啥米袂放心，我亦來去就好。」鄭碧霞說。

「伓免啦！我佮華ちゃん去辦就好。恁中晝呷袂？」

「來進前已經呷過。汝咧？抑袂呷吧？」三舅說。

「抑袂，但是無啥會枵。華ちゃん，汝中晝嘛抑袂呷吧？」

「我無啥會枵，咱緊來辦。」

「好，先來辦。」

「汝去辦ê中間，我佮爸爸會將房間內ê物件款（整理）互好。」

「一切代誌辦煞，物件款好，咱遮鬥陣轉來。」三舅說。

玉梅和嘉華約午後二點才返回家裡。她一上樓，李雪綾家的王嫂即問說：

「阿梅，生ちゃん佇病院有代誌啉？病情又閣惡化？」

「對，病情閣惡化，有甲急救，但是無效，最後往生啊。」

「唉！奈赫可憐，拄歇熱時看伊活跳跳，一破病都過身去，誠是想無。」

「總是伊ê命按爾生。志ちゃん咧？呷飽了後咧睏咻？」

「是啦！此囡仔誠巧，看汝今仔日無準時轉來，呷晝時都甲我講可能害啊。我甲講伓好烏白想，伊嘛講可能後擺攏見袂到阿叔囉。」

「伊佮個三叔一向真好，三叔誠疼伊。睏偌久啊？我來抱伊起。」

「袂要緊，汝先轉去無閒，稍等下醒起，我遮取伊落去。」

除了嘉生不幸病故，另外二個染上登革熱的好友中，有一個姓陳的同學也跟嘉生一樣，因屬於出血性登革熱而斷了氣，唯有剩下的那位姓黃的同學保住性命。之後二人的告別式當然是分開舉行，而看在同學、老師的眼裡，以及最主要的死者家屬、親戚的眼中，全都是令人錐心泣血的永別。其哀傷與惋歎豈是英年早逝、天嫉英才等成語所能描繪。

第十七章

失去弟弟嘉生，對嘉華而言，比失去哥哥嘉隆還令他萬分難過，讓他一時感到非常落寞，又孤立無助。究其原因，嘉華和嘉生僅差二歲，從幼稚園到中學都念同樣的學校，手足之情特別濃厚。雖然二人個性不同，戰爭末期又曾分處台灣、日本二地，但彼此都互相看著對方長大成人，直到分別進入社會工作，及上大學讀醫科，一路上稱得上是手牽手走過來。況且大哥嘉隆在幾近成年去世時，他們二個都還未滿十三歲，一個尚在公學校念五年級，一個則剛考入中學校，兄弟二人相互倚靠的關係因而更密切。當年家裡忙著治喪，父母不願讓他們看到痛失長子的悲淒場面，特地將他們送到蕭先生那兒，其實那時他們就知道嘉隆是因病而死，開始感觸到死亡的可怕與無奈，一如烏雲之突然籠罩，頓時會將晴天化為暴風雨的日子。在那之後，他們當然又感受到生之喜悅。然而，相隔不到十年，一向溫順的嘉生也因病而亡，而且是在成為醫科學生，還來不及披上白袍，當起濟世的大夫，就在附屬醫院斷氣了。

當然，嘉華還有二個妹妹，不過跟她們的關係都比不上和嘉生來得親。兄妹關係或多或少都和兄弟關係不一樣，就如同姊弟關係和姊妹關係有所差別。其次，年齡的差距也是一大因素。嘉華和大妹淑文相差五歲，和小妹淑幸則差到八歲，等於是他跟玉梅的年紀之差。這當中，感覺上，在嘉生過世後，他跟淑文的手足之情應該會較深，因為二人再有差距也不過五歲，實則並不然。淑文出生沒多久就送到褓母家寄養，直到二歲多才接回家裡，算來不長的二年間，這小女孩已養成另一種性格，或說另一類氣質，完全與自家的兄弟姊妹不同。到底是什麼性格或氣質呢？簡單地說，不像是嘉華他們那種名門子女知書達禮或高貴的樣子，倒像是中下人家貧苦出身，為生活、為將來而看重金錢的樣子。坦白講，這二種性格雖有世俗的高下之分，卻沒有絕對的好壞之別。持平而論，各有各的優缺點，何況人的個性也不盡然純一，但是一旦價值觀不同，彼此就很難有默契，想進一步增進情誼簡直是緣木求魚，不可能的事。

縱然如此，就嘉華來看，如今在這世上，跟他有血緣關係的家人，除了淑文、淑幸二個妹妹，再也沒有其他人了，而他又是她們的哥哥，也是僅存活的一位大哥，自然該盡長兄之道，盡量愛護她們。事實上，除了和淑文有時意見相左，顯得有些格格不入之外，他與小妹淑幸處得還算融洽，尤其是淑幸也具有嘉生那種溫和的個性，幾乎事事都聽他的話，照他所說的去做，彷彿他代表父親，是一家之主。

這一年是一九四九年，淑文十八歲，早已從日本時代的一所技藝學校（即家政學校）畢業，目前在一位老師所開的洋裁店幫忙。淑文表面上日子過得很平靜，也很平常，但私底下由於出落得美麗、大方，頗有母親鄭彩煥當年的丰姿，所以引來二、三個愛慕她的少年郎，並巧妙地周旋在他們之間。她頗聰明，除了玉梅和淑幸略微發覺，同樣也在戀愛中，始終對堂妹李雪綾不死心的嘉華，竟對情竇初開，也差不多該找婆家的淑文毫不知其近況，以為她跟十五歲的淑幸到學校上課一樣，每天早上按時到洋裁店工作，晚上下班後就直接返回家裡。他不是不知道女大不中留的道理，只是在他眼中妹妹就是妹妹，果真有一天想嫁人，也會開門見山向他說。一切該是他的終身大事先底定，之後才談妹妹的婚事。

同樣在一九四九這一年，於大戰結束後，前往中國經商的三叔李尚福也在二、三月間歸來。在中國的天津、上海這三年多，其間曾一度返回台灣，但與子女、親友團聚過個年，之後又搭船往中國去，總想發掘更大、更好的商機。其實在這段期間，中國並未因抗戰的結束而穩定下來，或發展起來，二個本質皆屬獨裁專政的共產黨、國民黨正明爭暗鬥，接著又上演爾虞我詐的會談，一切的種種已預示大失人心、腐敗潰爛的國民黨將被逐出神州，一片錦繡山河也將拱手讓給共產黨。這樣的趨勢稍有敏感神經的商人，甚至一般大眾，絕不會察覺不出，因此李尚福趕緊收拾包袱，帶著太太玉嬌，管他衣錦榮歸與否，先返回台灣再說，畢竟台灣是家，相較之下，既安全又熟悉。果真一九四九年的年底，慘敗的國民黨被趕出中國，在無路可去的情況下，不得不逃來台灣，但壓根就不將台灣視為家園，只當做反攻的跳板。而今反攻夢碎，又妄想聯共侵台，真是二個本質皆惡的政黨。

回到台灣老家，休養生息一段日子，李尚福時刻想著，總不能這樣長久下去，否則坐吃山空，以後拿什麼養活一家人？別說下面二個兒子還小，要將他們拉拔大尚需一筆錢，就是上面二個女兒雖已成人，改天要出嫁時還得花錢辦嫁妝。錢從哪裡來？當然靠做生意。可是做生意需要本錢。哎！又回到根本的老問題，錢從哪裡來？這樣成天無所事事地東想西想，想破頭也想不出什麼好方法。有天午後乾脆下樓來散散心。這時正巧碰上郵差來送信。

「咁有二樓ê批？」

「無啊，但是有一樓ê。」

「是李嘉華先生ê批咻？」

「是啊！汝是伊茨內ê人咻？」

「我是伊ê阿叔啦！阮樓頂樓骹徛（住）鬥陣。即馬伊抑袂下班，伊茨內ê人嘛上課、上班、有代誌出門ê攏抑袂轉來，汝會使甲批交互我。」

「好，好，遮麻煩汝轉交伊本人。」

郵差忙著到別家送信後，李尚福將手上的信瞄了一下，信封上印有『大亞自転車株式會社』的字樣，想必是公司要召開股東大會，或其他有關股東權益事項的通知，於是想到二哥李尚吉雖已過世，但曾是該公司的大股東，持有大把股票，而現在則完全歸李嘉華所有，也因此通知書才會發給這位新股東。看來嘉華真是夠幸運，哥哥嘉隆、弟弟嘉生都是在即將成年就死去，因而父母辛苦一輩子所賺的錢財、田地等完全歸他一人所有。在日本時代，以及終戰後不久的台灣社會，法律上只認可男性有繼承權，女性一律被排除在外，所以淑文、淑幸即使成年，依法還是不能分得丁點的遺產。思及此，李尚福更加羨慕嘉華坐擁財富，今生今世根本無須汲汲營營，為著日常生活奔波。不過，羨慕歸羨慕，再多的財富也是別人的，只是這別人並不是陌生人，而是自己的姪兒。

將信對折，塞入褲袋後，李尚福不再思索錢財之事，改以較悠閒的態度，慢條斯理地往對街的雜貨店走去，想買包煙抽抽，並打算在店外的大榕樹下好好乘個涼。這番抽煙納涼真是一種享受，不知不覺間就到了太陽西下，鳥兒歸巢，那些上班、上學的人也將返家的時候，於是李尚福不得不起身，準備打道回府。在回家的路上，他仍舊一派悠閒，不急不緩地走著。就在快到家時，忽然聽到背後有人在喊他「阿叔」，聽那聲音也知道是嘉華，遂趕快轉過頭，和對方打個招呼。

「汝下班囉！」

「是啊！阿叔去散步行街路咻？」

「去買薰（香煙），連鞭（順便）佇店頭外ê樹仔骹坐ê涼。對啦！我下晝有收到汝ê一張批，可能是自転車ê會社欲開股東大會ê通知。汝看覓。」說著就從褲袋裡掏出信來。

「好，好，我即陣拆開看。」說著就拆開信來看了一下。

「無伓對，此批是股東大會ê通知。會議準備佇八月十四號開。」

「就是後個月中旬嘛！差不多二禮拜後。」

「但是彼日我亦是愛上班，特別請假去無啥好，二且我嘛無愛去。」

「我看按爾生，橫直我閒閒，到時汝簡單寫遮委託書，交互我，我代替汝去。」

「好啊！嘛會使。」

轉眼間八月十四日到了。真正的股東不記得當天要開會，反倒是代替者清楚記得。何止是記得，在這二個禮拜當中，李尚福對於今後的發展等等，更是早有定案。他當天起得早，吃完早餐後就下樓來，見到嘉華正準備去上班，就對他說：

「華ちゃん，敖早。今仔日欲開股東大會，會記ê無？」

「對啊！今仔日是八月十四號，自転車會社欲佇本社（即總公司）開股東大會。」

「無怀對，趕緊甲委託書交互我，抑閣有汝ê印仔佮股票。」

「咁愛印仔佮股票？」

「我受汝委託，代替汝去，拄著有關ê代誌愛辦，比如報到，抑是配新股種種，奈免用著汝ê印仔。我家己ê嘛有扥，按爾生卡方便。」

「股票咧？手頭所有ê股票咁愛攏扥去？」

「是啦！按爾生卡好。若拄著現場有人欲買，怀管伊是老股東，抑是新ê投資者，咱會使看好價遮賣。我是講好ê價數，假使對方欲降價買，咱絕對怀倘賣。」

「但是囥一段仔時間，卡有價值，咁怀是？」

「怀倘喔！股票都愛看準好時期、好價數緊賣出去，抑無一年半冬仔都無價值，比一張衛生紙卡無價值。即馬不比以前，阿山ê走來接收，連怀識字ê亦有法度做主管，將來會社若互此款人入來經營，汝想咁有倘比過去卡趁錢？都是有，互阿山ê呷抑無夠。放心啦！有阿叔替汝發落，絕對無錯。緊去挓印仔佮股票來。」

受不了李尚福的遊說，一方面也要趕著去工作，嘉華遂折回房裡，開箱拿了印章及股票，還有寫好的委託書，一併裝入一紙大信封內，走出來交給三叔，匆匆就去上班。在一旁的淑文也準備要去工作，而淑幸及志成因放暑假，都還在睡覺。再說他們根本不懂股票之類的事，只知道有三叔代為處理就行。至於有些常識的玉梅則不在場。夏天裡她都起得很早，煮好早餐，做好便當，並先簡單吃過後，提著菜籃就出門。她並非馬上去菜市場買菜，而是先到一間廟裡拜拜，聽聽住持講些經，大約二十分鐘後才去逛市場，購買一天當中家人要吃的食物。

在股東會議上，李尚福果真找到買主。對方是一位老股東的好友，過去和李先生也有些認識，因鑑於台灣的腳踏車行業頗有前途，便想參與投資。買賣雙方在開會前就大致談了一下，會後再經過討價還價，很快就以彼此能接受的價格談妥，完成了股票交易，以及相關的一切事項如過戶等。在當時一九五零年代，證券交易所雖尚未設立，但只要私下有人願賣，也有人願買，達成買賣的機率還蠻高。另一方面，顯然那時資訊不發達，參與買賣的都是小眾人口，絕無現今幾乎人人皆投入股市的現象。或許正因為演變成今日的局面，各種管理或約束的規定、法條等也就應運而生。當時的股票買賣有何好處？至少尚無交易員，不須讓他們賺取一道手續費。當然，過程中若有人當掮客，交易達成後尚須給他一些酬金，或以金錢之外的其他方式酬謝他。總之，李尚福順利賣掉股票，請對方將錢匯入他的戶頭，等於是完成夢想的第一步。

回來後，他向嘉華訴說一切買賣的經過，除了他的夢想之外。嘉華聽了問說：

「奈無愛請對方直接匯ê我ê口座（こうざ，即帳戶，已轉變成台語）？」

「我啊伓知影汝ê口座佇佗，欲按怎樣匯去？」

「對啊！汝無問我，我亦無講起。汝應該事先問我遮對。」

「但是我嘛伓知影今仔日買賣會成。無差啦！暫時囥佇阿叔ê口座，過幾日仔我遮盤入去汝ê口座。稍等下，甲汝ê口座番號抄互我。」

「好啦！無論如何，多謝阿叔。」

幾天，幾個禮拜，甚至一個多月後，嘉華都沒見到款項入帳，卻三不五時會看到三叔穿得光鮮，像個大老闆，而三嬸玉嬌也裝扮得亮麗奪目，原來李尚福果真當起董事長，最近開了家寶號叫天香的銀樓，做起金銀首飾的買賣業，完成了夢想的第二步。開店是要一筆資金，錢從哪裡來？很顯然就是賣掉股票所得的錢。至此嘉華終於知道受騙了，而且還是上了自己叔叔的當。他想了就嘔氣，遂找了個假日的上午，跑到樓上跟李尚福理論，要他好歹給個交代。

「華ちゃん，佮阿叔汝亦氣甲按爾生，莫受氣啦！都準做借錢互阿叔做生理，後日仔有趁大錢，阿叔遮連本連利息攏還汝，好無？」

「阿叔，汝若是按爾生扑算，應該當初都講互明，無需要騙我。」

「莫講騙赫歹聽，伊是汝ê阿叔呢！恁爸母過身了後，伓是攏恁阿叔咧甲恁看頭看尾？都準做是挓錢出來，互恁阿叔做生理，此嘛是講ê通ê。」玉嬌說。

「好囉！好囉！阿嬌，汝免閣講。華ちゃん是巧巧人，伊自然知影。華ちゃん，相信阿叔，後日

仔趁大錢，我一定連本連利息攏還汝，好無？」

「好啦！希望是按爾生。我先落去啊！」說完點個頭，嘉華就下樓去。

玉梅得知這件事後，心中當然憤慨，卻也明白講些氣話無濟於事，就對嘉華說：

「華ちゃん，以後若遇著人欲挓汝ê印仔，抑是銀行簿仔，絕對伓倘隨便都挓互伊。伊了後欲做啥米代誌，誰人都伓知？另外，假使有人叫汝保管伊ê印仔，抑是銀行簿仔種種，無論時間長抑短，咱亦客氣甲伊拒絕，因為萬一有出代誌，咱白白愛甲伊擔責任，反勢得愛甲伊賠。」

「講起是我答應阿叔代替我去開會，也同意伊拄著好價，會使賣股票。我所氣ê是伊錢挓得手，就利用彼筆錢去開金仔店，完全事先無甲我講一聲，連了後欲匯款去我ê口座抑是騙我ê，害我白白提供口座ê番號互伊。」

「我知影此點是伊大大伓對，另日仔我會講互聽，但是汝印仔佮股票攏交互伊，實在太無小心。汝看連家己ê親情都會做出此款代誌，外人伓是閣卡會驚人？我知影汝真直，猶閣單純、好心，我亦差不多是此款性，但是世間ê人是百百種，有ê人就是專愛利用別人ê單純，暗中去做伊計劃ê代誌，所以咱愛卡小心。」

「是啦！以後拄著此款代誌我會特別小心。」

實際上，嘉華在銀行工作，對於這類事情應該很清楚，不太需要玉梅再來提醒或叮嚀，可是因為從未遇過，本性又坦率、單純，加以對方是自己的叔叔，更容易鬆弛戒心，任憑對方操弄。莫怪嘉華是讀書人反受騙，當今社會，一些被詐騙集團釣上的受害者多是知識分子，其中不乏教授、醫生、軍官、商賈等。究其原因，不盡然是出於單純、善良，很多實例顯示皆因貪婪而起。由此可見，善心與貪心，本質不同，前者屬於人性的正面，後者則歸於負面，但都很容易被心懷不軌的歹徒所利用，雙雙為其持有者帶來破財等不幸。

為了防範未來類似的事重演，玉梅知道也必須提醒李尚福，或直接說是予以警告。當然，再怎麼說，李尚福是她養父的弟弟，等於也是她的叔叔，因而語氣上需要婉轉些，說到重點就行。可是警告的意味還是要流露出，這其間如何拿捏，光憑想像不太準，最好還是看當場的氣氛再說。很不幸，一天當中二人難得碰上面。玉梅是早出早歸，李尚福則是晚出晚歸。縱然如此，分住樓上樓下，也可說是鄰居，還是有相見的時候。有一天玉梅從菜市場買菜回來，將一籃菜放在餐桌上後，從中抽出一瓶醋，拿著就上樓去，準備交給王嫂。原來她是在前天做了道糖醋排骨，料理進行中，才發覺醋已用完，只好上樓，臨時向王嫂要了些。王嫂看那整瓶醋所剩不多，乾脆連醋連瓶都給她。俗話說吃人一斤，還人十六兩。玉梅自然是還人新的一瓶。這時，她看到李尚福坐在客廳裡看報，頗悠閒的模樣。

「三叔，抑袂去店仔？」

「喔！是汝。」

「我挓醋來還王嫂仔。」說著就往後頭廚房裡去。

「一矸仔醋汝亦專工挓來還。赫客氣！」看玉梅離開廚房，又走過來時向她說。

「應該啦！三叔，今仔日奈抑袂去店仔？」

「喔！我十一點半有代誌，欲佮一個人客去呷中晝，連鞭講一寡仔生理。此個人客是大仙ê，互我趁袂小錢，所以我歸氣佮伊去呷飯，中晝過了後遮去店仔，橫直恁阿嬸有咧店仔，一般ê買賣伊處理都好。」

「是按爾生。三叔，關係頂回賣股票ê代誌，我有一寡仔看法，直接講好無？」

「好啊！咱是家己ê人，咧客氣啥？啊！稍等下，我叫王嫂仔去買一包薰（香烟）。」

「王嫂仔！我薰攏呷了啊，麻煩汝去柑仔店買一包好無？」李尚福叫說。

「頭家！是汝咧叫啉？」王嫂在廚房裡，邊切著肉塊邊回應說。

「是啦！薰攏呷了啊，麻煩汝去買一包。」

「知影啦！」

將王嫂從廚房裡調去買香煙，等於是將她暫時支開，不願讓她聽到事情原委。至於那個星期天嘉華上樓來理論，正好王嫂和孩子都不在，李尚福才放心讓他抱怨。

「好囉！即馬干焦咱二人，汝直接講袂要緊。」

「我感覺三叔彼時愛甲華ちゃん講清楚，講股票賣了後，欲借此筆錢來開店。若按爾生，事後伊都袂心內無爽快，終歸彼股票是阮お父さん留落來ê。」

「我知啦！但是直接甲伊講，真可能伊袂答應。」

「汝無講奈會知？三叔彼咚時講欲買茨，阮お父さん嘛是甲汝鬥相共，向組合貸款，尾仔閣替汝還彼借款。此擺汝若誠是需要錢開店，講一聲，我想華ちゃん亦會盡量鬥相共。如果伊一時無法度決定，伊嘛會揣我參詳。按怎講，都照汝所講ê仝款，咱是家己ê人，有代誌都應該好好啊講。」

「是啦！是啦！我一時無想著，但是禮拜彼日我有答應伊，趁大錢時，連本連利息攏會還伊，按爾生伊應該安心囉。」

「以後有任何ê代誌，尤其是錢項ê代誌，我看抑是講清楚，逐家卡袂誤解。」

「好啦！汝講囉對，有代誌講清楚，逐家卡袂誤解。」

「按爾生我先落去。三叔有約會嘛差不多好攢（準備）啊！」說完點個頭就下樓去。

李尚福將擱在桌上的報紙，全都收入桌底下的藤架裡，再站起來，往臥房裡走去，準備更衣外出。說是更衣，倒也不費事，只是換件白襯衫，繫上一條有方塊圖案的藍色領帶，再梳理一下頭髮，戴上手錶，披上西裝上衣即成。但在這不到十二分鐘其間，腦子裡盡想著：「阿梅算啥？只不過是二兄ê養女，佮識半字，但是世間ê事事項項閣嶄然仔識。今仔日袂輸互伊洗面。假使當時甲華ちゃん講明，伊一定會講互阿梅聽，按爾生都歹開金仔店囉。」

第十八章

三叔將賣股票的得款，私下拿去開銀樓，嘉華再怎麼氣惱，終究是生米已煮成熟飯，一切成定局。如果想進一步追究，唯有告上法院一途，這也是可行，但稍微一想，被告、原告是叔姪關係，將家醜外揚，徒惹社會訕笑，何苦來哉？況且一開始就是自己不謹慎，隨便將印章及股票交予對方。反正吵也吵過了，玉梅也開示對方了，再壞還是自己的叔叔，就當這件事沒發生過。再說三叔又是李雪綾的父親，念在愛戀李雪綾的份上，就別跟他太計較，反正他也承諾會還錢。

就在嘉華逐漸淡忘這件事時，有個假日午後，他和李雪綾一道去看電影，散場天還亮，歸途中經過一座公園，二人就走了進去，繞個半圈，看看花草，並坐下來休息，但不到五分鐘，李雪綾竟從一些瑣事談到此事。

「華ちゃん，阮爸爸是伓是甲汝借錢去開金仔店？」

「汝奈忽然間按爾問？」

「因為我知影阮爸爸一時無赫濟錢，真可能是甲汝借，抑無就是甲其他ê親情朋友借。假使伊有赫濟錢，對天津轉來都會使開店，何必等甲半年後。此期間阮是按怎生活，我上清楚，差不多一半以上是我佮絹子咧支出，亦好佳哉阮佇病院上班有收入。汝看，拄即咱所看ⓔえいが（映畫，即電影），若伓是男主角個生母暗中甲幫忙，伊實在誠歹還清債務，又閣開發家己ⓔ事業，尾仔變甲真成功。一時伊嘛互人疑是用搶來，抑是騙來ê錢做本。對啦！八月中自転車會社開股東大會時，是阮爸爸代替汝去ê咻？」

「汝亦知影？」

「是彼暗呷暗頓ê時陣，阿嬌姨仔問起伊日時去佗，伊家己講起ê。」

「是啦！彼日我無閒倘去，阿叔主動代替我去。」

「伊有甲汝挓委託書佮印仔？」

「有啊。」

「抑閣有汝手頭ê股票？」

「有啦！因為我亦同意伊拄著好價，會使將股票賣掉。」

「所以伊誠是將股票賣掉，再利用彼筆錢去開店。」

「橫直伊店已經開啊，生理拄咧做，挓亦好，借亦好，以後會還都好。」

「唉！看起阮爸爸大大失注意，當時都應該甲汝說清楚。好佳哉咱是家己ê人，若換準是別人，誰人會當做是借ê？」

「我看此代誌到此好啊，以後抑是咱有倘久長鬥陣卡要緊。」

「汝所講ê久長鬥陣是啥米？親像別人按爾做尪仔某？」

「我知影真困難，但是想看覓，一定有啥米辦法吧？」

「有啥米辦法？咱ê情形佮人無仝款，都是佮當時生ちゃん個ê情形嘛完全無仝，免講序大人會反對，都是法律上亦無可能承認。」

「若咱感情有夠深都好，管伊法律按怎規定。」

「華ちゃん，我了解汝對我有真好ê感情，但是我最近有想過，我對汝ê感情按怎講都是兄妹仔彼款ê感情，可能比彼卡深一點啊。唉！我一時亦講無路來。」

「差不多佮當時生ちゃん個ê程度都好。」

「但是個ê情形法律上允准，咱ê絕對袂使，因為咱ê血源真親。」

「我知影。好啦！莫閣講啊，天漸漸暗囉，咱好來轉啊。」

嘴巴說不再講，內心還是會去想。雖然一天當中，各忙各的工作和家事，難得晚上才會聚在一起吃飯，閒聊等，終究玉梅是從小看著嘉華長大，幾乎對他的個性、才能、喜好等比誰都了解，也比誰都能洞察他的心事。對於三叔賣股票所引起的不愉快，顯然已告一段落，如今會令他煩惱的事，照玉梅的觀察來看，莫過於與李雪綾的交往，以及由此衍生的婚姻問題。有一晚，飯後淑文、淑幸和志成相約去街上買些日用品、文具等，家中變得十分安靜，玉梅和嘉華就談論起來。

「華ちゃん，綾子講囉對，我想汝亦真清楚，恁ê情形佮生ちゃん個完全無仝。假使汝甲意ê是阿霞，一切都無問題，偏偏汝是甲意綾子。」

「綾子嘛對我有好ê感情。」

「我知影，但是可能大部分是兄妹仔彼款感情。」

「伊是有按爾生表示，但是家己亦一時講無路來。我想生ちゃん佃嘛多少有兄妹仔彼款感情，只不過佃ê情形法律上允准。若阮感情深，愛鬥陣都會使，總是有辦法，總是有路倘行。」

「我看綾子目前是無其他ê查甫人佮伊往來，所以伊有閒時，攏佮汝鬥陣行，一半抑是親像兄弟姊妹相招去佚佗。假使以後有別ê查甫人出現，伊看甲意，彼個人亦甲意伊，按爾生伊感情都會移去彼個人身上。」

「咁誠是會按爾生？」

「此是有可能ê，何況恁根本無法度倘結合。此伓是干焦法律上ê問題，抑閣有醫學上ê問題，因為咱人不比其他ê動物，血源真親ê雙方若結合，生出來ê後代誠有可能產生種種ê毛病，確實會去害著囡仔。我想此道理汝攏知影，都甲綾子準做文子抑是幸ちゃん仝款，對伊保持對待小妹仔ê感情都好，一切順其自然，各人有各人ê緣份。汝赫甲意伊，應該無愛看伊為著此代誌咧艱苦。」

嘉華聽了不覺意外，畢竟多年前父親、師長、學長等都曾這樣說過，唯一不同的是，他們未提及對手或情敵會出現，而且這對手又可能獲得芳心。現在玉梅會這樣告訴他，顯然是因為他已成年，李雪綾也已是大人。對此他一時無言以對，也懶得再說再辯，只好默然點點頭。

環顧周圍，他的三個學生時代的好友，除了農業經濟系出身，也在金融界工作的黃慎謀以外，那個最早踏入社會的邱清和，以及機械系畢業後，立即在台電上班的王哲欣都已結婚。王哲欣的太太還是國民學校的老師，和她婆婆當年是幼稚園老師一樣，皆是從事兒童教育工作。然後，有一天，留日學醫的學長杜恩輝也在返台一年多之後，特地抽空來拜訪，並談及終身大事。

「先輩，汝每日看病人赫無閒，拄著禮拜日都好好歇睏，專工來拜訪，我實在感覺真歹勢。有代誌寫批，抑是扑電話都好，那得專工走一畷（一趟）。」

「無啦！咱誠久無見面啊，既然歇睏日有時間，抑是來行行看看ê好。」

「佇馬偕病院做囉真熟手吧？」

「是，是，已經真慣勢，做囉亦嶄然仔有效率。」

「按爾生真好，以後有機會，閣再申請台大病院看覓？咁是公家ê病院卡好？」

「無一定。佇馬偕我感覺卡無壓力，若是佇台大，可能行政ê工課亦有。」

「我看可能是愛踮大學兼課，一方面教書，一方面看病。」

「有倘二爿攏做當然好，但是即馬我能力抑無夠，抑是專心看病卡好。對啦！我有對象啊，準備年底欲結婚，今仔日會使講是專工來報此消息。」

「先輩，真ê咻？おめでとう（恭喜）。新娘是病院ê看護婦（護士）咻？」

「伓是啦，是阮小妹佇第一高女時ê先輩，懸伊一級，大戰了後，有去日本ê青山學院留學，專科目是家政科。」

「喔！青山學院？請問恁未婚妻ê貴姓？是伓是姓蕭？」

「是啊！汝奈知？」

「咁呼做蕭麗杏，普通攏叫伊杏子？」

「無伓對，都是叫做杏子。按怎樣？赫拄好恁亦熟知咻？」

「個老爸是阮お父さんê好朋友，幾年前遮對信用組合退休，伊ê後生呼做蕭健治，即馬嘛佇彼上班。對啦！信用組合都是即馬ê台北十信。」

「奈赫拄好！天下ê代誌有咚時真想袂到，我未來ê親家竟然佮恁是世交。」

「汝是按怎佮杏子熟知？」

「講起亦嶄然仔趣味。我有一個阿姑しゅうせん（終戰）進前都搬來台北，對我真關心，一半亦是受阮お父さん委託，半年前講欲甲我講親情，對象是台北一間茶行ê頭家ê查某囝。我想到家己亦二十七歲，應該好揣對象，考慮婚姻ê代誌，所以答應去相親。誰人知影嘛互對方放粉鳥仔。」

「按怎樣？對方無照約束去咻？」

「無伓對，連阮阿姑亦等甲無啥歡喜，講轉去一定欲扑電話問對方原因。我看破，歸氣走去城內看電影，想欲看一齣仔戲改變心情。結果戲看煞，行出劇場時，心情變卡輕鬆，而且閣拄著杏子佮阮小妹亦來看戲。透過阮小妹ê介紹，遮按爾生佮杏子熟知，亦感覺互相有話講，對音樂、美術、文學方面攏有興趣，交往囉真順事，所以扑算欲結婚，鬥陣來行人生ê路。」

「啊！聽起誠是趣味，比ドラマ（drama的日語拼音，即戲劇）抑是しょうせつ（小說）ê劇情抑閣卡心適。先輩，汝講囉對，天下ê代誌有咚時真想袂到。總講一句，汝佮杏子二人有緣，誠是姻緣天註定。おめでとう（恭喜）。」

「ありがとう（謝謝）。到時請汝做證婚人上適合。」

「好啊！恁雙方我攏熟知，而且閣是學生時代都熟知。」

「若講互杏子聽，伊一定感覺誠意外，猶閣誠歡喜。」

「免趕緊甲講，橫直恁結婚ê日子亦快囉，等伊挓餅來時，我遮刁故意，問伊新郎一切ê資料，看伊對汝了解偌濟。」

「好啊，但是真可能是個茨ê人挓餅來，汝根本無機會佮伊滾笑。我看免啦！揣一日仔咱三人見面，啉遮茶抑是コーヒー（coffee，即咖啡），按爾上清楚。」

「先輩，後禮拜日ê下晝，都合（つごう，即方便性，已轉成台語）好無？」

「會使啊！」

「此中間先莫甲杏子講是我，干焦講是汝ê こうはい（後輩，即學弟）都好。」

「好啦！為著趣味，咱都按爾生約束。」

到了隔週星期天的午後，三人在Astoria（明星咖啡店，位於武昌街一段，日本時代即存在）會面時，蕭麗杏的確是喜出望外，又頗驚訝。

「阿輝今仔日約我出，講欲佮伊二中時ê一個後輩見面。我咧想此後輩一定無簡單，因為阿輝扑算欲請伊做證婚人，愛我事先亦佮伊見面。哎！誠是做夢都想袂到，此位未來ê證婚人竟然是華ちゃん。」蕭麗杏說。

「我頂禮拜聽到華ちゃん講伊佮汝熟知，我嘛驚一下。」杜恩輝說。

「我聽到先輩講伊ê未婚妻是杏子，我嘛驚一下，但是亦誠歡喜。恁二人攏是日本留學ê，家庭背景、個性、興趣等等亦差不多仝款，確實適配。」嘉華說。

「想起誠是趣味，阿輝個小妹是我ê後輩，亦是阮ê介紹人，抑若華ちゃん閣卡有意思，是阿輝ê後輩，是我ê老朋友，即馬閣欲做阮ê證婚人。」蕭麗杏說。

「是啊！講起咱真有緣，連阮小妹在內，四個人攏真有緣。」杜恩輝說。

「對啊！恁小妹是介紹人，誠重要，今仔日應該嘛愛來。」嘉華說。

「伊臨時有代誌，等一下都會來。伊欲閣陪我去看新娘衫。」蕭麗杏說。

在一九五零年的十二月中旬，杜恩輝和蕭麗杏在親朋好友的觀禮與祝福下，手牽手步上紅毯，結成連理，開始了長達半世紀以上，同甘共苦的夫妻生活。由於杜恩輝是基督徒，結婚典禮主要是在教堂進行，也請熟悉的牧師做見證，但當晚還是照一般習俗，在飯館開席宴請賓客。席間嘉華鑒於白天牧師已證婚，因而只簡短一兩句，述說從小認識男女雙方，對於他們能締結良緣深感興奮。相形之下，牧師才是真正的證婚人，嘉華只不過是發表些微感想，但一說出，立即引來全場賓客的注目，因為他前後，甚至同時都跟新郎、新娘有往來。席間自然有一群北二中的同窗、學弟、學長等。他們在相互敬酒，既祝賀新人，又迎接新年之餘，也開玩笑地宣稱下一個新郎倌準是嘉華，使得嘉華聽了耳根有些紅熱。幸好李雪綾和今天的新郎、新娘都不認識，嘉華也沒帶她來，否則讓她聽見真是尷尬。

其實會感到尷尬，更覺得無奈的是嘉華。李雪綾雖說不上來，內心倒很清楚，她對嘉華的愛僅是兄妹間的情感，或說比那稍多些，但這還無妨，最大的阻礙是近親結婚，理所不容，依法無據。可惜此時此刻，正值嘉華苦悶之際，老天爺不讓另一個適婚的好女子出現，以便逐漸轉移嘉華的注意力及情感，卻讓另一個適婚的好男子出現，從此擄獲了李雪綾的芳心，也徹底粉碎了嘉華的癡情夢。

李雪綾這段情緣與其父的行業有關，說來等於是天香銀樓幫她牽線。天香銀樓有各色各類的手鐲、戒指、項鍊、耳環等，讓人看了眼花撩亂、美不勝收，但百分之五十四的貨源是從蘇姓的一個批發商那兒購入，因此李、蘇二人的商業關係很密切，幾乎是互利共生。最近一次談生意的飯局中，蘇先生還特地帶他的次子蘇耀彰前來，希望和李尚福認識一下，因為年歲漸增，體力漸衰，未來將委託其子代他處理買賣等。李尚福看蘇耀彰這年輕人一表人才，又是日本慶應大學經濟系畢業，對他印象頗佳。用餐進酒時，心中暗自盤算，若當起其岳父，豈不兩全其美，既為李雪綾覓得理想夫婿，又能降低進貨成本，對其事業大有裨益。但想歸想，算歸算，也許對方已婚或早有意中人，這月老也就不用扮了。

何不直接請教其本人？遂趁著舉杯祝賀事業成功之餘，李尚福問蘇耀彰說：

「蘇さん，歹勢，借問ê，咱伓知有家後啊無？」

「抑無。」

「此個囡仔眼光真懸，有人提親，亦有人介紹，但是攏無成。」蘇老先生說。

「恁公子條件赫好，當然袂使稱稱采采都娶一個。」

「李さん，按怎樣？汝有想欲甲阮講親情咻？」

「我看此愛看少爺ê意思。一切攏是靠緣份，若緣份抑袂到，相親偌濟擺攏無效。蘇さん，汝本人感覺啥米款？」

「對，對，李さん講囉對，一切愛靠緣份。我目前無啥愛閣相親，等乎生理援（經營）卡熟，家己ê經濟情形卡好彼時，遮閣來考慮抑袂慢。」蘇耀彰說。

奇怪？李尚福不是很想當對方的岳父嗎？為何垂涎的佳餚一上桌，反而將筷子縮了回去？難道是枵鬼假細膩？原來他是採取欲擒故縱的方式，之後再安排李雪綾與對方會面，例如找個適當的時機，邀請對方來家中吃頓飯等等。這般費心，如果對方看不上李雪綾呢？那就乖乖認輸。反之，假如是李雪綾看不上對方呢？也只好認輸，畢竟女兒的性情和對方有些相似，硬逼她是行不得。

俗話說有緣千里來相會，印證在之前的杜恩輝和蕭麗杏，以及現在的蘇耀彰和李雪綾身上均確實如此。有個三月春雨時下時停的日子，午後大約二點半，蘇耀彰外出辦事，順道搭車往寶慶路來，想看看天香銀樓的店面、營業狀況等。公車不算擁擠，卻僅剩下由前面數來，第四排右側靠走道的一個位子，他別無選擇，也慶幸尚有空位，將攜帶的黑雨傘一擱，就坐了下去。接著，從西裝口袋裡掏出一本小記事簿，默默翻閱著，像是在核對行程，或是貨款之類。他當然有注意到身旁坐著一個小姐，還不時望向車窗外，好像蠻高興雨停了，只是絕對沒想到這人竟是李雪綾，天香銀樓老闆的女兒。

快到站時，蘇耀彰已將記事簿放回口袋，並站了起來，往前頭車門方向走去。待車子靠站一停，他就匆匆走了下去，而後面還有三個乘客，包括李雪綾在內，也都要在這一站下車。起身時，李雪綾看到蘇耀彰那把黑雨傘，知道是對方掉了，便順手一拿，匆匆下了車，邊跑邊喊說：

「先生！先生！汝ê雨傘袂記ê抰。」

「啊！我ê雨傘。」蘇耀彰回頭看了說，連忙跑過來。

「多謝！多謝！好佳哉汝有發覺。」走到李雪綾面前，拿了雨傘說。

「免客氣，雨傘真容易放袂記。」

「謝謝。」說著就轉頭往前繼續走，卻也意識到對方在後頭走，但不覺有異。

「啊！汝亦來金仔店？」到了天香銀樓的門外，看到對方，蘇耀彰驚訝地說。

「是啦！抰錶仔來互阮爸爸。」

「請問恁爸爸是金仔店ê頭家，李尚福先生咻？」

「是啊！咱是欲來看貨，講生理ê咻？」

「喔！我姓蘇，恁店仔ê貨大部分攏阮提供ê。」

「奈赫拄好！蘇先生，歡迎，請緊入來。」

李尚福是商人，想必有「時間就是金錢」的觀念，應該不至於忘了戴手錶，還需女兒特地跑一趟送來。原來當天晚上有個朋友娶媳婦，李尚福欲提早離開銀樓，和他太太直接去宴會現場，而且近來對穿著蠻考究，前些天已決定配戴另一款銀色手錶，以搭配新裁的黑呢西裝。結果早上出門時，西裝、鞋子等都穿對，卻忙中有錯，竟將平日戴的那支手錶又戴上。說來也莫責怪他，因為二支手錶都是銀白色，錶帶也一樣，僅是在錶面設計上有所不同。說實在，喜宴上人人只顧吃喝，誰會去注意別人的手錶。李尚福雖打電話回來，向女兒說戴錯了，倒沒要求她一定得將欲戴的那支送來，可是做女兒的就是樂於跑一趟。或許這是冥冥中老天爺的安排，如此才能讓李雪綾與蘇耀彰不期而遇。當然，其他要素也不可缺，例如這一天李雪綾剛好輪到夜班，下午四點後才須去醫院值勤，而且那家醫院離寶慶路不遠，因此在午後就將手錶送來。總之，與其說是千里姻緣一線牽，倒不如說是一錶牽成，既牽出一對佳偶，也省去李尚福另思計謀。

此後李雪綾與蘇耀彰開始有了交往，雖非經常出雙入對，也盡量保持低調，但嘉華還是知道。實際上，李雪綾也沒刻意防止嘉華知道。她和蘇耀彰不常走在一塊，根本的原因在於二人的工作性質，無論是看護或經商都佔去不少時間。即使在過去和嘉華外出，李雪綾也都是選擇不須值班時，而在銀行工作的嘉華雖然閒暇多一些些，也僅能利用假日，且必須李雪綾也有空時。現在狀況已有變化，若是旁觀者或許看不太出，但身為當事者的嘉華很快就察覺出。他本來心理上就有些準備，只是沒想到會改變得這麼快，快得讓他有些措手不及。還好，這段期間他常去拜訪南部北上的一位鄭姓同事，然後和他到郊外走走，這樣心情就不再那麼沉重，整副精神也不再灌注於失戀一事，更慢慢學著走出怨天尤人的幽谷。

沒多久李、蘇二家就談起婚事。婚期擇定在六月後，李雪綾特地帶著蘇耀彰來拜訪嘉華，以便讓她所喜愛的二個男人彼此認識。論年齡，蘇耀彰還比嘉華大一歲，卻出於討好對方，也跟著未婚妻

一齊叫兄さん，甚至於之後雖聽到都喊「華ちゃん」、「華ちゃん」，仍然一本初衷，直呼嘉華為兄さん。被這麼一叫，又發覺對方稱得上才貌雙全，可說是值得託付終身的男子，嘉華也就不再耿耿於懷，反而開始為這對新人感到高興。

該買樣東西當結婚禮物送給李雪綾，嘉華心中這樣想著。買什麼好呢？勝家縫紉機最適合，既受婦女喜愛，更受新婚家庭歡迎。在當時一九五零年代，來自美國的勝家廠商就已有百年歷史，比南北戰爭爆發的一八六一年還早十年創立，所生產的縫紉機早已風靡全球，行銷世界各地。很可能日本歷史上，結束幕府時代而走向明治維新時，堪稱一代女傑的篤姬就曾用過勝家縫紉機，親身體驗過西方工業文明所帶來的便利。無論如何，時至今日，可當嫁妝或結婚禮物的無數貨品中，勝家縫紉機仍受青睞，更何況六十多年前，物質尚不很豐富的台灣社會裡，能擁有一台勝家縫紉機真是幸福，又備受欽羨之事。為此，嘉華花費不少，幸好他每個月都從薪水中儲蓄一些錢，因而能一次繳清，無須分期付款。

當嶄新的勝家縫紉機送到李雪綾家時，別說那些婦道人家看了歡喜，就是李尚福也打從心裡高興，因為嘉華為他添購了一件漂亮、實用的嫁妝，讓他好有面子。在那些面露喜色的女眷當中，像玉梅就很明白嘉華深愛李雪綾，也很高興他能給她滿滿的祝福，而淑文、淑幸二個妹妹則羨慕的成份多於喜悅，尤其是已滿二十歲，也在戀愛中的淑文更是轉為嫉妒。不消說，最興奮的莫過於李雪綾本人。

「華ちゃん，どうもありがとう（感謝）。互汝開真濟錢，誠歹勢。」

「看汝赫歡喜，我都真歡喜。」

「赫贊ê物件，誰人收到攏嘛會歡喜。綾子實在好命，有倘嫁赫飄撇（瀟灑）、好額（有錢）ê尪，閣有倘得到此款ê禮物，真是互人欣羨。」淑文說。

「兄さん，我後擺嘛欲愛一架。」淑幸說。

「汝遮幾歲？揣有對象倘嫁啊咻？抑早咧！」淑文說。

「好啦！恁兄さん攏會替恁攢（準備）。華ちゃん，真勞力（謝謝）喔！」李尚福說。

出嫁那天終於到來，當新娘的李雪綾固然高興又緊張，做為新郎的蘇耀彰也是這般心情，甚至有過之而無不及，而環繞在他們周圍的親朋好友等，除了那些幫忙嫁娶，或布置會場的人稍為緊張之外，其餘的人都是笑逐顏開，高高興興等著吃喜酒。偏偏就在前一天，嘉華忽然出差去，說是奉命到台中分行查帳，要四天後才會回來。對此玉梅頗懷疑，但也明白他此時此刻的心情，想阻止他恐招致反效果，只好在臨行前，囑咐他多注意安全，對業務以外的事無須操煩。這一走，除了玉梅起疑心，淑幸也在獲悉後，猜想嘉華可能是受不了打擊，以出差當藉口，暫時到外頭散散心。很可能又跑去找那位鄭姓同事吧！為什麼？之前常聽嘉華說到他那兒去蠻輕鬆、愉快，因為鄭先生來台北工作，一個人租了間房子不算小，足夠二、三個人一齊住。有一回外出順路，還曾跟著嘉華到他那兒坐坐。環境看來單純又整潔，單身的人住起來的確舒適。不過，想歸想，她也了解其兄的個性，就算有去質問他，也無法阻止他。

喜宴上不見嘉華出席，李雪綾和蘇耀彰皆同感詫異，經玉梅約略說明，二位新人才鬆一口氣。然而李雪綾終究也是那場無結果的戀愛，或可稱之為盲目戀愛的一方，內心不免懷疑嘉華的動機，更擔心他的安危等，遂於隔天午後和玉梅聯絡上。在電話中，輾轉經過淑幸的描述，大概得知那位鄭先生的住處後，李雪綾將實情告訴蘇耀彰，並表示很想去看望一下嘉華，免得讓他從此沉淪下去。蘇耀彰一聽馬上明白，且由於正在婚假中，手頭沒什麼事要辦，便提議一同前往，一齊勸勸嘉華，給他些安慰和鼓勵。但稍後李雪綾突然想到，身旁有蘇耀彰在，會不會讓嘉華頓時緊張起來，顯得更尷尬，於是決定自己一個人去。或許這想法是多餘，但絕不能說有錯。從小和嘉華一齊長大，又歷經一場註定失敗的戀愛，還會有誰更能了解嘉華那受傷的心靈？

一路上，李雪綾又想著，這一去不一定能立刻將嘉華帶回，而這些天他住在鄭先生那兒雖不錯，總沒有自己的家來得好，特別是在吃的方面，畢竟單身漢都吃得較隨便，遂先去採買些食物，準備抵達時，好好煮頓晚餐給他吃。緊接著就去搭公車。坐了約三十分鐘，下車後，正如淑文所說，迎面所見就是一棟公寓，而鄭先生的住處就在左側二樓。上樓按了門鈴後，應聲開門的正是嘉華。幾天沒見，二人面對面備感親切，當然也難免會尷尬，但顯得較淡些。

「華ちゃん，我有買菜來，等下踮灶骹煮互恁呷。」

「人來都好，閣買物件來。緊入來。是幸ちゃん報汝知ê？」

「是啦！伊講此所在伊捌佮汝來過。」

進入屋內，不見鄭先生，原來他正好外出，去拿修理好的風扇。其實六月初夏不算熱，況且又是在傍晚的市郊，但鄭先生向來怕熱，夏天裡非得吹風扇不可。趁著一時不須與「屋主」寒暄，李雪綾在嘉華的引導下，直接就到後頭的廚房去忙。至於嘉華則踱回客廳看書，不想多說話，也不知道該說些什麼好。隔了大約半小時，三道菜就料理好了，而此時鄭先生仍尚未回府。

「奈煮囉赫緊！鄭さん都抑袂轉來，反勢是走去買一寡仔便菜。」

「無要緊，此款天伓驚菜會冷。伊好轉來啊！轉來時，恁遮鬥陣呷。」

「汝咧？無愛留ê佮阮鬥陣呷？」

「茨內有人咧等，我好起行啊！華ちゃん，過一日仔，汝亦愛轉來喔！」

嘉華點點頭，將門暫時掩上，跟著李雪綾走到樓下，再陪她走到站牌，和她一齊等車子來，然後看著她上車，向她揮揮手，目送她和公車瞬間消失在夕陽中。

第十九章

對於嘉華的失戀，老同學王哲欣頗寄予同情，一陣子就會在用餐或休閒時，向太太說起，以至於王太太也為嘉華感到不捨，為他抱不平，常表示要替他物色一個新的對象、好的對象。這說起來容易，真要去找恐怕沒那麼簡單，就是敲鑼打鼓找來的好女子，嘉華也未必跟她合得來，況且常聽丈夫說，嘉華不太喜歡相親，特別是為了趕快結婚的那種公式化的相親。縱然如此，熱心的王太太還是在任教的學校中發現一個合適的對象，那是專教中年級的國語、算術，以及游泳課的謝秋蓉老師。謝老師長得嬌小可愛，個性也很隨和、開朗，頗受學生喜愛。王太太懷著發掘到寶物般的心情，將這私底下稱為秋子的理想人選告訴她丈夫。王哲欣聽了後也感興趣，但終究是要介紹給嘉華，唯恐嘉華一時提不起勁，會心生排斥。

「若直接講是介紹抑是相親，華ちゃんê個性我上清楚，伊一定無愛。」

「按爾生欲按怎樣？我看我亦暫時莫甲秋子講是相親，抑是介紹。咱想一個佚佗ê方式，抑是看戲ê方式，抑是其他適當ê方式，甲個二人約出來，互個透過此安排ê機會，半介紹，半自然熟知，汝感覺啥米款？好無？」

「會使啊！我想利用佚佗、郊遊ê方式上妥當。對啦！定定聽華ちゃん講個銀行佇北投有招待所，就是以前ê溫泉旅館，即馬專門開放互員工使用，聽ê講環境真清幽、水質真純然，洗矖對身體真好，個歇睏日攏相爭去。我看不如甲講咱愛去行行看看ê，拜託伊緊甲總務課申請，利用一日仔歇睏日取咱來去，同時汝亦甲秋子約出，按爾生個二人自然都有機會熟知。此辦法啥米款？好無？」

「誠好啊！我亦免為得揣所在咧頭疼。好，咱按爾生來試看覓。」

「按爾我都愛緊甲華ちゃん講，叫伊緊去申請，因為無倘隨時都落來。」

「咱亦無扑算欲過暝，干焦利用半日仔去洗溫泉，咁都愛申請？」

「對啊！我此二日仔遮閣問華ちゃん看覓，横直叫伊取咱去都對。」

嘉華所服務的第一銀行（前身為台灣工商銀行），早在昭和五年（一九三零）之前就買下北投的一幢附有溫泉、花園，及庭院的日式屋舍，略經整理後，改為招待所，專供銀行的員工及其家屬於休閒時使用。在更早的時期，這棟房子是私人所經營的旅社，在有溫泉鄉之稱的北投頗有名氣，大商巨賈、社會名流等常去光顧，或許當年嘉華的父親就曾來過。後來據說其老闆欲返回日本，急著想將旅社變賣，於是就被銀行買下。到了一九三零年時，台灣工商銀行勢大財鉅，又在北投的幽雅路上，買下另一間舊旅社，也同樣改為招待所，專供員工洗溫泉、泡茶、休息等用。從那時起，為了方便管理，一九三零年之前所購買的那一棟就稱為第一招待所，而一九三零年當年所買的則稱為第二招待所。

去第一招待所那天，正值炎熱的八月盛夏，雖是例假日，光顧的行員、家屬等卻不多，大致都跟嘉華他們一樣只是來泡湯，一洗完溫泉就匆匆離去，就連前一晚來過夜度週末的人也一早即轉往別處。這樣更好，可讓出發前剛認識的一對未婚男女，即嘉華和謝秋蓉，有較充裕的時間，甚至寬敞、舒適的空間，能夠彼此瞭解一番。跟著嘉華等三人穿過花園一隅，走過庭院一角，進入玄關，脫了鞋，上了榻榻米，悠然坐定，並喝了口管理員捧來的茶後，謝秋蓉頗有感觸地說：

「李さん，踮銀行工作真好，有此款溫泉招待所倘來，誠是互人欣羨。」

「佇學校教書嘛真好，待遇好，閣有倘歇寒、歇熱。」

「歇寒、歇熱是有影，但是待遇無講偌好。若咱四個比起，王さん上贊。」

「贊是贊，嘛無比恁好偌濟，而且抑無此款好所在倘請朋友來。」王哲欣說。

「是啊！今仔日有倘來，愛感謝華ちゃん。」王太太說。

「對！對！李さん，どうもありがとう（感謝）。」謝秋蓉說。

「免赫客氣，我佮王さん是老朋友，早都該取恁來。等下各人好去洗溫泉，了後我遮取恁來にわ（庭，即庭院）行行看看ê。嶄然仔開闊喔！」

招待所有二間澡堂供客人使用，所以嘉華他們四個人很快就洗完澡。溫泉洗來固然舒服，又有益健康，但在夏天不免會出身大汗。等排完汗，正逢手倦拋書午夢長的時刻，四個人不約而同竟打起盹來，索性就在榻榻米上小睡片刻。待醒來時將近午後四點，天色還很亮，陽光的威力卻減弱不少，於是嘉華就把握這美好時光，帶著王哲欣等三人，走下榻榻米，穿上木屐，跨出玄關，往庭院走去。

那庭院中央有一環蓮花池，池裡有金色、紅色、黃色的鯉魚游來游去，旁邊稍高之處還有一座涼亭，很適合在此茗茶下棋，或看書閒話等。穿過這涼亭便是綠草如茵、繁花似錦的花園，其左側尚有一間玻璃花房，裡面培育著千種百類的蘭花，較優美奇特者常由專人摘下，做為花道藝術品，擺在大客房供人欣賞。然後經過這花園，在盡頭處又有一座涼亭，但沒有前面那座詩意盎然，緊臨其後的則是一片果園，栽滿了柚子、橘子、芒果、番石榴等果樹。當年在北投車站下了車，沿著山坡路走上來時，一段磺泉飄香的路程後，最先看到的就是這片果園，圍著樹籬相當壯觀，預示著招待所快到了。然於一九七零年代中，拆除果園及花房，改建為洋館。縱使如此，由於該地環境幽雅、景物別緻，人人愛來，多年後嘉華的孩子也帶著他們的孩子來，像是為見證這超越百年的名宅而來。

一行人在前院、後院東走西逛，間或夾雜談笑等，不知不覺就六點過十分，已到了該下山返家的時刻。收拾行囊時，謝秋蓉將大致晾乾的毛巾攤開，再對著直角折起，隱約中有一股溫泉磺味飄散而出，不禁心有所感地說：

「彼溫泉ê味抑閣留ê面巾頂，互人鼻得親像咧洗溫泉，感覺真爽快。」

「確實是按爾，可見洗溫泉對身體好，對人ê精神嘛亦提升。」嘉華說。

「秋子若愛洗溫泉，以後遮閣拜託華ちゃん取咱來。」王太太說。

「是啊！早知影洗溫泉呰恁好，早都該請華ちゃん取咱來。熱天過了後，秋冬天一定閣佧適合洗溫泉，浸一晝久仔燒騰騰ê溫泉，身軀都袂閣畏寒。」王哲欣說。

「其實熱天來抑有好處，若時間早，會使去草山行行ê，抑是去八里游泳。對啦！謝さん佇學校有咧教游泳，後回若彎去八里時，遮請先生教阮。」嘉華說。

「無啥米啦！干焦教學生囡仔，我想大家佇學校時嘛攏有學過。」謝秋蓉說。

「無錯，咱多少有學過，會曉游，主要是欲去佚佗，戲水。」王哲欣說。

「對啦！後禮拜日，大家若都合會使，咱彼日透早先來八里，倚晝時則踅來（繞來）北投，呷中晝，洗溫泉，好無？」嘉華說。

「好啊！好啊！」王哲欣等三人異口同聲說。

隔週的星期天他們的確照計畫，先去八里游泳，回途中再到北投洗溫泉，而之後的假日裡，他們也常一陣子就結伴出遊，也總是玩得乘興歸來。即便如此，之後王哲欣夫婦有感到充當電燈泡的嫌疑，唯恐會因此妨礙嘉華和秋蓉的情感進展，想婉拒邀約，讓他們盡可能出雙入對，但一對當事人卻不這麼想，總覺得一行四個人玩得才夠熱鬧、才有意思。他們當然知道王哲欣夫婦有意撮合，希望他們成為好情侶，但這多少需要些時間。於此倒不是意味著他們不怎麼喜愛對方，若是那樣，根本沒有心情郊遊，更別說還常請介紹人夫婦同遊。原本感情就很微妙，愛情尤其微妙且複雜。對嘉華來說，一段不看好的戀情延續了一陣子，直到最近才被迫結束，雖經友人協助，很快又有新的對象出現，但無論再怎麼嶄新，或吸引人，舊情造成的創傷還是需要一段時間治癒，而且治療師也多半得自己去扮演，即自我療傷。無獨有偶，謝秋蓉之前也因個性、嗜好、價值觀、成長背景等主觀、客觀的因素，剛與人解除一項長輩所加諸的婚約，心中不免變得謹慎些，或說在活潑、明朗、外向的性格中保守、防衛的成份漸增。

當事人的內心種種，有時連自己也不很清楚，更何況介紹人所知有限，僅能憑著呈現於外的一切，盡量幫助當事人。正因為如此，世間愛情也有因介紹人而搞砸的例子，就像俗稱的亂點鴛鴦譜，或如莎翁名劇《仲夏夜之夢》一般，凡人的愛恨被熱心的神仙搞得更紛亂，最後只好藉著一場森林大霧來化解，讓性情相近又相愛者配成雙。很幸運，在此王哲欣夫婦不算失敗，雖然尚不知最後的歸屬，也沒十足牽成的把握，但嘉華和謝秋蓉彼此都存有好印象，都願意交往下去。

目前對嘉華而言，顯然這新的交往是按部就班、循序漸進，還不到渾然忘我的境地，更不像過去，總覺得世界上彷彿只有他跟李雪綾二人，因此有充分的時間注意到周遭所發生的事，特別是大妹淑文的戀情。淑文與人相戀早在十八、九歲即開始，但那時為人兄長的嘉華也在戀愛中，或應正確說為苦戀中，根本無暇顧及她的事。如今固然是情況改變，嘉華有多餘的時間、精力放在別的事上，另一方面也是與玉梅交談才得知淑文的情事。那一晚淑文、淑幸和志成睡得早，嘉華則加班晚歸，家中只有玉梅在等候，二人此刻才又碰面，自然輕聲閒話起來。

「下班啊喔！腹肚會枵袂？我來煮一碗麵互汝呷。」

「袂枵，七點時佇銀行附近ê店仔有呷過飯，汝免無閒。囡仔攏去睏啊？文子咧？下昏暗無出去踅街（逛街），亦早早去睏啊？」

「是啊！連文子嘛早早都去睏啊，橫直個每日攏愛早出門。有欲去洗身軀無？洗一下卡輕鬆，也卡好睏。我緊來去開水，汝先去換衫。」

「免赫趕緊啦！斟遮茶，我稍咻遮歇喘。」說著就脫下西裝外衣，並解開領帶。

「好！好！我來捧。」說著就往廚房裡去，一會兒便捧著一杯茶出來。

「阿梅，汝奈無家己亦斟一杯？」

「暗時無愛啉，等下都欲睏啊。」

「文子若親像有佮查甫人咧行？佮誰人咧行汝知無？」喝了口茶說。

「我大概知影伊出社會了後，有佮一兩個少年家仔咧行，彼嘛是正常ê代誌，但是最近去菜市仔買菜，聽一個卡熟知ê賣魚ê沈太太咧講，佮文子往來ê少年家仔姓賴，佪阿公古早做過保正，佪老爸亦做過警官，但是時常欺負無辜ê人，附近ê人攏對佪真反感。可能是報應ê款，自從佪老爸死了後，茨內都變甲卡無勢力，亦卡散赤，而且彼些囡仔亦無曉想欲討趁（去賺錢），歸日干焦愛風搜（遊逛），愛佚佗，恐驚ê文子若嫁去賴家，以後都真艱苦。沈太太袂濫糝（胡亂）講，但是實際ê情形誰知影？」

「彼賣魚ê沈太太奈對佪賴家赫清楚？反勢亦是聽人襯采講ê。」

「伊過去一段期間是賴家ê倩丌（佣人），對佪茨內嶄然仔了解。」

「汝有講互文子聽無？」

「有想欲講互聽，但是汝嘛知影，伊自細漢都無啥愛睬我，恐驚ê我甲講會反效果，抑是揣一日仔有閒ê時陣，汝講互伊聽卡妥當。」

「喔！我知影。一日仔我遮問伊，講互伊聽。」

沈太太講的沒錯，和淑文往來的男子的確是賴家的三少爺，名叫賴銘山，雖說家道中衰，顯得游手好閒，但本性善良，也想振作，無奈一時找不到適當的工作。他與淑文邂逅的地方就是淑文工作的洋裁店。那是一年前的春末夏初，約在五月中的某一天，賴銘山閒著沒事，就陪著大姊外出購物，稍後便來店裡拿取做好的洋裝，碰巧負責裁剪的那位師傅因病請假，臨時就由淑文這助手來應付，幫客人試穿等。過程中，賴銘山幾乎默不作聲，只偶爾讚美大姊一兩句，說她穿上新衣很高尚，然整副精神，尤其是那雙烏黑、晶亮、鋒利的眼睛，從頭到尾都投注在淑文身上。一般而言，陌生人這般舉動，多少會對淑文造成困擾，畢竟她幫客人試穿，雕整衣服等就是在工作，如此既讓她分心，又使她覺得尷尬。但這回卻大大不同，明知道有人在盯著看她，內心不但不覺厭惡，反而感到蠻愉悅，可能是看的人也一樣標緻，以致於一抬起頭時，也會注視著那人，並對那人的微笑報以更美的微笑。原來一見鍾情就是這樣迅雷不及掩耳，兩情相悅幾乎發生在一瞬間。假使那天賴銘山沒來店裡，淑文就不會遇見他，二人自然就像二條平行線，永遠不可能相交於一點，但是若命中註定會相遇，那怕遇上之後又分手，則總有一天會在某地邂逅，逃也逃不掉，避也避不開。

從此淑文就擺脫他人，拒絕他人，專心和賴銘山交往，但要求他沒事別來店裡，她不想讓店裡的人知道他們在談戀愛，至少暫時不願公開出去。那對於家人呢？她向來精明，既然之前的一兩個男朋友都沒說起，眼前這賴銘山雖不錯，也有意與他長此往來，卻也無須馬上提及，反正時候尚未到。至於賴銘山當然尊重淑文的想法，何況現在是失業中，被帶到女方家裡，人家的兄長一問，誰還會放心將妹妹嫁給他。然而，反過來看就不太一樣，賴銘山雖然不會常常將淑文帶回賴家，但在外約會後若時間還早，偶爾也會請她到家中坐坐，特別是約會的地點就在住家附近的廟口、小公園等。這其中的道理很簡單。除了在家裡喝茶，或吃點心不用花錢外，賴家的大姊早已知道賴銘山的新戀情，對象就是洋裁店的淑文，也等於是家中人人皆知，根本無須再迴避。

於是就在這樣的情況下，當時在賴家幫傭的沈太太注意到淑文，並在幾次的來訪接洽中，對她印象頗深刻。坦白講，若非賴家逐漸沒落，子弟又不爭氣，而且最後無故將她辭退，連工資也沒算清，沈太太內心倒是覺得淑文和賴銘山很匹配。不過，一對戀人匹配與否干她何事？她不會，也不可能到處逢人就講，心中耿耿於懷的還是被解雇的事、被欠工資的事。誰知離開賴家三個月後，沈太太幫她妹夫賣起魚，半年後竟然能獨當一面，另外在延平北路一帶的市場擺攤子，也賣起鮮魚、鮮蝦，而就在這時候認識了常光顧的玉梅。當然，剛開始有一段期間，別說不清楚淑文跟玉梅的關係，就是買賣雙方也還不算熟。之後，買方覺得有信用，貨色又好，交易的次數增多，這才與賣方逐漸熟稔。

接著，這一年農曆六月中又逢李先生的忌日，而且當天恰巧是星期天，玉梅一大早就開始忙著洗菜、炒菜、煮飯等，因此委託淑幸跑一趟市場，領回前一天向沈太太訂好的鱸魚。結果，淑文得知，也正想去市場買些花，說要擺在佛桌上供奉先父及神明，於是姊妹倆就一道去。事前沈太太只知有個少女，即玉梅的小姑，會來拿魚，不料同時來了二位，其中一位正是熟識的淑文，這下才明白二姊妹同是玉梅的小姑。當下沈太太和淑文相認倒也沒多說，就讓淑幸聽成是姊姊的朋友家之前的佣人，反正事實也是如此。「誠扗好啊！」望著姊妹倆離去的背影，沈太太心中這樣感嘆著，一邊也想著是否該告訴玉梅？也許人家早已知情。

淑文跟著淑幸去菜市場，嘉華在忌日那天也略知，只是沒想到會這樣牽扯出淑文的情事，而且還是後來經過玉梅的轉述，等於間接從魚販沈太太那兒聽來。就他所知，玉梅很少帶孩子去菜市場，更別說是已成年，又向來跟她不怎麼親的淑文。如此一來，沈太太雖先後認識淑文和玉梅，根本不知二人的關係，也就無從說起淑文與人戀愛之事。關於這一層，嘉華那晚加班回來，與玉梅閒話，幾乎只顧著聽，一時沒想到，但隔晚問了後即刻明白。如今看來，最重要的事正如那晚他最後所說的一樣：「一日仔我遮問伊，講互伊聽。」很顯然，這可不是問犯人，是問自己的妹妹，語氣種種可得特別注意，尤其這是關於戀愛的事、感情的事，很難有一定的是非、曲直、對錯可言，只能循循善誘，盡量讓她走向幸福的可能性較大、較多的路途上。

數日後，有一晚，嘉華趁著飯後無事，叫淑文到書房裡，說有本《女性週刊》的雜誌要給她，順便就和她談起她與人戀愛之事。

「文子，汝佮一個姓賴ê查甫人往來有一年外啊咻？我是聽賣魚ê沈太太按爾生甲阿梅講。彼個沈太太汝嘛識，以前都是賴家ê倩丌。汝奈伓捌取賴さん來咱兜坐坐ê？我嘛倘互佮伊熟知一下，另外嘛會當佮阿梅個熟知。」

「伊即陣抑無頭路，感覺無方便來，歹勢來。」

「無頭路抑伓是偌見笑ê代誌，哪得赫驚？」

「兄さん有法度甲伊介紹去銀行無？」

「彼銀行算是公家機關，欲入去做穡攏愛考，我彼咚陣嘛是考入去ê。一日仔請伊來，我佮伊熟知一下，大概了解一下，若有私人ê會社欲請人，我若有人倘拜託，則甲伊鬥注意，叫伊去試看覓。」

「好啦！一日仔卡方便時，我遮請伊來咱兜坐坐ê。」

約一週後，淑文有請賴銘山來家裡作客，並將他介紹給家人認識。深諳美術及攝影的嘉華，一眼看到賴銘山，覺得還蠻上鏡頭，但在那有如南歐人濃眉大眼、虎背熊腰的外表下，卻也讓人感到輕浮、不可靠、不安全，甚至有點為非作歹的樣子，就像西西里島那些黑手黨分子一般。也許這是嘉華的偏見，不過可以確定的是，賴銘山整個人缺乏氣質，欠缺像堂妹夫蘇耀彰那種溫文儒雅，富有書卷氣的風采。憑良心講，這二個人若參加現代「世界先生」、「國際先生」等男性選美，很可能賴銘山會輕易擊敗蘇耀彰，因為後者顯然是文弱書生，清秀有餘，健美不足。然而面對婚姻大事，挑對象不比選美，家世背景、學歷、職業等都會加重考慮，乃至於抽象的可靠性、安全感等，特別是女性找丈夫時。

賴銘山在李家待了約一小時，整體上氣氛還算好。他告辭後，嘉華本想將個人的觀感等據實說出，但唯恐淑文一時難以聽進去，會大力反駁，甚至反抗，於是只敷衍說還可以。私底下，他不敢武斷地說嫁給賴銘山會招致不幸，但若還有選擇的機會，也就是尚有其他較佳的對象可挑，則無論如何能夠捨棄賴銘山是為上策。回想堂妹李雪綾剛嫁給蘇耀彰時，淑文也說出羨慕的話，可見外表好、有正職，且經濟能力不錯的男士總是受少女青睞。確實是如此，那不妨安排個機會，將符合這等條件的人介紹給淑文，再耐心分析其間的利弊得失給她聽，讓她明白要珍惜青春，把握住一生幸福的契機。

有符合設定條件的人嗎？一定有。但是一時真像海底撈針，茫然不知從何找起。銀行同事鄭先生有些部分符合，有些則不符合，然而有趣的是，就在與他進餐閒聊兼試探時，他居然有理想的人選可推薦，而且對方也是行員，也有在考慮結婚的對象等。那人是在國外部任職的黃謙信，與蘇耀彰可說是同一類型，但身高較矮些，自台大外文系畢業後就考入一銀，不僅英文能力強，還選修法文當第二外語。他的父親曾在華南銀行擔任分行經理，提前退休後，還與人合夥做起生意。至於他的祖父也在金融界待過，曾是日本時代的台北信用組合的業務經理，可能蕭麗杏的父親就認識他。個人的條件不錯，家世背景也不錯，為何迄今還在物色對象？嘉華有些納悶。經鄭先生約略一說，才知黃謙信頗似當時的蘇耀彰，若無心儀的女性出現，寧願再等等看，反正大丈夫何患無妻。

就這樣透過鄭先生的牽線、嘉華的安排，黃謙信與淑文在Astoria（明星咖啡店）會面。初次相見，淑文對黃謙信的印象不錯，但大致上和從小看慣的舊時代的紳士相差無幾，表面上都文質彬彬、謙謙有禮，也蠻有學問，然婚後多半會流露出大男人的性格跟脾氣。聽說黃謙信的祖母及母親皆為日本人，果真嫁入黃家，少說也得受婆婆的督導，而且黃謙信自幼耳濡目染，無需母親多言，自然也會要求她這樣，約束她那樣。看來嫁給所謂的名門公子也得付出代價，那就是拋棄一向自由自在，甚至有點任性而為的生活方式，學著適應並融入新的居家環境。但從另一方面看，嫁個相貌堂堂的丈夫，此後過著錦衣玉食般的日子，偶爾在同學會上，或在裁縫店的同事間引來羨慕的眼光等，這個代價應該算值得。

至於男方是怎麼看女方呢？或許是大學時代曾浸淫於西洋文化，現在又常常聆聽古典音樂，讀些歐洲文學作品，有機會就看畫展等，黃謙信一眼見到淑文，真有點驚為天人的感覺。當然成語所謂的天人即美人，絕非久居天國的人。總之，淑文不僅秀麗出眾，那如雕像般立體的五官、輪廓在東方人，特別是東亞的黃種人裡算是少見，簡直像極了西班牙、義大利等地的美女，令人看了不禁著迷。交談中，縱使多半是虛應的客套話，黃謙信卻覺得淑文說得很直截了當，不會刻意閃爍其詞，或過於保留，藉以表示自己很含蓄。光憑這一點就吸引黃謙信，總讓他感到和過去看慣的女性有所不同，更別提那幾乎令他神魂顛倒的容貌、神態、舉止等。能見到淑文真令他喜悅萬分，那溫文的外表下，一顆冷靜的心早已躍動了起來，有如熾烈的火燄燃燒開來，像是要吞噬對方，也燒盡自己似。

不需嘉華事後多言，淑文在那當下已明白其用意，本人也尚是自由身，自然可以和黃謙信交往看看，畢竟對方蠻優秀，家境也很好。那對賴銘山該怎麼交代？嘉華建議和他疏遠，或乾脆明說，從此男婚女嫁各不相干。看來就只有這麼辦了，先從消極、易行的疏遠開始，踏上分道揚鑣之路，若有糾纏，再斬釘截鐵地說明一番，表明自己心意已定也不遲。淑文這麼做，賴銘山有何反應？說來也真巧妙，他竟像是主動配合，從那天離開李家之後，已有一段日子沒來找淑文，顯然他看出嘉華對他頗反感，不太贊成淑文與他結成夫妻。唉！大丈夫何患無妻。憑著賴銘山的體格和外表，還怕找不到太太嗎?不但能再覓得美嬌娘，連一舉找到跟著而來的黃金屋都有可能。天涯何處無芳草，天下兄長也不盡然皆勢利。

專心與黃謙信交往後，起初的日子宛如蜜月期，二人總是出雙入對，一副卿卿我我的樣子。黃謙信不但常帶著淑文到「波麗路」等老牌的西餐廳用餐，還三不五時就買些皮包、洋裝、圍巾等送給她。有一次趁著拿到二張招待券，還特地帶她去中山堂聽音樂會。對於古典音樂，淑文不熱衷也不排斥。可惜那晚的演出稍長，在樂團大力演奏孟德爾頌的A小調第三號交響曲《蘇格蘭》，一旁的黃謙信聽得如癡如醉時，淑文竟睡著了。散場時，黃謙信深感意外和不悅，女友竟在大眾面前呼呼入睡，但稍為一想，或許是太疲倦，或聽不太懂，責備也沒用。

不久黃謙信就將淑文帶到家裡，介紹給他父母認識。在這之前，經黃謙信大略提起，黃家雙親得知淑文也算大家閨秀，其父生前從事腳踏車買賣，業務遍及國內外，曾是業界的大企業家，很遺憾戰爭結束那年即仙逝。另外像其兄亦服務於一銀等等，黃謙信也有講起，但雙親總要看看淑文本人才算數。看就看，連醜媳婦都要見公婆，更何況是美如天仙的淑文，有什麼好擔心?果然初次會面，黃家父母也有些驚豔，不過隨之而來的交談，以及留客在家中用餐等時，黃母開始以較嚴厲的眼光，或謂傳統的標準來衡量淑文。隱約中，總覺得淑文不太像是典型的大家閨秀，倒有幾分像是在中下階層長大的女孩，美則美矣，卻少了文化修養、端莊高雅的氣質等。至於黃父雖沒這般如放大鏡檢視，心中也頗感惋惜，嘀咕著若淑文的父親還健在該多好，兩家聯姻一定有利於他的事業。

對於黃家雙親的反映，由於有待客那套虛禮掩飾，淑文看不太出，但是有一點她很清楚，即黃母不愧為日本婦女，各種細節都顧到，也盡力遵守傳統的規矩、禮儀等，勢必未來也會這樣要求她，調教她。想到此不免令人有些膽怯，然而幾天後突然有比這更恐懼、更震撼的事發生。什麼事？大地震嗎？原來是淑文意識到有了身孕的徵兆，諸如嘔吐、噁心、頻尿、嗜睡、容易疲倦、愛吃酸辣等。其實這些症狀之前也出現，像疲勞、愛吃酸梅等，再則，這種種未必表示一定懷孕。為了慎重起見，她獨自去婦產科診所看了醫生，結果證實已懷胎二個月。

何時珠胎暗結？又是與誰藍田種玉？想來大約是認識黃謙信之前三、四個月，有個週日午後，和賴銘山相約到碧潭郊遊，不巧遇到大雨，只好敗興返回，途中住進一家旅社休息，二人一時慾火難耐，伴著窗外的風雨聲，就這樣展開了一段雲雨情。現在該怎麼辦？不說出，誰也不知道。可是此後胎兒漸長，肚子會愈來愈大，任何人一看就知。乾脆盡速向黃謙信提議結婚，反正遲早要和他步入禮堂。不，沒那麼簡單，即便騙過周圍所有的人，包括精明的黃母在內，想瞞過黃謙信恐怕不容易。別看他一副斯文達禮的樣子，一旦懷疑起嬰孩的身分，就會不知不覺發揮出日本人追根究柢、喜歡鑽研的精神，不查個水落石出才怪，畢竟此事攸關其名譽。到時候難堪的不僅是自己，還有家人，尤其是與對方有同事關係的嘉華，而嘉華又是介紹人。再則，無辜的孩子在那環境下要如何成長？看來要黃家包容簡直是緣木求魚，因為他們會很在乎眾人的眼光、社會的評論等。為了孩子，還是放棄黃謙信，回到賴銘山身邊吧！終究孩子是與他所生，他該負責。

第二十章

原以為回頭找賴銘山，他可能早已不知去向，或與別的女人遠走高飛，結果還是癡情地在等待著。當說出已懷有他的孩子時，原以為他可能會使勁否認，結果不但承認，還顯出即將為人父的喜悅。或許他完全不知道這一個月來，她與黃謙信交往的事。接下來，該如何告訴黃謙信呢？當然不是對他明說與人懷孕生子，而是想與他中止交往這件事。這段日子裡，黃謙信應該也看出二人間有差異存在，熱情過後這些差異就愈加明顯，會在日常生活中造成摩擦，而且不只是和他摩擦，還會與公公、婆婆等產生衝突。居然料想如此，不如明智些、冷靜些，提早分手好。說來介紹人就是自己的哥哥，應讓他知道一切，淑文遂於隔天向嘉華全盤說出。嘉華聽了後，臉色頗難看，卻也能以理解的口吻說：

「看起賴さん亦算是負責任ê人，但是眼前無頭路，欲按怎樣飼某囝？」

「我抑有咧店仔甲人裁衫，抑有收入，一段時間內有倘應付，等互伊揣得頭路了後，阮ê經濟情形都會變囉卡好。」

「汝閣半年外都欲生，到時嘛愛甲頭路辭掉，等嬰仔生落來，月內亦做了，店仔早都請別人，真可能無法度閣再請汝。袂使按爾生！賴さん無論如何愛有頭路，有一個正當ê頭路。關係此點，我會甲伊鬥注意，但是伊中學校讀無畢業，實在有卡可惜，不過一支草一點露，人咧講若肯欲做牛，伓驚ê無犁仔倘拖，所以叫伊絕對伓倘失志。看起此亦是汝ê命，註定愛佮伊鬥陣，愛佮伊做尪仔某。若黃さん咧？汝扑算欲按怎甲講？」

「我會講因為互相佇個性方面、對代誌ê看法方面、生活ê習慣方面攏有出入，未來可能歹鬥陣，所以無適合閣再行落去。」

「假使伊若講愛ê是汝本人，習慣種種以後則遮互相調整，強欲甲汝留ê咧？」

「我無論如何袂使講出事實，對無？若講出來嘛會互汝歹看，抑有鄭さん。」

「我佮鄭さん按怎樣歹看，抑無汝互伊看輕赫歹看。汝那得互伊看衰小！代誌都變甲按爾生，咱無需要閣再討傷害，都照汝拄即所講，好好甲拒絕都好。我看不管黃さん心內按怎想，伊亦伓敢逼汝講出事實，彼顛倒會互伊家己歹看。以後要緊ê抑是汝佮賴さん二人ê婚姻佮生活。一日仔叫伊來，我當面甲提醒。」

嫁雞隨雞，嫁狗隨狗，說得頗有道理。淑文即註定要跟賴銘山，不但從此無緣住進黃家的豪宅，就連賴家本身的老屋也無法入住。為什麼？賴家老屋不算大，家中人口卻多，除了一個寡母外，遲遲未婚的大姊和么妹佔一間房，已婚的二個哥哥和妻兒也各佔一間，剩下的第五間就是賴銘山及弟弟的臥室。現在淑文嫁過來，必然是與賴銘山同一室，那個弟弟須遷出，之後叫一個已十八歲的少年睡哪？算了，依賴銘山的個性而言還不簡單，乾脆趁此在外租房子住，既自由自在，又無須仰人鼻息，看人臉色，尤其是那二個勢利眼的哥哥，還有和他們一般見識的嫂嫂。於是，淑文未披上白紗，婚禮也沒辦，就趕緊跟著賴銘山四處找尋便宜的房子。不，不可能是一棟房子，只要有一間臥房就不錯。

沒多久，這對不被看好、未受祝福的準夫婦總算找到了一個住處。說來寒酸又可悲，那住處根本不是正式的房間，有幾分倒像是野外的獸穴，因為非常簡陋，只是在四樓空地上搭起帳篷，並且周圍還有五個相同的帳篷，一個就代表一戶人家，彼此以布幔隔開。至於煮飯用的廚房、洗澡用的浴室等均位於末端，且是六戶共用。這樣一棟四層樓的房子就位於三重市一條陋巷內，雖稱為公寓，實則成本低廉，也因此樓層越高的「房間」，其租金就越便宜。幫淑文打包衣物，整理日常用品，並跟她來的淑幸看了頗驚訝，心中十分難過，姊姊竟要在這種環境下居住，生小孩，養育孩子等。但反過來一想，姊姊能夠面對現實，沒有逃避責任，特別是為人母的責任，又能與真正心愛的人在一起，何嘗不是好事？

此外，皇天不負苦心人，賴銘山也在這時候找到了工作。那是在一家機械工廠擔任作業員，並且工廠離住處不遠，步行即可。照這樣看來，夫婦均有工作，應可馬上搬遷，另外租間較正式的房間，甚至較像樣的小房子。但很不幸，似乎老天爺愛與他們作對，偏偏此時此刻淑文被裁縫店辭退。那老闆雖是淑文在技藝學校的老師，終究還是較顧自己的姪女，為了新人能進來，又不想在營收不佳的情況下額外支出，只好以近來淑文常請假為由，甚至藉著顧客的些微抱怨，就將她打發走。那時勞基法尚不完備，即使有，小企業主也常私下違反，根本不願發出遣散費，自認倒楣的淑文只能帶著最後幾天的工資，還有一肚子氣離開。

當淑文和賴銘山有一晚來找嘉華，向他訴說目前的狀況時，嘉華聽了後說：

「文子欲生囝，早慢愛離開店仔，賴さん汝遮是一家之主，責任上大。」

「兄さん，算起咱已經是親情間，直接叫我阿銘都好。我知影我責任上大，所以遮扑拚揣頭路，亦好佳哉幾日前有揣得。我有想欲換一個卡適當ê徛家，但是照眼前ê情形來看亦有困難，不過大概半年後，囡仔出世了後，錢亦儉夠（存夠），我馬上取文子佮母仔囝搬來新ê所在，另外租一間卡好ê茨。」

「上好是未來家己有倘買一間茨，偌細間攏無要緊，伓倘歸世人攏稅茨徛（租房子住）。」

「我嬰仔都抑袂生，此段期間嘛會使閣去揣頭路，按爾生阮二人儉錢卡緊。」

「好是好，但是無偌久仝款愛為得生產辭頭路，所以我遮講阿銘是一家之主，責任上大。阿銘，我按爾生講，雖然對汝有壓力，亦是希望恁漸漸改善生活。」

「兄さん，我知影啦！我家己ê大兄都無按爾生關心。為得某囝，我會扑拚。」

原本嘉華也想買一台勝家縫紉機送淑文，但聽淑幸說那住處狹窄，不適合擺縫紉機，自然也就無法藉此替人裁衣，賺些錢貼補家用，因此打消了念頭，直接多給她一些現金，當做辦嫁妝。事實上，那一帶的居民普遍消費能力低落，碰到縫補衣物的事都是自己動手，特別是由婦女負責，誰也不太可能額外花錢，假手他人。再說孩子一旦生下，二年內最需要人照顧，還有多少時間可用於縫紉？除非是像當年自己的母親李太太那樣，忙著經營腳踏車企業，只好將孩子託付外人照顧，但那也是為了賺錢不得已而為，否則有誰會將孩子丟給別人帶。

淑文頭一胎就生下個男孩，小小的五官有幾分神似父親，使得初為人父的賴銘山十分高興，逢人就說，一副有子萬事足的得意模樣。然而好事在他家總是難以成雙，孩子剛滿月，不幸他又失業，原因是一時景氣不好，機械工廠裁員，他的年資淺易被犧牲。這下子可真是屋漏偏逢連夜雨，夫婦倆都沒工作，家裡卻多了個孩子要餵養，還好淑幸見狀，盡力幫忙，直到五個月後賴銘山重獲工作，家中經濟情況才稍有起色。身為么妹的淑幸，天資算不錯，雖不像嘉華、嘉生一樣念公立的中學，卻也不枉嘉華送她去讀私立女中，畢業不久即考入一家日本商社在台分社，每月所領薪資優於銀行新人。最難得的是她稟性純良，又善體人意，常自動接濟淑文，甚至出嫁後，亦陸續協助淑文一家人，因為除了頭胎這男孩外，淑文在之後的數年間又生了四個孩子，家庭開銷變大。

當淑文從戀愛、相親、未婚懷孕到生子時，嘉華雖有介入，然一邊也在進行自己的情事，即與小學老師謝秋蓉談戀愛。這段情至目前為止很平順，沒有熱情，更無激情，彷彿小火慢燉，要長些的時間才能熬出愛情的精華。在此期間，嘉華升職為出納主任，不過不在總行，而是派到北投分行。為了工作方便，本想借住北投的招待所，但那是員工度假休閒用的地方，並非宿舍。也有想過在附近賃屋居住，就像北上謀職的同事鄭先生一般，但仔細一算反而增加支出，而且吃飯、洗衣等都得靠自己，沒有玉梅代勞，更吃不到她煮的好菜，因此作罷。剩下的辦法就是通勤，每天搭北淡線火車上下班。

這個辦法的缺點就是得早起。對此嘉華當下即有覺悟，為了工作，為了較多些的薪俸，當然是由人去調整作息，逐漸適應環境，而非由環境來適應人。於是不到一個禮拜，他就習慣了早起趕火車的通勤方式。如今不論春夏秋冬，不管陰晴風雨，每個晨昏從火車窗口望出，一幕幕的景色真是迷人，時而亮麗耀眼，時而暗淡無光，又是大片稻田，又是小鄉聚落，不但可入畫，更適於拍攝下來。原本刻板的生活竟因搭火車增色不少。

就在每天似乎都有好心情時，有一天行裡忽然來了個客人，約莫五十五歲上下的男子，一走近櫃檯就指名要找李嘉華。待嘉華出來見他，並引他到一旁坐下後，他立即自我介紹說：

「我姓謝，是恁お父さん（父親）中學校ê老同窗，恁咧開じてんしゃや（自転車屋，即腳踏車車行）時，我亦捌佮伊短期間合作過。我有去過恁兜一兩擺，彼咚陣汝抑細漢，可能無啥印象。我知影汝學生時代敖讀書，即馬看起亦誠敖，做甲分行ê出納主任，閣生囉有人緣，真好，真好。」

「謝さん，真多謝，汝傷謳咾啊！咱怀知有めいし（名刺，即名片）無？」

「啊！歹勢，今仔日來北投揣老朋友，聽講汝即馬佇此分行上班，遮連鞭（順便）來看汝，めいし喇無扢出。歹勢。」謝先生摸摸上衣口袋後說。

「喔！袂要緊。謝さん佇佗位呷頭路？咁退休啊？有需要我幫忙ê所在無？」

「我以前咧農會呷頭路，即馬已經退休。就是退休啊，閒閒無代誌，天氣若好都出來行行ê，遮行甲恁銀行來。無啥米要緊代誌啦！連鞭來看汝爾爾。啊！汝一定亦有穡頭愛做，怀倘傷耽誤汝ê時間，我好起行囉。さようなら（再見）。」

「叔父ちゃん（即伯父或叔父）順行喔！有來北投時，遮閣來坐坐ê。」

謝先生走後，嘉華有些懷疑他真的是先父的同學嗎？還說曾在腳踏車買賣上合作過，怎麼毫無印象？可能如他所說，當時還小不懂事，可是像三浦さん從小就認得，顯然那是日本來的大客戶，而謝先生大概只是小客戶，或一時配合的零件、材料商等。無論如何，果真是先父的同學，如今年歲也大，應無壞的企圖吧！這麼一想就釋懷了，再加上之後忙著帳務的工作，嘉華很快就將這事淡忘。

約一週後的星期天，嘉華和謝秋蓉相約去木柵仙公廟一帶郊遊。歸來時還早，又相偕到一家咖啡店坐坐，喝起現在所稱的下午茶。

「看起仙公廟無啥改變，佮我囡仔時所看ê差不多。秋子，汝細漢捌去過無？」

「怀捌。到甲中學校欲卒業時遮去，彼擺算是卒業旅行。」

「會記ê細漢時佮阮お母さん（母親）是坐轎來，一路上景色真媠。啊！對啦！頂頂禮拜ê拜五下晝，有一個人姓謝，來分行揣我，講是阮お父さん（父親）學校時代ê同窗，亦捌佮阮お父さん做過生理。おかしいね（可笑しい，即奇怪），我自細漢記憶嶄然仔好，奈怀捌看過，抑罕咧聽大人講起此個謝さん？」

「囡仔時有倘記偌濟物件？哈！哈！彼個人是阮お父さん啦！」

「對啊！伊嘛仝款姓謝。喔！我知影，伊是專工來試探我。厲害喔！」

「莫講試探啦！阮お父さん是愛欲先大概了解汝。伊講汝會使啦！」

「會駛啥？佮汝繼續鬥陣行咻？」

謝秋蓉滿面春風似點了點頭。

愉快地喝完咖啡，也閒聊完畢，離去時，穿過前排座位，驀然間看到一對熟人，原來是老同學邱清和的父母。嘉華有點驚喜，趕緊趨前問好：

「伯父ちゃん，伯母ちゃん，恁亦來淋コ——ヒ——（coffee的日語拼音，或寫成日文漢字珈琲，即咖啡）。」

「喔！是華ちゃん喔！坐ê後排咻？攏無看著恁。阮是差不多十分前遮來。此位是汝êかのじょ（彼女，即女朋友）咻？」邱父說。

「是啦！伊姓謝，是國民學校ê先生。」

「喔！做先生真好，有倘佮囡仔鬥陣讀書、佚佗。先生閣かわいい（可愛い，即可愛），一定真受學生ê歡迎。」邱母說。

「多謝，多謝，伯母ちゃん傷謳咾啊！」謝秋蓉說。

「無，無，先生確實可愛い。查某囡仔都是愛幼秀遮有人緣。」邱母說。

「恁啉了欲起行咻？進前有去陀位佚佗吧？」邱父說。

「早時去木柵ê仙公廟行行看看ê。伯父ちゃん，伯母ちゃん，恁慢慢仔啉，阮先行啊。さようなら（再見）。」嘉華說。

「はい（是），さようなら（再見）。」邱父說。

一旁二位女士也面帶微笑，點頭互道再會。

與謝秋蓉交往一晃就半年多，在對方未開口說出結婚一事之前，嘉華也曾私下自問過，尤其是在夜深人靜時，但總覺得時機還沒到，除了「娶某本」或說聘金尚不足外，最重要的是，二人的感情熱度或火候還不夠。這說來微妙，因為若從謝秋蓉的角度來看，或許到了可談婚嫁的時候，然就嘉華的感受而言，似乎比起當年那種對堂妹李雪綾的熱情，乃至於癡情的程度都還有一段距離。正因為有這種表面上相處不錯，內心裡卻覺得情感不夠深的感觸，好像是可以愛，也可以不愛的樣子，所以當對方後來提議要結婚時，嘉華就以聘金不足當藉口，希望等錢存夠了再來辦。這樣一拖二延，沒多久，謝家反而先辦起喪事，原來是謝秋蓉的母親因肝硬化去世。如此一來，謝秋蓉的婚事自然是暫時擱下，且頗有無限期延後之狀，這也讓猶豫不決的嘉華稍喘一口氣。

此後有一段不算長，也不算短的日子二人幾乎沒什麼互動，像是失去了聯絡。然後有一天，謝秋蓉忽然來找嘉華，並對他說抱歉，因為她的姑丈偶然間向她介紹了新的對象，她與對方一見鍾情，交往得很順利，只是礙於母親病歿未滿一年，不便即刻舉行婚禮，但無論如何，已心確已他屬，實不宜再與舊男友往來，尚請嘉華見諒並成全。聽到女友這樣說，嘉華似乎沒感到震撼，反而蠻平靜，多少覺得是謝秋蓉替他解圍，為他道出心中的話。什麼心中的話？那就是既然像是可以愛，也可以不愛的樣子，不如二人坦誠些，別再拖下去，早些告一段落。

那天夜裡躺在床上，萬籟寂靜中，嘉華想著，有關與謝秋蓉的情事雖已結束，內心也像放下一塊大石般的如釋重負，不再猶豫不決，或舉棋不定，然而整件事的結尾不免有點諷刺。怎麼說？前一陣子淑文的事不也是有些類似？而且自己還扮演起媒人的角色，就像謝秋蓉的姑丈一樣，所不同的是後者是偶然間，自己卻是有意安排。結果淑文最終拒絕了新介紹的黃謙信，一則已有身孕，二則真正愛的還是原先的賴銘山。而自己的情況呢？謝秋蓉選擇了新歡，婉拒了他這舊情人。

得知嘉華再度變成孤單一人，身為介紹人的王哲欣安慰他說：

「親像秋子此款腳踏雙船ê查某，有卡好ê對象一出現，都欲走去伊彼爿，心頭無在，抑是趁早佮伊拒絕往來好。」

「抑袂使完全怪伊。坦白講，我對伊ê感情亦無偌深，可能伊尾仔亦看出。」

「講起誠是恁二人無緣。阮太太一擺去廟寺，因為關心恁ê將來，有扑盃問神明，但是扑三擺攏無盃。伊轉來按爾生甲我講，我無啥相信，顛倒講伊傷迷信，當然亦伓敢甲汝講。哎！ごめんなさい（御免なさい，即抱歉）。」

「代誌都結束啊！無要緊啦！」

「是啦！以後揣一個卡好ê對象。汝想會開，我都真放心。」

人在戀愛中，除了眼前的情人，幾乎跟老朋友都不再交往，但是一旦失戀了，常會回過頭來找這些老友，藉以療傷，並獲得安慰及鼓勵。除了王哲欣當初是媒人，如今遇到好事難成，主動來找嘉華，給予一番勸慰之外，嘉華本人也在假日已無約會，或俗話所說「無節目」的情況下，搭車來拜訪久違的邱清和。為什麼不先去找另一個老同學黃慎謀呢？原來在嘉華心目中，連他自己都不知不覺，從學生時代開始，三個好友的重要性、親密度已逐漸有了排序。就算王哲欣非這段戀情的仲介者，碰上失戀，或其他不如意的事時，他還是會先去找王哲欣，其次是邱清和，再其次才是黃慎謀。

由於是假日，除了已婚的邱清和夫婦外，邱家父母也在家。他們聽到嘉華來訪，顯得蠻高興，稍事穿戴好，就匆匆走出臥房，來到客廳。

「華ちゃん，しばらく（暫く，即好久不見）。」邱父說。

「伯父ちゃん，伯母ちゃん，しばらく（暫く，即好久不見）。おげんきですか（お元氣ですか，即身體好嗎，或你好嗎）。」嘉華說。

「おかげさまで（お蔭さまで，即託你的福），元氣です（很好）。」邱父說。

「噫！汝ê かのじょ（彼女，即女朋友），彼個國民學校ê先生，姓做謝咻？奈無佮汝鬥陣來？」邱母說。

「喔！伊無閣佮我行啊。」嘉華說。

「なぜ（何故，即為什麼）。」邱父說。

「阮個性無啥會合，而且𪜶親情甲介紹新ê對象，阮準啊（就這樣）分開。」嘉華說。

「我感覺分開亦好，坦白講，彼個おんな（女，即女人）看起是可愛い，但是幼肢骨，こつばん（骨盤）赫小，恐驚ê生產時會袂順利，對嬰仔有危險性，對大人嘛無好，仝款有危險性。」邱母說。

「ほんとですか（本當ですか，即真的嗎）。」邱父說。

「本當よ（真的啊）。しんじない（信じない，即不相信）。」邱母說。

「え——（這個嘛）。」邱父說。

「唉！華ちゃん罕ê幾時來，人閣拄即佮かのじょ（彼女，即女朋友）分開，心情無偌好，莫閣踮人ê面頭前講此有ê無ê。」邱清和說。

「啊！すみません（抱歉），顧聽恁咧講話，嘛袂記ê捧茶。我緊來泡茶，連鞭削一寡仔菜仔（梨子）逐家吃。」邱清和的太太說著，起身就往廚房裡去。

「華ちゃん，無要緊，伯母ちゃん遮甲汝注意卡適當ê對象。恁お母さん（母親）佮我是老同窗，我應該愛關心汝ê婚姻。」邱母說。

嘉華聽了既不覺得特別高興，也沒感到不高興，只是點點頭。

第二十一章

除了王哲欣、邱清和、黃慎謀這三個老同學之外，和嘉華較親近，對他也很有裨益的就是大他三歲的學長杜恩輝。念北二中時與堂妹李雪綾初戀，之後母親因乳癌過世等，均曾帶來種種煩惱、憂傷、悲痛，遂透過書信的往返，向當時留學日本的杜恩輝請益，甚至戰後從日本當兵歸來，步入社會，以優異的成績考入一銀，以及弟弟嘉生進入台大讀醫科等，亦曾寫信去東京，和學長分享喜悅、榮耀。然而，杜恩輝返台擔任醫生後，除了他與蕭麗杏結婚那一陣子，嘉華幾乎沒去找過他，一則覺得醫生工作繁忙，也不想打擾人家的新婚生活，二則自己正與謝秋蓉談戀愛，暫時將朋友拋在後頭。如今雖再度失戀，卻沒第一次那般傷心，而且從王哲欣、邱清和那兒已獲得不少安慰，因此不想再提這可有可無的情事，也就沒特地去找杜恩輝，徵詢他的看法等。「有一日確定欲結婚時，遮去揣伊，向伊佮杏子報個好消息嘛抑袂慢。」嘉華這麼想著。

這一年是一九五二年，過了中秋，轉眼間又到了歲暮天寒的十二月。就在十二月二十日下午約四點過十分，有二個便衣男子，像是日本時代的特高（特別高等警察），來到馬偕醫院，說是要找杜恩輝，接著就將他帶走。一旁的醫生、護士都看傻了眼，更頗受驚嚇，還好那位外科主任也在場，塞了些錢給他，安慰他說可能只是一場誤會，到警察局解釋清楚就好。由於身上未帶身分證，這二個特務先載他回家，讓他拿取身分證。緊接著，驚嚇中還算鎮定的妻子蕭麗杏抱起滿周歲的兒子，就跟著杜恩輝乘坐吉普車，直接被帶往警察局。整趟車程中，除了夫婦倆嚇得一身冷汗，那個偶爾會哭鬧的男嬰，這天卻十分乖巧，默不作聲倚偎在母親懷裡，然寂靜中，恐懼正如冷氣團四面襲來。到了警察局，問了些話，杜恩輝很快就被迫與妻兒分別，然後被送往刑警總隊保安處，接著是保密局，再來便是軍法處。接受不合情、理、法的審判後，隔年一九五三年四月初就被轉送至高雄，再從該地搭乘美國軍船，載往昔日稱為火燒島的綠島服刑。

是誰去告密或檢舉？醫院裡的同僚，還是患者或他們的家屬？顯然嫌疑最大的告密者就是保密局的人員。他們手中握有一切情報，特別是知識分子諸如老師、學生、教授、醫生、作家、律師等的資料，再加上線民被迫協助，常混雜著公報私仇的情形，更有「檢舉匪諜」等口號下高額獎金的誘惑，於是無法無天製造很多冤獄，幹盡種種喪失天良的壞事。究竟高額的獎金有多高？在當時一個醫生的月薪是幾百塊錢，但保密局的人員只要逮獲一個嫌疑者，他領到的錢就高達二萬元，幾乎比現在的二百萬還多。

到底本性純良、不涉政治，只是專心醫病的杜恩輝犯了什麼天條國法，要這般被逮捕，被無理審判，被關入黑牢，且被送到綠島長年服刑？不為什麼，只因為那是個白色恐怖的時代，整個台灣就像一座大監獄，處處都有保密局、警備總司令部等機關的人員守候，並把關，時時刻刻監視著台灣人民，包括外省族群，準備一有風吹草動，立即對稍有嫌疑者下手擒拿。關於警備總司令部，其全名是台灣省警備總司令部，簡稱警總，早在大戰結束的一九四五年，即由蔣介石在重慶創立，目的是想藉著軍事手段接收台灣。很不幸一九四九年蔣集團的國民黨在中國全面潰敗後，這個比德國納粹、日本特高，或北非秘警等有過之而無不及的邪惡組織就如魚得水，甚至如虎添翼一般，在易控易管的台灣島上作威作福，迫害無數善良百姓，絕不讓法西斯黨、共產黨等專美於前。事實上，國民黨迄今仍深染法西斯黨、共產黨的色彩，其黨國不分的思維及作為就是明證。

其次，關於白色恐怖這個說法或名詞，之前已提及，現今也人人朗朗上口，實則並非一九四九年蔣集團敗逃來台後方始，早在國共內戰時即出現。據名評論家金恆煒的研究，白色恐怖源於一九二七年的「清黨」，即當年四月十二日由蔣介石發起「四一二政變」，目的在於清除國民黨內臥底的共產黨分子，而因共產黨的地盤稱為「紅區」，國民黨的稱為「白區」，所以才有白色恐怖的存在。總之，白色恐怖在中國橫行的時間較短，沒多久就被共軍殲滅，反倒是來台後霸道了將近四十年，害盡成千成萬的菁英分子，受牽連的個人及家庭更難以數計。

與杜恩輝同一時期受害的醫生相當多，最著名的個案就是許強醫師。許強在台南縣佳里鎮出生，於一九四零年自台北帝大醫學部畢業，又於一九四六年榮獲日本九州帝大醫學博士學位，是一位連外國人都讚美有加的青年醫生，其日本恩師更直言他優異傑出，將會是亞洲獲得諾貝爾醫學獎的第一人。怎知天外飛來橫禍，國民黨以他有左派思想，且曾加入共產黨為由，在一九五零年五月逮捕他，並於同年十一月將他槍決。許強殉難時年方三十七歲，錦繡前程就此斷送。

當時國民黨的爪牙如警總等鋪天蓋地，胡亂抓人，連個人的名字都可以硬加曲解，隨便入人於罪。原本喜愛寫作，只是單純在中學教英語的柯旗化，雖受學生、友人等加入讀書會之類的組織而牽累，卻百般不可思議，竟遭特務、刑警在其名字上大作文章，稱「旗化」二字含有改變國旗、變化國旗之意，即顯示出會顛覆政府，繼而重新建國，因此須嚴密監視。另外，像魏廷朝這位獨立建國的先知彭明敏的台大學生，曾與彭師，還有同學謝聰敏於一九六四年起草「台灣自救運動宣言」，後來也出任民進黨中常委，不幸其名字亦遭惡意、荒唐的判讀，謂「廷朝」二字故意與朝廷二字顛倒，同樣隱含對政府當局的叛變，應嚴加監控。尚有更荒誕不經的是，有人讀十九世紀法國作家左拉的小說，就被警總等硬說具有左傾思想。假如當年Zola是譯為佐拉，真不知「異想天開」的這群爪牙欲做何解釋？以上僅列舉三個例子，即可想像當年白色恐怖肅殺之氣。

和大多數的政治犯一樣，杜恩輝在被送往綠島服刑前，已先後在台北、新店等地的監獄被囚禁過。從那時起，或更正確地說，自無故被捕以來，每一個明天都令人忐忑不安，不知會遭致有期徒刑、無期徒刑，還是死刑的判決？若是有期徒刑又是多少年？同樣在內心備受煎熬的就是妻子蕭麗杏，其次是蕭家雙親，即杜恩輝的岳父、岳母，再來則是蕭麗杏的哥哥蕭健治，也就是杜恩輝的舅子。蕭健治除了對妹夫的遭遇感到沉痛，為其妻兒的生活憂心外，自己不免也提心吊膽，害怕受到牽連，擔心調去質問，更憂慮同遭下獄。基於同理心，蕭家的親友初聞杜恩輝蒙難，起先尚表憐憫和關切，之後就逐漸與蕭家疏遠，畢竟什麼忙也幫不上，還唯恐惹禍上身。說也奇妙，如果這是男人在外偷情、賭博欠債、經商失敗，或因故失職之類的事，親友間一有聽聞，不出幾日，誠如壞事傳千里所言，恐怕連遠親，甚至親友以外的人都會得知，但這回是關於政治，知道的人本來就不多，更沒有人敢見人就說。若被問起當事人的近況，知情者也會說不清楚。當然，蕭家和杜家都盡量絕口不提。比起太太的娘家，杜恩輝頗感安慰的是，其母早在他念中學時即車禍喪生，其父也在他婚後隔年因病去世，因而免掉雙親為他擔憂受苦。至於自己的手足，以及姑媽等親戚，其狀況多少與蕭家類似。

有期徒刑六年的判決批示下來時，席上聆聽的蕭麗杏真是百感交集，一方面感到慶幸，終究六年的有期徒刑遠比無期徒刑、死刑好，另一方面卻深覺不公不義，畢竟這全是無中生有的罪行，且犯人須至綠島服刑更令人憂傷不已。暫時和丈夫訣別，匆匆離開法庭，返回娘家，其父問她判決等後，感慨萬千地說：

「誠是想袂到，戰後所映望（盼望）ê祖國竟然此囉款，比日本抑卡幾十倍ê無理。」

「汝看咱周圍ê親情，有人倘去替咱講情無？」蕭太太說。

「唉！咱ê親情有誰人識官方彼些人？過去華ちゃん個老爸冤枉互人掠去，抑閣有倘拜託姊夫去運動，去講情，即馬已經換作國民政府，都算姊夫有心欲鬥相共，伊佮現此時ê政府官員攏無熟，戰後完全失去地位佮權力，人亦倒轉去日本，是欲按怎去講情？反勢閣互彼些人烏白定罪，講是咱欲反政府。」

「唉！已經誠不幸，若硬講反政府，咱是欲按怎承擔？」

「お母さん，お父さん講囉對，連べんごし（弁護士，即律師）都無法度講贏，一切全憑政府ê意思判，講此是非常ê時機，哪有可能閣聽其他ê意見？」

「杏子，好佳在哉伓是判無期徒刑，抑是死刑，咱都愛卡吞忍ê，嘴齒根咬互緊ê。父さん知影此無容易，但是除了吞忍，咱抑閣有啥米辦法？」

「會使祈禱，求神冥冥中互咱伓倘失志，若活佇ê都有希望。」

「對，對，イエス（耶穌）傷了解艱苦ê人，向伊祈禱會互人信心佮力量。」

「伓過阿輝都愛去火燒島坐監獄，想囉心頭誠塞。」蕭太太說著即潸然淚下。

「刣人放火燒ê、偷挖物件ê、貪污ê佇島內坐監獄，顛倒無事無白互人掠去ê愛去生疏ê外島，祖國竟然是此款ê。」蕭先生說著也淚水直流。

聽父母這麼說，看他們這般落淚，心如刀割的蕭麗杏終於哭出聲來，將所有的哀傷、痛苦、委曲、憤怒、不滿及恐懼等全哭了出來，痛快地哭了出來。哭聲中縱然有委曲、憤怒、不滿的成份，卻毫不質疑神或上帝的存在、公正等，因為即使是在那樣難以承受的悲痛下，蕭麗杏仍很清楚這一切全是人為，盡是漠視人權、泯滅人性的政府所為，包括那些幾乎令人窒息的恐怖氛圍，以及任意構陷的罪名罪狀等。生在這樣不公不義、人命如蟻的時代，處在這種威權肆虐、極權統治的國家，看來唯有意志堅定能讓人度過重重難關，而虔誠的信仰正足以使人意志堅定。是的，無庸置疑，冥冥中是有神的存在，只是祂的顯現很慢，或謂其所代表的正義、公理、天道等出現得較遲，以致於總讓奸佞先當道，小人先得志，但有朝一日祂必然出現，在意志堅定者的奮鬥與期盼中現身。

身為政治犯的妻子確實是一大磨難，必須比一般人堅強百倍，就算沒有宗教上的信仰，也得有其他精神上的支撐，例如對丈夫、孩子、家庭等堅實不移的情感，或對共同的想法、理念、真理等篤信不疑，這樣方能鼓起勇氣、決心與智慧，長久且持續對抗外在的一切惡勢力。事實上，也唯有如此才能做丈夫的後盾，使身繫囹圄的丈夫勇於承受各種屈辱、拷打、折磨等。在現實世界，蕭麗杏，以及她前後年代的那些政治犯的妻子，雖無法像貝多芬的歌劇《費德里歐》（*Fidelio*）中的女主角蕾奧諾拉（Leonore）一樣，為營救被陷害入獄的丈夫，從而揭發政敵的陰謀等，喬裝成男性的費德里歐，潛入監獄打雜，伺機保護丈夫，但她們堅忍不拔的意志、強韌的生命力、此生不渝的夫妻之愛等亦同樣感人，甚至比歌劇所描述的還撼動人心，還聞之令人肅然起敬。

在《費德里歐》這齣以十八世紀的西班牙為背景的歌劇中，因洞悉作案內情，反遭人構陷入獄的佛洛列斯坦（Florestan），即蕾奧諾拉的丈夫，是被關在永不見天日的地牢裡。相較之下，在綠島服刑的杜恩輝似乎較幸運，但在荒島上做苦工，尤其是在烈日下，一日三趟來回三十六公里，運煤搬米等，實則身心俱疲，無異於嚴懲重罰。當佛洛列斯坦感嘆地窖陰暗無比，並哀嘆青春與幸福已悄悄溜走，身在綠島的杜恩輝又何嘗不這般惋歎。縱然他可在光天化日下呼吸，卻非過去習以為常的自由的空氣，而是轉變成一股抑鬱之氣，積壓在心中，盤據在腦中。每一次的搬運跋涉都讓他想起耶穌，特別是烈日當空時，看到自己的汗水滴落在自己的影子上，真像是背負十字架的耶穌，一路受盡嘲諷，千辛萬苦走向刑場。不，不盡然，當年的耶穌是那麼四肢細小纖弱，而自己卻向來體格不差，在經年累月的苦勞中，一副身軀更是磨鍊得粗壯有力。若照聖經所述，病夫般的耶穌都盡力扛起千金重的十字架，為了關愛世人，反遭誤解而判刑，背起十字架為眾生贖罪，那麼自己還有什麼苦難不能承擔？還有什麼冤屈不能吞忍？想到此，淚水、汗水齊流，濕透了泥地。固然傷心，卻是哭去了些鬱悶，頓時心頭、肩頭輕了些，變得好受些。那晚躺在床上，他累得即刻睡去，口中卻呢喃著，彷彿一邊在禱告，然後冥冥中好像有個聲音飄來，從遙遠的天際飄入他心中：我會守著你。

隔天杜恩輝就寫了封信，要求太太將家裡的聖經寄來。在獄中閱讀聖經毫無問題，但蕭麗杏看那本日文版的聖經已破舊，遂向教會要一本新的英文版寄去。在附帶的信中，她寫著一家老幼均安，無須掛慮，並叮囑夫君多保重，且在近期內會去探獄。對於非基督徒或不信教者而言，聖經所載頗具神話色彩，也的確如此，否則難以成為西洋文學的源頭，開展出日後多樣的面貌、豐富的內涵等。然對於基督徒，尤其是蒙難中的基督徒而言，儘管神話、寓言等成份濃厚，字裡行間總是充滿關愛、安慰、激勵與希望。說來頗微妙，從十四歲那年受洗成為基督徒，十幾年來杜恩輝已看了好幾遍聖經，卻從未像現在這般感動，或說得入骨些，像現在這樣貼近耶穌的心情。那種切身之感縱然令他悲憤，卻也逐漸讓他產生新生的力量，使他在萬念俱灰中再度瞥見希望之光。耶穌不再是神，也非神格化的人，而是有著無比的愛心、勇氣與智慧的凡人，能忍受世間的惡劣、粗暴、侮蔑、背棄等。學著耶穌勇敢走過來吧！自己一路上的荊棘會比耶穌的多嗎？

在這等同於集中營的監獄島上，除了做苦工，抽空讀些聖經或寫封家書，以及吃飯、盥洗、睡覺等基本生活外，還須參加思想改造，或謂洗腦的課程。這項課程當然是強制性，專門讀些國民黨的宣傳八股如《三民主義》、《國父思想》、《總理遺教》、《蘇俄在中國》、《中國之命運》等。這些東西甭說政治犯必讀，就是學生、老師等知識分子也要念，而且還列為大學聯考、公職考等的共同科目，直到一九九零年代才廢除。不過，現今的高考、普考等還是要考《憲法》及《法學緒論》，只是所佔比例較低。平心而論，將《憲法》及《法學緒論》列為公職考的科目頗有道理，亦有其必要性，畢竟公務人員須守法，得有法治觀念。萬分諷刺的是，對《中華民國憲法》最不遵守的就是國民黨本身，只要是憲法與黨意有違，必定犧牲憲法，好讓黨意胡作非為。當年的洗腦教育就是在愚民政策下進行，一般人照單全收，連知識分子也泰半不假思索。然處於監獄中，一再展讀《三民主義》等，固然是出於被動，卻也主動發覺到，標榜《三民主義》的國民黨根本蔑視民主、民權、民生，而距離十九世紀美國林肯總統所倡的民有、民治、民享更是遙遠，卻又不知恥地將兩者相提並論。果真國民黨有按照《三民主義》等去做，一個個清清白白的人還會無緣無故被囚禁在此嗎？想到此，杜恩輝唯有感嘆無奈，然後就如柯旗化在其回憶錄《台灣監獄島》中所述，大家盡量配合演出，讓讀後的分組討論變像一回事。

被囚禁的人當然是失去行動自由，但難能可貴的是，不管在台灣或在外國，自古以來，總有一批仁人志士奮發圖強，在獄中著書立言，完成不朽的創作。在一九七九年因美麗島事件被判刑入獄的前民進黨黨主席、前考試院院長姚嘉文著述甚豐，包括法政、歷史、文學類，其中以史實為背景的長篇小說《台灣七色記》即在牢裡寫成。杜恩輝雖無寫作的雄心壯志，但身為醫生，即使是身繫牢獄，還是發揮了他的專業才能與職責，及時為不便的難友提供醫療服務。在資源貧乏、器材不足的情況下，他與其他被關的醫生硬是組成團隊，成立了一間克難手術室，前後為難友開刀多達六次，等於是禁錮的期間，平均每年一次。這些手術對他而言，不光是達到救人的目的而已，還讓他有診斷、治療、研究病情的機會，也就是英雄有用武之地，不致於因為入獄而荒廢醫術，甚或泯沒醫德。從醫病上獲得的成就感不小，最重要的是，彷彿那一刻他不在監獄，而是像過去一樣，正在馬偕醫院專心為病人動手術。也許曾在獄中編寫文法書的柯旗化亦有同感，就在那一刻又返回過去，像是面對著坐滿一教室的學生，盡心講解英語的各類文法規則，間或用心回答他們所提出的各種疑問。

約三個月後，開放家屬探獄的日子終於到來。先前杜恩輝有大概想過見面時該說些什麼，或交代些什麼，但一看到迢迢千里而來的妻兒時，竟有些發愣，一下子吐不出隻字片言，只知道先將情緒穩住，更別讓淚水如決堤般奔湧而出。蕭麗杏在內心裡也是這樣想，提醒自己勿激動，勿淚流滿面，應平心靜氣，像往常一樣噓寒問暖，或閒話家常，遂將名為世佳的兒子抱向窗口，讓他和父親杜恩輝彼此看得更清楚，並且在他耳畔哄著說：

「佳佳，此是爸爸，抑會記ê無？乖乖，緊叫爸爸。」

「爸爸？爸爸！爸爸！」起初有些陌生，稍後想了起來，便高興地叫著。

「佳佳！佳佳！互爸爸好好看汝一下。啊！佳佳有卡大漢啊囉！」

「嗯。」說著點了點頭。

「杏子，汝取佳佳鬥陣來，一路上真艱苦吧？」

「袂啦！此個囡仔抑算乖，嘛愛互知影爸爸是誰人，伓倘互袂記ê。我甲講欲坐船仔來去一個所在看爸爸，因為爸爸佇彼個所在做醫生，離咱兜真遠真遠，所以暫時無倘逐日轉來茨ê，咱有倘時愛去看伊，伊會真歡喜。」

「佳佳，汝幾歲啊？二歲啊咻？」

「嗯。」說著點了點頭。

「愛乖乖喔！乖乖佇茨ê聽媽媽ê話。」

「嗯。」說著點了點頭。

「誠乖。佳佳誠乖、誠巧、誠古錐。」

「嗯。」說著就笑了，讓杜恩輝不由地也跟著笑了。

「對啦！杏子，恁抑閣滯ê お父さん兜咻？按爾生對恁母仔囝抑卡好。」

「已經搬轉去咱家己兜，因為外家即馬干焦健治兄さん咧呷頭路，伊愛飼某囝，閣愛顧爸母，我無想欲增加伊ê負擔，所以閣搬轉去。」

「按爾生恁母仔囝欲按怎生活？」

「放心啦！我身軀邊抑有錢，一方面亦有咧揣頭路。我有一個先輩佇日本大使館上班，伊講伊會甲我鬥注意，盡量替我安排一個適當ê工課。」

「按爾生日時汝咧上班，佳佳欲叫誰人顧？此一切ê起因攏是我，我實在……」

「尪仔某代莫講此。咱樓頂ê郭太太人誠好，伊ê囡仔攏大漢，已經離腳手啊，看著佳佳誠甲意，佳佳佮伊亦誠有緣，愛去個兜佚佗，個彼些囡仔亦誠疼佳佳。伊了解咱ê情形，叫我若去上班時，囡仔交伊照顧都好。」

「若按爾ê好處是下班時，馬上都有法度看到佳佳，將伊取轉來，但是咱嘛愛甲人補貼一寡仔費用，千萬伓倘互人完全白做。」

「我知影。警衛咧揶手，時間亦差不多到啊，汝愛卡保重ê。」

「汝嘛是。為著佳佳，咱攏愛卡保重，卡忍耐ê。」

「佳佳，爸爸即馬欲去甲病人看病，緊甲爸爸講再見。」

「爸爸，再見。」

「佳佳，再見。愛乖乖喔！乖乖聽媽媽ê話。有一日爸爸一定會轉去。」

「嗯。」說著點了點頭。

與妻兒話別後，杜恩輝並非去克難手術室為患者開刀，而是又去做苦工，在海邊敲打綠島特有的老古石（尚無正字）。夏日的驕陽下，他揮汗如雨下，滿腹辛酸、悲傷的淚水也跟著徐徐落下，藉此哭去積壓在心中的一團鬱抑之氣，那些必須盡速排除掉，否則壓抑過久有害身體之氣。邊敲打著老古石，邊眺望著波濤洶湧的太平洋，杜恩輝知道蕭麗杏母子一離開營區，並不是馬上有船可搭，就算是風平浪靜的日子，也是要先回南寮唯一的一間旅社休息，等到午後確定有船要開出，才又乘船渡過重洋，返回台東，再從該地轉搭客運、火車等回到台北。想起四月時搭乘美國軍船來此，那天風浪不算太大，然橫渡太平洋時還是頻頻欲吐，內心更是千愁萬緒，恨不得縱身躍下，從此葬身汪洋，一了百了。當然，一時並沒有真的失去理智，就這麼不顧一切跳下水，一方面是周圍有警備，另一方面則是瞬間想到蕭麗杏母子，想到共同建立起來的家，怎能如此就捨棄。但願上帝垂憐，保佑蕭麗杏母子，讓他們雖是乘著漁船，也能安然渡過一重又一重的波濤、一道又一道的急流。不，不止是在探獄的來回途中，還懇請上帝庇佑，讓他們母子能平安度過艱辛的每一天，直到一家人再團聚時。

有親人就會思念纏身，沒親人則無思念之苦，如此看來，在世上孑然一身的政治犯應該較無憂無慮，其實並不盡然。每次經過營區的一處公墓，看著那些因病死、自殺或遭槍決等的難友的埋葬之處，實際上就是葬身在荒郊野外，無親人家屬來認領其遺骸，終年任憑風吹雨打，真成了孤島上的遊魂。這群政治犯活著時沒人來探望，如今已魂歸離恨天，還渴望有誰來祭拜弔唁？思及此，杜恩輝真是百感交集，眼眶頓時紅了起來，鼻頭也一陣酸，唯一能做的就是默哀默禱，祈求他們能在另一個美好、祥和的世界獲得彌補，或若是再投胎，也能誕生在一個十分尊重人權，且注重民生的現代文明的國度。

面對這群死去的政治犯，杜恩輝有點感到羨慕的是，他們不必再背負沉重、艱巨的十字架了，他們已將世間各種罪惡之債還清了。像代罪羔羊似，也像耶穌一般，他們為同胞承擔過，忍受過，最後也為其犧牲了。不知這些犧牲者當中，縱然無親無戚，可有耶穌的信徒或追隨者？如果有，他們肩上的十字架應該會輕了些，就像自己一樣，即使墜落在絕望的深淵中，身旁依然有股力量在支撐著。

第二十二章

關於杜恩輝無故遭逮捕，及至送往綠島服刑等事，嘉華一直未曾聽聞。當然，這是由於在這段期間，他忙著工作、交友、談情等，以致於和學長疏於往來，或說得更白些，根本沒什麼問題可向學長請教，也沒什麼佳音可向其報告，自然二人就逐漸疏遠，接著日子一久，真像是忘了對方的存在。彷彿自己沒事，對方也必然沒事。若偶然聽到些不好的事，都是遠在天邊的事，再怎麼樣也不會發生在親朋好友身上。其實，處在當時白色恐怖籠罩的時代，縱然令人膽戰心驚，但大多數的人都算過得好、過得去，依然在讀書、就業、結婚、生子等基本軌道上運行，其間有歡笑，也有失望，有成功，也有失敗，一切幾乎和民主國家的百姓沒兩樣，只要順從國民黨的意識型態，不去碰觸其禁忌和痛處，更不要倒楣被其糾纏不清就好。這就是一黨專政、一黨獨裁下的愚民教育。雖說此乃國民黨，而非共產黨，但實際上其所作所為與共產黨無異，因為二者皆根源於封建、傲慢、自大、故步自封、不知人權為何物的中國文化。

活在這種愚民教育的環境下，就如前述，只要對政治、思想類的事敬而遠之，或說地乾脆些，不像杜恩輝、柯旗化等人那樣倒透楣，一般人還是有看電影、聽音樂、唱歌、跳舞、打球、游泳等娛樂或運動可享。就在一九五三年的年初，當杜恩輝被捕不久，有個不太寒冷，甚且還出些陽光的冬日午後，嘉華和老同學邱清和雙雙背著相機，一道外出攝影，也藉此在郊外遊逛一番。回到台北已四點過一刻，不算晚，只是冬天裡天色暗得快。本來嘉華想在邱家附近的圓環吃個點心，像來盤蚵仔煎，或來碗蚵仔麵線之類，但邱清和說家中也有麵條、糕餅等，不如直接到他家吃，也可早些在他的暗房沖洗底片，看看一下午所拍攝的成績。聽好友這麼一說，更想參觀那新闢的暗房，嘉華便跟著去他家。

邱家是在重慶北路，昔稱日新町的一幢老式公寓的二樓。這類樓房或許不是每一棟的外觀都很典雅，但其內部格局則大致相同，即前廳至後廳跨得蠻長，樓層面積頗大。即便如此，一上樓，坐在寬敞、明亮的前廳，隱約中就可聽到炒豆仔的聲音從後廳傳來，原來這一天邱父有牌局，正與四個好友在打麻將，不過都是些娛樂性多於賭博性的衛生麻將。這些牌友當中，男女各半，二個男的全是邱父在鐵路局時的老同事，二個女的則分別是他的表姊，以及他中學同窗楊睿榮的太太。說來蠻有趣，老同學楊睿榮算是富家公子出身，騎馬、游泳、跳舞、品酒等樣樣精通，唯獨對打麻將一竅不通，也不想涉獵，偏偏楊太太最愛打麻將，也最擅長打麻將，或玩撲克牌。看來這對夫妻若有相似之處，顯然就在外表，年輕時男的俊俏瀟灑，女的秀麗高雅。如今夫婦二人皆已步入中年，楊太太也已體態發福，但楊睿榮卻瀟灑依舊，身材還是又高又挺。

長輩愛打麻將就讓他們去打個痛快，邱清和隨即拉著嘉華往暗房去，一邊也請太太下廚煮個麵給他們吃。那間暗房原是邱清和他大哥的臥室，前一陣子和大嫂搬走後，邱清和就將它改為書房兼暗房，添購了些基本的顯像器材和藥水，就在這裡沖洗底片等。一般而言，沖洗底片是要花些時間，比煮麵還費時，所以當二人從暗房出來時，陽春麵已煮好上桌。冬天吃麵最怕冷掉、糊掉，幸好邱太太頗有經驗，她先準備些茶水和糕點，送到後廳給打麻將的人吃，再從容不迫地煮起麵，因此嘉華他們來吃時正好熱騰騰，口感很棒，湯味又鮮美。

就在二人津津有味快吃完時，樓下門鈴響了。正在前廳翻閱雜誌的邱母，聞聲立刻起身開門，在樓梯口探頭一望，來訪的是楊睿榮的女兒楊瑩雪。

「雪ちゃん，有代誌來揣恁お母さん咻？」

「是啦！下暗欲去呷喜酒，時間亦欲到啊，我緊來叫お母さん，佮我鬥陣去。」

「喔！緊起，緊起。我緊來去叫恁お母さん，伊まあじゃん（麻雀，即麻將）扑歸下晝，暗時欲呷桌大概袂記ê。」

楊瑩雪爬上樓，一進入前廳，嘉華和邱清和也正好吃完麵，信步走來客廳。

「啊！是雪ちゃん。誠拄好，我甲汝介紹，此位是我中學校ê老同窗。伊姓李，名是嘉華，嘉義ê嘉，中華ê華，阮攏叫伊華ちゃん。華ちゃん，此位是阮お父さん中學校ê老同窗êむすめ（娘，即女兒）。伊姓楊，名是瑩雪，晶瑩ê瑩，白雪ê雪，大家攏叫伊雪ちゃん。」邱清和說。

「初めまして、よろしく（初次見面，請多指教）。」嘉華說。

「こちらこそ（彼此彼此）。」楊瑩雪說。

「請坐，請坐，呷遮茶。大家坐咧慢慢仔講。」邱太太捧著茶走過來說。

「多謝，一晝久仔都欲起行，袂赫客氣。」楊瑩雪坐下後說。

「雪ちゃん抑閣佇煤礦公會上班吧？」邱清和說。

「是啊！」楊瑩雪說。

「誠好，即陣仔煤礦業真發達，真趁錢。」嘉華說。

「將來都怀知啥米款？產業ê變化真緊。李さん咧？佇佗上班？」楊瑩雪說。

「我目前佇一銀上班。」嘉華說。

「彼算是公家機關，誠好，生活上卡有保障。」楊瑩雪說。

「普通啦！穩定都好。」嘉華說。

「喔！恁少年人熟知囉真緊，講卡嶄然仔投機。雪ちゃん，恁お母さん抑是まあじゃん（麻雀，即麻將）卡要緊，最後一局扑煞則甘願。」帶著楊太太走出後廳的牌桌，來到前頭的客廳，邱母看了說。這時在座的人都站了起來。

「此位先生是清ちゃんê同事咻？看起真敖讀書ê款。」楊太太說。

「伓是，伊是我二中時ê同窗，學生時代確實敖讀書，亦佮我仝款愛翁相。伊姓李，名是嘉華，嘉義ê嘉，中華ê華，阮攏叫伊華ちゃん。」邱清和說。

「初めまして、よろしく（初次見面，請多指教）。」嘉華說。

「こちらこそ（彼此彼此）。」楊太太說。

「按爾生好，請李さん以後做汝ê囝婿好。」邱母說。

「唉！莫滾笑啦！對人李さん失禮，二且嘛愛尊重人ê意思。」楊太太說。

「お母さん，時間到啊，咱好來走啊！」楊瑩雪說著，耳根有些泛紅。

「對！對！差不多欲開桌啊，好佳哉酒樓佇遮附近，緊來去。みんなさん（皆さん，即各位）、さようなら（再見）。」楊太太說。

「さようなら（再見）。」楊瑩雪也跟著說。

「さようなら（再見）。」眾人異口同聲說。

「華ちゃん，雪ちゃん此おんなのこ（女の子，即女孩）汝感覺啥米款？びじん（美人）でしょう（很美吧）？汝若甲意，伯母ちゃん甲恁做仲人，替恁聯絡，汝後回欲來ê時陣，我叫伊亦來，好無？佃茨滯佇大正街（即今之林森北路一帶）彼箍圍仔，離此無講誠遠。」邱母說。

「母さん，咱兜人濟，再講嘛伓是コ——ヒ——ショップ（coffee shop，即咖啡店）抑是こうえん（公園），那好意思叫人來咱兜約會。」邱清和說。

「對，對，應該都去戶外行行ê卡適合，卡有倘培養感情。」邱母說。

「但是人反勢已經有けっこんあいて（結婚相手，即結婚的對象）？」嘉華說。

「喔！應該是抑無，無要緊，我遮甲汝問看覓。」邱母說。

回家途中，坐在乘客稀少的公車上，嘉華倚在車窗邊，望著街上家家戶戶所點起的燈火，還有各式各樣的商店所亮起的霓虹燈，幾乎橙色、黃色，以及這二種的混合色最多，但當中也有些綠色、藍色、紫色的燈光在閃爍輝耀。那綠色的燈火看來光鮮明亮，卻不似方才楊瑩雪所穿的旗袍那般青翠動人。她那襲旗袍宛如翡翠般光彩奪目，走動間每每散發出翠綠的銀光、靛青的金光，時斷時續，若有若無，跟著也將布面上暗織的花紋顯現出。不過會如此這般光芒四射，或許都是外加一件墨綠色的大衣所致。那件深色的大衣不僅襯托出亮綠的旗袍，還將楊瑩雪細緻光滑的肌膚、端莊秀麗的容貌對比烘托出。真該當場為她拍張照啊！稍為用點心思拍，那將會是一張出色的人像照，因為模特兒本已十分出色了。

交往的首次約會就在Astoria咖啡店。過去和杜恩輝、蕭麗杏會面，以及將淑文介紹給黃謙信，也都選在這兒。當嘉華推門進入店裡，一眼就看到楊瑩雪已坐在前排座位上，而且也穿著一襲旗袍，但沒赴宴那晚所穿的華麗，顯得較樸素些，不過還是蠻漂亮，尤其是秀髮未挽，任其垂下，不長不短，另有一番嫵媚。

「歹勢，互汝等真久啊吧？」

「袂啦，我是卡早出門，坐車真順，早五、六分到ê。」

「看起汝真愛穿唐衫，亦確實穿起真好看。」

「多謝，多謝。」

「一般ê查某囡仔，親像阮二個小妹，對唐衫有甲意，但是嫌領懸，會束縛領頸，甘願穿洋裝卡輕鬆，連わふく（和服）嘛好，至少袂束縛頷頸。」

「其實わふく（和服）穿起真費時間，歸身軀受束縛，頷頸仔嘛無偌輕鬆。比起，唐衫是干焦此領卡互人嫌，但是穿慣勢都好，久啊都佮穿洋裝仝款方便。」

「是啊，唐衫咧嫷除了合身軀以外，此領亦真重要。稍等下咱コ——ヒ——（coffee，即咖啡）啉了，趁天氣好，坐車來新公園看看ê，我有抾カメラ（camera，即照相機）出來，遮甲汝好好仔翕一寡仔相。」說罷忽然咳嗽起來。

「李さん，按怎樣？近來天氣卡冷啊，有感冒咻？」

「無啊。無發燒，精神亦好好，干焦有倘時會咳咳嗽，我想無啥要緊。對啦！免赫客氣叫李さん，直接叫我華ちゃん抑是阿華都好。」

「好，好，華ちゃん，等下咱來新公園行行ê。」

在新公園裡走走停停，也拍拍停停。老樹下、蓮池邊、花叢間、涼亭裡，甚至博物館的台階上、正門前都有留下楊瑩雪的倩影。驚覺自己被拍太多，楊瑩雪有些不好意思，趕忙請嘉華臨時教教訣竅，也幫他拍了幾張，而嘉華更是靈機一動，央請路過的遊客替他們二人合拍數張，以免辜負了良辰美景。唯一有點煞風景的是嘉華一會兒就咳嗽。看到這情狀，楊瑩雪頗覺不妙，便提議乾脆收工，早些回家，不然冬末春初天一暗更加風寒，萬一真的着涼感冒就不好。

過完農曆新年，早已立春，但經常乍暖還寒，使得季節不明，直到杜鵑花開得燦爛十分的四月初才有春的氣息。這期間每逢週末假日，只要沒下雨颳風，嘉華總是約楊瑩雪出遊，也總是拍下不少照片。那些照片中，山川花木等景色固然有所不同，就連模特兒的服裝也變化萬千，各式各樣的旗袍、洋裝皆有。唯一遺憾的仍是嘉華咳嗽不止。此時楊瑩雪實在忍不住，再次敦促嘉華務必去醫院一趟，自己也很樂意陪同他去檢查一番。嘉華總算接受了這建議，立刻就想到杜恩輝，但一轉念又覺得不合適，畢竟杜恩輝是外科，非胸腔科醫生，再則還是台大醫院離家最近，一家人過去都是在台大看病，感覺上比馬偕好。

經醫生診斷是得了肺結核，嘉華和身旁的楊瑩雪都嚇了一跳，還好目前僅是初期症狀，只要按時服藥，維持正常的生活作息，有個良好的居家環境，多吃些有益的蔬果、營養的食品等，病情很快就會好轉，乃至完全治癒。走出診療室，跨出醫院大門時，楊瑩雪若有所思，不一會兒便眼前一亮，對嘉華說：

「今仔日早起已經請假啊，中晝來阮兜呷，稍歇睏ê，下晝咱遮去上班，好無？橫豎汝三月時已經調轉來總行，對阮大正街ê茨去甲城內ê總行無算遠，汝歇睏ê遮去。我主要是欲請汝去阮茨看看ê，彼是日本宿舍茨，前後有にわ（庭，即庭院），佔地真闊，閣是咧巷仔內，真清幽、真肅靜，誠適合養病。此段期間，汝若無棄嫌，歸氣來阮兜養病，對彼通勤，好無？」

「喔！彼款宿舍茨我傷清楚，亦真甲意，一銀佇北投ê招待所就是此落款，但是一段期間滯恁兜養病，咁好？咱連訂婚都抑袂訂婚，即馬都去恁兜養病，按爾生會互恁麻煩，攪擾恁茨內ê人，我看無啥妥當。」

「免客氣啦！阮是茨內ê人卡濟，但是真好參詳，只要我甲阮お母さん講一聲，逐家攏會配合。免想赫濟，咱先來去看看ê遮講。」

楊瑩雪家裡的確人丁眾多，除了她父母和她，還有一個名為瑩鈴的妹妹外，她的二叔全家、三叔全家也都住在同一屋簷下。二叔即她父親的二弟，與篤信基督教的二嬸婚後一直未生，因此領養了二個男孩當自己的兒子，類似嘉華他三舅的情況。三叔則是她父親最小的弟弟，與三嬸生下三男一女，可說是三兄弟當中生兒育女最多的一位。提到楊家這三兄弟也蠻有趣，個個對比鮮明。大哥楊睿榮的形貌、興趣、嗜好等之前已述，是個典型的公子哥兒。二叔楊睿發的外表不若大哥英俊，個性也不怎麼活躍好動，顯得木訥又老實，但學生時代尚念到北二中，比大哥所讀的台灣商工（即今之開南商工，成立於一九一七年，大正六年）在一般人眼中還優秀。至於三叔楊睿哲既不比大哥瀟灑，也不如二哥體健，然智商極佳，又勤勉好學，曾赴日深造，自早稻田大學經濟系畢業。這樣賢昆仲三個家庭共居一堂，也幸虧那祖傳的日式房舍寬敞，容下十幾人尚有餘。

嘉華覺得那房舍和北投的招待所相差無幾，唯一美中不足的是僅有一間浴室兼廁所，而且在市區裡當然也沒溫泉。洗澡時就和日本人一樣，用木桶盛水，在浴室裡洗。這種方式在大戰前後的台灣、中國等地都蠻普遍，好處是浴室或澡堂易於保持乾淨，也便於清理。至於庭院部分，比起招待所雖較小，亦無蓮花池、涼亭等，卻前後院皆花木扶疏，尤其是前院三棵椰子樹高聳入雲，頗具南國風情，儼然成為楊家的標誌。整體而言，嘉華是相當熟悉這種居住環境，也很喜歡，深感在此調養一定可病癒，況且楊家上下都歡迎他來，也願配合他略做調整。

不過，一個成年男子既有工作，總不能在女友或未婚妻家中白吃白住，何況嘉華也絕不是那種貪便宜的人，所以在暫時寄人籬下的這段期間，他都有將一筆生活開銷，特別是飲食方面的費用，交予楊家。起先楊母不肯收，後來經楊瑩雪轉述，瞭解嘉華的立場與想法，才欣然收下。當然，和過去一樣，嘉華仍將部分薪水交給玉梅，以便維持老家的生活。還好此時小妹淑幸已在商社上班，對於家中的支出頗有幫助，只是基於姊妹之情，三不五時常拿些錢去接濟生活困頓的淑文。想到淑文已為人婦，嘉華就想著有一天淑幸也會出嫁，而自己更可能在這一兩年內結婚，屆時玉梅母子應該還跟著他，但憑玉梅的個性，恐怕會帶著志成另居他處，因為李家兄妹既已男婚女嫁，實在無需她再照顧，她也不願打擾人家的生活。

由此又想到延平北路現時居住的房子。那二層樓的房子雖是父親貸款買下，也在莫名遭逮捕時，在獄中交代玉梅還清借款，但實際是幫二叔李尚福購得，權狀皆登記在他名下，他乃所有權人，因此光是想處分樓下，並在自己、玉梅，以及二個妹妹之間平分得款都十分困難。是啊！二叔連那偷賣股票的錢都遲遲未還，甚至經營銀樓有成，近來又做起金子的期貨，怎可能會甘心讓出房子呢？唉！別想太多，眼前還是先把身體調養好再說。

住進楊家不過數日，嘉華雖是白天都在銀行工作，直到薄暮黃昏，或稍晚之後才下班歸來，卻意識到楊瑩雪的父親，即楊睿榮，好像根本不住在此，而是在外頭還有個住處。難不成另築小公館？每天早上一起床，二叔楊睿發都會邀嘉華在院子裡做體操，連小孩也感興趣跟著做，說是有益身心。那三叔楊睿哲也常加入，還請女眷也一齊來做，顯然在一日之晨活動筋骨最好。做完體操，吃過早餐，小孩通常都上學去，大人則是上班或忙家事去。或許楊睿榮和她太太一樣晚起床，但至少楊太太還姍姍來遲吃起早餐，而楊睿榮則連個影子也沒見過。晚餐時亦復如此，三個家庭群聚一室，大人、小孩吃得津津有味，談笑不斷，唯獨楊睿榮缺席。然而，每隔五、六天還是會看到他來用餐，只是那樣子與訪客無異，經常一身筆挺的西裝，有時還配一頂帽子，或風寒時披條圍巾。飯後偶爾抽根煙，閒聊一陣即離去，從不在此過夜。

理所當然，楊睿榮不敢在嘉華面前抽煙，而家中也沒人喜歡那煙味。若煙癮一來，他就走離客廳，出了玄關，繞到後院的一個角落上抽。為了他這習慣，楊太太特地在那兒擺了張破舊的茶几、二把老藤椅，並在茶几上放個小煙灰缸。由於自己在打牌時偶爾也會抽支煙，因此有時就陪丈夫在此一齊抽，一邊閒話家常。有一晚，飯後各忙各的去，嘉華也被小孩請去教算術，楊睿榮一時無聊，遂又走來後院抽煙。不一會兒，楊太太也來，夫妻二人就一道抽。這時還算安靜，但不久二女楊瑩鈴加入，親子三人的對話就熱絡起來，甚至有些吵鬧，像是在爭論某事，直到楊瑩雪出面勸阻，後院才又急速靜了下來。嘉華雖在另一側房間裡教小孩，但相隔不遠，無意中還是聽到些，猜想可能是關於楊瑩鈴的婚事。

隔天清早上班時，出了大門，嘉華和楊瑩雪走在寧靜的巷子裡，享受著清新爽朗的空氣，幾步路程後卻不由地談起了昨晚的事。

「昨暝誠歹勢，吵到汝，嘛吵到其他ê人。」

「我想大概是鈴子ê代誌吧？」

「無佅對，此查某囡仔自卒業了後，頭路亦無啥愛去揣，顛倒先揣得對象，趁阮お父さん昨晚來，馬上都講起欲結婚，欲比我卡早嫁。」

「居然伊有甲意ê對象，互伊先嫁嘛是會使，橫豎伊已經成年。按怎樣？彼個おとこ（男人）咁仝款無頭路咻？」

「有啦！聽鈴子講是咧洋行呷頭路，但是伊是外省人。」

「外省人是有卡無理想，佅過對方頭路穩定，而且個二人互相甲意，按爾生都好，欲甲個阻擋亦是無啥效，個已經佅是十幾歲ê囡仔。」

「但是阮お父さん驚ê有一日反攻大陸，對方會取鈴子轉去個南京ê老茨。阮お母さん嘛是擔心此點。個二個序大人時常意見無仝，但是若講到欲嫁外省人，個攏誠反對，都是親情間有人娶取外省人，個亦無啥贊成。」

「彼亦無怪個會按爾想。對啦，恁お父さん是另外有茨咻？」

「是啦！講卡清楚是，伊等於佮阮お母さん離婚，另外閣娶别人，但是佮此爿無辦離婚ê手續，佮彼爿亦無正式結婚。唉！阮お父さん佮お母さん人是好，偏偏袂合，都是按爾生，鈴子堵個講，自細漢都無咧管阮，大漢了後遮想欲管，已經傷慢啊。」

「汝講囉對，我想大家亦會理解，但是爸母抑閣健在，行東往西亦真自由，無需要囝兒時刻綴（跟）咧身軀邊，按爾生嘛會使講是福氣。」

楊瑩雪想再說些，然路邊站牌下，眼看公車已駛來，遂匆匆和嘉華上了車。

當年楊睿榮與楊太太結婚，並非憑媒妁之言，而是出於相遇相戀。原本這種男歡女愛所促成的婚姻應較理想，實際上卻不盡然，終究戀愛只是一時，婚後的日常生活才是長久，才是真正考驗情感的開始。這時若不將愛情轉移到家庭和孩子，依然眷戀過去談情說愛的時光，甚至單身逍遙的日子，則隨著雙方性格的展露、磨擦、衝突，以及有形、無形的壓力等，婚姻很快就會亮起紅燈。以楊睿榮的例子來看，以上所言皆成立，但也有部分原因來自他父母，即楊瑩雪的祖父母。這對老人家因經商致富，對子女疼愛有加，對長子楊睿榮更是有求必應，連帶也厚愛起他的太太，即楊家的大媳婦。舊時代那種公婆嚴格對待媳婦的事在楊家是不存在。無論媳婦怎樣愛打牌，乃至於晚歸晏起等，身為婆婆的從不責備，還吩咐佣人將早餐熱一下，直接送到樓上媳婦房裡。遇有好吃的糕點、漂亮的布料、首飾等，婆婆總是為媳婦預留一份。這種開明、大方的婆婆在古早時代極罕見，就是現代也所見不多。其實，楊家兩老固然開通，卻多少是出於補償作用，因為楊睿榮向來喜新厭舊，加以太太只顧打牌，婚後不久就感情出軌，跟別的女人同居。面對這自幼寵壞的兒子，如今打罵已來不及，於是盡量寬待受委屈的媳婦，只要二人不鬧離婚，維持住楊家的門面就好。這樣一來，受影響的便是楊瑩雪姊妹，雙雙幾乎都在祖父母身邊長大，也受到他們或奶媽的照顧較多。

幾年後楊家再辦喜事，迎娶二媳婦，仍舊三代同堂。這二媳婦即二叔楊睿發的太太，從小信奉基督教，為人和藹可親，雖不打牌，不抽煙，卻也喜歡看戲、逛街、購物等。入門後，遲遲未生子，丈夫和公婆皆無怨言，反勸她心情開朗些，多外出走走，於是就和那閨怨中的大媳婦成為好朋友，妯娌常相偕上街逛布莊、銀樓、百貨店等，或看戲，上館子用餐等。又隔了數年，三少爺楊睿哲也在學成歸鄉後娶妻，並且那年年底就喜獲麟兒，家中兩老相當興奮。此時楊家食指浩繁，再富裕也難支付周全，楊睿哲遂進入日本勸業銀行台北支店（戰後改為土地銀行）工作。二哥見狀，也在太太的鼓勵下成為牧師。轉變至此，大哥楊睿榮亦不得不振作，但又不願當個上班族，老爺只好拿出些錢，也等於是欲留給他的部分財產，當做他從商的資本，期望他成功。之後家道漸沒落，出於經濟因素，老爺乾脆賣掉古宅，讓兒孫搬到大正街的日式房舍，自己則和太太另外住。

第二十三章

在楊家住了將近五個月，嘉華的肺結核病情已改善不少，回診時醫生都樂觀地預測將會痊癒。在此期間，準岳父雖是一週才來一次，和嘉華處得倒不錯。原來楊睿榮除了書本知識少、不擅做生意外，為人頗風趣幽默，對於休閒娛樂等見聞尤多，用錢也很大方，直把女婿當同輩，頗像稱兄道弟般，盡說些輕鬆愉快的事。對比之下，楊睿榮的二個弟弟反而長輩味較足，但也不至於板著臉孔說教，畢竟那一套僅適合管自己的孩子，面對也是成年人的嘉華根本毫無意義，再說嘉華又不是他們當中任何一人的準女婿。對嘉華而言，二叔楊睿發倒是和他有緣，二人同是北二中畢業，有著前後期學長與學弟的關係，如今又將成為親戚，多少都拉近了二人的距離。從得知這層關係，且自嘉華住進楊家那天起，楊睿發就顯得頗關心這學弟的健康，常邀他做體操，提醒他飲食，或小心感冒等。至於茶餘飯後談起校園往事，特別是共同的記憶等，既覺有趣，又深感懷念。

那三叔楊睿哲畢業於日本人子弟較多的台北一中（終戰後與三中、四中合併為今之建中），與嘉華不同校，但留日回來即在銀行工作，可說是嘉華的同行，又發覺嘉華愛看書，個性也率真耿直，因而和他變投緣。他曾問嘉華說：

「奈對日本做兵轉來，無愛閣繼續讀大學？真可惜啊！」

「轉來時家境攏改變啊，我閣是大兄，抑是緊揣頭路卡要緊，而且阮小弟拄入去台大讀醫科，感覺茨內有一個讀大學都好啊。」

「恁おとうと（弟弟）即馬佇咧台大病院做醫生。」

「無，伊大學抑袂讀煞都病死，得デング熱（登革熱）死ê。」

「哀しい出來事（哀傷的事）なあ。」

「しようがない（沒辦法），彼亦是伊ê命。」

「對啦，我聽雪ちゃん講，汝是頭一名考入去一銀，無簡單，誠敖啊。」

「叔父ちゃん佇土地銀行呷頭路嘛真鏗（很棒）。」

「無鏗啦！彼咚陣是日本勸業銀行，趁日本讀書轉來，拄有ぼしゅう（募集，即招募）時入去。無偌濟人去應徵，無親像汝考一銀時赫競爭。」

嚴格講楊家並非書香世家，只是和嘉華他們李家一樣，因經商騰達，跟著富而好禮，接觸起文藝等，但這三叔既成了碩彥之士，從而亦留意起晚輩的課業，常鼓勵他們努力向學，未來好發揮濟世之用。當年他看到楊瑩雪隨父母至中國上海、日本長崎等地做生意，曾在當地的女學校（即日本的女中）就讀，可惜都未念完就返台，唯恐學歷不足，將來不易找到較佳的工作，便勸導這姪女再繼續讀。他親自帶著楊瑩雪，還有那相等於初二的成績證明，徵得靜修女中的同意，在該校補上課程，並參加最後的畢業考，取得畢業證書，再去投考第一高女，完成中等學校的一貫學業。或許剛終戰時的學制、規定等不很嚴謹，競爭也不算激烈，但若沒人提醒及督促，一個十六、七歲的女孩很可能就此失學，連忙著應酬或打牌的父母都會失察。當假日出遊，嘉華從楊瑩雪口中得知此事時，雖僅是求學過程的一段插曲，卻深感楊瑩雪很幸運，有個關心她課業、鼓勵她升學的叔叔，而不是位光想佔人便宜的長輩。

對於楊家二叔、三叔的孩子而言，嘉華應該是他們的準姊夫，但他們都直呼他為阿兄，顯然是大人為求簡便，要求他們這麼稱呼。這些孩子都比堂姊楊瑩雪或楊瑩鈴小很多，那是因為楊家三兄弟彼此年紀差距都在五、六歲，而大哥楊睿榮又較早結婚的關係。如此看來，嘉華當他們的大哥毫不為過，甚至頗受歡迎，幾乎成了孩子王。他除了偶爾教他們算術，還常為他們拍些居家生活照，像攀爬屋前椰子樹的趣味相片就拍了好幾張，有單獨一人的，也有堂兄弟數人的合照。在這群孩子中，五個是男孩，唯有三叔的第二個孩子是女孩。大體上每一個都活潑可愛，也很守規矩，然嘉華卻發覺三叔最小的孩子，也是這群堂姊弟中排行最末，年僅五歲，名叫敬仁的男孩資質最優。他還沒上小學，也沒念幼稚園，竟已從哥哥那兒半學半玩，懂得一些基本的加法、減法。

隨著肺結核的逐步痊癒，嘉華真是精神爽快，對於未來的婚事更有信心，也更加期待。他與楊瑩雪行過簡單的訂婚禮後，開始籌劃家庭生活的種種，而首要之務就是購屋。由於未婚夫妻兩白天均在上班，看房子的事就委託楊母，而楊母一週當中總有三、四個下午在打麻將，能夠四處找房子的時間也不多，於是乾脆在牌桌上宣布一番，拜託牌友協助尋找。這一招果然有效，不出幾天她的一位周姓友人就來通報了。這位周太太是在雙連一帶打聽到有吉屋出售，自行先大略了解屋況，覺得不錯，才約楊母過去參觀。那房子就座落在雙連市場後面的長巷裡，巷子前頭還有一條大溝流過，溝水清澈無異味，其上築有石橋，周圍景物純樸幽靜。至於那二樓房子內部，整個格局類似邱清和他家，同樣是前、後廳延伸，坪數不小。楊母一看就中意，心想女兒、女婿也必定喜歡，剩下的只是價錢問題。到了星期天，楊母帶著嘉華和楊瑩雪來觀看並鑑定。他們從前廳走到後廳，自然也包括廚房、浴室等，邊看邊點頭，始終面露笑容，果真十分滿意。

此時既已恢復健康，嘉華又搬回延平北路的老家。短期內能找到吉屋固然高興，現在他也面臨之前曾想過的事，即是否邀玉梅母子一齊來新家定居，或在她拒絕的情況下，該如何解決她和志成的生活問題。想了想，遂開口問道：

「阿梅，我結婚了後，恁母仔囝佮我搬來雙連ê新茨企，好無?」

「無妥當啦！阮母仔囝去佮恁滯，按爾生會妨礙恁尪仔某ê生活，而且聽汝講抑有一個丈人姆仔嘛愛照顧，阮若去會增加汝ê負擔。」

「按爾生，恁抑是滯此卡好，我每個月會繼續互汝生活費，汝免操煩。」

「華ちゃん，此些代誌我攏有想過，汝免擔心。汝娶某了後，無偌久幸ちゃん一定抑會嫁，我都是繼續滯此，亦愛揣個工課做，親像甲人煮飯、洗衫，抑是佮以前有一擺仝款，歸氣閣來去阿錦個兜幫伊顧店，袂使閣依靠恁，尤其是汝，以後愛飼某囝，愛照顧丈人姆仔，責任會愈來愈大，袂使閣增加汝ê負擔。」

「唉！顛倒是汝久長咧照顧阮，即馬阮大漢，喇無倘照顧汝，誠是見笑。」

「莫按爾生講，都是為得以後生活方便，我佮志ちゃんê戶口移出，感情上咱永遠攏是一家人。再講，我體力抑真好，抑閣會做代誌，免煩惱啦！」

「汝佮志ちゃんê戶口欲移出去？」

「我有請教區公所ê人，只要我決定欲對此牽出，另外設一個戶籍，個隨時會使幫我處理有關ê手續，當然到時嘛愛汝ê證明。按爾生做等於是我恢復原本ê身分，改姓阮尪阿龍ê林姓，志ちゃん亦是按爾辦，但是阿龍愛照事實，登記死亡。以後我都伓是李家ê新婦仔，終歸我佮恁兄妹仔三人各人有各人ê家庭，各人有各人ê路愛行。但是此是時代改變，亦是為得咱以後生活方便，在感情上，就像我拄即所講，咱永遠攏是一家人，李家永遠是我心目中ê外家茨，每年拄着序大人做忌，抑是年仔節仔，我攏會轉來拜拜，鬥相共。關係此點汝放心。」

「汝按爾扑算我會理解，伓過多少嘛愛互汝一筆錢，汝已經為阮付出真濟。我看台北東區ê田地，抑是林口ê山坡地，假使將其中ê一筆處分，按爾生都有法度互汝一寡仔錢做所費。麻煩ê是臨時欲揣好ê買主無赫快。」

「彼是爸母辛苦趁來ê土地，亦是汝遮有權繼承，愛好好守ê，後日仔有好價則賣嘛抑袂慢，上好是永遠留ê，對大家攏好。我ê生活汝都免煩惱。」

嘉華聽了想再說些什麼，卻一轉念覺得玉梅所說很有道理，便點點頭。

既看中那棟位於雙連的房子，接著便是與建築商討論售價，最後則以三萬五千元的價格成交。這筆購屋的錢非來自銀行貸款，而是由嘉華、楊瑩雪及楊母三人共同出資，直接付給現金。其中二個年輕人各出一萬五千元，剩下的五千元則由楊母支出。顯然楊母頗欣賞嘉華這女婿，覺得他很老實、可靠、有責任感，而且又同為台灣人，較容易溝通，打從心底就樂於跟他和楊瑩雪同住。差不多與此同時，她的二女楊瑩鈴也已離家，和那馮姓的外省人同居，等於是私奔，也等於是宣告和娘家斷絕往來，從此親子將形同陌路。暫且拋開外省人這一層（若以中台一邊一國言，應是外國人），來自南京的馮先生其實人不錯，深知經過日本半世紀的治理，台灣顯得比中國大陸進步，但也因此產生隔閡，尤其是二二八事件後，彼此的隔閡及誤解更加擴大。他知道台灣人多半反對與外省人通婚，特別是將女兒嫁給外省人，也因而想徵求楊家雙親的諒解和同意，無奈兩老均拒絕。馮先生當時也堅信反攻大陸，所以無法承諾永不將妻子攜回南京。再則，正因為堅信反攻大陸，他竟不願在台購屋，寧可租房子住，以便一旦反攻勝利，隨時可捲布蓋回老鄉。僅此一點，楊母就讚揚嘉華有自行購屋的觀念。

買下房子後，隨之而來的事雖瑣碎，卻一點也不複雜，反正照著計畫進行，已步步逼近攜手走上紅毯的結婚吉日。就在一九五三年十一月初的一個週末午後，嘉華於逛街看家具之餘，突然想到學長杜恩輝，驀然感到已有一段時日未見面，一方面也想與他分享即將結婚的喜悅，欲口頭上先邀請他，遂向楊瑩雪說既然順路，要去拜訪一位北二中的老學長，請她陪同一齊去，也藉此和學長他們夫婦認識。途中嘉華說起和學長結識的經過、之後一切的交往，及至三年前學長結婚時，新娘蕭麗杏正是自己兒時的同伴、李蕭二家自父輩起即成為世交等等。楊瑩雪靜靜聽著，越發感到有趣，也很想和這對杜姓夫婦會面。

來到杜公館，按了門鈴，應聲開門的是杜恩輝二歲的兒子杜世佳。嘉華微笑著蹲下身，摸摸他的頭，問他爸爸是否在家，他搖了搖頭，說要去叫媽媽，轉身就跑走。楊瑩雪看了覺得可愛又有趣。一會兒蕭麗杏出來，看到嘉華等，高興地說：

「おひさしぶりね（好久不見）。緊入來坐，我來泡茶。」

「多謝！」隔了一會兒，嘉華看到蕭麗杏端出茶走來，接過茶說。

「多謝！」楊瑩雪也接過茶說。

「恁稍坐ê，我取囡仔去後壁房互伊睏，稍等下都來。」

約莫五分鐘，看到蕭麗杏從後頭又走過來，嘉華待她坐下後便說：

「杏子，我甲汝介紹，此位是我ê未婚妻。伊姓楊，名是瑩雪，晶瑩ê瑩，白雪ê雪，大家攏叫伊雪ちゃん。雪ちゃん，此位就是我ê先輩杜恩輝ê太太蕭麗杏，麗是美麗ê麗，杏是杏仁ê杏，阮攏叫伊杏子。」

「初めまして、よろしく（初次見面，請多指教）。」楊瑩雪說。

「こちらこそ（彼此彼此）。」蕭麗杏說。

「阿輝無佇ê咻？歇睏日抑咧病院看病？」

「伊即馬咧火燒島。」
「火燒島？佇台東外海彼個島？伊互人派去彼看病？誠遠啊！」
「伓是互人派去看病，是互人掠去關。」
「啥米！互人掠去關！到底是犯啥米法？咁會是醫療糾紛？」
「是冤枉ê，佮恁お父さん當時ê情形差不多，完全是冤枉ê。」
「喔！我知影啊！誠是想袂到，大戰了後，此款代誌仝款一再發生。」說著有些哽咽。默默聽著的楊瑩雪也頓時感到悲哀、緊張，甚至莫名的恐懼。
「いつの事（什麼時候的事）？」
「去年の十二月二十日。」
「審判了後，無偌久都送去火燒島？」
「攏無法度倘講情？揣無人倘扑通關係？」
蕭麗杏點點頭。
「全然ない（完全沒有）。」說著更顯無奈。
「愛關偌久？」
「六年。」
「到年底都滿一年，誠是想袂到。此中間汝捌去看伊無？赫遠ê所在。」
「今年七月時有去過一擺。」
「子供（小孩）は？あなたと一緒に行ったか（跟你一齊去嗎）？」

蕭麗杏點點頭。

「大變な（非常艱辛）。」說著又有些哽咽。

「對啦！恁是最近欲結婚啊咻？おめでとう（恭喜）。」

「ありがとう（謝謝）。」

「ありがとう（謝謝）。」楊瑩雪也跟著說。

「誠歹勢！此時陣來邀請，閣赫久無來拜訪。」

「帖收得，若方便，我會盡量去。」

「若方便，汝人來都好，阮就真歡喜。」

「阮お父さん汝亦會叫？」

「會啦！恁お父さん是阮李家ê老朋友，閣是恩人，一定愛請ê。杏子，後回汝若欲閣去看阿輝，我亦佮汝來去，好無？加一個人鬥陣，一路上亦卡倘甲汝看前看後。想到火燒島赫爾遠ê所在，應該都愛有人佮汝鬥陣去，我嘛誠愛見見阿輝，面對面佮伊講幾句仔話，已經欲一年無看囉。」

「華ちゃん，汝ê好意我了解，亦真感謝，但是此誠費時間，路頭閣遠，嘛怀是咱愛欲去都隨時會使去，何況汝準備欲結婚啊，抑是結婚ê代誌佧要緊，看阿輝都另日仔有適當ê機會，汝亦方便ê時陣遮閣講。」

嘉華一時無言以對，只好點點頭。這時他注意到客廳的角落裡擺著一部縫紉機，和一般家庭沒兩樣，只是旁邊的小桌上堆著些布匹、衣服等，像是在做家庭代工，或幫人縫製衣裳，出於關心及好奇，便問說：

「杏子，此段期間恁母仔囝是按怎過日子？」

「喔！我即馬佇日本大使館上班。」

「真好啊！秘書ê工課咻？憑汝青山學院ê學歷，應該愛做主管則適合。」

「無啦！干焦咧做工友。」

「奈赫無公平！真是白白糟蹋人才。」

「因為大使館臨時無正式ê缺，干焦卡需要工友，此閣是我拜託內底ê先輩幫我介紹ê，工作本身是真單純，薪水亦馬馬虎虎，會得過那好。」

「對汝真委屈。另外汝亦咧甲人裁衫咻？くろう（苦勞，即辛苦）ね。」

「是啦！下班轉來茨加減仔做，橫直有時間。」

「杜さん（杜太太），汝ê手工一定真好，我以後有需要，抑是同窗、同事間有人欲做衫，遮叫個緊來揣汝，委託汝做。」楊瑩雪說。

「好，好，多謝！」

告辭杜家後，嘉華在工作之餘，特別是週末假日時與楊瑩雪碰面，閒談中總不免會提起想探獄一事，還好他尚知謹慎，必定是在二人獨處方開口。這樣的氣氛下，楊瑩雪越來越覺得厭煩，更有說不出的緊張及恐懼感，遂帶著責備的口吻說：

「杏子都講另日仔遮閣講，彼意思汝抑聽無？」

「伊是客氣遮按爾講，加一個人倘做伴鬥陣去，伓是伜らく（樂，即輕鬆）？」

「彼是汝咧想，伊反勢無按爾想，再講人嘛無愛麻煩汝。」

「有啥米倘麻煩ê？我只不過愛欲見見先輩。」

「見著了後汝欲甲伊講啥？汝若赫愛去，歸氣想辦法家己去。」

「無杏子先去申請，我嘛摸無路，反勢家己去揣閣有危險。」

「汝嘛知影危險囉！坦白講，我是真擔心，無愛汝去。」

「驚ê佮先輩久長有往來，萬一警方存心去調查，可能會受牽拖？」

「是啊！此點汝會當了解都好，終歸咱亦欲結婚啊，汝絕對無愛我佮杏子仝款，尪婿無事無白互人掠去關，做太太ê家己一個忍受艱苦，閣愛飼家。」

「此我攏知影，但是想到先輩都想到阮お父さん，心內誠怀甘，愛欲去看伊，佮伊講幾句仔話，甲伊安慰，甲伊鼓勵。當時阮お父さん遇著此款代誌，我人咧日本做兵，根本攏怀知，是轉來了後遮知，連見面ê機會亦無啊。都是按爾生，我遮一直想欲去看先輩，講起伊會使算是我ê兄さん，有疑問，抑是有煩惱ê時陣，伊攏盡量分析互我聽，甲我鬥相共，所以我亦真愛甲伊幫忙。」

「咱目前會使甲伊幫忙ê，除了加減介紹人客互杏子做衫，實在亦真有限。我看以後此代誌咱亦莫閣講，有倘時千焦想都會驚。抑閣有，遇著親情朋友亦攏莫講，知影此代誌對一般ê人亦無啥米好。」

「我知影，以後咱莫閣討論此代誌。」

若非父親在大戰末期遭受冤獄，嘉華從小接受日本教育，大致上就和他同時代的人一樣，對於日本政府並沒有太大的怨恨，無形中早已習慣那套守法、守份、守時的治理方式。戰後自日本歸來，他也和大家一樣，衷心期待祖國的中國能撫慰他們，關愛他們，好好照顧他們，結果卻事與願違，祖國不但落後、腐敗、無能，甚且貪污充斥，更在終戰來台接收的第二年，即一九四七年，就爆發了近代史上悽慘無比的二二八事件。很不幸，台灣史上的災難與禍害並未就此打住，隨之而來的便是知識分子、農工階級等各行各業無所不包的大小冤獄，也就是所謂的白色恐怖的時代。回想日本時代奉公守法、正派經商，又對日式治理少有怨言的父親竟還是蒙冤下獄，可見外來政權永遠是以其利益為優先，根本不可能會平等對待殖民地的人民。然而杜恩輝的事又透露了什麼？竟然是祖國的中國無中生有，以揑造的罪名，不經合法、公開的審判，就將自己的善良百姓打入黑牢，甚至害得家破人亡的例子比比皆是。究其原因，固然是一朝被共產黨打敗，逃竄來台後懼共又恨共，稍有風吹草動就想先發制人，另外也是根本不把台灣人當同胞看，全然是外來政權的優越心態。當然在那時，嘉華和一般台灣人一樣，尚不很清楚外來政權一詞，也沒將中國看成外來政權，不過種種不公不義的事陸續發生，他們已無奈地領悟到自己仍舊是二等公民，唯有來自對岸的那批人，特別是有官階或背景者，才像過去的日本人一樣，稱得上是國家的頭等公民。

第二十四章

拜訪了杜家之後，嘉華並未接著又去拜訪其他親友，反正屆時會發出喜帖，也就等於是告知眾人。此時，楊瑩雪一來想分散嘉華對杜恩輝冤案的過於關注，二來想探望數月未見的祖父，更想與他分享喜訊，遂和嘉華相約，於某個假日帶著他去看望楊老爺。途中，楊瑩雪提及祖父母多年前就不跟兒孫同住，老兩口另住一棟臨街的小樓房，樓下還租給人家開店，專賣釣竿等釣魚用具。那楊老太太不幸已因心藏衰竭過世，獨留楊老爺和照顧他的二個僕人。

上了樓，在一個曾姓僕人的引導下，楊瑩雪和嘉華手牽手，來到祖父的書房。一段日子未謀面，祖孫二人相見甚歡，旁邊又多了個未婚夫，更添一室光彩。

「雪ちゃん，奈赫久無來看阿公？」楊老爺說著就將桌上的書閣上。

「阿公，此幾日仔卡冷啊，會寒袂？曾仔有甲汝用爐仔無？」

「有啊，爐仔已經抾出，囥咧桌仔骹。此位是汝ê未婚夫李さん咻？我聽恁老爸講，李さん佇一銀呷頭路，是無？」

「是啦，我即馬佇重慶南路ê總行上班。」

「李さん，按爾生好，卡贏ê雪ちゃん佃老爸做生理，有倘時好，有倘時穤，總是感覺袂穩定，抑是踮銀行呷頭路卡好。」

「阿公，直接叫我華ちゃん抑是阿華都好。」

「好，好，華ちゃん，此雪ちゃん是我ê頭一個孫，佃爸母顧做生理，自細漢伊佮佃小妹攏咧我身軀邊，我佮佃阿嬤有卡乘（寵）伊，個性有淡薄仔嬌，汝都可包容。其實雪ちゃん真識代誌，亦真善良，為著恁以後ê幸福，愛互相體諒佮珍惜。」

「阿公，阮知影啦。」嘉華和楊瑩雪異口同聲說。

「按爾生好。恁結婚ê日期是值咚時？定ê佗一日？」

「明年一月十六，都是舊曆十二月十二。阿公一定愛來觀禮，呷喜酒。阮會派人駛車來載汝，阿公汝攢好，踮茨等都好。」

「好，好，彼日若氣活氣活，阿公一定去。」

祖孫難得在婚前相聚，未婚夫又在場，楊老爺高興之餘，硬是將這對新人留下，陪他一道在家吃晚餐。那菜色算是普通，老少三人卻吃得津津有味，其間更是歡談不斷。飯後嘉華瀏覽起楊老爺的藏書，大致上和他先父李尚吉的差不多，凡史學、文學、哲學、經濟學等有名的著作皆有收藏，連剛考上北二中，由全班送給公學校恩師宮崎先生的那套百科全書亦在列。至於一般人愛看的《文藝春秋》、《中央公論》等月刊也整齊地擺在小書架上。商賈之家有藏書實不為奇，於今更見普遍，只是中、英文書籍居多，然在當時雖已非日本統治，日文的閱讀人口仍很可觀，可見日本時代教育之普及與成功。

年底發出喜帖時，最先收到的是嘉華的三叔李尚福，因為他就住在延平北路三段老家的二樓，根本只需嘉華拿上去即可。當李尚福看到帖子，內心既不覺得特別高興，也沒感到任何失望，僅是念在親屬間，好歹也得包個像樣的紅包給姪兒。實際上，終究是商場老將，他不但包了個中上的紅包，還特地挑了一條金項鍊送給楊瑩雪，多少帶有向嘉華賠罪的意味，請他就別再計較那賣股票的事。

至於那些數日後收到喜帖的眾親友，大概就屬堂妹李雪綾最興奮，純然發自內心，為嘉華找到終身伴侶而大感欣慰。她丈夫蘇耀彰也深感喜悅，並打算在紅包之外，既從事首飾買賣業，也送支玉鐲或耳環等給新娘，但得知岳父已饋贈一條金項鍊之後，為了不搶長輩的風頭，也就放棄，改想其他的禮物。他和李雪綾商量了一陣，從縫紉機到沙發椅皆有，最後則以一套陶瓷餐具定案。這除了美觀實用、價值不菲外，還可藉著拜訪，直接帶到對方家裡，當面送給受贈者。為此，李雪綾以想看看新娘，並向她道賀為由，先和嘉華約好，嘉華再和楊瑩雪相約，四個人一齊在老家碰面，然後蘇姓夫婦趁著遞上紅包時，順便也將餐具送上。這場聚會充滿喜樂的氣息，不僅二對夫婦笑逐顏開，像是很投緣，趣聞軼事聊不停，連那負責料理及款待的玉梅、淑幸等也沾染喜氣，忙得不亦樂乎。

婚禮當晚的宴席上，除了楊老爺等男女雙方的親友、同學、同事外，蕭麗杏也帶著兒子來吃喜酒，嘉華和楊瑩雪看了非常高興，更感到難能可貴。席間不免有人問起杜恩輝，蕭麗杏皆答以赴美研究，暫時避開了些追問及不必要的困擾。原本她是不想赴宴，幾經考慮，最後還是決定出席，除了這是自己的舊識，又是丈夫的學弟嘉華的婚禮外，最重要的是一年來都挺過去，還有什麼不能面對？就是整天哭喪著臉，日子還是要過，不僅自己要活下去，更要為了丈夫和孩子活下去，為了五年後的團圓，還有之後的歲月勇敢地活下去。

婚後嘉華和楊瑩雪，還有岳母楊太太，就搬到雙連的新居去住。他們三人住那房子頗覺寬敞，嘉華便想著，乾脆讓岳父遷來亦無妨，可跟岳母同一間房，畢竟他們仍是夫妻，仍有情感上的牽繫，而楊瑩雪自然贊成，內心也蠻感激嘉華。不過晚輩有此孝心，長輩卻無法消受。事實上，楊太太很清楚，若非嘉華的雙親已過世，為人岳母的她實在不便來，也不好意思來，更遑論岳父也跟著來。當然，果真那樣也是可理解和接受，世上不乏女婿、女兒和岳父母同住，一家和樂的例子。真正的問題還是出在楊睿榮身上，全由他那風流放蕩、喜新厭舊的性格所引起。這其中楊太太固然有些責任，但丈夫一旦在外與人同居，除非浪子回頭，或有如倦鳥知返，否則正式搬來住還是一樣。再說，楊睿榮既有本事養小老婆，自己過活也該不成問題，實在不宜再來女婿家，靠女婿撫養。關於這點楊睿榮也自知，更不想被束縛，遂婉拒嘉華的好意，只表示有空會常來拜訪。

那年一九五四年十一月下旬楊瑩雪產下一子，初為人父的嘉華大為喜悅，取名裕甫，多少含有向世人宣告頭胎生男，並期望他一生豐裕富足的意味。隨著這孩子的誕生，其父母雙方的親屬也都跟著升級，當中就以楊瑩雪的祖父最為光彩，一夕之間變成曾祖父，更增添威信。然論及與嬰兒相處，除了爸媽外，顯然就屬楊太太最佔上風，幾乎從早到晚，這個成為外婆的婦人都時刻不離愛孫。再試著以小孫兒的角度來看，所謂的祖母、奶奶、阿嬤或外婆皆指同一人，也就不必像童謠所唱的搖啊搖，搖到外婆橋，因為外婆就住在他家，成天都看得到，煩得到，更親近得到，完全沒有童謠所表達的距離感。

這樣含飴弄孫大享天倫之樂過了約半年，楊太太開始感到有些單調乏味，更因一陣子沒打牌，沒摸麻將而覺得手癢。她那些牌友，特別是也當上阿嬤的女性友人，這段日子偶爾會來探望她，主要便是看看她的小金孫，但總不能約她外出打牌，更不能在客廳就擺起牌桌，況且也沒人帶麻將粒子來。怎麼辦？此時不打，難道捱到七老八十。眼睜睜看著人家出去打，又打得盡興而歸，豈止是眼紅而已，簡直是手癢得不得了。還好天公伯疼惜楊太太，那住在對面二樓的一位陳太太竟成了她的救星，每次出去打牌或逛街時，她就過來照顧小裕甫，而且很快就和小裕甫培養出融洽的情感，連職業奶媽都自嘆不如。原來和蕭麗杏她家樓上的郭太太一樣，這位陳太太也是五個孩子均已上小學，或念初中，本身又很勤快，忙完家事尚有閒暇，於是就特地跑來幫忙。看來很明顯，比起年輕時是少奶奶，且泰半由人侍候的楊太太，勤儉持家，又子女較多的陳太太更懂得帶小孩。

有時陳太太受託來照顧小裕甫，她那個正讀小學三年級，家人叫他阿欽的三子，或剛上一年級，家人喚作阿慧的么女，如果下午不用上課，他們總有一人會過來和嬰兒玩耍。但是若家庭作業較多，唯恐寫不完，他們就全乖乖留在家中。其實小裕甫還有一個固定，又蠻有默契的同伴，那便是他的小堂舅楊敬仁，也就是他三叔公楊睿哲的么兒。楊敬仁和小裕甫在輩份上是舅甥的關係，實則年齡僅差五歲，仍尚未入學，因而隨時都可跑來找甥兒玩。不過，此處所謂的跑來可不比阿欽他們方便，六歲的小孩也不懂搭車，事實上是由堂姊楊瑩雪帶他來，或說跟著過來，因為楊瑩雪最疼愛這個小堂弟，最歡迎他來新居玩，同小裕甫作伴。結果，直到楊敬仁上了小學，每逢假日或寒暑假，若功課不多，他三不五時就要求楊瑩雪來接他，然後跟著堂姊一家人去郊遊。有時大人忙於公務私事，不便帶孩子到戶外踏青，楊敬仁仍感滿足，在家中就和小裕甫玩得興高采烈。他的到來多少也需陳太太注意，但活潑歸活潑，大體上蠻守規矩，也很有禮貌，根本不必太費心，反倒多了個小幫手。

看來嘉華婚後過得還不錯，只是多了個愛打牌、愛聚會的丈母娘，往往會因顧不了一些家事，例如繳水電費、買菜、打掃等，而與楊瑩雪起些口角，除此之外，一切都跟普通家庭沒兩樣，即有歡樂，也有煩惱，更時有失望和喜悅。再以外在的大環境來看，此時約是接受美援的第四個年頭，社會已漸安定，經濟也漸穩定，一些基本的建設也逐步展開，差不多擺脫了一九四九年國府倉促來台的窘態和困境。很顯然，這長達十五年、達美金十五億的美援固然有助於台灣社會，然最大的受惠者卻是中華民國流亡政府，或稱蔣介石流亡政權。之所以稱為流亡政府，原因之一是中華民國已被中華人民共和國所取代並消滅，原因之二則是自二次大戰結束後，從一九五零年起，台灣一直是美國的軍事佔領區，蔣氏流亡政權是徵其同意才入台，或更正確地說，乃是美國的代理政府。

就在這樣的時代背景下，繼嘉華之後，小妹淑幸也在婚姻上找到了歸宿。那是一九五五年的春末夏初，有一次淑幸和商社的四個女同事去淡水玩，回到台北時尚早，和其中三個分手道別後，順便又去另一位張姓同事的家裡坐坐。她跟這位名為靜蘭的張小姐很要好，二人皆在同一年進入商社，但張靜蘭是在年頭，淑幸是在年尾，於是張靜蘭就順理成章成為前輩。除了職場上的輩份不同外，張靜蘭還比淑幸大二歲，足以當她的姊姊。有趣的是，這位在公事上常教導淑幸，在私底下也頗照顧淑幸的張靜蘭，最後竟變成淑幸的小姑，得叫淑幸一聲嫂子，原來那天她三哥張啟明也在家，對初次來訪的淑幸一見鍾情，淑幸也對他頗有好感，二人剎那間就墜入情網。這一切全是無心所造成，正如俗語所說的無心插柳，柳成蔭；無心栽花，花成叢。

和張啟明交往後，相約見會的地方不外乎是公園、車站、戲院、博物館、咖啡店等，可說與一般情侶沒兩樣。至於交談的內容或話題，也與一般情侶無二致，總脫離不了興趣、嗜好、流行的電影、音樂、求學的經過、未來的展望等，同時也不免會說起家世背景、父母雙親、兄弟手足等。有一回二人在武昌街的台北戲院（於一九九一年停業，二零零六年七月間遭火災焚燬）看了場電影，是日本名導演小津安二郎所拍，在世界影史上亦為佳構的《東京物語》。散戲後二人又到附近的冰果店坐坐，喝杯果汁消暑解渴。他們輕鬆愉快地談論片中所呈現的家庭問題、親子關係，以及女星原節子的表現等，突然話題一轉，聊起了各自的家庭狀況。張啟明吸了一口柳丁汁，笑著說：

「阮兜兄弟姊妹有夠濟，有四個兄弟，四個姊妹，攏總八個。恁兜咧？」

「阮兜本來嘛有七個兄弟姊妹，但是大兄佮三兄攏破病過身，大姊佮三姊亦嬰仔時都死去，所以干焦偆二兄、二姊佮我三個兄妹仔。」

「歹勢，互汝講起以前不幸ê代誌。我想恁三個兄妹仔一定感情真好。恁兄さん娶某生囝袂？伊即馬佇佗呷頭路？」

「阮兄さん已經結婚啊，即馬佇一銀呷頭路。」

「重慶南路彼個一銀ê總行咻？」

「是啊！」

「誠拄好，阮お父さん嘛佇一銀總行呷頭路，看起咱真有緣。」

「恁お父さん是咧佗一個部門？」

喔！伊是總經理，呼做張提升，提高ê提，升級ê升，恁兄さん一定知影，轉去問伊都知。」

「總經理！職位誠懸啊！阿蘭攏伓捌講起，我亦無清楚。看起恁兄弟姊妹中間，一定有人亦咧銀行呷頭路？」

「全然ない（完全沒有）。」

「なぜ（為什麼）？」

「興味がないですから（因為沒興趣）。」

「なるほど（原來如此）。除了汝咧義美，阿蘭咧商社以外，我會使大概知影恁其他兄弟姊妹佇佗呷頭路無？」

「好啊。阮大兄咧中油，二兄咧台北郵局總局，大姊佮二姊攏是家庭主婦，一番目の妹（二妹）咧台大圖書館，尾仔ê小弟抑咧成功大學讀土木工程。」

「看起恁兜ê人攏真優秀。」

「算起是普通啦，干焦比一般卡好淡薄仔。」

「但是恁老爸是一銀ê總經理，誠敖啊。」

「無啥米敖啦！仝款是呷人ê頭路，只不過是公家機關，做久則職位升起，抑伓是家己咧做頭家，家己咧經營事業。」

回到家中，淑幸向玉梅說起初戀的事，並提到對方的父親是一銀的總經理，不知是否會給嘉華帶來些困擾和壓力。

「我想袂啦！欲佮張先生結婚ê是汝，以後恁會當過囉幸福快樂卡重要。」

「但是我若嫁去，華ちゃん佮個總經理都會有親情關係。」

「此應該有好無穤（壞）啊！以後華ちゃん若表現囉卡好，總經理亦有特別注意著，欲升級，抑是調薪都卡緊。」

「但是銀行是公家機關，總經理若按爾生做，伓驚ê人會講話？」

「當然一切愛看華ちゃんê表現，而且銀行應該亦有升級ê標準，總經理會當特別注意都好。我想華ちゃん一向ê表現袂失人禮。此攏無啥要緊，上重要ê抑是汝佮張先生ê婚姻愛圓滿。關係此點，張家ê經濟基礎、社會地位攏嶄然仔好，若佮文子比，汝會卡氣活，亦會卡幸福。」

「我若嫁了後，茨內伓偆汝佮志ちゃん二個人？」

「我會閣去甲阿錦鬥顧店，抑是做其他ê工課，橫豎我佮志ちゃんê戶口已經改啊，再講此間茨是佇三叔ê名下，恁兄妹仔既然各人有各人ê家庭，我亦愛有另外ê扑算，此代誌我進前有佮華ちゃん講過，伊知影。」

「所以汝欲離開此，離開阮。」

「無啦！拄着序大人做忌，抑是年仔節仔，我攏會轉來拜拜，鬥相共；有代誌時，嘛會緊佮恁聯絡。上要緊ê抑是汝ê婚姻愛幸福。」

當嘉華從來訪的淑幸口中得知，她未來想下嫁的對象竟是一銀總經理的兒子時，心中真是百感交集。過去為了淑文的幸福著想，他曾主動向她介紹黃謙信，也就是一銀國外部的同事，而且黃家也不輸張家，稱得上是富貴人家，最重要的是男女雙方皆有意，男方尤其殷勤，怎知淑文已跟人珠胎暗結，一樁美事只好嘎然而止。現在則是愛神暗中牽線，或謂命運之神眷顧淑幸，竟讓總經理的公子看上她，像是富貴主動找上門。若黃謙信之後得知此事，不知作何感想？原來你李嘉華平日一副有操守、有原則的模樣，竟然嫌黃家不夠有錢，硬攀上那張總經理家，簡直是攀龍附鳳，擺明唯利是圖、唯財是問。果真黃謙信會這樣想嗎？當初的對象是淑文，又不是淑幸。管他怎樣想，就算這樣想也是人之常情，何況屆時不止他會這樣反應，其他的同事也多少會這樣想。別人的想法有辦法阻止嗎？就像自己心中對政府，對國民黨很反感，但不說出來，這個黨也拿你沒辦法。這樣思來想去，腦中也漸清晰，其實憂心的是與張家結成親家有壓力，另外便是擔心辦不出豪華的嫁妝，無法讓淑幸嫁得風光十足。

約過了二個月，有一天下午，嘉華在部門會議結束後，仔細將財務報表、卷宗等檢視並整理一番，就送到總經理室。和其他行員一樣，他交給那位個子高高、頭禿禿的蔡秘書後，掉頭即想離去。但這回卻聽蔡秘書說，總經理正好在辦公室，知道他會送文件來，想當面和他談些存款業務。談些存款業務？怎麼只找他一個人談呢？也許這僅是藉口，真正要談的恐怕就是張啟明與淑幸的婚事。叩門即刻應准，待開了門一進去，張總經理已滿面春風，起身過來迎接，並說：

「緊坐下，拄好汝來，有話欲佮汝講。」

「關係最近此季存款ê情形？」

「咁是攏維持咧一定ê數目以上？此亦是大家扑拚ê成績，真好。其實我欲講ê是恁小妹ê代誌。真想袂到，咱誠有緣，阮後生竟然佮恁小妹合會來，二個人會行鬥陣，閣行甲真順事，應該好辦喜事啊。」

「想起確實有緣，但是坦白講，阮爸母早過身，我能力抑閣不足，恐驚ê無倘互小妹啥米大嫁妝，誠是見笑。」

「有啥米好見笑？阮欲娶ê是人，伓是嫁妝，好新婦卡重要，比啥米嫁妝都卡有價值。關係恁茨內ê情形，啟明攏有講起，恁小妹淑幸我亦見過二擺，有佮伊講過話，感覺此查某囡仔真有氣質、真有家教，亦真識人情世事，看起汝此做阿兄ê人嶄然仔敖。」

「喔！總經理，伓倘按爾謳咾，其實我無啥能力，攏是小妹伊會曉想。」

「好，居然㑆二人愛欲做尪仔某，咱都成全㑆，嫁妝ê代誌汝免操煩，簡單都好，千萬伓倘大辦，絕對無彼必要。」

「喔！總經理，我知影，真多謝。」

淑幸在一九五五年十一月間就披上白紗，挽著張啟明的手臂，一齊踏上紅毯，與他結為夫妻，也成為張家的第三個媳婦。比起老大、老二的太太，淑幸雖也是出身殷商之家，然父母皆亡，家道中落，毫無富貴的氣勢，看在婆婆眼裡自然不如上面二個媳婦。俗話說多年媳婦熬成婆，用在張家這位婆婆身上固然也對，卻頗有諷刺意味，因為她出嫁時也是身分不怎麼好，甚至比淑幸還卑微萬分，僅是花街柳巷的一株芳草，幸得張提升愛戀又賞識，努力徵得雙親同意，才將她贖回自由身，並娶她為妻。當然，人的出身貴賤無從作主，亦不盡然決定一生，但卻見有些卑微者一旦富貴騰達，常忘了早年自己的處境，轉而對下人或弱勢者頤指氣使，甚至加以虐待。很不幸，張家婆婆無形中就是變成這個樣子，就算同樣是有錢的親戚、朋友，她還是很精明，當中某一家較富裕，就對那一家特別好，較愛跟他們打交道。不過，幸好身為公公的張提升總是呵護淑幸，也在婚後半年就讓小兩口另覓住處，無須再與公婆同住一屋簷下。在此期間，淑幸雖身為職業婦女，家中亦雇有僕人，婆婆還是常要她下廚，想見識一下她的料理手藝，或在週日命她清掃房間，想了解一下她的管家能力。在婆婆看來，女人還是主內為要，若尚須出外工作，等於表明丈夫不會賺錢，或自己在家待不住。

喬遷到長安東路的新居數月後，淑幸有了身孕，在公公、婆婆的敦促，以及丈夫的建議下，索性辭去工作，在家安心待產，並專心做個家庭主婦。有時公公會趁著外出辦事，忙裡抽空，順便搭車來探望她，並塞給她一點零用錢，要她買隻雞，燉個雞湯來滋補身子。每回公公掏出錢來，淑幸總不好意思收，因為丈夫已幫她買了些營養食品，但公公還是堅持，說這不單單是為了她，更為了即將出生的小孫兒，於是恭敬不如從命，淑幸就收下了這額外的錢。其實這筆錢雖不多，她倒是另有用途，一陣子就拿來資助姊姊淑文，只是暫時沒向丈夫提及。至於公公的美意也不能忽略，好歹總得買隻雞來進補一番，也算對長輩有個交代，而這項開銷就由自己支付，畢竟上過班，身邊還存了些錢。想來也正是和丈夫搬出來的好處，否則若仍和公婆同住，欲外出去姊姊家都得說一聲，然次數一多就不免啟人疑竇，尤其是婆婆大半成天在家，不起疑心才怪。

從台北一路來到三重市淑文家，光是搭公車都會耗去不少時間，而回程又不能太晚，至少得趕在丈夫張啟明下班之前，因此來去總是匆匆。這還好，反正是拿些錢給淑文應急，讓她能盡快帶孩子去看病等，最令人厭煩的是爬那一階階又窄又暗的樓梯，而且要好幾番迴旋才到達四樓。不，與其說是令人厭煩，倒不如說是令人難過，隨著層層往上，整個心頭就越來越鬱悶，為淑文感到無限悲哀，竟嫁到這種破落戶來，一住就是四、五年。待上到最高樓層，來到淑文那帳篷似的房間，坪數雖比當初擴大些，總還是看來簡陋。將錢交給淑文時，淑文說：

「幸ちゃん，這錢一定會想辦法還汝。放心啦！」

「阿銘即馬咁是有頭路啊？茨內應該卡氣活遮對。」

「我伓敢映望伊，有頭路，有趁幾先仔錢，竟然偷偷佇外口飼査某，彼日仔遮互我掠得。我有甲伊放條仔（警告），若無佮對方拒絕往來，肖想欲轉來。」

「唉！阿銘亦無惜本份，拄著此款代誌，尪仔某愛好好啊講。」淑幸說著，失望、氣憤、無奈、悲傷全湧上，一時心頭更加鬱悶。

第二十五章

比起淑文，淑幸的確較幸福，尤其是在一九五六年秋天生下一子後，丈夫對她更是恩愛有加，就連那勢利眼的婆婆也轉變態度，一陣子就去看望她，對她噓寒問暖，還囑咐她月子要做好，日後孩子才能帶得好，養得白胖、可愛，又健壯。想來人的運命真微妙，固然泰半是由自己的個性所造成，但冥冥之中一生的榮辱成敗似已寫定，只是無人可事先翻閱這生死簿。淑文較外向的性格，亦可說早熟的傾向，使她未完全認清對方，即與他未婚生子，從而走上一條荊棘多於花蕊的婚姻之路，但也正是這種外向、開放的個性，使她意識到非站起來不可，絕不能坐視惡劣的環境毀掉她，毀掉孩子，毀掉整個家庭。只要賴銘山認錯，乖乖回到家中，好好工作，按時交上生活費，她可以不計前嫌，畢竟二人仍有情感。此外，她開始動腦筋，大兒子已六歲，已能幫忙照顧弟弟、妹妹，這樣就可再外出工作，或開間小店，或擺個小攤位做點生意，否則光靠丈夫那份薪水難以持家。

眼前看來，除了淑文乏善可陳，淑幸和嘉華的情況都算不錯，正沉浸在幸福的氛圍中，而玉梅也找到了一份幫傭的工作，在生活上有了著落。另外，在去年夏天，她的獨生子志成亦不負期望，考入了成淵中學，乃僅次於大同中學的名校。這所中學即當年嘉隆所就讀的成淵學校，已於戰後轉變為公立學校。面對愛子考上初中，又是成淵一校，玉梅感到欣喜之餘，不免也會想起嘉隆、林金龍，以及圍繞在他們四周的人與事，但回想僅一瞬間，畢竟逝者已遠去，應讓其永久安息，未來該努力的仍是生者。基於此，無論是出於現實生活所需，抑或心中有意正身，對於改從亡夫的林姓，玉梅亦覺欣慰。

關於那份幫傭的工作，是在戰後來台的一位徐姓將軍宅第，負責煮飯和打掃，但無須洗滌衣物、床單等。原本玉梅是想和過去一樣，再去士林，幫大表姊鄭秋錦看店，協助那照相館的生意，但店中已雇有一年輕伙計，於是只好另作打算。就在改而應徵板橋一家紡織廠的女工，卻因額滿且年歲稍大，無法如願時，那位負責面試的潘先生倒很好心，看出玉梅擅長家事，又耐操勞，遂轉介她到徐將軍家當佣人。原來潘先生和徐將軍住同一社區，相距很近，和他家的廖姓管家有些認識，得知徐公館正在物色煮飯的大嫂，於是就建議玉梅去試試看。潘先生之所以這般熱心，固然是看到玉梅努力求職，值得幫忙，另一方面則是有賞，即找對了人，徐家一定有番酬謝。而在玉梅看來，徐公館就在市區裡，遠比士林的照相館，或板橋的紡織廠近，當然躍躍欲試，立即答應下來。

隔天玉梅就帶著潘先生所畫的地圖，還有一封簡單的介紹信，從延平北路搭車，在中山北路三段下了車，一路上邊找邊問，才在一條巷口看到了徐宅。從外頭的圍牆望去，屋簷幾乎半掩在濃密、翠綠、高大的樹叢中，可見庭院之大不亞於房舍本身，難怪潘先生將這屋子及其周圍畫得特別大。按了朱紅色大門的門鈴後，那位管家廖先生來開門，問了來意，並看了所持的介紹信，便請玉梅進入室內。徐公館就跟楊瑩雪他們在林森北路（昔稱大正街）的老家一樣，是棟日式的房子，顯然是戰後日本人離去，國民政府來接管，就讓其軍官揀現成，入住為屋主。廖管家向玉梅問了些問題，覺得確實符合工作所需，人也看來誠懇踏實，遂進一步請女主人出來面試。那女主人就是徐將軍的太太，約莫四十來歲，一副尋常婦人的模樣，沒什麼官夫人的架子。因她老鄉是福州，懂得台語（實則閩台二地之台語仍有別），只是成年後都待在華北地區，完全沒有講的機會，一講起來就變得有些不流利，但溝通上則無問題，也遠比一般中國人好。

　玉梅見了她，自然是立刻起身，向她鞠躬請安，她也回敬，並示意玉梅坐下，接著自己也坐下，看了那封介紹信一會，抬起頭來便問說：

「假使為得工作ê方便，需要滯此，汝會使袂？恁即馬滯佇佗？茨是自己ê咻？恁兜抑有啥米人？」

「我即馬滯佇延平北路親情兜，阮尪已經過身，茨內干焦有一個後生。」

「喔！伓知偌大漢？」

「今年十四歲，咧成淵中學讀初二。」

「喔！讀成淵中學誠敖啊！我此茨真闊，房間亦濟，恁母仔囝來滯無問題。我愛汝滯此ê原因是，以後煮飯、拚掃卡方便，因為除了每日三頓以外，阮定定會請人客，需要人隨時有倘準備酒菜；另外講著拚掃，除了此茨卡大，彼庭亦誠闊，歸日都有夠汝掃，所以抑是滯我此，咱互相卡方便。按爾生好無？」

「會使，無問題。」

「好，開始每個月薪水算一百四十箍，一年後看汝ê表現遮來調整。好無？」

「多謝太太。」

徐家的人除了徐將軍夫婦，另外就只有徐將軍的一個姪兒，名為徐遠鵬，正在東吳大學主修英文的年輕人。徐遠鵬的父親即徐將軍的弟弟，因和太太皆死於國共內戰，留下徐遠鵬一人，遂由伯父徐將軍代為扶養，並在國民黨潰不成軍，被逐出中國大陸時，攜他同來台灣。由於徐將軍夫婦未生一兒半女，這個姪兒自然就成為他們家的大少爺，頗有養尊處優之勢。他那名字取得很好，含有任重道遠、鵬程萬里的意味，然有時他的同學來找他，邊按門鈴，邊喊著徐遠鵬、徐遠鵬，聽在左鄰右舍孩子的耳朵裡，真像是「洗臉盆」，於是這渾名很快就在巷子傳開來。後來，志成在英文課上學到basin這個單字，就是面盆，也是盆地的意思，腦袋卻浮現出徐家大哥的身影，不禁笑出聲。志成和徐遠鵬相差約七歲，在同住一屋簷下那些年，除了寒暑假中，一齊在院子打個羽毛球，平日碰面時點個頭，打個招呼外，幾乎沒什麼大的互動。

提到那院子，的確十分寬敞，完全將屋舍團團圍住，尤其從偏門進入的左手邊那片空地，不僅是打球的好地方，更是從事各種遊戲、活動的最佳場所。於是乎鄰家的孩子常在週末假日，或沒課的午後，三三兩兩跑來這院子裡玩耍，甚至在寒暑假，一來就是成群結隊，把班上同學都帶來。當然若非徐太太點頭同意，這些毛頭小孩根本無法進來，只能望著那片圍牆興嘆。或許徐太太一直未生，內心渴望小孩，也或許徐家三人住那麼一大間房舍太冷清，多少想要活潑些、生動些、熱鬧些，這才讓鄰居孩子進來。為此那些孩子都叫徐太太為徐媽媽，聽來雖算平常，卻帶有幾分親暱的涵義，連大人後來也都跟著喊徐媽媽。不過，這座兒童樂園亦非隨時開放，像碰到有幕僚或重要的賓客來訪等，小孩就被排除在外，但這類情況多發生在晚上，也就是玉梅和廖管家忙著準備夜宴時。所以正確而言，孩童心裡很清楚，當某天下午或假日不能入院遊玩，十之八九是那個「洗臉盆」欲溫書準備期中或期末考。

正因為徐家的庭院如此之大，一年到頭又常有附近的小孩跑來玩，負責打掃的玉梅頗覺費力，顯然比煮飯還辛苦。一天七早八早起床，光是清掃室內各榻榻米房間，以及那幽雅卻過大的院落，差不多已耗去大半天，反而煮起三餐不算太費時，卻也得事先擺碗筷，事後洗餐盤、炊具等。幸好白米、蔬菜、雞鴨、魚蝦等食材皆由廖管家去張羅，玉梅只須吩咐，不必親自上市場。另外關於洗衣的部分，也採分工合作，全發包給外人，而碰到大衣之類較特別的衣著，則由廖管家送去新興的洗染店乾洗。總之，玉梅整天忙到晚，幾乎全年無休，那月薪雖差強人意，實則全是體力勞動的代價。不知是否從小操勞慣了，大半輩子也都從事幫傭的工作，後來到了晚年，她反而閒不下來，身體狀況始終良好。

為了這工作的緣故，玉梅和志成母子二人搬離了延平北路的老家，將房子完好歸還三叔李尚福，等於今後任憑屋主處分。其實李尚福這些年鑾發達，在黃金的期貨交易上獲利匪淺，已打算另外置產，根本不在意玉梅是否繼續住在樓下，反正大家都是親戚，即使玉梅的戶籍已改，還是可住下去。現在玉梅帶著志成一走，反倒又空出一間房子，對李尚福來說，雖比不上期貨的獲利那般誘人，暫時擺著仍有其價值，終究這是他的一項資產。

李尚福能在期貨上獲利縱然是走運，卻也不簡單，因為這遠比股票交易的風險還高，若有賠，不單是賠上本金而已，通常虧損都達本金的數倍，甚至數千倍。簡單舉個例子，假設以一萬元當保證金，簽下為期半年的原油期貨契約，而進場時原油是每千桶二十萬元。很不幸，半年到期，價格由二十萬元滑落到九萬元，等於虧了十一萬元。這時除了扣掉一萬元的保證金，尚須倒賠十萬元，即本金的十倍。但是若有賺，就是本金的數倍，乃至數千倍。據觀察與統計，投入期貨市場的每十個人當中，大概只有一個人賺到錢，其餘的九個人都賠錢。那唯一賺到錢的人不見得資本特別雄厚，很可能就跟其他九個人一樣，繳出定額的保證金後，便進入這門檻不算太高的市場，玩起這項金錢遊戲。也正因為門檻不太高，所以參加的人很踴躍，自然就活絡了市場，連帶對於整個經濟亦有幫助。如果想進一步探究為何贏家會贏，顯然除了帶有偏財運，那人對於標的物，譬如黃金及其市場，自有一番透徹、精確的見解，能觀微知著，而非完全盲目投入。值得一提的是，台灣的期貨交易所遲至一九九六年方設立，所以在此之前，凡是從事期貨買賣的人，其選擇的標的物及市場均在國外，必須透過稱為上手的代理商協辦。由此看來，投資人不輕鬆，多少得掌握一些國外市場的行情，據以判斷，否則很容易就敗陣出局。

自從做了期貨交易，又賺了錢後，李尚福逐漸將銀樓的生意擺在其次，好像成為副業，有或沒有都無所謂。他大女兒李雪綾、二女兒李雪絹偶爾回娘家，看到父親近來發迹，多少都會稱讚且羨慕，尤其是嫁給同業的李雪綾，心中蠻希望丈夫蘇耀彰也投入這類交易。有一晚夫妻兩吃過晚餐，李雪綾也匆匆洗完碗筷，一時閒著，就問起正在看報紙的蘇耀彰說：

「汝看咱亦來做期貨，啥米款？」

「有啊！おやじ（親父，即父親）捌做過一擺，了後看破，都無愛閣做。」

「看破？どうして（為什麼）？」

「傷過冒險啦！」

「做金仔ê期貨應該對咱卡有利啊？反勢加做一兩擺都趁囉！」

「誰人甲汝講卡有利？彼都親像讀第一志望ê高中，無保證汝一定考著台大抑是東大（東京大學）。專家有倘時嘛亦判斷錯誤，閣袂輸（何況）佇國外金仔ê行情時時刻刻咧變動，咱無法度逐擺攏算甲真準，一定有大大失算ê時陣。一旦若輸，攏是本金ê幾偌倍、幾十倍、幾百倍都有，反勢進前趁ê彼些錢攏愛賠入去。」

「赫厲害喔！但是只要贏一擺，按爾生都好，以後收起莫做。」

「若有贏一擺，都愛欲閣再贏一擺，人ê性就是此款ê，結局會閣再做落去，但是每一擺攏是輸ê人佔九成，會落入去九成內底ê可能性是穩達達。按爾生汝袂驚？看破啦！就是我愛欲做，おやじ（父親）亦會大大反對，勸我將金仔ê生理做好都好。本來就是按爾，咱抑伓是互生活逼得，愛去做彼。」

「好啦！既然汝亦無愛做，風險閣赫大，以後我袂閣提起。」

之後李雪綾就去洗澡。洗完澡後，她扭開收音機，邊聽些音樂，邊看些《女性自身》之類的雜誌，大概過了四十分鐘就去睡覺。同樣地，蘇耀彰在洗完澡，就寢前也會看些東西，但不是雜誌書刊，而是再瀏覽一下當天的帳目。他看著看著，不免想到岳父能將銀樓經營成功，雖說本身有些才幹，實際上也是他們蘇家讓利的結果。看在彼此是親家，進貨量又大，身為批發商的蘇家總是將貨價算得較便宜，好讓零售商的李家多點賺頭。這樣一來，蘇家自然是賣給其他零售商稍貴一些，以便彌補其間的損失，或再多開拓些零售商客戶，以確保一定的獲利空間。現在聽到岳父熱中於期貨交易，又幸運地賺到錢，於是漸漸忽略本業，頗有本末倒置之勢，想來就覺得有勸阻的必要，免得玩過大而虧太重。可是正在品嘗甜頭的人，有誰願意接受勸阻？那麼就善意提醒他，卻也很可能被認為是澆冷水。再則依他的個性，恐怕不信這一套，反倒下注得更多。怎麼辦？就是請李雪綾去提醒他，大致也無效，只有隨他去，到時再看著辦。

其實，就跟幸運中獎的人一樣，發起橫財的李尚福並不急著再下注，而是思索著該如何處理這筆錢。既然這筆錢金額不小，足夠買棟房子或買塊地，當然就別存在銀行吃利息，況且再怎麼馬虎經營，靠著天香銀樓吃飯還不成問題。真正須考慮的仍是置產方面，到底買房子好，還是土地好？要像二哥李尚吉當年那樣，在台北偏東之處買塊田地，再租給佃農耕作亦可，只是這樣一來，又得一番管理。目前光是銀樓的店務就有的管，實在不想再操心田地的出租、耕作等，遂又返回購買房子的念頭。接著，與太太玉嬌幾次討論後，二人雖在價值觀念上不盡相同，卻都有享受主義的傾向，包括好逸惡勞、愛慕虛榮等人之通性，因此最後拍板定案，在中山北路一段買下了一幢二層樓的新房子。顯然這決定很好，因為那筆錢還不夠買下千坪的田地，在規模上根本無法和二哥比，倒不如買棟漂亮的房子，家人住得輕鬆愉快，又引來旁人的羨慕和讚許。

李尚福一家人，連同佣人王嫂遷來新居後，延平北路那同樣是二層樓的老房子就全部空了下來，可一併或分層出售，或者出租，但屋主並不急於處理，反正手頭不缺錢。現在就像狩獵中有所斬獲的獵人一般，李尚福想做的是安心坐下來，靜靜地、好好地鑑賞並享受其獲取物，或謂獎品、戰利品。為此，他又花了些錢，將房子布置一番，妝點得滿堂生輝、美輪美奐。那牆上的油畫、桌上的花瓶、櫥櫃裡的玉石古玩等，看來有幾分像是歐美的狩獵高手家中，一個個懸掛在壁上的鹿頭、羊頭等動物標本，無非是要炫耀主人的成就與財富。同樣地，當李尚福凝視並摸弄這一切有段時日後，心中又跟獵人一般，總是有意無意忙著規劃下一場秋獵。很遺憾，就在這時候玉嬌不幸患病，和她的二嫂，即李尚吉的太太、嘉華的母親鄭彩煥一樣染上乳癌。

碰到這情況，李尚福自然是無心再想黃金期貨，一心只求太太的病能醫好，千萬別步上二嫂的後塵，最終藥石罔效，雙目一閉就撒手人寰。還好趁著現在有錢，要找良醫良藥並不難，而且曾在書刊上看過，癌症不全然是絕症，只要在早期能好好治療，加以嚴密控制，勿使其惡化，仍有不少康復的機率。然回頭一想，感染瘧疾的前妻最後還是死去，留下他和二個女兒，為此他才續弦，娶了現任的妻子玉嬌。果真玉嬌也和前妻一樣，命中注定要病死床上，他還會想再續弦嗎？看來是沒有再續弦的必要或理由，因為上面二個女兒已嫁作人婦，下面二個與玉嬌所生的兒子也已成年，家中實在不需要母親，或扮演母親這角色的婦人來照顧。那麼自己還想要個人生伴侶嗎？當初續弦雖說家庭所需，實則內心寂寞難耐，這才娶來玉嬌，既填補心中的空虛，又遞補前妻留下的空位。當真玉嬌也追隨前妻而去，鰥夫日久難免苦寂，何況俗話常說，少年夫妻老來伴，可見人老仍要伴。唉！是否一時心懼又心亂，竟思慮起這些瑣事，眼前還是醫病為要。

經過一陣子藥物治療、追蹤檢查等，玉嬌的病情得以控制，並有些改善，家人也就較放心，尤其是李尚福不再感到那麼恐慌。也許是出於安慰，也許是出於鼓勵，更有可能是想把握良機，近來他常向玉嬌提起到日本旅遊的事。當然在一九五七年左右的台灣，出國觀光尚未開放，也還沒蔚為風氣，但藉著經商之便，到日本遊玩的事例不少，因為一則近，語言又通，再則戰後的日本快速發展，正步入先進國家之列。玉嬌雖曾到過中國好幾次，卻從未去過日本，如今李尚福想帶她去，欣喜之餘，卻表示待其痊癒再同遊不遲。聽太太這樣一講，李尚福初覺無趣，之後則想何不趁機再多賺些錢，而還有什麼比期貨更易致富？

憑著前二回成功的經驗和累積的資本等，李尚福原以為穩操勝券，不料在第三回卻敗下陣來。他馬上檢討失敗的原因，顯然是因玉嬌罹病而數月未涉，以致情報不足，又技巧生疏，造成判斷失誤。沒關係，反正手頭還有錢，更有天香銀樓為後盾，再加上二棟值錢的房子，再接再厲吧！下一回就連本帶利來個大贏。很遺憾，也很洩氣，第四回、第五回和第六回連三輸，不得不賣掉延平北路的老房子還債。那棟房子當年還是二哥作保，幫他向銀行告貸七成買下，最後也是二哥在獄中下令，指示玉梅出售零地償還借款，等於是二哥買給他，到頭來卻在他手中喪失。至此地步，玉嬌和子女，連同女婿和親家公等，全跳出來勸阻，有的嚴詞警告，有的委婉說明，但聽在當事人耳裡全是耳邊風，幾乎無效。為什麼？這很像酒精或麻藥中毒的人，更像是賭場裡的賭徒，一旦上了癮很難戒，何況賠錢於心不甘，總想再放手一博，下一回贏個淋漓痛快。

此後，李尚福改變投資的標的物，由黃金轉為小麥、大豆等農作物，一來風聞這類期貨的表現不錯，頗有獲利的潛在性，二來想藉此帶來好手氣。很不幸，霉運一上身，似乎不易甩掉，還越甩越纏身，像是被一團棉線纏上，或被大片膠布黏上，越想掙脫就越被困住，內心也就更驚慌、更紛亂。於是乎接二連三的交易全以認賠出局。這時已真正到了山窮水盡的田地，賣掉只住了一年的新房子還不夠，尚須將天香銀樓變賣，方能打消投資上的巨額虧損。關於轉讓銀樓方面，李尚福首先想到女婿蘇耀彰，知道現在蘇家的事業均由他作主，若能賣給他最理想，至少看在岳婿的關係，可討個好價錢，不必以賤價拋售。為此他把握機會，趁著李雪綾再度來訪時，向女兒說起這計畫，並請求她回去問蘇耀彰，拜託他盡量幫丈人一個忙。除了這點明說，還有一點暫時不敢對女兒說，那就是盤算著有朝一日東山再起，想從女婿那兒再將銀樓贖回。

李雪綾一聽到這想法，覺得不錯，也很贊同，然回家途中，慢慢懷疑起蘇家多年來是以批發商從業，會為了幫助親家而突然兼做零售商嗎？是否還有其他辦法可想？當晚茶餘飯後，她問起蘇耀彰，對方想了一會兒說：

「批發ê生理佮店頭咧賣ê是無仝款，我都是愛欲兼ê做，抑無時間，無氣力，因為目前批發ê生理都有夠無閒，欲請啥人來顧店？伓是喔！伓是干焦顧店，是援店，是經營店頭ê生理。汝會曉袂？」

「我過去攏咧病院呷頭路，欲那會曉援店？而且歸日茨內ê工課愛做，有倘時嘛愛替汝聯絡出貨、進貨ê代誌，那抑有時間去援店？」

「既然是按爾生，將彼店面承來都無意義囉！」

「唉！看起是按爾生啊！阿彬仔（蘇耀彰的弟弟）是齒科醫，おやじ（父親，指其公公）亦早都退休，確實是無人倘來援店。汝看亦有其他ê買主無？」

「我遮問熟知ê業者看覓，但是人一定會出價，無可能貴貴仔買，其實おやじ（指其岳父）嘛有法度家己去揣買主，終歸伊亦是做此行ê。」

「我看歸氣佮賣茨仝款，紅紙條仔貼出去，自然都有人來看，來探價數，差是差ê此是店面欲讓渡，可能比一般ê企家茨忭歹賣。」

「對啦！中山北路彼棟茨抑新，應該有倘賣卡好ê價數，按爾生負債大概都會使還清。伓過以後咧？おやじ（指其岳父）個欲企ê佗？」

「只有暫時稅茨企啊！好佳哉阮二個小弟，阿傑佮阿偉個攏有頭路，收入抑算穩定，以後おやじ（父親）佮玉嬌叔母ちゃん（指其繼母）都靠個照顧啊。」

事到如今，李尚福真該慶幸尚有二個兒子，否則臨老破產須仰賴出嫁的女兒，等於就是依靠女婿過活，真是情何以堪。他那二個兒子大致上都在優渥的環境下成長，卻很奇妙，也蠻可貴，居然沒染上紈絝子弟的惡習，也沒受父母貪財愛炫、嫌貧愛富等所影響，當然也因而對經商、投資等毫無涉獵。縱然如此，兄弟兩也沒特別愛念書，學生時代的成績中等而已，卻先後通過難考，且在當時又歧視台籍的高普考，幸運取得公務員資格。老大李明傑是在區公所工作，老二李明偉則在自來水廠服務。在早期，公教人員的工作雖穩定，薪水卻多半不如私營企業的職員。其身價之所以高漲，先是國民黨的籠絡，之後則是買票政策所致。

總而言之，李尚福那段錦衣玉食、商場得意的日子已遠去，當下只有粗茶淡飯的日子可過。這也無妨，富貴如浮雲，看得雲淡風輕，了斷慾念就好。可惜天不從人願，這陣子他常感到腹痛、腹脹，也有食慾不振、體重減輕、易於疲倦等現象，但總是只當感冒看待，從未放在心上。這樣持續了快一年，兒女半勸半逼才將他拖到醫院就醫。幾天後檢查報告出來，證實是罹患肝癌，並且已到無藥可醫的末期，剩下的就僅有五個月的存活期。面對這死刑判決般的結果，家人當然盡量隱瞞李尚福，在他面前當做沒那回事，一切生活起居照舊。說來頗諷刺，玉嬌的乳癌終至痊癒，而他本人卻臨終猶不知得了肝癌。

第二十六章

自從結婚那年十一月生了個男孩，隔了約四年，嘉華和楊瑩雪又在一九五八年一月中旬生了個女孩。起初嘉華想將女兒取名為百合，因為嬰兒的肌膚如雪一般白，秀氣可愛的模樣則像花一般美，而萬花中就屬百合最潔白、最秀麗、最高雅。在台灣百合花極為普遍，南北各地到處有其芳蹤，且在日本，百合子也是常見的女性名字。然又念及既將長子取名為裕甫，希望他一生豐裕富足，則對於新生的女兒又何嘗不如是想，遂再稍加思索，就將她命名為裕芳。如此一來，既和百合一樣芬芳幽雅，又和哥哥同樣被祝福，將會有著豐富、美好的人生。

比起邱清和、王哲欣、黃慎謀這三個老同學，嘉華可說男孩、女孩都生，擁有一對兒女，算是很平衡。至於那三個人所生，就明顯皆傾向於單一性別。最早出社會，也最早結婚的邱清和前後生下三胎，全是公子。與此更勝一籌的是王哲欣，其四個孩子也全是少爺。至於比邱、王二人晚些，卻比嘉華早些結婚，目前在彰化銀行服務的黃慎謀正好相反，已連生三個小婦人，心中猶想生胎壯丁。這四個老友一相聚，雖全是男人，話題仍會扯到太太、孩子等，於是乎生女者不免羨慕起生男者，生男者則抱怨男孩太吵，反推說女孩較乖、較懂事，還是生女孩好。每次碰到這場面，嘉華總說男孩、女孩各有優缺點，反正養兒育女是為人父母的義務跟責任。那三人聽了覺得蠻有道理，自然就轉移話題。

那年陰曆的正月初一是落在二月十八日，也就是小裕芳滿月後的第三天，家中因而顯得歡樂無比、熱鬧非凡，連左右鄰居，以及來拜年的親友都感受到，分享到那股特別濃郁的節慶氣氛。當天晚上，那個久未露面的外公楊睿榮也趕來探望小孫女，並與嘉華他們圍桌吃起年菜。這陣子楊睿榮已不再和那名叫秀緞的女人同居，但也不想回到元配身邊，關於這一點楊太太看得很清楚。席間她問說：

「最近咧無閒啥？十五號彼日阿芳滿月，汝奈無來？」

「喔！彼日我咧台南有代誌，透暝趕轉來無啥通，即馬閣是下冬天，所以想想ê，歸氣今仔日正月初一來卡妥當，亦會當甲大家拜年。來，乖乖，阿芳叫阿公ê，阿公互汝一個紅包。阿芳嬰仔誠是可愛い，親像姫ちゃん（小公主）。」說著便從口袋掏出個紅包，交到嬰兒手上，稍後則由抱著她的楊瑩雪代為保管。

「阿公！阿公！我嘛欲得紅包。」約五歲的裕甫說。

「當然囉！阿甫嘛有。來，來，阿公互汝一個紅包。」

「多謝阿公。」

「亦甲阿公講恭喜啊！」楊瑩雪提醒裕甫說。

「阿公，恭喜！」

「誠好，誠好，大家恭喜，大家來乾一杯。」

「おやじ（父親，指其岳父）最近咧台南無閒啥？」嘉華擱下酒杯後問說。

「喔！我去台南ê新營佮人講生理，彼是我ê一個好朋友介紹ê，伊嘛欲加入，佮我鬥陣做。彼個人恁二叔仔阿發嘛識，都是伊二中ê老同窗。」

「二中ê老同窗？算起嘛是我ê先輩，抑到底是啥米生理？」

「せきたん（石炭，即木炭）買賣ê生理。」

「汝亦有本倘做生理？」楊太太問說。

「有啦！抑有一寡仔，而且彼個柯さん嘛欲投資，無問題啦！若資金抑無夠，遮拜託華ちゃん甲銀行貸款。」

「即馬銀行放款無赫簡單，愛詳細審查會社ê資料等等。」

「等過年過，我請柯さん來一畷，咱遮好好仔講。我過去做啥生理攏無啥順，了不起是扑平爾爾，此擺一定欲いっしょけんめい（一生懸命，即非常努力或努力以赴），互伊成功，互伊趁得錢。」

「好啦！好啦！過年過遮講，大家趁燒緊呷。」楊太太說。

現在一提及木炭，常會想到中秋節或假日時，在戶外烤肉所用的燃料，或者做為乾電池內的炭粉、濾水器內的活性碳濾心等原料。此外，葬禮上也將其置於墓穴中，與亡者長眠。至於將其製成炭筆，更是素描所需之利器。然而在日本時代及終戰後約二十五年，即通稱為瓦斯的液化石油氣、天然氣尚未普及之前，木炭一直是居家必備的主要燃料，且在工業上用途亦廣。基於此，這種取材自相思樹的木炭一時大為風行，其產業也因而遍及全台，頗為興盛。那位姓柯的友人即鑒於此，故力邀求利心切的楊睿榮同夥創業。

陰曆新年一過，當陽曆三月杜鵑花開得含笑盈盈，時序已值乍暖還寒的春天時，楊睿榮照約定，在一個週日午後，帶著柯先生前來拜訪。他向嘉華介紹說：

「華ちゃん，此位都是我ê好朋友柯さん，名呼做平盤，和平ê平，算盤ê盤，人攏叫伊Soroban（即算盤，そろばん的羅馬拼音）。Soroban，此位都是我ê好囝婿李嘉華，嘉義ê嘉，中華ê華，阮攏叫伊華ちゃん。」

「初めまして、よろしく（初次見面，請多指教）。」柯平盤說。

「こちらこそ（彼此彼此）。どうぞ（請坐）。」嘉華說。

「はい（是），はい（是），大家坐ê卡好講。」楊睿榮說。

「來，柯さん，請用茶。」楊瑩雪捧著茶，從廚房走過來說。

「雪ちゃん，汝亦坐落來聽啊！」嘉華說。

「歹勢，嬰仔大概睏起，愛欲人抱，我先去無閒，恁慢慢仔講。」楊瑩雪說。

「好啦！雪ちゃん無閒做伊去，咱講咱ê都好。」楊睿榮說。

「李さん，此經營ê方式是按爾生，恁丈人佇新營向火炭ê生產者進貨，我佇台北此ê店頭，遮甲伊注文（訂購），了後賣互消費者，等於講伊是批發商，我是店頭ê賣商，負責最後ê銷路。此火炭ê生理會值咧做，除了家家戶戶，一般製造業嘛有需要，所以講愛閣增加資金時，遮拜託李さん鬥相共。」柯平盤說。

「是啦！華ちゃん，此亦是我上好ê機會，愛加減甲我鬥相共。」楊睿榮說。

「おやじ（指其岳父），奈汝批發商彼方一定愛設咧新營？」嘉華問說。

「喔！新營是火炭ê一個主要ê產地，批發商攏甲店仔設咧彼卡濟，阮欲看貨亦卡方便，而且對彼有專門載火炭êトラック（卡車，truck的日語拼音）南北來來去去，時間かかるけれど，安全です（雖花時間，卻安全）。」楊睿榮說。

「好啦！恁赫有決心，都先去進行看覓，會社ê資料遮送一份互我參考。」嘉華說著，一邊也覺得岳父有些好笑，畢竟卡車運貨本來就花時間，只是長程、短程之別，而若地點臨近，何必捨近求遠。

楊睿榮和柯平盤離去後，楊瑩雪也差不多忙完家事，遂抱著小裕芳來到前廳。她將嬰孩交給嘉華抱抱，伸手欲收拾茶杯、茶盤時，嘉華說：

「彼個柯さん誠是大嚨孔，講話若像扑算盤，莫怪人叫伊Soroban。拄即伊講ê，汝佇後壁佫攏聽到啊？」

「有啊！大概有聽到。」

「汝感覺按怎？」

「我嘛無啥會曉講。御爺さん（祖父，即楊老爺）已經亡くなった（去世），即馬おやじ（父親）若閣做生理失敗，無人倘救伊啊。無喔！都算御爺さん抑佇ê，財產事先攏分了了啊，實在無法

度倘閣甲伊鬥相共。但是一方面，おやじ抑袂七老八老，無一項代誌倘做嘛袂使，想來想去，只有閣做生理。」

「恁佇大正街時，彼個Soroban咁定定去揣二叔仔？」

「我平常時咧上班無啥清楚，但是亦罕聽ê二叔仔講起此個人。我看雖然是二中ê同窗，𪜶二人可能無啥米交往。咱暫時互おやじ𪜶去做都好，有需要向銀行借，𪜶家已會使先去借看覓。我感覺咱伓好傷插（管）。」說著順手收了茶杯等就走。

「來，阿芳ê，互爸爸親一個。誠乖喔！」嘉華開心地逗著嬰孩說。

幾天後，柯平盤將公司的基本資料，以及帳簿等送來給嘉華過目，並對他說一週來已有不少訂單，營運也漸上軌道，可見從事木炭交易是很有眼光。對此嘉華感到幾分可喜，信心也跟著增強。這樣又過了數日，有個星期天下午，楊瑩雪的二叔楊睿發和他太太來訪。他們並非特地拜訪，而是上午在雙連教會做禮拜，午間在一個教友家用餐過後，趁著天氣不錯，想看看小裕芳，還有嘉華一家人，這才順道來訪。就在一陣噓寒問暖，逗樂嬰兒之後，婦道人家談起了孩子、飲食、衣著等事，一邊嘉華和楊睿發也在客廳一角聊起來。

「二叔仔，汝讀二中時有一個呼做柯平盤ê同窗咻？」

「有啦，渾名（綽號）叫Soroban，但是佮伊無啥往來。按怎？汝識伊？」

「最近おやじ（岳父）佮伊合股做火炭ê生理，有來揣我遮相識ê。」

「喔！伊亦會揣恁おやじ做生理？對啊！想起𪜶二人ê個性嶄然仔相仝，攏是樂暢樂暢（樂天派似）、做人袂穤（不錯）、用錢大方，閣看起巧巧ê感覺。按怎？伊亦勸誘汝投資？」

「是無叫我佮個合股，但是知影我佇銀行，希望有需要貸款時，甲個協力。」

「我看個去做個ê生理，汝無必要佮因合股，若抑需要資金，愛汝鬥相共，汝亦卡心重ê，超過能力ê範圍都伓倘做。我捌聽其他ê同窗講，Soroban捌甲人借錢無還，好佳哉是同窗之間，金額抑算小，人無追究。總講一句，做生理一定是關係錢，若伊閣來拜託，汝愛看情形，伓倘隨便都答應。」

直到五月初夏，木炭業務進行得都蠻順利，嘉華自然是覺得沒事最好，除了銀行公務及家庭瑣事外，大概已無事可煩。然有一晚於睡眠中，卻夢見學長杜恩輝縱身躍入太平洋，正從綠島游回台灣本島。那奮不顧身、衝勁十足的游姿真猛，連船隻都自嘆不如。雙手雙足勝過划槳、馬達等，就快到岸了，就快到岸了，喊了幾聲加油後忽然夢斷，或謂夢醒。一切影像消失得無影無蹤，連迴盪在耳畔的海潮聲、風浪聲，以及那泳將的呼吸聲、划水聲皆隨之嘎然而止。會出什麼意外嗎？對了，據說刑期是到一九五八年，現在正是一九五八年，可能近日已釋放歸來。可是怎麼沒聽說？唉！本就不幸受冤的事能安然落幕就好，誰會到處張揚？正如自己一直未向邱清和他們提起，幸好他們也各忙各的事，從未問起。當然，一方面也是因為他們和杜恩輝的關係較淡，除了婚喪應酬，平日少有互動。無論如何，改天去看看蕭麗杏，問她最清楚。

自喜宴中看過蕭麗杏，四年多來未再謀面，其間曾想隨她至綠島探監，卻因有些顧忌，加以公私雜事，始終未成行。而今既有空，又關心杜恩輝之近況，遂於某個假日午後，帶著太太、兒子一道去拜訪蕭麗杏。嘉華的兒子李裕甫和杜恩輝的兒子杜世佳初見雖陌生，然小男孩自有通關密語，一兩句話就打成一片，玩在一起，好像彼此很熟、很要好。看著孩子在後廳玩耍，嘉華頗覺欣慰，也感慨應早些讓他們認識。接著喝了口茶，問候一番，就談到正事。

「阿輝今年有倘平安倒轉來吧？」

「無伓對，今年年底應該有法度轉來，除其講臨時抑有代誌。」

「抑有啥米代誌？」

「驚ê到時閣講此項伓對，彼項無好，但是此幾年來，伊ê記錄袂穤，佇營區ê病院醫過真濟犯人，對公務亦做囉好，大家對伊嶄然仔謳咾。」

「放心啦！阿輝表現赫好，自然有倘準時轉來。此期間汝有閣去看伊無？」

「有啊！差不多一年一擺，盡量利用個咧辦運動會、暗會種種活動ê時陣，按爾生阮卡有時間好好仔講遮話。我有甲講，汝已經娶某生囝，家庭真美滿，伊講按爾誠好，有倘平安過日子都是福。」

「多謝。佳佳亦綴汝去？」

「是啊！取囡仔去是加減有麻煩，伓過按爾生個爸仔囝遮有倘相見，另外咧辦活動ê時陣去，囡仔亦有倘看東看西，卡趣味，閣有機會就台表演。」

「喔！佳佳會曉表演？赫敖啊！」楊瑩雪頗覺有趣地說。

「都是佇台頂唱歌跳舞而已，但是營區人人謳咾。表演煞，有人送伊海螺仔做ê相框，有人取伊去山坡挽花，有人連兔仔囝嘛送伊。」

「佳佳一定唱囉好，跳囉好，互人真快樂，大家遮赫爾甲意伊。」楊瑩雪說。

「真難得！誠可貴！」嘉華說。

「都是按爾生囡仔遮愛欲去，一方面亦互感覺爸爸確實是咧火燒島看病，為偏僻地區ê病人服務，而且亦踮彼做醫學ê研究。」

「是啊！是啊！」嘉華和楊瑩雪說著，不覺眼眶有些紅。

「恁阿甫大概減阮佳佳二歲吧？伊是恁結婚彼年生ê咻？」

「是啊！」楊瑩雪說。

「按爾無伓對，個二個差二歲，阿甫五歲，佳佳七歲。」

「佳佳七歲伓差不多愛入學啊？」

「是啊！今年熱天過，九月初都愛讀一年生（一年級）啊！」

「看個佚佗甲真心適，誠有緣ê款。平常時茲邊有囡仔來揣佳佳吧？」嘉華說。

「有啊！尤其是樓頂郭太太ê囡仔攏卡大漢，真疼佳佳，彼郭太太亦人真好，日時我去上班，攏是伊咧照顧佳佳，替我看前看後。」

「有此好茲邊確實誠好。」

「是啊！另外嘛多謝李太太汝介紹人客互我做衫。」

「免客氣，汝手工赫好，應該愛多多介紹人客來，但是我朋友無濟。」

「袂喔！個加減攏會閣介紹新ê人客來。」

「按爾生上好，可見汝ê手工人人甲意。」

「多謝！多謝！」

接著，嘉華想問蕭麗杏是否夏天，或秋天有辦活動時，會再去綠島探望杜恩輝？若方便，他個人也想隨行，但一轉念就作罷。試想過去幾年都沒跟去，今年一到年底人就將釋放歸來，實在無須多此一行，再者，蕭麗杏獨來獨往，連她父母，或杜恩輝的弟弟、妹妹也沒同行過，顯然是不想麻煩他人。再深入些思索，誠如她所言，利用辦活動時去，他們夫妻才有較多的時間相聚，若身旁有個第三者，多少顯得累贅又礙眼。說不定夏天一過，秋來冬臨，年底刑期一滿就將團圓，蕭麗杏也不想再多跑一趟了。這麼一想便話到唇邊又吞了回去，立即改談其他輕鬆的事，大約到四點半就告辭離去。

此時此刻，在那遙遠的綠島，杜恩輝依舊每天勞動不停，像割除野草、搬運糧食、煤炭等，或一陣子就替難友開刀醫病。然而，每到夜晚就寢前，他尚有一項重要的功課，那就是與主耶穌做心靈溝通的晚禱。這項晚禱並非入獄後才開始，早在十四歲受洗成為基督徒就養成習慣，於今對他更是意義重大，猶如萬暗中一絲光明、悲苦中一線希望，伴著他度過近六年的冤獄歲月。有時他會想起學生時代所讀的法國名著《悲慘世界》，並將它和同為坐苦牢的小說《基督山恩仇記》相比，明顯看出前者較寫實、較感人、較有深度。在《悲慘世界》所刻劃的十九世紀不公不義的法國社會下，主角尚萬強因偷取麵包而入獄，後來又因四度越獄等，前後被囚禁長達十九年，也同樣在獄中做遍各種苦役，受盡各種屈辱。與自己兩相對照，杜恩輝無限感慨，雖時空不同，原因各異，處境卻同樣令人悲憤。然稍為一想，顯然自己較幸運，有受過高等、專業的教育，又有主耶穌、親人等可依託，以致這些年來未染上暴戾之氣，心中總能盡量保持平靜。不過，尚萬強不幸中猶有大幸，在假釋出獄屢遭見棄後，偶遇一位聖徒式的米里艾主教，受其真誠感召，逐步踏上正途。其實，尚萬強雖沒受什麼教育，卻是有慧根，能接受循循善誘，比起國民黨一些犯錯強辯的官員真是好上千萬倍。

有唐詩曾云：「山中無曆日，寒盡不知年」，然囚禁在綠島這監獄島上，還不至於連何年何月都不知，除非是那些飽受摧殘，早已身心俱毀的難友，否則大多數的政治犯心中皆有一座鐘，滴滴答答，記錄著分分秒秒、日日月月、歲歲年年，直到刑滿出獄為止。杜恩輝也不例外，很清楚已到一九五八年，年底時就將出獄，可再呼吸那自由的空氣，品嚐那自由的滋味。現在正值初夏，緊接著便是仲夏，然後冷颼颼的海風一吹起，秋冬連袂而來，歲暮逼近，與妻兒、家屬團聚的日子也就到了。不過，想到歲暮天寒似乎不覺冷，這些年來，任由淒風苦雨吹遍荒島，早已練得一身不畏寒。心中若寒意猶存，竟是初來的五月時。

那年五月中，有天黃昏時刻，新生訓導處的姚盛齋處長曾對大家訓話。他說他就代表十字架，凡是跟著他的就能長生，若是背著他的便是死亡。短短一席話在夏日裡聽來，竟比那冬日的北風還冷徹骨，教人顫慄不已。猶有甚者，警總頭目彭孟緝亦曾恐嚇大家，說道如不服從，唯有死路一條。這等獨裁者的劊子手似已殺人成習慣，早就視人命如草芥，砍殺從不眨隻眼，讓人想來恐怖又憤慨。他們竟也敢說代表著十字架，簡直是褻瀆基督耶穌。試想那十字架是由耶穌背負，一步步走上山上的刑場，為眾人頂罪代過，而他們呢？正面看，背面瞧，全然是獨裁者打造十字架的工具，更是以十字架迫害人民的鷹犬。

再過半年就要告別這監獄島，重新返回社會，回歸人群，但世人能接納嗎？關於這一點，杜恩輝和尚萬強一樣，長久以來已習慣監獄裡封閉、陰暗、軍事化的天地，根本很少去在意，或揣測外面廣大、多樣、較人性化的世界。事實上，比起尚萬強，就算獄方會檢查與外界的通信等，杜恩輝還是幸運多了，幾乎一個禮拜、半個月，或最久一個月就會收到家人的來信、所屬教會的文宣、教友的關懷、好友或同仁的問候等，能大略明白高牆、鐵絲網外的生活動靜。當年那位引領他入教的廖牧師如今已年邁，卻常常寫信安慰他，鼓勵他，近來更提醒他勿為未來的出路憂慮，教友當中不乏執業的醫生，大家都會盡力，甚至爭相幫他忙。每次看到廖牧師於信中這樣寫，杜恩輝總是內心一陣溫暖，想著有一天重獲自由時，一定要返回高雄老家，回到那教會看望廖牧師，也抬頭好好看那十字架上殉道的耶穌，感謝祂不離不棄，讓他帶著勇氣和希望活下去。

第二十七章

除了期待杜恩輝平安歸來，嘉華心中幾乎了無牽掛時，有一天，那個與岳父合夥的柯平盤突然跑來雙連家中，臉色頗凝重，焦急地對他說：

「李さん，拜託，拜託，緊甲阮鬥相共，抑無店仔會歹經營。」

「看汝赫緊張，坐落來好好仔講，是啥米代誌？」

「客戶是有開付款ê支票，但是兌現ê日期攏咧誠後頭，阮現此時每日愛經營，無錢來運作，應付日常ê開銷嘛袂使。汝看有法度倘調動資金無？」

「按怎咻？客戶奈甲支票ê日期開甲赫遠？」

「誠歹運，個拄好此咚陣手頭攏緊凍凍，姑不而將遮開甲赫遠。」

「個ê信用會靠ê吧？最近看起都好好，奈變甲按爾生？」

「抑都誠歹運，賣ê亦歹運，買ê亦歹運，大家手頭攏緊凍凍。我想唯一ê辦法就是調動資金，但是欲向銀行借，汝講愛通過審查，而且閣愛等，時間會拖久，不如向民間借，汝想啥米款？會使袂？」

「向民間借？汝是欲甲地下ê錢莊借咻？伓倘喔！」

「無啦！我是扑算透過汝ê介紹，由我來開喙，來說明，想欲向恁親情朋友借，按爾生亦卡有保障。此火炭買賣ê利句真好，會值ê投資。」

「阮おやじ（岳父）咧？伊咁知影此情形？」

「當然嘛知影，心嘛急，但是新營彼月伊仝款愛顧，我佇台北此爿卡好發落錢項ê代誌。拜託，拜託，緊甲阮鬥相共，抑無店仔會歹經營。」

「好啦！我遮想看覓，到時汝遮佮我出面。」

看來真的情況不妙，非得幫忙籌措營運的資金不可，而且柯平盤說得對，若向銀行告貸頗費時，甚至根本通不過層層審查，剩下的就只有向私人借了。若不是岳父一心想做成的事業，或說得直接些，自己或多或少也已栽進去，誠如台語所言「頭都洗落去啊！」，實在不必管這檔事。偏偏嘉華一向誠懇又執著，有責任心、求勝心，更有道德感、榮譽感，既已答應人家的事，除非違法或窒礙難行，否則總是盡力幫忙，況且岳父有成，對自己，對家人皆有好處。這種努力一試的衝勁或精神，就像少年時追求堂妹李雪綾一樣，更像是兒時所看過的《尋母三千里》中的馬可一樣，一旦設定目標，似乎赴湯蹈火，在所不辭。當然，在另一方面，嘉華已成年，不全然像孩子般單純，對於太太及二叔楊睿發之前所言，仍留有印象，只是他有他的判斷和看法，會盡量謹慎。

在嘉華的引介下，柯平盤每碰到一位潛在性投資者，就詳細地說明事業的計畫、經營、展望等。有不少親朋好友看在嘉華的份上，且鑒於利潤優渥，先後投下資金，以求生意圓滿達成。這群投資者中包括三舅，即嘉華他母親的義弟，當年曾在廈門負責腳踏車業務，之後歇業遂返台定居。這些年來，三舅早已退休，全靠積蓄及子女的奉養過活。他兒子鄭青峰已成家，現任職於建設公司。至於他女兒，就是曾與嘉華的弟弟嘉生相戀，並論及婚嫁的鄭碧霞。可惜嘉生在念台大醫科時，即不幸因登革熱去世，使得一樁親上加親的婚事臨時告吹。但說也奇妙，不知是鄭碧霞命中要當先生娘（醫生的太太），還是另有一段姻緣在等著她，在五年前竟與一位姓高的醫生結為夫妻，而且很巧，高醫師曾是嘉生的同學，比嘉生大一歲。整件美事的經過也是從看病而來。那時三舅因腸胃有問題，常在台大醫院進進出出，而負責治療的正是高醫師。在多次與病人家屬鄭碧霞接觸後，高醫師逐漸對她萌生愛意，兼以憶及嘉生之往事等，彼此更具相互憐惜之情，遂決定永結同心，共度人生。

就在三舅等眾人的資金，加上個人的銀行貸款都到位後，木炭的營運仍成效極有限，尚須再融資，嘉華見狀深感困惑，便追問柯平盤原因何在。對方答說：

「是按爾，台北店面一日ê營業費用大概愛二百箍；另外，運送火炭êトラック（卡車，truck的日語拼音）是照順番（順序）來，若欲優先使用，就愛送紅包；閣來，佇新營火炭ê買賣真競爭，若卡慢付款，都愛繳違約金；但是，根本ê原因抑是支票兌現ê日期拖傷長，客戶手頭確實無方便。」

「抑閣有其他ê原因無？」

「主要就是此些原因。」

「可笑しなあ（好奇怪，好荒唐）。」

「え——（這個嘛），とにかく（總之），しょうがない（沒辦法）。」

「阮おやじ（岳父）應該了解此情形吧？」

「勿論（當然）。」

「恁遮好好仔去想，看欲按怎處理？」

「はい（是），はい（是）。」

在這樣下去怎麼行！嘉華決定改天南下，親自跑一趟新營，當面問問岳父，也順便看看那邊的運作情況。他心中這樣打算，固然沒向柯平盤說出，但也沒對太太提起。事實上，即使對他們明說，他們也不太會阻擋，只是他想暫時保密，先悄悄去探個究竟再說。坦白講，他懷疑南北兩地聯絡不佳。

找了個藉口，欲往台中探望臥病的老同事，嘉華在某個週末午後一點就啟程，約五點便抵達目的地新營。出了火車站，按址一路尋來，其間也問路一兩回，終於在一條街上找到了新營的營業所，或稱聯絡處。看那店外，除了懸掛一塊「榮平木炭商行」的招牌外，整個外觀跟一般民家沒兩樣。敲了店門數聲，無人回應，想必是主人外出，此亦不覺意外，畢竟未事先告知即來訪。這時隔壁人家有個老先生聞聲而出，半是想趁著黃昏出來乘涼，看到嘉華問說：

「先生欲揣火炭行ê頭家咻？」

「是啊！頭家咁去麵店仔呷暗頓（晚餐）啊？」

「應該伓是，看ê攏有頭家娘咧煮互呷，大概下晝無生理，二個相招出門。」

「頭家娘？」

「是啊！看起彼個查某應該是頭家ê牽手吧？」

「喔！？」

「先生是頭一擺來？揣頭家有生理上ê代誌？」

「是啊！是啊！」

「我看天暗都會倒轉來，若無棄嫌，來阮兜稍坐ê。」

「喔！真多謝，橫直伓是要緊代誌，我卡晚遮閣來，即陣先去呷暗。」

「亦好，亦好，卡袂了時間。」

將近七點二十分，嘉華又來敲門，這時那個人稱「頭家娘」的女子來開門，跟在她後頭的便是楊睿榮。由於外面較暗，楊睿榮尚看不清訪客。那女子問道：

「先生欲揣誰人？」

「楊睿榮先生。」

「啊！？華ちゃん，汝奈走來揣我？緊入來，緊入來。」說著，心中頗感驚訝，臉上更是詫異、尷尬、羞愧混為一色，難以形容。

「先生，請坐，我先去泡茶。」

「坐ê好好仔講，汝是過晝都坐火車來咻？」

「是啦！」

「喔！拄即彼位太太是來煮飯，拚掃，鬥顧店ê。伊呼做瓊枝，人真好、真熱心，因為路頭佧遠，所以我互伊滯ê店內，按爾生亦有倘替我看前看後。」

「喔！」

「來，來，先生，請用茶。」瓊枝捧著茶過來，輕輕放在桌上說。

「瓊枝，我甲汝介紹ê，此位先生是我ê好囝婿，姓李，名呼做嘉華，即馬佇一銀上班，對咱火炭行真協力，真甲咱鬥相共。」

「李さん，優秀なぁ（好優秀）。」

「無啊，無啊。」

「好，好，恁慢慢仔講，我先去灶骹無閒。」

「汝來抑無講一聲，啥米代誌咻？」

「Soroban攏無甲汝講？」喝了口茶之後說。

「按怎？台北店仔出代誌咻？」

「伊講歹經營，愛閣借錢，因為店仔一日營業費用愛二百箍左右；運送火炭ê車是照順番（順序），若欲優先使用，愛送紅包；佇新營此誠競爭，若卡慢付款，愛繳違約金；客戶開ê支票歹兌現，日期拖傷長。」

「有影咻？全然分からない（完全不知道）。」

「分からない（不知道）？汝看欲按怎？」

「後日拜一透早，我緊佮伊聯絡，問遮清楚。即陣扑去，真可能無咧店仔。」

「橫直汝甲問互清楚，看欲按怎處理卡好？」

「我知影啦！除了扑電話，我看愛去台北一睏，當面佮伊討論。汝暗時咧？咁欲透暝趕轉去？我後壁抑有一間房間，下暗滯此好。」

「免啦！我佇附近ê旅社有訂房間，明仔載閣欲去拜訪同事。」

「按爾喔！家己ê人汝都免客氣。」

「好，我先來去啊。」說著起身準備離去。

「對啦！關係瓊枝，汝暫時免甲雪ちゃん個講，查某人總是想甲真複雜，其實伊是倩丌，來煮飯，拚掃而已，佮我完全是頭家佮身勞ê關係。」

「知啦！我來去啊。」說著砰然一聲就把門帶上。

瓊枝是楊睿榮新交上的女友，這一點嘉華當然看得出，只是他尚不知傍晚二人是先去跳舞，再去吃晚餐，等他又來叩門時，他們已回到家，並換上居家便服。說實在，生性風流的楊睿榮雖年過半百，外貌、體態猶有年少模樣，帥氣又瀟灑，欲交個情竇初開的少女亦非難事，卻遇上文君新寡、半老徐娘的瓊枝，雙方也真的動情，就這麼同居起來，比之木炭交易還早。論容貌，瓊枝比不上元配的楊太太，就是和之前的同居人秀緞相比，她還是稍為遜色。不過這二個女人有一點比楊太太強，那就是未中年發福，身材仍算標準。此外，瓊枝曾為人婦，又為人母，頗有女性溫柔、細膩、寬容、呵護等特質，無形中深得男人的心，特別是像楊睿榮這類的老頑童。說到老頑童，不如說是老頑固，因為楊睿榮和一般家長一樣，內心頗重男輕女，元配為他生了二胎都是女孩，接著秀緞又跟他生了二個女孩，連生四個千金，不，在他看來有如賠錢貨，莫怪他老覺得不走運。現在可好，偶然在友人的壽宴上，經來賓介紹，交上瓊枝，連帶也撿到二個現成的兒子，即瓊枝與亡夫所生的二個男孩，大的已讀大一，小的還在念高一。

待週一早上打電話過去，接聽的只有吳姓店員一人，答說柯平盤正請假中，楊睿榮一聽覺得事有蹊蹺，遂於當天下午趕忙北上。抵達台北本店，楊睿榮找到柯平盤曾留下的電話號碼，再照著打去，接聽的房東卻說已搬離數日了。內心恐慌了起來，隔天便開始找尋柯平盤的朋友等，連自己的二弟楊睿發也找上，試圖打聽到柯的下落。可惜幾乎沒人知道他的行蹤，照著北二中紀念冊所載的地址找去，同樣功虧一簣，不但找不到他，連他家人也不知遷往何處。

嘉華得知此事，立即看出柯平盤捲款而逃，有意使商行倒閉，欲報警處理，但楊睿榮則勸阻，表示店都還在，他一人仍可想辦法撐過去，切莫事情鬧大，反而損及商譽，使得生意更難做。嘉華一轉念，想到資金多半來自親朋好友的投資，若消息傳出去，或一見報，投資人必然惶惑不已，他也難交代，於是打消初念。其實，楊睿榮不願報警，或說不敢報警，上述原因固然沒錯，但還有個核心理由，那就是他也跟柯平盤一樣，已將部分資金花掉，全花在討好瓊枝和她二個兒子身上。關於這一點，很遺憾，嘉華是多年後才發覺到。

口說要想辦法撐過去，楊睿榮想了又想，最後還是來找嘉華商量。他說：

「我看只有閣貸款，有充分的資金，遮有法度繼續經營。」

「咱歹閣向親情朋友借啊！連銀行嘛歹借。」

「此我了解，所以咱看破，歸氣向民間ê銀行借。」

「汝是講地下ê錢莊咻？莫戇啊！彼利息攏真懸。」

「我知影，但是目前除了此途，其他抑有啥米辦法？拜託，拜託，最後幫恁丈人一擺，互我雙連此茨ê茨字（房屋權狀），我倘好甲人借錢來周轉，度過難關。」

「汝欲挓茨字去借錢？彼茨字咧雪ちゃん手頭，愛伊同意遮會使。」

「好啦！好啦！我來拜託伊。」

楊睿榮說著就走到後頭，看到楊瑩雪背著小裕芳，正在廚房切菜，準備料理午餐，那樣子既專注，又有些眉頭深鎖，也許他們岳婿在客廳的談話，她已略聞一二。

「雪ちゃん！」

「喔！話攏講煞啊？稍等下留ê呷中晝拄好。」

「雪ちゃん，父さん有一項代誌欲拜託汝，即馬只有汝有倘幫父さん。」

「我都知汝來一定有代誌，抑是啥米代誌？」

「想欲挓茨字做抵押，去甲外面借錢，好無？互父さん拜託一擺。」

「到時汝無法度還錢，阮�變甲無茨倘企，此絕對無妥當。」

「但是無資金來運作，咱火炭行都會倒。」
「無妥當，絕對無妥當。」
「此是最後一擺，互父さん拜託ê，好無？」
「袂使，絕對袂使。」
楊瑩雪怒氣沖沖，嗓門也跟著擴大，嘉華在前頭一聽就跑了過來，說道：
「雪ちゃん，換做是我，我亦無愛，但是萬一店仔倒去，我對親情朋友欲按怎交代？佪是看在我ê面子遮投資，我對佪有責任，袂使互佪白白了錢，再講佪嘛誠歹放我煞，終歸彼是因辛苦趁ê錢、儉ê錢。」
「是啦！雪ちゃん上有孝，互父さん拜託，拜託ê。」
「莫講啊！我魚煎ê都好，先呷中晝遮扑算。」
一邊是父親，一邊是丈夫，思來想去，真難取捨，也確實沒第二條路可走，只好幾天後，跑了趟區公所，領了份印鑑證明，再交由父親當抵押，向民間告貸。很不幸，幾分像是遠水救不了近火，更泰半像是病入膏肓無藥醫，短短不足一個月，木炭行還是倒閉了。那筆錢簡直像是丟進水溝或池塘裡，不，比那還令人怨憤，竟連個水波也沒見到，連聲噗咚也沒聽到。早該知道會是這種結局，自己的父親就是這種扶不起的阿斗，可是一切已鑄成，心中多少也料到，剩下的就只有盡力善後了。這當中，還得盡快將房子贖回。

為了贖回房子，嘉華只好硬著頭皮再向銀行貸款。既然最終還是找上銀行，為何當初不直接向銀行借？原因有二：首先，以木炭行的財務結構、營業狀況等很難借到錢；其次，嘉華當初為幫忙籌資，已用私人名義借貸過。即便身為行員，向自家銀行借款仍需有人作保，像上回就是由開塑膠廠的表姊洪翠玉當保證人。這回要再告貸，找表姊二度作保不難，但金額仍在萬元以上，不免令行方起疑；再則，曾有二位同事參與投資，如今店已垮，彼等難免口出怨言，整件事就在行裡逐漸傳開。當總經理張提升聞知此事時，覺得應加以關切，遂召見嘉華，問他原委。嘉華據實說出，張總經理准其貸款贖屋，並說：

「照汝所講，彼些債權人所開ê本票，無一張佇任何ê所在有汝ê背書，按爾看起，在法律上汝根本無責任。」

「但是代誌嘛愛有一個解決，我有道義上ê責任。」

「無怀對。我看按爾生，暫時甲汝調去外地，譬如花蓮ê分行，踮彼上班一段時間，免咧佇總行此聽一寡有ê無ê，二且人亦袂來此揣汝討錢，妨礙汝工作，亦攪擾其他ê行員。汝感覺好無？」

「會使啊，只是花蓮有卡遠。」

「好，關係地點，遮揣一個離台北卡近ê所在。」

那年八月起嘉華就被調往新竹分行，但週末一到，他就搭火車或客運趕回台北。除了急著想見妻兒外，心中更是牽掛著償債的事。在此後數週，他在一位連姓代書的協助下，與各債權人達成協議，願以先父留下的田地來處理債務。為鄭重其事，他邀請好友邱清和的父親當立會人。在邱父的見證，及連代書寫成分配案等之下，各債權人將本票交由嘉華背書，並讓渡予他，於是惱人的債務大致上獲得解決。這項債務到底有多重，或說債款有多少？依當時幣值計，總共是十九萬元，扣除嘉華最初向銀行借的四萬元，尚餘十五萬元，而這十五萬元就以千餘坪的田地償還。可是那四萬元，以及之後再向銀行所貸，以贖回房子的三萬五千元，總計七萬五千元呢？有部分是從薪水中扣還，大半則是於日後，靠楊瑩雪的公會退職金還清。

自第一高女畢業後，楊瑩雪就進入煤礦公會工作，婚後也持續著。從一九五零到一九六零年是台灣煤礦業的黃金時代，但進入一九六零年代後，因生產太過剩，反使得不少礦場關閉，接著到七零年代，幾乎全被石油所取代，已漸走向沒落，待至九零年代末，整個產業終告結束。煤礦公會預知此趨勢，遂於一九六零年起以優惠的方案，鼓勵員工提早退休或離職。楊瑩雪就是在稍後，依此方案離職。在當時，煤礦公會的薪水不錯，遠比銀行等公家機關還高，所以最後領到的退職金也相當多。然而既為夫妻，有難就得分擔，因此這筆錢多用於還債。今生做夫妻，前世相欠債，此言誠不虛。

第二十八章

調來新竹分行頭尾將近一年，其間處理債務約花去二個月，之後嘉華並未週末就回台北，因為有時工作較繁雜，又是急件，一做下去會耽誤返鄉的時間，乾脆就留下來做，不回家。碰到這種情況，他都會打電話到公會，向楊瑩雪說一聲。為免孩子失望，楊瑩雪靈機一動，反而告訴嘉華，她會帶著裕甫，還有他那小堂舅楊敬仁搭車去新竹，和他會面。大裕甫五歲的楊敬仁已念小學三年級，每逢假日常會由堂姊接來家中，和小外甥玩。現在堂姊母子要去新竹探望堂姊夫，也就是叫慣的「阿兄」，而且又是搭火車去，楊敬仁喜出望外，自然是跟著去。此後每到週末假日，這對小舅甥就精神百倍，興高采烈等著搭火車去新竹。

為省下旅館費，每次楊瑩雪帶著孩子來新竹，和嘉華碰面後，都跟著嘉華到當地一銀招待所投宿。這樣一來，隔天星期天欲往郊外遊玩時，車資、午餐等經費就綽綽有餘。郊遊是孩子最期待，也是探親之餘最大的活動。幾回下來，新竹的名勝地區如城隍廟、迎曦門、蓮花寺、青草湖、涵谷關等均有他們的蹤跡。一到寺廟，除了祝禱家人平安健康，嘉華不免也會思及杜恩輝，亦祈求神明庇佑，讓他年底順利歸來，好與苦苦守候的妻兒團聚。然後，看著孩子在廟前廣場，或樹蔭下嬉戲玩耍，一陣哀愁忽然襲來，自己竟也落得跟杜恩輝一樣，被調到異地工作，太太只好帶著兒子及其玩伴，一路風塵僕僕趕來看他。但回神一想，其間差別極大，相較之下，自己的哀愁就淡多了。

哀愁雖淡，懊悔、憤慨、惋惜、自責等卻如潮湧，一波接一波，在他內心翻攪不已。杜恩輝是全然無辜的受害者，整件冤案來得莫名其妙，有如晴天霹靂，讓他連喘氣都來不及，就無情地被打入黑牢。而自己這項債務呢？有誰刻意陷害他嗎？很難說，但至少太太和她二叔都有提醒過，或警告過，結果自己還是捲了進去，熱心參與其事，努力為其籌措資金。這一切所為並非想圖利自己，純粹是為支持岳父的事業，助他一臂之力，期望他在中年有些成就。怎知事與願違，岳父不但非經商的料子，還交友太雜，太不謹慎，終於惹來麻煩，招致失敗，而這爛攤子還由他來收拾。再深入一想，若無先父留下那千餘坪的田地，現在究竟要拿什麼償還？也許兒時的記憶中，先父有先母協助，本身更具才幹，整個買賣經營得很成功，似乎沒什麼吃苦或挫敗之處？事實上，即使如此，那些田地、山地也是經商致富而購得，全憑己力而擁有，無一寸是繼承自祖產。如今卻因負債而須割讓予人，不僅愧對死去的父母，就是面對從小照顧家人，尤其疼愛自己的玉梅也是十分歉疚。岳父的過，由他來背，岳父的債，竟由先父來償。

很快地一九五八年已到盡頭，這一年真不堪回首，但也是在這一年的年初生下了小女兒裕芳，再度讓嘉華嚐到做父親的滋味，也獲得無比的愉悅和希望。然後，嶄新的一九五九年有如另一班特快車，已駛入站，並稍停載客後，又迅速奔向充滿種種可能的未來。就在一月中，離二月上旬的農曆新年不遠，嘉華腦海裡又浮現出杜恩輝的影子，想到應已獲釋歸來，該是去看望他的時候了。

這回去杜家就只有嘉華一人，因為他想單獨與杜恩輝促膝長談，若身邊有妻兒在，時間稍久他們必定覺得枯燥乏味，甚至十分沉悶。來訪的路上，他想著多年未見，碰面時該先說些什麼？會不會有些話說來仍是禁忌？這仍像是要去探獄一般，唯一的不同，也是最大的不同在於對方已非囚徒，而是被釋放歸來，重獲自由的公民。當然，這樣想是沒錯，只是一旦成為政治犯，即使服刑期滿，獲釋回來，在最初一段日子，甚至更長的期間，本人還是會受監視，行動上、言談上總覺得自由不足。其實，就算沒被監視，沒被定期查訪，本人也會自我約束，畢竟好不容易才又獲得自由，會更加珍惜。

應門的是蕭麗杏，看到嘉華帶著伴手禮來訪，未待問起，就輕聲說杜恩輝在家。然後引他進入客廳，請他稍坐，隨即端茶過來。約七分鐘後，一個看似陌生的男子從房裡走了出來。嘉華以為是杜家的親戚或友人，待來到跟前，定睛一看，正是相隔六、七年未見的老學長杜恩輝。說是老學長還真是老，容貌看來比實際的年齡大上十歲，像個四十五、六歲的中年伯伯，不過那體格十分硬朗、雄健，早已不復當年文弱書生的模樣。待他開口寒暄，嘉華從那聲調、表情，尤其是那炯炯有神的眼眸，瞬間就確認出是學長無疑，既興奮，又放心可與之交談。然一坐下，正要詢問杜恩輝這些年來的種種，卻話未出口，眼眶已紅，喉頭已哽，不覺啜泣了起來。除了學長的因素，傷心哭泣中，有因以地還債而悲痛難抑的成份嗎？或許有些，但事實上對該事是憤慨多於悲痛，或如台語常說的「欲哭無目屎」。總之，杜恩輝見狀，未說半句，也未落淚，只輕拍他的肩膀。

「歹勢，歹勢。」情緒緩和下來，哭聲已歇時嘉華說。

「代誌就是無發生咧我ê身上，抑ê發生咧別人ê身上，講起若親像欠人錢，無論偌濟，早慢攏愛還，即馬已經將此債還了囉。」

嘉華一聽更加難過，卻也深懂其涵意，默默點了點頭。稍停一會，杜恩輝說：

「聽杏子講，汝閣生一個娘（女兒），按爾生一男一女真好。」

「多謝。對啦！先輩，過年過，汝會閣轉去馬偕看病吧？」

「無，阮準備欲搬轉高雄，高雄是我ê国（故鄉），我會踮彼ê病院上班，抑是佮彼ê先生（醫生）合作開業。」

「好佳哉我即陣來，抑無過年過，真是歹揣。」

「是啊！是啊。汝近來好無？抑閣佇一銀總行上班？」

「無，暫時調去新竹分行。」

「按怎咻？喔！調去做分行經理，就是栄転（光榮升職或轉任）啦。」

「伓是，是為著債務ê關係遮暫時調去。」

「債務？汝有欠人錢咻？」

「講起亦是我插人ê代誌，為阮丈人ê事業協力，中間甲親情朋友借，亦甲銀行借，結局生理亦是徹底失敗，我只有認輸賠人啊。」

「換做是我，亦有可能會按爾生做，終歸是家己ê丈人。汝看，普通人佮人之間都加減會相欠債，包括有形ê債、無形ê債、人情ê債等等，閣免講是親情間。我頭仔所講ê大概就是此個意思，想卡開ê，咱抑有法度還此債，承擔此一切，都是咱敖，無互運命扑倒，互咱對人生感受抑卡深，經歷抑佧濟。」

「是啊！是啊。」說著淚水又奪眶而出，徐徐落下。

說來杜恩輝算是不幸中有幸，能如期被釋放歸來，像教英文，並以文法書嘉惠學子的柯旗化就沒這麼順利。柯老師是在一九五一年七月首次遭逮捕，被送往綠島服刑，於一九五三年出獄，之後又在一九六一年十月再度被捕。第二次的刑期長達十二年，應在一九七三年歸來，卻到期無故再關三年，直至一九七六年六月才真正獲釋。前後二次被捕的理由均十分牽強，簡直是無理取鬧，一則因疑其參加讀書會，且名字隱含變化國旗之意，二則被莫名栽贓偷竊。

其實，就在杜恩輝獲釋不久，曾與胡適等創辦《自由中國》雜誌，並欲與台灣菁英組織反對黨的雷震，則於一九六零年九月被捕，鐵窗生涯十年後才出獄。本著滿腔救國熱忱，雷震又於一九七二年針對前年被逐出聯合國一事，上萬言書給蔣介石，可惜未被採納，最終死於美中（共）建交後的一九七九年三月。衡諸當時的世局和情勢，雷震、胡適、殷海光等外省學者稱得上是民主先知，具有真正中國文人的風範與骨氣，豈是現今依附權貴的余光中、鄭愁予、賴聲川之徒可比。

那天欲告辭離去時，杜恩輝表示未來若在高雄定居下來，會再主動聯繫。嘉華對於學長今後的去向大概已知，細節也就沒問，也不便多談，只交代至七月底，他都在新竹分行，之後會再調回台北總行，所以若有事，可打電話到銀行找他。接著，蕭麗杏從後廳走過來，和二人點了點頭，隨即開了門，嘉華就跟著她步出室外。到了二樓與三樓間的樓梯口，嘉華不想再讓蕭麗杏一路相送，遂告訴她到此即可，還是返回家中要緊。在樓梯口道別後，嘉華轉頭就踩著梯階往下走。通常下樓都比上樓輕鬆，就像下山比上山省力一般，但如果心事重重，下樓不僅感受不到輕鬆，反而覺得越來越往下沉，心頭也跟著越發鬱悶。很慶幸，此時此刻，嘉華的心情雖稱不上很愉快，卻顯得豁然開朗，這從他下樓的輕快腳步即可見端倪。想來是學長的堅忍，還有那席話鼓舞了他。

杜恩輝已還清政治上莫名其妙的惡債，嘉華也已償掉岳父丟下的爛債，雖說前者所蒙受的苦難與打擊遠勝於後者，總之雙雙皆告結束，對當事人在肉體上、精神上的折磨等也已解除，使他們終能喘口氣，再重新面對未來的種種。然而差不多與此同時，另一種不幸卻降臨到王哲欣，即嘉華的老同學身上。在一九五八年九月中，當嘉華正一步步處理債務時，向來健康又愛運動的王哲欣卻罹患肺結核。剛開始狀況並不嚴重，就跟嘉華在婚前感染的那次一樣，想必看個醫生，服個藥，很快就會痊癒。但幾個禮拜過去，咳嗽、吐痰的現象持續不斷，並且容易疲倦，胃口也不佳，接著體重明顯減輕，甚至有午後潮熱、夜間盜汗、胸疼、咯血等病狀。這時身為小兒科醫生的王父知道情況不妙，遂敦促兒子趕快再就醫，還特地介紹了個姓許的醫生。許醫生是高王父一屆的學長，多年來一直在台大醫院看病，稱得上是治療肺病的專家，曾醫好不少病人，口碑極佳。經他詳細檢查，發現結核菌已侵入王哲欣的脊椎骨，若不及時動手術，徹底清除這些病菌，惟恐病情會迅速惡化，危及生命。無論如何，看了許醫生，吃了他所開的藥，暫時精神好多了。

接著，按照擬定的醫療計畫，許醫生為王哲欣進行了手術，以清除擴散到脊椎骨的結核菌。手術進行得頗順利，結核菌也清除得很乾淨，一切有如藥到病除般，肺結核就此完全治癒。在此期間，王哲欣及其家屬均不願受打擾，未將病房號碼等公布，因此只有交往密切的親戚，以及台電的部門主管知道住院一事。躺在病床上有好些日子，有一天想下床走走，卻比白癡還不如，竟不知從何下起？奇怪！大腦明明有欲挪動腿部的意念，也將此訊息傳達給腿部，怎麼二條腿竟一動也不動？難道結核菌未徹底根除，此刻就像野草燒不盡，春風吹又生，再度隱隱作怪了起來？待緊急通報醫護人員，並由主治的許醫生再重診，很不幸，結核菌是清乾淨了，但手術過程中，不小心動到了背部的神經系統，造成病人下半身不遂。這簡直是開玩笑，更是晴天霹靂，教人如何能接受？

面對這料想不到的後果，身為病人家屬，本身又是醫生的王父，一方面感到錐心泣血般的沉痛，另一方面也能諒解許醫生，畢竟醫者非神，醫療疏忽或失誤還是有可能發生。為此許醫生雖未挨告，內心頗難受，也遭到院方有限度的懲處。至於受害的病人，院方當然對其致歉和理賠，並商請神經外科的醫生會診，盡量想辦法挽救，或減輕病人的負擔。可是一旦已造成殘廢，別說挽救，就是欲減輕都談何容易。經過幾位醫生的會診，他們建議王哲欣不妨赴日就醫，因為比起台灣，日本的醫學還是較先進，較有可能解決目前的難題。

這時已到一九五八年十一月，冬天的來臨就迫在眉睫。雖說日本離台灣很近，搭乘飛機約二小時即抵達，但日本的冬季比台灣嚴寒，在此刻赴日就醫似乎很不理想，何況病人已無法行動，處處要人跟前跟後，給予諸般協助。再稍為想想，這趟就醫非關生命垂危之際，就等來年三月風和日暖再去也不遲，然病人可不這麼想，其家人也覺得事到如今，不如一鼓作氣，快快醫好最重要。於是乎辦好出國手續後，王哲欣在太太及父親的陪同下，於十二月下旬就滿懷希望，搭機前往日本，準備再次接受手術。

在東京大學附屬醫院的手術可說是檢驗重於醫治，因為即便在醫學較發達的日本，當時還是不像現在所需的檢測儀器、設備等樣樣齊全，唯一也是最直截了當的方式就是開刀，藉此探究真正的病因，譬如當初手術中，是否有血塊壓迫到神經等，再進而尋求解救之道。很遺憾，也幾乎預料的到，連日本一流的醫生都搖頭，或即使遠赴美國求醫，恐怕那裡的名醫也束手無策，畢竟受損的神經很難復原，也可說根本無法復原。

手術後幾天就是一九五九年的元旦，王哲欣躺在白色的病床上，瞪著白色的牆壁和天花板，再無奈地將視線移向窗戶，同樣是白色的窗戶、白色的窗帘，還多了窗外徐徐飄落的白雪。冷冷的白色戶外再也看不到暖暖的橘色太陽，以及那蓬勃的綠意，不，在大自然界，特別是在四季分明的日本，春天還是會準時來報到，差不多二月就櫻花初綻，等到三月時，從南到北，整個日本就沉醉在盛開的櫻花中，屆時萬朵櫻花舞春風，何等興奮又迷人的場面啊！沒錯，春天一定會再回到人間，只可恨自己已無法返回健康的春天。

鑒於這殘酷，又令人傷心欲絕的事實，回到台灣後，王哲欣立即辭去台電的工作，接著就是盡量迴避或排斥外人，例如同學、同事等。有一天他收到一封信，光看那信封的樣子，也知道是同學會的通知函，因為在每年的農曆新年前後，他們北二中那班老同學都會召開同窗會，甚至也歡迎攜伴參加，不管是太太、未婚妻或女友等。如今心情惡劣萬分，家中依舊陰霾籠罩，別說和往年一樣，帶著太太出席，就是自己都不願去，也不便去，遂一氣之下，將信撕掉，丟入垃圾桶。而另一端發信的當番（輪到擔任召集人）黃慎謀久等不到回函，告知是否參加，覺得此非王哲欣一貫的作風，便於某日上午打電話到台電，這才獲悉王哲欣已因病辭職。到底是生了什麼重病？接聽的單位主管未進一步說明。黃慎謀頓時感到不祥又焦慮，遂於午後，再打電話到王父的小兒科診所詢問。從電話的彼端，王父簡單地說出發病的經過等，此端的黃慎謀一聽真是有點嚇呆，實在不敢相信一場疾病竟導致這種惡果，而受害人就跟自己一樣，不過是三十二、三歲的青年，往後大半的人生之路要怎麼走啊？命運之神真是冷酷無情啊！

既得知這不幸的消息，黃慎謀當然想著要去探望，但聽王父說，王哲欣心情盪到谷底，恐怕不太願意見人，而自己也擔心，就算見到王哲欣，屆時真不知要怎樣安慰他？想了一會便想到嘉華。嘉華從小就跟王哲欣非常要好，在公學校時代就成為同學，或許有他陪同前往，情況會好些、自在些。這樣想著，遂於隔天打了通長途電話到新竹分行，將此事告知嘉華。嘉華一聽，臉色突然轉為蒼白，震驚的程度不在話下，好在周圍沒多少人，也都一一埋頭在辦公，無人注意到他的面部表情和語調等。在電話中，黃慎謀表示也會通知邱清和，到時三個人再約個時間一同前往。掛了電話後，嘉華同樣擔心，見到病人該怎麼慰問呢？

在週日下午，三個老同學各自選好伴手禮，再相約一齊前往王家。王父事先有接獲他們的電話，知道他們要來，也歡迎他們來，只是擔心到時候王哲欣鬧意氣，不知會有什麼尷尬的場面出現，還請他們包涵些。關於此，三人都有充分的體認和諒解，也有心理上的準備，而毫無疑問，嘉華的任務最大，也可說此行若無嘉華，其他二人還真害怕會吃閉門羹，以後更難來訪。

到了王家，王太太招呼了訪客後，隨即到書房裡通報王哲欣。果然不出所料，王哲欣不願接見客人，甚且在太太好言勸說幾句後，一則嫌囉唆，一則動肝火，立刻將手上的書甩到地上，還出口責罵。在客廳裡，三人無法一句句聽得很清楚，但顯然知道王哲欣正大發脾氣，心中實是難過多於懼怕。一時三人默默相視，待罵聲歇下，嘉華站了起來，獨自走向書房，敲了敲門說：

「是我華ちゃん啦！哲ちゃん，我愛欲佮汝單獨好好仔講遮話。」

「喔！」王哲欣說著，一旁王太太則暗示他息怒，接著打開房門，遞了個眼色給站在門邊的嘉華，就逕自走向後頭的廚房去忙。這時王父也從樓上下來，走到客廳，和另二位訪客談些話。

「哲ちゃん，我來看汝。」嘉華說著就將房門關上。

「我即馬此落款，有啥米倘好看？」

「無，汝永遠攏是彼個樂觀、活潑、有勇氣，閣真好鬥陣ê哲ちゃん。」

「唉！無仝款啊！前世伓知做啥米孽，抑是欠人啥米債，此世人遮愛變甲此落款，誠是命中注定愛落甲此款地步，抑有啥米話倘講。」說著不禁悲從中來，淚水徐徐滾落而下，沾濕了面頰和衣袖。

嘉華見狀，掏出手帕，彎下腰，蹲在輪椅邊，幫他擦拭淚水，一邊自己也潸潸淚下。緊接著，二人就抱頭痛哭。那哭聲自然是客廳裡的人也聽得到，黃慎謀和邱清和都站了起來，想要往書房裡去，王父則表示暫且讓他們哭個夠，等心情平靜下來，二人也談得差不多，再進去不遲。

隔了一會兒，哭聲已歇，淚痕已乾，嘉華站了起來，拉了把桌邊的椅子，挪到王哲欣跟前，再坐下去，對他說：

「我佇銀行有一個姓章ê同事，伊ê大漢囝自七、八個月時都得小兒痲痺，雙骹攏無法度行路，都愛穿鐵鞋，佮用拐仔遮有法度稍寡行徙（移動，走動），但是大部分ê時間攏愛坐車椅子（輪椅）。此囡仔即馬是小學校四年生，所以會使講自出世無偌久，伊攏是坐車椅子咧生活，坐車椅子去上課，坐車椅子佮同窗，抑是茨邊ê囡仔佚佗，坐車椅子寫功課、繪圖、擬ピアノ（piano的日語拼音，即鋼琴）等等。」

「此囡仔聽起嶄然仔巧，學校ê成績袂穲吧？」

「對一年生到四年生，每學期攏是考第一名，音樂、美術抑真好。」

「赫敖啊！我看以後一定有法度讀甲博士，但是呷頭路都頭疼囉！」

「袂要緊，伊數學特別強，將來個爸母扑算欲互伊讀會計，做會計師。」

「伓過，會計師有倘時嘛愛出去查帳，愛行徙，彼陣欲按怎？」

「伊即馬去學校上課，抑是去外面佚佗，嘛是仝款愛出門，愛行徙，利用彼架車椅子都會使，何況大漢了後做會計師，敖趁錢，買一架自動車（汽車）都好啊。當然，此講緊亦緊，講慢亦慢，以後伊愛欲讀別科，有其他ê出路，因爸母嘛會尊重伊ê看法佮決定，上重要ê是，伊對未來有信心，對人生充滿希望，一切ê不便攏會使克服，透過茨內ê人、朋友等等協力來排除。」

「唉！我佮伊大大無仝，伊自出世都慣勢啊，我是成年了後突然間……」

「但是汝仝款有智慧，有勇氣，閣有能力處理代誌。我咧想汝有進大學，讀過中國書，會曉寫中文，按爾生閣加汝原來ê日文，是伓是真適合做翻譯？若按爾生，汝佇茨內都有法度趁錢，而且日文翻譯嘛愈來愈有需要，汝就是此方面優秀ê人才。對啊！汝愛看書，閣讀機械，工業書類（文件）ê翻譯一定真適合。同窗會時我遮問看覓，叫大家多多提供來源。」

「唉！到時遮閣講，伓敢想赫濟。」

「是啦！心情先放互卡鬆ê，日常生活漸漸適應卡要緊。對啦！汝知影今仔日抑有誰人來看汝無？」

「抑有誰人來？」

「好，我來請個入來，汝目睭先瞌瞌。」

幾秒鐘後，黃慎謀和邱清和跟著嘉華來到書房。王哲欣靈機一動說：

「互我目睭原在瞌瞌，臆（猜）是誰人來好無？」

「好啊！」嘉華亦感有趣地說。

「聽彼骹步聲，若像不止一個人。是二個人咻？」

「對，除了我，抑閣有二個人來看汝。」

「喔！我知影啊！清ちゃん佮阿謀啦！」

「對啦！互汝臆對啊！」

睜開眼睛看到另外二個好友，王哲欣一臉喜悅，頓時憂傷、哀愁、氣惱等消失得無影無蹤，而那二個好友亦同感喜樂，不過初見王哲欣坐在輪椅上，除了有些不習慣，心頭更是揪在一起，連眼眶都泛紅。嘉華為免大家又傷心落淚，突然想到一九五二年首度在台上映的名片《亂世佳人》，聽說又將重映，便問老友看過沒？結果大家全看過，其中王哲欣還看了二遍，因為他和太太都蠻喜歡「風と共に去りぬ」（原著*Gone with the Wind*的日譯本，《飄》則為中文版）這本小說。黃慎謀說他也看過原著，感覺比電影更有內涵，但無可否認，電影拍得實在精彩，男女主角和配角都演得很稱職，導演尤具選角之慧眼，及處理改拍電影之功力。這時，王父從客廳走入書房，王太太也捧著點心進來，一夥人就這麼興致高昂地談論起《亂世佳人》，重溫了片中美國內戰時的人與事。

第二十九章

農曆新年過後的第一個星期天，嘉華他們那班老同學召開了同窗會。假日本料理店所舉辦的年度聚會中，一些稍敏感的人未見王哲欣出席，紛紛問起嘉華怎麼回事，而當嘉華說出因病致殘時，幾乎轉瞬間就傳入人人耳裡，一時歡樂、期待的氣氛凍結住，取而代之的是驚訝、憂懼和惋惜。有人提議改天大家去探望，卻擔心一大堆人去，別說王哲欣受不了，就是王太太和家人也忙不過來，還是在未來三三兩兩分批去較妥。

在座當中有個名為翁榮惠者，乃是三陽工業的董事長，雖經營機車等的製造與買賣，本身卻是留美的醫學博士，只因父親病歿，為繼承家族企業，才臨時投醫從商。他乍聽這消息，心中固然難過，一邊也想著該如何協助老同學，否則變成重殘的人很快就失志，很容易就尋短見。可是身為大老闆事務多，又事必躬親，實在無法隨時去看老同學。想了一會便想到嘉華，知道打從學生時代起，嘉華跟王哲欣就很要好，於是挨近嘉華，和他打了個招呼，開口問說：

「哲ちゃん除了下半身袂振動，頭腦佮手攏好好吧？」

「攏好好，但是此打擊真大，驚ê有倘時伊會想袂開，我感覺有遮工課互伊做，按爾生伊亦仵袂烏白亂想，當然彼工課愛單純，伊有法度踮茨內做。」

「對，對，所以汝看啥米工課卡適合？」

「我感覺翻譯ê工課伊真合，除了日文有實力以外，英文嘛通，上重要ê是伊有讀過中國書，會曉寫中文，將日文翻做人人看有ê中文。捌聽伊講，佇台電呷頭路時，伊都加減有做過翻譯。按怎樣？社長（董事長），恁會社（公司）有需要工業抑是商業書類ê翻譯吧？」

「好，我了解啊！汝先甲講此方面ê工課我會安排，費用亦會算卡好互伊，絕對無問題，但是最近社內（公司內部）卡無閒，另日我會揣遮時間去看伊。」

「はい（是），はい（是），社長，どうもありがとう（感謝）。」

「これは私の範囲内でできることですから，あしからず（這是我能力所及，或能做到的事，不用客氣）。」

由於隔天須返回新竹工作，嘉華約在晚間七點就先離席。回到家中拿了簡單的行李，並與妻兒話別後，立即搭公車前往台北火車站，再轉搭火車回新竹。翌日快接近中午時，基於受人之託，忠人之事，嘉華打了通電話到王父的小兒科診所，將翁榮惠交待的事告知王父，請王父休診後再轉告王哲欣。到了次週的星期天下午，當嘉華又去看望王哲欣時，於交談中得知，果然二天前的早上，有個職員模樣的男子，前來王府，自稱姓詹，並遞上名片，說是受三陽翁董的指示，欲委託王哲欣翻譯些文件，半個月後再來取件。那稿酬比一般行情還高，王哲欣內心自然是很感激，但另一方面憂鬱也跟著來，終究此後只能關在家中做，已無法和常人一樣在社會上活動。思及此難免憂愁上面，嘉華一眼看出，問說：

「按怎樣？驚ê無夠時間倘做咻？」

「無問題啦！我即馬都咧進行，抑無講真大篇，時間是一定會赴，我是怨嘆自今以後若親像關咧籠仔內，失去自由，比一架鳥仔卡不如，連啼叫ê氣力都無。」

「我了解，但是汝自細漢愛音樂，愛唱歌，都是無心情唱，嘛會駛放レコ——ド（record的日語拼音，即唱片）來聽，古典音樂抑是日本の歌攏會駛，按爾生汝ê心情自然都會放輕鬆，袂赫鬱卒。汝想看覓，汝佇茨內做翻譯ê時，會駛一爿放音樂來聽，一般呷頭路人佇外口上班，咁有此自由？」

「無論按怎講，會行變袂行都是失去自由。」

「今仔日干焦咱，我大概講先輩杜恩輝ê代誌互汝聽。」

「啊！彼個成績誠優秀ê先輩，佮汝上有話講，按怎樣，亦破病咻？」

嘉華搖了搖頭，停了約三秒，接著說道：

「差不多七年前，伊互人冤枉，抑是受到陷害，無代無誌突然間互警方掠去，受審判了後，無偌久都送去火燒島，互人關咧彼，每日做苦工，到舊年年底遮放轉來，頭尾關六年外，完全失去自由，好佳哉伊意志真堅強，亦是キリスト教（基督教）忠實ê信徒，此段久長ê日子遮有法度度過。」

「唉！即陣聽汝講遮知。」說著既深感不幸，又頗覺恐怖。

「好佳哉代誌已經過去，伊亦平安倒轉來，會使閣做醫生，但是我想多少會繼續受到監視，抑是警方會定期派人去查訪。」

「我了解，總是抑無充分ê自由，伓過有倘倒轉來亦是有保庇。」

「此代誌無需要甲大家講，咱大概知影都好。我即馬是汝ê心情卡要緊，希望汝慢慢克服行動ê不便，未來會使用卡明朗ê態度來應付，我知影汝嘛真有勇氣，閣有才能，一定有倘度過此難關。對啦！今仔日天氣袂穤，我㨂汝來外口踅踅ê，恁附近ê環境看起真清幽，樹仔嶄然仔濟，花應該開啊。」

「好，好。」

鄰居看到嘉華推著王哲欣出來散步，多少有些見賢思齊，此後只要是天氣晴朗，王哲欣沒在翻譯文件，也想出來逛逛，不乏左鄰右舍的大伯、小叔等主動提供服務，特別是當王太太忙著家事，孩子也還在學校上課時。然後，這情景又被來訪的其他老友撞見，他們也學得邊推輪椅，邊和王哲欣閒話家常，至少逛個半圈再回王宅坐坐。不過，在往後漫長的日子裡，也可說從年輕到年老將近四十年間，還是嘉華推的次數最多，陪伴的時間最長。

就在杜鵑花的花季進入尾聲時，五月初某日下午，三陽的董事長翁榮惠趁著外出洽商之便，順道來拜訪王哲欣，和他同行的除了轎車司機，另一人就是派送稿件的那位詹先生。難得老同學來訪，且是日理萬機的大老闆，又稱得上是恩人，王哲欣一時心情轉為高昂，好像傷兵見到特地來慰問的總統或首相。

久疏問候，熱情寒暄一番後，翁榮惠請王哲欣推著輪椅走走看。他仔細觀察患者自推時，如何控制速度，如何轉彎或橫過等。大致上，幾個月下來，王哲欣的自推能力和技巧都還不錯，畢竟輪椅就是代步的工具，已成為他的雙腿。然而推動的力量是來自雙手，時間一久手臂的負荷也蠻大，容易造成痠痛、疲憊等，因此一天當中最好半天是由家人代推，千萬別讓雙手跟著受損。大家常說雙手萬能，如今對王哲欣而言，不僅要保持原有手的功能，甚至還須負擔額外的作用，以彌補失能的雙腿，可見其雙手多麼珍貴，幾乎等於正常人的四肢。為此，翁榮惠建議他可做些手部的運動，例如有空時多上下甩動雙臂，左右伸展手臂，或握緊拳頭再鬆開等。翁董習醫多年，又曾為醫生，向患者囑咐這些極平常，只是眼前的患者就是老同學，心中更加難過。

坐了約二十來分鐘，翁榮惠因公司尚有事不得不告辭，離去前塞了些錢給王哲欣，說是遲發的新年紅包，要他買些愛看的書籍、愛吃的食品等，或天氣好時，由家人陪同，搭個計程車到郊外遊逛。王哲欣不好意思收，也不願收，但翁董表示沒時間跟他推拖，這才感激地收下。他知道下一次要再見到翁董，除了出席同窗會外，幾乎沒什麼機會，遂和太太一齊送客，直送到屋外停車處，看著翁董上了車，並搖下車窗，和他揮別，接著驅車上路，車影消失在街頭為止。

此時已快邁入一九六零年代，在台灣小型轎車雖仍罕見，在日本卻已發達且漸普及，產量也逼近歐美的水準。回程中，在車上，翁榮惠驀然間又想起這現象，發覺台灣再慢，應該過個十年或十五年，汽車也會和目前的機車一樣，逐漸流行並普遍起來，但大前提是經濟要穩定發展，社會要安定，民生要富足，這樣方可促成。果然翁董有遠見，之後三陽在其領導下，除了機車方面更加進展，小型貨車、私人轎車等，也透過與日本大廠的技術合作，迅速發展，搶先攻佔國內的汽車市場。行有餘力，或乾脆說賣有餘車，多年後翁董也送了一輛轎車給王哲欣，還特別為他雇了一名司機。他很清楚一般人需要車子，身障者更需要車子，有了車子，身障者才能多與外界接觸，擴大其生活面，使其領會生命中尚有許多值得看、值得聽、值得學、值得愛的東西。

從當時一九五九年到一九六九年，這十年之間，王哲欣的生活起居已定調，家裡就是他最主要的活動場所，也學會邊推輪椅邊掃地，或淘米煮飯等家事技巧。他之所以做這些家事，除了翻譯之餘尚有閒暇，最大的原因是王家已轉變成男主內、女主外的型態。王太太為了專心照顧王哲欣，從陪他赴日就醫起，就辭去小學教職，接著幾年看顧下來，身心俱疲，又有四個孩子須扶養，於是在老同學的熱忱協助下，再度外出工作。當然，這是有考慮到王哲欣已大致能自理，也鼓勵她重新踏入社會所致。新的工作非教書，而是貿易公司的文書職務，壓力不算大，待遇卻不錯，也幾乎可按時上下班。

王太太再度加入上班族的行列，或重拾職業婦女的生涯，也等於是開創事業的第二春，不知為人夫的王哲欣會擔心太太出軌嗎？即在浮華、複雜的社會中尋得情感的第二春？這疑念確實有閃過他腦際，但考慮並衡量各種現實的因素後，他還是鼓勵太太外出，畢竟自己因病致殘已夠不幸，不能再將好端端的另一個人，也是最親蜜的配偶弄得神經衰落，甚且日子一久，成天二人怨尤相對，那樣對孩子和家庭都大為不利。看來王哲欣很懂「久病無孝子」這句話的含義，更何況孩子成年後一定各奔東西，臨老時能相扶持，相倚靠的還是太太。其實，人非聖賢，王哲欣當然不可能一夕之間悟透這道理，而是數年的歲月中，看了不少家庭醫學、心理學、社會學等方面的好書，再加上父親的開導、好友的關心等，他才慢慢開竅，學得開放自己的心胸。想想既然為了生計，又出於自身的問題，必須與太太互換角色，那就好好去適應，並相互配合。那些毫不存在、捕風捉影，或純粹是逢場作戲的小事，就擱到一邊，不去煩它，它自然不煩人。有了這般認知，之後夫妻吵個嘴，鬧點憋扭，也很快就風平浪靜。

相對於王哲欣，與此同一期間，嘉華的生活周遭也有些變化。在一九六零年的初夏，他第三度嘗到當父親的喜悅，再次生下一子，取名裕亨，期望新生兒和其兄姊一樣，將來有個豐裕富足，又萬事亨通的人生。如今李裕亨以虛歲算已十歲，正讀小學三年級，長得活潑、健康、可愛，學業成績也相當不錯。不過，當時的教育很特別，是以「反共」為主軸。流亡的國民黨政府，或蔣氏政權雖早就與主要戰勝國，或佔領國美國取得默契，也經由防禦協定劃定台海中立，不再進行國共內戰，也不敢奢望美國代打，完成反攻復國大業，但「反攻大陸」的口號卻在島內高唱入雲，更充斥中小學的教科書。裕亨及其兄姊裕甫、裕芳都是在一入小學就認識「萬惡的共匪」，更將「反攻大陸」視為神聖的使命，期盼快快長大，有朝一日上戰場，英勇殺死「朱毛奸匪」，還有「周匪恩來」等。國民黨對此猶感不足，還在「反共」後頭加上「抗俄」，因而裕甫上了初中，讀到蘇俄的地理時，其標題竟寫著《我們的敵國蘇俄》。這個外號「北極熊」的蘇俄的確精明，在國共先後主政下，騙取不少中國領土。總之，當時連小學生都唱起「反攻大陸」，更甭提整個社會有多熱衷。於今聽來就跟鼓吹「統一」一樣荒謬，因為那全是中國的國共二黨之事，與台灣毫無關係。

當時為了擴充黨員，國民黨除了誘拐高中生、大學生入黨外，更將目標指向公教人員，卻也顧及這批人非青年學子，而改採利誘或較委婉的勸募方式。這期間嘉華一陣子就會收到黨高層的來函，其內容總是以「嘉華我兄」的問候開頭，行文間充滿虛情的關切，讀來肉麻兮兮，不禁令人起雞皮疙瘩。一番詞溢乎情的關懷後，緊接著便進行利誘，述說入黨的種種好處，例如加薪、升等，甚至對子女或配偶也頗有利。剛開始時，嘉華還會細讀信文，幾回後，一看信封知道是此類來函，連拆都不用拆，順手就丟入垃圾桶。這不全然是因為學長杜恩輝受迫害，有部分原因是起於排斥，或厭惡政治、政黨等。他私下有問起同在金融界的黃慎謀，結果對方也收過類似的信函，早已見怪不怪，只是坦承利益誘人，想重新思考是否入黨？至於之前在台電服務的王哲欣則和嘉華一樣，從一開始就堅定拒絕，其理由也很直接，不想管政治，特別是國民黨這種黨國政治。基於此，他很支持嘉華的做法，好好辦公就行，一見此類來函就扔掉。

入黨一事還好閃避，但對於「公務人員執行公務時應說國語」這道命令就不得不遵守，畢竟台灣已重回「祖國」的懷抱，學國語（華語）乃是天經地義的事，而且從戰後就已開始，如今更是大力推行。其實，這也是受外來政權殖民的一種後果，即嘉華他們那一代精通日語，其下一代則熟諳華語，反而本身的台灣母語較受忽略，並且後輩又愈加不如前人，可謂「中」毒尤深。縱然如此，以學習語言的角度來看，多懂一種外語或方言絕對是有好無壞，而日語之所以備受歡迎，成為年輕人愛學的第二外語，除了地緣、歷史等因素，最主要的乃是父祖輩多半受日本教育，在家中講些日語，子孫已然聽慣。很顯然，教育普及是日本治台的一大成就，絕非早期的荷蘭、西班牙所能比擬，否則這二國在偏重通商地利之餘，也應著手荷語、西語的學校教育。

然而話說回來，熟稔日文的人學起中文，除了在漢字上佔些優勢，其餘的像發音、句型、含義等都不簡單，必須重新來過。嘉華他們所講的國語常被譏為「台灣國語」，事實上老蔣、小蔣等講的國語也不標準，總帶有濃厚的鄉音，也可諷為「浙江國語」，或「山東國語」、「湖南國語」、「廣東國語」等南腔北調，不一而足。當然，這現象在其他外語也普遍存在。總之，講得再怎麼不好，或寫來就跟年輕人寫英文一樣不順，在閱讀上倒是阻礙不大，加上嘉華愛看報紙，已成餐桌上必備的一道「佐料」，因此中文尚不至令人惱羞成怒。

拋開上述的社會變遷，就嘉華而言，除了在一九六零年再添一兒外，還在一九六一年有段喬遷之喜。這趟搬新家全是機緣所促成，卻也讓嘉華他們換得一個更美好、更舒適的居家環境。整個經過說是尋常也對，說是不尋常也對，可能後者的說法更貼近所謂的機緣。約在生下小裕亨五個月後，有一回嘉華和銀行的一位同事江小姐外出洽公，來到中山區的南京東路三段一帶，眼見大街上店家林立，巷弄裡人進人出，覺得這地帶的生活機能不錯，既適合居住，又方便購物，遂在快速辦完公事之餘，深入巷內參觀起新舊的各式房子。

當走進一百九十四巷的一條小弄時，他們感覺像是來到世外桃源，不僅看到左右側皆有二層樓的住宅，整齊美觀地排列聳立著，還見到樓下人家皆有片栽花的空地，砌成小花圃似，可種花，也可植樹。在這左右二排房子當中，固然就是行走的道路，卻也因位於深弄裡，格外顯得寬廣又寧靜，既無街上車馬喧，亦無須擔心孩童玩耍被車撞。江小姐當下看得十分心動，很想買下，無奈財力不足，無法購置一整棟，遂問嘉華意下如何？是否願一齊合購，再分住樓上樓下？嘉華毫不猶豫，立即點頭同意，江小姐便將建築商的電話號碼等抄下，準備盡快與之聯絡。

在房價方面，原本江小姐和嘉華講好，一人各出一半，但到了簽約付訂金時，江小姐的母親卻跟了過來，堅持欲住樓下的嘉華應多付些，因為一樓的房子通常都較貴，而且還堅持以她的名義買下。對此嘉華看得很清楚，江小姐她們是孤兒寡母，家庭經濟不太好，況且住樓下多個花圃，出入也方便，於是不跟她們計較，願在總價十四萬中分擔八萬。在議定蓋章時，江小姐的母親是用黃江竹桃的印鑑蓋上，起初嘉華還以為印章刻錯或拿錯，稍後聽江小姐說明，方知江小姐乃是黃江竹桃的養女，自幼就一直從養母的本姓，未改從她的夫姓。

事實上，江小姐搬來樓上住，大概過了四年就出閣，而且還是遠嫁菲律賓，與馬尼拉當地的一位台僑結成夫妻。此後樓上就只住著一對母子，黃江竹桃和她那念高商的兒子黃必盛。一轉眼，黃必盛畢業後就去當兵，勤儉的黃江竹桃便將空出的方間出租，其間有在台的日商來租，還得靠嘉華他太太楊瑩雪做通譯，才能談成，甚至房客入住後的一些瑣事，亦得再麻煩她做溝通。為此，黃江竹桃很感激，在楊瑩雪隔了數年，再度就業後，常幫她看前看後，像注意郵差送掛號信來，或收款員來收水電費，或代買青菜並沖洗好等等。其實，這些家事楊瑩雪她母親，即嘉華的岳母楊太太也會做，也該做，卻常因愛打牌而忽略。

提及楊瑩雪二度當起職業婦女，箇中原因和王哲欣他太太相似，全出於分擔家計或補助家用。在生下小裕亨那年，楊瑩雪就響應煤礦公會的優退，領了筆優渥的退職金離開職場，然這筆錢泰半用於還債，即幫嘉華分擔父親楊睿榮經商失敗所導致的債務。人說相欠債才會做夫妻，做為親子又何嘗不是，只不過楊瑩雪的情況很特殊，反而是女兒要替父親償債，乃至女婿得為岳父承擔風險。總而言之，當小裕亨上了銀行附設的幼稚園後，楊瑩雪較有空閒，也為了積存孩子的教育費等，便到老同學莊美瑾的藝品店上班，負責將手工藝品銷售給來台的觀光客，特別是日本觀光客。

幾年後，她又藉著熟諳日語之便，在母親一位好友的引介下，到她兒子所經營的旅行社工作，擔任起領隊，專門幫日本觀光客做嚮導。那時當導遊的限制不多，只要精通日語或英語即可。坦白講，楊瑩雪絕非愛玩、愛熱鬧、愛新鮮、愛發表意見的人，擔任領隊顯然不是很恰當，但為了生計還是欣然接下。她常帶觀光客去的地方，諸如梨山、日月潭、阿里山等在當時真稱得上人間仙境，絕無現在商業及人工氣息過濃。然山野之地還是有人煙，每當黃昏離開景點，目睹附近的學童放學時，她就不免想起家中的三個孩子，是否安全歸來？是否乖乖在寫功課？或是否先到鄰居家玩，邊等著爸爸及外婆回來？

第三十章

對嘉華他們夫婦、他們的親朋好友、他們的三個孩子等而言，從一九五九年到一九六九年這段期間，成年人就是成年人，未成年人仍然未成年，但至少有二個明顯的例外，即楊營雪的堂弟楊敬仁，以及稱呼嘉華為二叔的林志成。這二人均由少年轉成大人。前者正在台北醫學院（即今之台北醫大）讀醫科，後者則已是執業的律師。林志成就是玉梅的獨生子，而玉梅就是嘉華他家當年的童養媳，已在一九五五年改從亡夫林金龍的姓氏，並從李家的戶口遷出。現在兒子是律師，收入雖非很豐厚，玉梅倒也無須再幫人煮飯、打掃等，只是年輕時勞碌慣了，很難閒下來，一有空就常去廟裡聽經兼打雜。這樣也好，既有益身心，更能積陰德。

關於林志成的升學過程還蠻有趣，在成淵中學念完初中後，於一九五八年以優異的成績考入建國中學高中部，此後即立志考取台大。無奈人算不如天算，三年後的聯考前夕卻發高燒，身體不適，只得抱病應試，結果成績大受影響，放榜時雖未名落孫山，也僅錄取於東吳大學法律系。想來真有緣，玉梅當幫傭的東家，即徐將軍家，他那姪兒徐遠鵬當年也念東吳大學，沒想到多年後林志成竟成為他的學弟，差別只是二人所修的科系不同。放榜後，林志成很不服氣，想隔年重考，玉梅不太贊同，徐將軍的太太也認為無此必要，因為東吳法律系的口碑還不錯，培育出不少法界人才，她願在學費上贊助他，勸他眼光放遠些，及早進入大學接受專業、開放的教育。

徐太太的好意玉梅當然很感激，但她不想日後欠人家一份人情，於是推說志成的姑媽也這樣鼓勵他，並已打算好好栽培他。志成聽母親這麼一說，馬上想到五姑淑幸，因為在四姑、五姑這二個姑媽當中，就屬五姑的經濟能力最佳，四姑淑文反而需要她幫忙。從小每逢過年，或祖父母的祭日拜拜等，跟隨母親回到李家，當茶餘飯後，多少總會聽到四姑、五姑聊著聊著就吵了起來。四姑雖不富裕，卻出手大方，做個賣春捲的小生意也裝闊，對孩子則疏於管教，而五姑則完全相反，雖有錢卻很勤儉，是個典型的相夫教子的家庭主婦。再稍為仔細一聽，她們吵的主要還是錢的問題，即四姑欠了五姑不少錢，但四姑卻表示那全是五姑自願借她，幫她周轉。問題就出在五姑已沒在上班，大部分借給四姑的錢都是五姑丈辛勤所賺，最終還是得向五姑丈交待。每當二人爭吵不休時，玉梅總勸說：「好啦！好啦！此世人做姊妹仔，後出世都無，此攏是前世相欠債，看卡開ê，按怎穮，姊妹仔嘛抑有姊妹仔情。」

然後，大概念高一時，有一回也是隨母親回李家祭拜祖先，卻在四姑、五姑等都相繼告辭後，無意中聽到二叔嘉華說起什麼柯先生、Soroban、丈人、木炭買賣、生意失敗、拿田地清償債務等事。回到幫傭的徐家後，心中疑惑待解，卻也猜到有嚴重的事發生，遂於夜晚入睡前，問母親說：

「阿公彼片田地是處理掉啊咻？」

「汝有聽到我佮恁二叔仔咧講話？無要緊，汝已經是高中生，知影亦是好。恁二叔仔為著幫助伊丈人做生理，結局生理不但做無成，亦得抔恁阿公留ê田地去賠人，此除了恁二叔仔無小心，上歹ê就是佮個丈人合股彼個姓柯ê，看起是存心欲呷錢，當然二叔仔個丈人亦無責無任，傷過失注意，遮互人利用。」

「彼個柯先生呼做Soroban咻？」

「是啊！彼是伊ê偏名，大家攏按爾叫，本名聽講是什麼平盤吧？」

「我無啥知影日本話，可能是算盤ê日語就叫做Soroban。」

「彼攏無啥要緊，可惜ê是恁阿公留ê田地去了了囉！唉！逐家無福氣。」

上了大學後，鑒於將來可能會處理專利商標的申請案，而除了英、美等，鄰近的日本也是這方面的先進國家，更是台灣此類事務所最大的案件來源國，無論是幫日本人申請在台的專利，或替國人向日本申請專利，在在都需要日語，因此在課餘正式學起這門語文。林志成學日文的費用不是向母親拿，而是從當家教所賺的報酬中支付，還好他能幹，身兼二處家教，專教初中生英文及數學，藉此轉付尚有餘潤。教他的那位先生姓周，大概比二叔年長五歲，見他勤勉好學、資質聰穎，更有學習日文的眼光，半年後竟主動打折優待他。這時他當然已知道算盤的日語叫そろばん，以羅馬拼音來寫就是Soroban，然對他而言還代表著人名，隱含著一段二叔受騙失財，或被迫以祖傳田地償債的往事。

在大學畢業，入伍服役之前，林志成就順利考取律師資格，這已是相當難得，因為當時律師考試的錄取率很低，尚不及百分之五。在考選史上，前總統陳水扁在大三時即考上律師高考的榜首，迄今無人出其右。具備了律師資格，就跟取得會計師、醫師等資格一樣，十分有利於就業，可說已站穩第一步，往後只待實務磨練與經驗累積即能獨當一面，開創大好前程。當然，這其中除了本身的學識、才能、經驗、性格等，尚需機運、財力、時勢等之配合。總之，當一九六七年服完兵役，退伍下來三天後，林志成就到九鼎法律事務所報到，開始他專業律師的生涯。

身為法界新手，在獨立承接案件前，或多或少都會參閱一些卷宗，瀏覽一些事務所過去所辦過的訴訟案等。有一天，林志成竟然在一件涉及詐欺、侵佔公款、偽造文書等的訴訟案上看到柯平盤三個字，起初還以為是同名同姓，然再往下看去，那個深印腦中的そろばん（Soroban）一詞隨即出現，並特別註明乃是柯平盤的綽號，與其有生意往來的人皆知。會這麼巧合嗎？仔細讀那訴狀，被告柯平盤的犯案手法、經過、動機等，幾乎就跟當年二叔嘉華他們所遇雷同，差別在於多了偽造文書一項，且從事的是磁磚等建材的買賣。很顯然，繼上次一九五八年的木炭交易後，柯平盤重施故伎，又想捲款遁隱，一走了之，不料陰溝翻船，被對方告到法院，並遭通緝，最後因種種罪狀成立，被處以八年有期徒刑。此案是起於一九六一年兩造開始做生意，直至原告提出訴訟，並令被告伏法已是一九六五年。

除了須入監服刑，柯平盤尚須賠償不法所得，但四年之間那些錢已揮霍殆盡，名下亦無任何不動產，要賠恐怕得等他出獄再說。無論如何，使這種奸商受到法律制裁也是大快人心，此後他就無法再到處行騙，危害社會大眾。因本案多少與親戚有關，林志成之後有向當年承辦此案的一位葉律師請教。據葉律師說，柯平盤在外表上並無顯著的特徵，就跟一般人沒兩樣，但其聲量特別太，一發言就像掃射機關槍，或撥打算盤一樣響亮，連庭上的法官都有點嫌吵。這還只是個人的生理現象，對人絲毫無傷，何況與之相同者所在多有，最關鍵的是業界有人指證，柯平盤一向素行不佳，曾藉合夥經商而暗吃對方。

幾個月後，林志成趁著順道拜訪嘉華之際，向他說出柯案的始末等，嘉華一聽頗驚訝，稍後則覺得很欣慰，至少蓄意詐財的歹徒已被繩之以法，真可謂法網恢恢，疏而不漏。緊接著，他問林志成說：

「假使阮此陣遮來告伊，會使袂？」

「伊已經為著仝款ê案互人判刑，咧坐監獄。對！會使告伊，按爾生伊刑事上可能會加關一年至四年，但是民事上仝款愛對咱賠償。」

「伓過伊差不多破產啊，是欲按怎賠？以後籠仔內出來嘛無才調。」

「彼是伊未來愛面對ê問題，伊愛想辦法解決。照咱ê例來看，當初佮伊合股做生理ê是恁丈人，由恁丈人來告伊上適合。我是無清楚當初恁奈無提告？但是即馬欲告抑會駛，無超過追訴期都好。」

「此款案件ê追訴期大概幾年？」

「照伊互人判八年有期徒刑來看，追訴期有二十年，抑會使。」

「恐驚ê告亦白告，到時伊嘛無法度賠。」

「免替伊煩惱，先佮恁丈人參詳看覓。」

「好，好，到時有需要汝幫忙，一定去事務所揣汝。」

關於柯平盤在一九六一年，與人從事建材買賣所犯下的這樁案件，或許在一九六五年破案時，報紙上的社會新聞有報導，只是未注意到，也很可能根本沒報導，畢竟一年到頭類似的新聞太多，記者不會一一去採訪，僅選擇較顯著、較大條的刊出。總而言之，柯平盤都已入獄受制裁，有無見報毫無關係，現在要考慮的是提告與否？嘉華這樣思索著，心中十之八九已猜到，依岳父楊睿榮那種多一事不如少一事的個性，顯然會跟當初一樣，自認倒楣，息事寧人算了。是啊！楊睿榮拍拍屁股走了，繼續和那名叫瓊枝的女人同居，丟下一車爛攤子讓他收拾，不，講爛攤子太草率，而是一筆紮實的巨債讓他償還。想來楊睿榮真不像個長輩，對別人就慷慨，連騙他做生意的柯平盤都願放過，而對自己的女兒、女婿就沒那麼大方，反倒需要晚輩替他背債。說來他真幸運，晚輩尚有能力替他還債，否則他如何再混下去？算了，債都還清了，他也很少來煩，一家人過得還算安康，再苛責他也於事無補，只是當時未想過，如今則懷疑楊睿榮是否也盜用資金，否則怎麼不願在第一時間告發柯平盤？不太可能對合夥人那麼好吧？他是否有盜用資金，除了本人心裡有數，顯然另一個知道的人就是柯平盤。

為了此事，難道要跑到監獄去質問柯平盤？既是文明人，一切還是得依法律程序走，何況有個姪子當律師，等於手邊擺了一部活的六法全書，隨時可與他諮商，不妨就先照他的建議試試，也趁機探探楊睿榮的心態。這樣下了決心後，嘉華在次週的星期天下午就去拜訪岳父。這些年來，楊睿榮不常去嘉華他們那兒，但還是保持著聯繫，讓他們知道他的下落等。現在他靠著瓊枝的二個兒子過得還不錯，看來當年他將到手的錢花在瓊枝母子身上，比諸任何一種投資的報酬率都還高。那二個半路認來的兒子，大的叫游敏郎，已二十八歲，因受老闆器重，並娶其獨生女，短短四年間竟高陞，當到大洋電纜的副總經理。游敏郎的弟弟叫游智郎，與林志成同年，主修機械，也入廠沒多久便擔任品保課長。這還不止，連「老爸」楊睿榮也沾光，受聘為國外業務的顧問。嘉華此趟拜訪之前，就是先透過電話，打到楊睿榮的辦公室，和他聯絡上。

抵達楊睿榮的住處，和他及其同居人瓊枝寒暄一會，並接受茶點招待後，岳婿倆就轉入正題，而瓊枝則藉著外出購物暫時迴避。

「Soroban佇二年前互人判刑，掠去關啊，汝知影無？」

楊睿榮點了點頭。

「朋友聽到甲汝講ê？」

「是啊！但是無絕對確定，生理人中間免不了紇紇纏（糾纏），恐驚ê有人烏白講，橫直我自彼年了後都無佮伊往來。伊互人判刑ê代誌，汝亦有聽到？」

「我ê姪仔最近甲我講ê，伊咧做弁護士（律師），看到二年前ê檔案遮知。」

「若按爾生就是確實ê代誌。」

「按怎？咱即馬欲提告抑會使。」

「但是伊都互人關，受到刑罰啊，再提告嘛差無偌濟。」

「有差，民事上咱會使叫伊賠償。」

「伊已經落魄甲此款地步，到時是欲按怎賠？」

「所以汝無扑算欲告。」

「華ちゃん，我知影我亦有責任，此幾年來好佳哉有汝支持，我遮度過難關，我心內真清楚，誠對不起汝，亦對不起雪ちゃん，但是人總是愛活落去，日子亦愛過，對無？我一定想辦法彌補汝，阮會社（公司）若有需要閣揣往來ê銀行，我一定推薦一銀，將業務介紹互汝，一銀是一流ê銀行，汝亦能力真強，互恁處理阮上放心。事實上，最近此幾年我攏有托錢互恁丈人姆仔，叫伊愛交互雪ちゃん做生活費，袂使攏靠恁支出，我亦愛負責。」

「喔？！」

「按怎樣？咁會此個愛扑麻雀（麻將）ê全部挖去做局本？誠害啊！少年到老干焦愛扑麻雀，抑無都是佮七姊八妹仔呷此個會，呷彼個會。」

「有年歲啊歹改，伊亦無欠人錢都好。關係Soroban，提告啥米款？」

「若告伊，我都愛出庭，愛當面佮伊對質，而且上訴是真了時間，怀是一擺、二擺都煞，此幾年來我都卡穩定啊，誠無愛閣見伊，亦無愛互人知影過去佮伊有往來，尤其是互電纜ê頭家知影。」

「我想伊反勢知影，因為各行ê生理人免不了攏有種種ê接觸。」

「有可能，但是連伊都怀捌問起，亦無計較，咱咁無法度放互去？Soroban都已經受法律ê制裁啊，按怎閣甲伊告，伊嘛無倘隨時賠咱。我知影汝真有孝，亦好佳哉有汝替我承擔，將來我會設法彌補汝。對啦！閣過幾冬啊，阿甫個嘛會大漢，愛出社會，只要我此阿公抑佇ê，保證個呷頭路免煩惱。」

「囡仔有囡仔ê將來，免替伊想赫濟。我了解啊，咱莫提告都好。」

「放心，おやじ（親爺，即父親）一定設法彌補汝。」

那話語聽來似乎不陌生，約十七年前，三叔李尚福也曾以類似的口氣擔保，結果到頭來不但食言，連自己都一身難保，搞得十分落魄。老丈人楊睿榮會步上三叔的後塵嗎？很難說。果真步上也沒什麼好大驚小怪，反正二人的個性相差無幾，再說楊睿榮有大洋電纜當靠山，再怎麼虧也沒什麼大不了。今日一席話至少顯示當年楊睿榮亦是共犯，只是他走運，資助瓊枝母子的錢，幾年下來已有回報。若非如此，為什麼他不願，或根本不敢提告？可是話又說回來，他和柯平盤暗地裡挪用公款等，那是他們造惡業，而自己一時過於熱心，不懂風險，也不了解控管，到處為他們籌募資金，最終則替他們背債還債，這不是自作孽嗎？想來和十七年前被三叔騙取股票相似，總是起於自己的警覺性不夠，容易相信別人，特別是自己身旁的親屬。或許在第二次的大意失財中，聊以自慰的是柯平盤已落網，正接受法律制裁。

此後有一段日子，嘉華罕與楊睿榮會面，有事都是透過電話聯絡，例如委辦銀行業務等。當然，談完公事，岳婿終歸是岳婿，常會提些家務事，像孩子又長高、功課大有進步、喜歡游泳、打球等，最後掛上電話時，雙方也會再噓寒問暖一番，提醒多注意身體，或祝年節快樂等。自從那天二人促膝長談後，楊睿榮就將太太每月所需的生活費，直接匯到女兒楊瑩雪的戶頭，而面交太太的那筆錢則藉故減少，僅充當她打牌的交際費。為此楊太太不免起疑，猜想可能是丈夫察覺到她全數用於打牌，或女兒告訴他未收到老媽的生活費。基於此事，再加上她常為打牌疏忽家事，一陣子就會跟女兒鬥嘴，甚至冷戰等，沒多久在一位熱心牌友寶春的邀請下，乾脆搬過去和老友住。這樣一來，楊睿榮自然是無須再匯款給楊瑩雪，而嘉華也樂得耳根清靜，無須再聽那母女爭辯。

第三十一章

嘉華和他岳父未提告，對於新科律師林志成而言，顯然少了個辦案的機會，也少了項業績，但之後類似的案件還真多，只是情節有所變化，讓他成天浸淫在討債、謀財，甚至害命的訴訟案中，真有點疲於應付，好在也賺了些錢，並累積了不少實務經驗。在出道的第三年，即一九七零年，因始終不忘專利商標、智慧財產權這部分的法務領域，也為了承辦相關的業務，他向經濟部中央標準局提出申請，順利取得了專利代理人的證書，今後可幫人申請國內外的專利等。當初在課餘勤學日文，除了想重溫小時候的片段學習外，最大的目的就是著眼於專利商標，而日本又是個主要的市場。據觀察，此方面的業務常隨著時代的進步、經濟的發展、社會的開放等而倍增。此外，與普通訴訟案相比，專利商標申請案的委託者多為公司行號，較易於準時付費，不會像個人委託者常遲未結帳。簡言之，企業的錢遠比私人的好賺，而且這類申請案皆是發明、技術方面，絕少涉及人性陰暗、複雜、險惡等層面。

既有這樣的抱負和展望，也已具備專利代理人的資格，剩下的就是離開九鼎法律事務所，自己另起爐灶，創立一間專利商標事務所。可是問題來了，開家專利商標事務所，不比自己在家當律師或代書那般單純，必須還得有法務以外的科技人才，或技術人員來協助，審核專利說明書等。換言之，開家專利商標事務所是需要較多的資金，絕非一人公司可比。當然，獨資不成，也可合夥，但合夥人，尤其是真正志同道合的合夥人通常都難求。為此，林志成一邊繼續在九鼎工作，不敢輕易離職，一邊則思索著，建中要好的同學中，有哪個後來念理工科，也有些社會經驗的願協助他，和他一齊努力，開拓專利商標事業的版圖。

在比較要好的同學中，升上大學後，大部分都和他一樣主修社會或人文學科，只有二個是專攻自然學科。經過拜訪及洽談，這二個同學都對發明、創造等沒多大興趣，更不想放棄在公家機關的職務，冒然投入陌生的法律事務所，因此皆先後予以拒絕。看來就只有在業界尋覓現成的人才，但這又比找老同學還難。事實上，既有專利代理人的執照，直接在九鼎承辦這方面的案件亦可，卻很不幸，九鼎向來只處理普通訴訟案，內部根本缺乏科技人才。再則，林志成還是盼望有間屬於自己的事務所，專門承辦專利商標的業務。

就在此時，有個年輕女子進入九鼎，擔任法務助理，主要是協助林志成辦案。初次見面，介紹之下，這個姓何，名叫理惠的小姐竟也是東吳法律系畢業，比林志成晚四屆，尚未考取律師資格，所以僅適於當助理。或許主管看過她的履歷表，知道她與林志成同校同系，有學長、學妹的關係，可能較容易配合，短期內即可進入狀況，因而將她安排在林律師之下，希望林律師多教導些。結果，林志成不但教導她，照顧她，竟也日久生情，隔年春天就與她結為夫妻，還連帶的也催生了屬於自己，屬於他們倆的事務所。

從字面上看，懂日文的人都知道理惠是個日本名字，而何理惠也的確有個原籍日本，後來嫁作台灣媳婦的祖母，也因此雖已非日本時代所謂的國語（日語）家庭，從小家中使用日語的機會還蠻多。這一點對林志成而言真好，有個通曉日語的太太可隨時和他對話，幫他復習所學，自然是有利於未來事業的發展。好處還不止於此，何理惠有個表哥叫陳信吾，成功大學物理系畢業，曾在中學教書，現在則在裕隆汽車任職，一向對發明和創新等興趣濃厚。他在一九六六年左右，曾發明既可量體重，又可協助病人、老人、過胖的人、彎腰就痛的人等穿上襪子的坐式器具。這項發明不但在國內，也在英、美、日等國取得專利，之後他將這產品賣給美國一家保健器材公司，得以坐收權利金。因這緣故，當陳信吾於表妹新婚不久拜訪她，得知她丈夫欲創立法律事務所，並且以專利商標的業務為主，急需科技人才時，心中躍躍欲試。

表哥和表妹婿一拍即合，在一九七一年的六月就成立了志成專利法律事務所，還得到太太娘家的財務贊助。對於岳父的鼎力相助，林志成很感激，除了想做出一番好成績，口頭上也向岳父表白，一旦有賺，一定連本帶利奉還。志成專利法律事務所，連負責人在內，一共只有四個人，即所長兼專利代理人林志成、技術顧問陳信吾、秘書何理惠，及一名打字員。比起一九六零年代，專利事務所在台灣已漸普及，也頗有進步，但對於新成立的事務所而言，欲於數個月或半年內開拓出一定的業務量，並在市場上佔有一席之地絕非易事。鑒於此，陳信吾先以兼差的方式接案，等案源穩定下來，業務逐年成長時，再辭去裕隆汽車的原職，專心在事務所工作。事實上一如所料，剛開始時，一整個月沒一件專利案，大約熬到第三個月才出現一件。這期間，林志成還是靠著承辦訴訟案度日，然一邊也積極做文宣，拜託往來的客戶，努力推動專利的業務。

很不巧，那年十月二十五日蔣介石的流亡政權，即早已在一九四九年亡國的「中華民國」終被逐出聯合國，自然也影響到經濟層面，衝擊到台灣各產業，包括法律事務所這類服務業在內。關於ROC（中華民國）被PRC（中華人民共和國）取而代之，並非於一九七一年突如其來，自一九五零年起PRC就努力運作，透過蘇聯等共產國家的幫忙，想加入聯合國，但一直通不過大會的表決，甚至在美國為維護非共產國家之陣營，而刻意保護ROC之下，有一段期間整個提案遭擱置。無論如何，二十一年後PRC終於進入聯合國，且成為安全理事會的一個常任理事國，與美、英、法、蘇四國並列。顯然國際上已公認PRC是中國唯一的合法政府，ROC已成為流亡、冒牌的中國政府。當時美國曾建議ROC以另外的名稱，如雷震所提的「中華台灣共和國」之類留在聯合國，但頑固的蔣介石不領情，還肖想保有常任理事國的席位，最後落得盡空，只得趕在大會通過第二七五八號決議案前，狼狽不堪地宣告退出。其實，就算蔣介石願意，PRC還是會大力反對，而國際形勢也已轉而對PRC有利。

緊接著是一連串斷交事件，尤其是隔年一九七二年九月，日本與ＲＯＣ斷交，改而承認PRC，使得台灣的專利事務所頗受打擊，來自日本的委託案大為減少。在此不利的大環境下，林志成還是繼續經營他的事務所，並未因此就歇業，顯然這一陣子專利的業務本來就少，主要還是靠普通法律案件支撐。然而從中他也悟到，欲推動專利的業務，不能僅限於國內，還得到國外觀摩和招攬，而且除了日本以外，更須考察美國、加拿大，及英、法、西德等歐洲市場。他所見正確，也能起而行動，果然在一九七三年台灣展開十大建設，迅速帶動整體經濟發展，先進國家也爭相來台投資後，其專利商標的業務有了突破，業績逐漸成長。到了一九八零年代，之前雖有美國於一九七八年與ＲＯＣ斷交，以及一九七九年高雄美麗島事件等，志成法律事務所已有百分之五十六的營收來自專利案。至此，陳信吾已是全職的技術顧問，甚且還另請一位技術人員。

與此同時，在一九七三年左右，林志成的四姑，即嘉華的大妹淑文，也窮則變，變則通，由賣春捲的小攤販改而做起國際貿易。此處雖曰國際貿易，並非淑文成立了貿易公司，經營起進出口的業務，而是她個人先到香港採購，再將購得的珠寶、首飾、衣物等賣給國人。此即俗稱的跑單幫，從企劃、採購到行銷等全一手包辦，因貨源來自國外，自然無異於國際貿易。當時尚未回歸中國的香港真稱得上東方明珠，既是遊樂者的樂園，更是購物者的天堂。也許遊樂者的樂園說得誇張些，但購物者的天堂在當年倒是千真萬確，主要就是因免稅而來。原本淑文也不清楚，有一次旅居香港的中學好友趙麗卿來訪，閒談中方得知香港是個自由港，匯集世界名貨，而且免稅，在此購物最理想。一聽之下，淑文就開始動腦筋，想著專程跑趟香港，扣掉機票、食宿、採購等成本，再將貨品轉賣是否有賺頭？衝著是免稅，顯然是蠻有利潤可賺，但成本該需多少？

好友既在身邊，淑文立刻就將這生意念頭說出，趙麗卿聽了點頭說：

「會使啊！囧（不妨）做看覓，一定趁囉比賣春餅卡緊。」

「但是成本恐驚ê袂小。」

「我甲汝講，汝若來香港，滯阮兜都好，阮抑有一間專門互鄉親用ê房間，抑若是呷，汝佮阮鬥陣呷都好，按爾生就甲旅館佮呷飯錢省起囉。」

「啊！麗子，誠是好佳哉有汝。」

「但是機票佮採購ê錢汝愛家己設法。」

「當然囉！伓過機票錢是固定ê，卡好支出，抑若是採購ê費用，到底愛準備偌濟遮有夠？我是想欲抸一寡仔珠寶、手環轉來賣。」

「無伓對，珠寶、手環、披鍊此類ê物件香港上出名，但是抑愛買對貨，抸轉來台灣賣，遮卡有利句倘趁。汝大約仔先準備台幣三千箍，到時換做港幣，由我案內（當嚮導，已轉成台語），取汝去有信用、有水準ê店仔買，按爾生卡穩。汝是頭一擺欲來香港，當地ê店仔抑無熟，愛人取。」

「麗子啊！多謝啊！誠是好佳哉有汝。」

淑文欲往香港跑單幫，她丈夫賴銘山自然是贊成，也很鼓勵，但一時還真難拿出三千元，只好想辦法東湊西借，而將近一半仍是向淑幸告貸。每次淑幸碰到淑文來借錢，心中真是一番爭扎。借出時怕以後難收回，更難向夫婿交待，不借時又怕淑文傷心，不忍看她為錢發愁，為三餐所困。雖明知淑文拿了錢做生意，即使後來有賺，總是一轉眼就花掉，或預做他用，從未照約定準時還錢，甚至舊債又添新債，使得還債遙遙無期，然一想到只有這個妹妹，說來也歹命，婚後始終為生活奔波，為改善家庭經濟而努力，於是乎本就慈悲的心腸又軟了。再幫她一次吧！再信她一次吧！這回是改賣香港的珠寶、首飾，除了個人，也可賣給銀樓、委託行等，其間的利潤應該很豐厚，有助於未來還款。

自少女時代就愛妝扮，愛追求時髦，也曾在洋裁店做過裁縫的淑文，一到香港真是如魚得水，不僅對珠寶、首飾興趣濃厚，很快就學會看貨、比價等技巧，更對於來自世界各地的時裝、配件等喜好不已，連帶也採買些。這些衣物雖也準備販售，然返台後，愛美的淑文總是穿上身，再拎著一箱珠寶、首飾等到處推銷，儼然成為時尚的活廣告，對於打通銷路十分有幫助。她的顧客大部分都是親朋好友所介紹的闊太太，或再經轉介的特種營業的小姐等。當她們看到她穿得一身名牌時裝，既漂亮又高尚，常會詢問是否有貨，此時她就推銷起衣著、配件等，甚至有時也臨時受託，下次赴港帶些長裙或外套等回來。幾趟香港行之後，淑文已成為識途老馬，連半鹹的包子哪裡買都一清二處，無需趙麗卿再帶路。比起開家委託行或銀樓，跑單幫顯然是小本生意，貨源不可能多，否則堆久滯銷就很頭痛，再則顧客也很有限，但在機動性、靈活性方面則略勝一籌。試想還有賣方上門做生意，反而先接受買方茶點招待的嗎？除了跑單幫之外，大概就屬銀行等的理財專員、業務員之類。

再就個人而言，淑文雖非母親鄭彩煥當年那般，是個大商家的老闆娘，但她善於經商則多少承襲其母。半年過後，她採購的地點已不限於香港，還包括九龍、澳門等，一年過後，更延伸至日本。不過，整體觀之，在當時香港仍是全球最理想的購物中心，跑單幫的人十之八九會來香港，而且次數頻繁。這期間，淑文除了做生意，三不五時也會買些手帕、襪子、皮包、玩具等，當做紀念品送給嘉華、淑幸及他們的配偶、孩子等。這一方面固然是親戚之情的體現，另一方面則是一九七零、八零年代出國的風氣，特別是親子同遊的現象尚不普及，因而從國外帶回的物品，不論是港貨、日貨或洋貨等總是受歡迎。當然，淑文的顧客泰半是親戚所介紹，所以買些東西送他們也是聊表謝意。

在國外，無論是借住好友家中，或下榻便宜的會館，每到夜晚，當淑文計完帳，欲上床睡覺時，或多或少總會想起在台的孩子，對他們念念不忘。老大賴建安即將當兵歸來，卻因士官學校沒念畢業，既不適於當職業軍人，又唯恐在民間謀職不易，畢竟教育已普及，年輕人的學歷都普遍提高。老二賴建修公立高中讀到一半，因曠課過多遭退學，改念私立的五專，目前只求能順利畢業。老三賴宜婷快要國中畢業，考上高中的可能性很小，但念個私立的高職或五專應該不成問題，反正是女孩子，遲早要嫁人，學歷上馬虎點無所謂。在賴宜婷之下還有二個弟弟，因尚在小學階段，暫時無須太操煩。這五個孩子當中，上面二個資質最佳，尤其是老大賴建安自入小學，成績一向名列前茅，當年還以高分考上大同初中，後來卻交友不慎，惹是生非，最終連軍校也未能讀畢。如今老二賴建修似有步上後塵之疑慮，一思及此淑文就愈加煩惱，既要為生活忙碌，又要時刻管教孩子，根本是魚與熊掌不可得兼。

真的是魚與熊掌不可得兼嗎?世上只愁沒錢，若有了錢，大人就無須拚命工作，小孩就能得到最好的教養，整個居住環境、生活品質等就能大為提升。沒錯，婚後這二十二年來，先是賣春捲，現在則跑單幫，賺了些錢，已能租到整棟房子，否則光靠丈夫那份薪水，養家活口都很勉強，還能搬離那位於陋巷的高樓，像帳篷似的住處嗎?一想到丈夫賴銘山，就會想到他婚後不久的那段外遇，心中也會隨著惱怒起來，暗地咒罵一兩句，不過倒是看開了。他是有跟對方那叫月霞的女人生下一子，可是不敢要求入籍，自知行不通，只好讓月霞母子受委屈。關於此，淑文知道一切皆起因於賴銘山的風流，當然月霞亦有意，否則孤掌難鳴，因此也該負些責任，但告她破壞家庭，徒令自己和丈夫難堪，又得花錢上訴，不如睜隻眼閉隻眼。此後賴銘山也還算顧家，薪水都有按時交出，下班後也盡量待在家中，和淑文仍維繫著夫妻情份。至於會不會趁著淑文一出國，立刻又跑去月霞那裡?說實在，淑文也不那麼在意，反正在外的就是沒名份，眼前還是自己的孩子，還有賺錢最重要。

俗話說「家家有本難念的經」，個人亦復如此，總有他人不知，或不易理解的苦處、委屈、辛酸事等，因此下句「人人有段難言的苦」就出現了。比起創立專利事務所的林志成、跑單幫的淑文、在私人企業工作的二個妹婿等，任職一銀的嘉華算是最安定，也最有保障，因為一銀是公家機關，幾乎百分之百穩如泰山，根本不愁倒閉，然而嘉華還是有苦衷，還是少不了怨言。令他抱怨之處既非待遇或福利，也非職務或職位，而是周遭共事的人。換言之，他根本不怕事情多，也不嫌事務繁，真正讓他抓狂的乃是人，特別是那群無才無能，卻空有職權的主管，欲和他們溝通，或說服他們真是難如登天。其實，除了較特殊的老行員，當初這些人也是通過考試才入行，甚至懷著理想和抱負而來，怎知長年下來，志氣與才能早已被繁瑣的工作所磨掉，心中只關心考績、升等、職位、權力等，變得功利主義十足，卻又不懂真正的效率。一言以蔽之，隨著腐爛破敗的國民黨來台，歷經二二八事件等，一些原本單純的台灣人不再厚道，無形中已學得中國官場那套虛應文化，染上那套陳年的醬缸文化。偏偏嘉華還保有日本時代負責、踏實、守法、守份、守時等精神，做起事來認真又執著，且勤於研究，懂得科學性辦事技巧，很能創造出效率和價值，完全與那批官場化的人不同，莫怪扞格不入，時起衝突，搞得心情萬分惡劣。

如果張提升總經理，即淑幸的公公還在，碰到這種人際上的難題，也許可請他協調一番，不過張總經理已於一九六四年過世，這方法已行不通。想想現任的總經理又跟前任者作風不同，若請他調解，多半是打圓場，甚至有可能偏袒另一方，誠如官官相護，那麼剩下的就唯有另謀出路，找尋新的東家了。可有什麼合適的新東家？靠得住的私人企業？嘉華一想，立刻想到金山塑膠工廠，其廠主洪翠玉是姑媽的長女，也就是自己的表姊。之前向銀行貸款，即由她作保。此次向她要求一職應該不難，因為任何公司都需要會計或財務人才。比起另一位表姊，即大舅的女兒鄭秋錦，洪翠玉雖年小三歲，卻同樣熱心助人，更將自己的事業經營出一番局面，縱使不如台塑，至少也算優良企業。

偕同太太來拜訪表姊，並扼要地說明來意後，表姊洪翠玉對嘉華說：

「華ちゃん，汝欲來我此，我真歡喜，亦誠愛汝來，由汝來扞（管）帳，我上放心，但是終歸我此是私營ê小企業，無法度用汝佇銀行ê待遇請汝，對汝來講是一種損失，亦對汝ê工作經驗佮能力不敬；簡單講都是無公平。」

「姊さん，待遇偌濟攏無要緊，我干焦愛欲離開銀行。」

「我了解，但是佇私營ê所在上班，仝款會拄著人際問題。我感覺代誌按怎困難，按怎複雜，總無人ê問題赫頭疼。雖然我佮恁姊夫是頭家，有倘時亦愛顧著身勞ê心情，袂使傷互個壓力，抑無到時伊走啊，穡頭一時無人做，閣愛重新揣人，嘛伓知滯ê久無？最後吃虧ê抑是頭家。」

「是啊！代誌講單純亦單純，都是人ê因素遮變複雜。」

「華ちゃん，一銀總是公家機關，穩穩袂倒，待遇佮福利攏真好，我勸汝心頭放卡開ê，彼些人嘛是互公家請，按怎佮汝冤家，咁有法度甲汝刣頭？此就是公家機關佮私營企業上大ê差別，除了犯法，絕對袂隨便互人辭頭路。彼些人免甲掛咧心內，銀行赫大，汝閣有本事，早慢一定有欣賞汝ê頂司出現，愛有信心，繼續佇銀行做，呆呆仔甲滯落去，年資若增加，退休時自然領卡濟。恁大漢ê咁是愛讀大學啊？下骹ê小弟、小妹亦咧讀中學吧？」

「是啦！阿甫即馬咧輔仁大學讀企業管理一年，阿芳咧中山女中讀高一，阿亨咧大同國中讀國二。」太太楊瑩雪清楚地說著。

「喔！恁三個囡仔攏敖讀書，都愛好好仔栽培，所以講，華ちゃん啊！為著囡仔佮家庭，抑是踮銀行繼續滯卡有利。心頭放卡開ê，有需要講ê，冷靜ê時，溫溫仔講互人聽，我想大家為著業務順事，應該會理解，會配合。」

第三十二章

或許今生註定要在銀行工作，也或許深思熟慮後，發覺表姊所說的話很有道理，於是就耐著心再待下去，否則依嘉華的個性，很少會被說服，總想照自己的意思去做。上次想告柯平盤，若非念及姻親的情份，且岳父亦坦承有過失，早就提出訴訟，怎可能輕易與人妥協。說實在，一銀的福利遠在一般企業之上，即使於二十世紀末開始走向民營化，在金融界仍穩居龍頭地位。試想若非該行員工，怎能常到北投招待所遊玩，享受溫泉浴，並在舒適、寬敞又幽雅的日式屋舍過夜，彷彿是自家的別墅？雖然銀行每年都會辦郊遊，但三個孩子還是最喜歡到北投招待所，特別是帶有大片庭園的第一招待所。就是在那兒，有一回巧遇同事黃謙信也帶著妻兒來，結果雙方的孩子一玩就結緣，此後常利用假日，或寒暑假相約到此聚會。當然，這得事先拜託兩邊的爸爸提出申請，也好在十之八九都申請到。說到黃謙信，就是當年嘉華想介紹給淑文的那個男子，一副斯文儒雅的模樣，後來也娶了個台日混血的閨秀。

小孩喜歡到北投招待所玩，大人又何嘗不愛。有一回嘉華出席一場金融業的研討會，於午後三點就結束，覺得整個下午既已請公假，不如忙裡偷閒，反正該做的事都告一段落，一切還順利。這樣一想，馬上打了通電話給王哲欣，準備過去和他坐坐，因老友家離研討會的會場不遠，走路大概十分鐘就到。自從王哲欣因病致殘以來，其間有不少同學、同事等來探望他，但多年來，常去看他，並且和他無話不說，又說得很投機的大概就屬嘉華一人。這顯然是他們從小就認識，比起那些上了中學，或入了社會才結識者更具真情。這天下午老同學二人談起話來不到幾分鐘，彼此都發覺戶外正值六月初夏，天氣比帶雨的春季更明媚，又不至於太炎熱，不妨就驅車到山上或海邊遊逛，以免辜負美好時光。而當以電話通知那位由三陽的翁董派來，專門替王哲欣開車的司機高先生時，對方一聽是要到北投洗溫泉，內心蠻喜悅，不一會兒即從近處開車過來。

一到北投半山腰的第一招待所，嘉華先叫高先生去泡溫泉，因他開了段路程，就算不累，在這夏季也已流了不少汗，得趕快洗個澡較舒暢。至於他本人和王哲欣則先喝個茶，休息一會。如今王哲欣已不比當年，在玄關脫下鞋，就一派輕鬆地踏上榻榻米來，而是靠嘉華和高先生的協助，又攙又扶，又抱又抬，這才登堂入室，坐上榻榻米。這番「搬動」不免令人流汗，幸好時近黃昏，又位處山上，夏日的晚風陣陣吹來，剎那間覺得涼爽多了。由於屋舍算是蠻開放的空間，前臨花木扶疏的庭園，後接空曠的院子，每到夏日傍晚蚊蟲特多，因此管理員阿桂送上茶後，過了一會，又在榻榻米外的走道上點放蚊香。

「哲ちゃん，汝閣嶄然仔重，若無高さん幫忙，我一個抱汝無法ê。」

「唉！重是頂ê身咧重，下半身干焦有重量，無氣力，抑是無路用。」

「我知影啊！汝頂ê身卡重，因為步步愛靠伊來攙下半身。」

「所以二隻手遮時常軟痠疼。」

「愛定定貼藥膏吧？」

「我了後攏叫人來茨ê按摩（あんま）。」

「喔！掠稜咻？」

「是啦！亦會使講是マッサ——ジ（massage的日語拼音，即按摩）。」

「效果好無？」

「當然嘛比貼藥膏卡好。」

「喔！我有倘時嘛感覺軟痠疼，手亦會，骹亦會，肩胛頭亦會。」

「歸日坐ê辦公ê人攏會按爾，全身軀變甲硬鬥鬥，不時都軟痠疼。」

「汝叫ê彼掠稜ê咁誠是青瞑仔？現此時目睭金ê嘛咧甲人掠稜。」

「誠是青瞑仔啊！伊是查某師傅，差不多三十歲人，手法嶄然仔好。」

「是暗時歕哹仔，行過恁兜，汝聽到，遮叫伊入來按摩ê咻？」

「伓是，即馬掠稜ê攏用電話叫，抑無都直接去店ê卡濟，我是行徙（走動）不便，所以遮叫伊來茨ê。按怎？有需要，我推薦汝去，效果好，費用亦袂貴。」

「好啊！囥試看覓？師傅ê住所佮電話番號咧？」

「伊滯佇圓環邊天水路彼角仔，詳細ê住所我轉去查，遮甲汝講。抑若是電話番號，仝款轉去閣看手記簿仔，確認遮甲汝講。」

「伊店外有看板無？若有都卡好揣。」

「無啥清楚，伊ê店仔都是徛家，汝去時講欲揣阿蓮都會使。」

「阿蓮？蓮花ê蓮咻？」

「是啊！伊姓邱，名呼做瑞蓮，瑞都是歐洲彼瑞士ê瑞。」

「當初是誰人介紹ê？」

「茨邊一個老阿伯仔，伊嘛時常此痠彼疼。」

幾天後的一個晚上，嘉華抱著姑且試試的心態，搭車到圓環，再按址找尋邱瑞蓮的住處。走了十來步就找到，而且門外有掛著一小塊按摩的招牌，在街燈照射下顯而易見。那晚來按摩的客人不多，連嘉華在內只有五個，而他又排在最末。每一位客人離開時，都有個年輕女子送到門口，互道再見，再請下一位客人進入房間。那女子看來像個大學女生，約莫二十歲上下，予人十分樸素、清秀的感覺，想必是按摩師邱瑞蓮的妹妹，或她雇來招呼客人的小妹，因為行動自如，沒持手杖，方向感也正確，簡直跟明眼人沒兩樣。如果是盲人，有人和他或她說話時，對方站在什麼位置，或坐在什麼地方等，除非從小有受過音源訓練，否則他或她很難知道，通常都是面朝另一邊，「看」著其他的方向與人交談。嘉華這樣認定，大部分初次光臨的客人也這樣想，但等到跟著這女孩進入按摩房，看不到年紀大些的邱師傅，只聽到女孩親切問說哪裡痠痛時，這才腦筋急轉彎，意識到預想的邱師傅就在眼前。

說明手腳、肩膀、背部等各處皆有不同程度的痠痛，並脫下鞋，臉朝下，趴臥在潔白的床上時，嘉華有些緊張，但隨著邱瑞蓮拿捏有度、收放有方、輕重有序的按摩及推拿，一會兒情緒就平靜了下來，彷彿那些前後、上下、左右揮動的指法化做一串串跳躍的音符，飛入耳畔，讓人聽了既舒服又愉快。不知不覺跟著這寂靜無聲，卻撫慰人心的樂音走入夢鄉深處時，忽聽得一聲「好啊」，於是乎猛然醒了過來。雖有些掃興，然全身痠痛早已解除，精神上也顯得朝氣煥發，原來按摩這樣好，不，那也得看是何等按摩師。但這邱瑞蓮明明非瞎子，怎麼也來搶盲人的飯碗，做起按摩呢？似乎不應該，可是那技巧倒很好，反正能消除疲勞最重要。這樣邊想邊從床上下來，且穿好鞋子，站了起來，欲問多少費用時，由於和邱瑞蓮靠得比之前近，突然清楚看到對方的左眼球不動，完全無法跟著右眼球一齊轉動。這是怎麼一回事？眼球病變嗎？

「師傅，歹勢，請借問ê，汝倒爿ê目睭是無看ê咻？」

「是啦！倒爿此蕊（顆）完全失明，正爿ê抑有八分目。」

「自細漢都按爾生咻？」

「是啦！我早生ê關係，醫生講是大腦內面無空氣所造成。」

「喔！赫嚴重啊！」

「我算是好運，干焦一蕊失明。」

「是啊！外觀攏看袂出，佮一般ê人無啥差別。」

「但是干焦靠一蕊咧看，閣伓是完全正常ê，有倘時嘛誠不便，而且漸漸有年歲，此蕊目睭嘛會視力退化。」

「人若到一定ê年歲，種種器官ê機能攏會退化，此是啥米人都無法度閃避ê，但是汝抑少年，免傷煩惱。」

「嘛無偌少年，已經三十一歲啊。」

「無喔！若佮我比起，汝抑真少年。」

「先生嘛看起無老，上濟四十歲吧？」

「愛閣加九歲，算是五十囉。好，按爾生偌濟？」

「三十五箍。」

嘉華付了錢，邱瑞蓮感謝地收下後，接著一樣送客到門口，再次致謝並道晚安，這才將門關上，轉身熄了燈火，準備洗個手和臉就上床休息。顯然嘉華是當晚最後一位客人，所以和他多談了些話，不過這些話全是老生常譚，過去皆曾與其他的客人談過。縱然如此，以往若有客人問起，幾乎都對明眼人從事按摩感到不解，彷彿按摩只配不幸的盲人來做，而嘉華今晚的提問，起初亦源於這種好奇，卻在無意中觀察到異狀，以至能從失明的左眼切入。邱瑞蓮清洗手和臉時這樣想，剛躺在床上時也這樣想，除了覺得對方的觀察力敏銳，做事態度想必也周到外，下意識裡亦感到此人可信可靠，是個善人。

那天之後，嘉華差不多每週都會去按摩一次，也盡量選在週五的晚上，而且是七點半時才搭車過去。這樣子雖總是成為最後一位客人，實則因時間算得準，倒也無須等多久，似乎一下子就輪到。緊接著而來就是放鬆身心的按摩時刻。這一刻頗令人期待，可說是七天來最能鬆弛，也最能獲得解放的快樂時光，不僅可消除這一週的疲勞，還可儲備下一週的精力。自一九七二年起一銀步上美、日等先進國家的後塵，也開始推動業務、財務、管理等的電腦化，而嘉華一向愛看書，邏輯和數理能力不錯，研究心及企圖心也很強，於是順利通過篩選，轉入新成立的資訊部門，不久就擔任起專案主任。若以如魚得水來形容，資訊室裡的嘉華或許沒那麼快活、逍遙，畢竟這是項大任務，但濃厚的興趣、鑽研的熱忱，以及必成的決心驅使著他，令他比以往還樂在工作。樂在工作可讓人樂而忘憂、樂而忘貧，然無形中卻累積更多的疲憊，因此得時時去除，而按摩就是一種良方。

早來晚到沒多大差別，反正皆為按摩而來，但嘉華就是喜歡遲來，這樣就可在按摩之後多談些話，又不會影響到下一位客人的權益。幾次以後，那些交談好像也變成按摩的一部分，純屬於精神或心靈層面的按摩。這種按摩並不比肉體的按摩輕鬆，在某些程度上反而更難，既需要一方肯講，另一方肯聽，又得雙方均有默契，能在彼此心中引起共鳴，相互了解，而非為了做生意，聽者勉強傾聽，說者越說越沒趣。此外，已到打烊，或該入眠的時刻，再怎麼投緣也不宜長談，因而十分鐘內就成為他們的約定，一種未宣之於口，卻準確奉行的約定。

從片段的交談中，嘉華得知邱瑞蓮在出生後約三天，她母親就因難產而過世，父親則忙於採礦，薪水微薄，又有賭債，很難養得起連她在內的七個孩子，於是乾脆將她過繼給叔叔。她叔叔一家人對她不算非常好，但見她成績低落，學習能力比一般小孩差時，尚能及時將她轉入盲聾學校（一九一七年木村謹吾所創），接受特殊教育，並讓她念到初中部，學得按摩的技術。當然，她畢業時也不過十五、六歲，只能到按摩院當徒弟，等於是打雜的小妹，但多少已能賺錢，也開始學習獨立，加速自己的成長，以至如今終能獨當一面，開店自營。

一陣子以來二人談了不少話題，多半皆與生活、工作、興趣、家世背景、社會現況等有關，唯獨婚姻方面鮮少論及，或根本未提起。對邱瑞蓮而言，像嘉華這種年齡的男人十之八九已有家室，就算一眼未看出，之後從交談中也可獲知。至於嘉華，欲知邱瑞蓮已婚或未婚也不難，只要稍為觀察一下她住家兼店面的狀況，還有她的言談舉止等，很快就明白她依然小姑獨處。其中的原因想也知道，身為視障者，雖非全盲，在愛情和婚姻的路上總是崎嶇難行，面臨到十分有限的機會，並遭遇到重重的挑戰。說來頗諷刺，從事按摩工作，接觸到不少人，而且男性還多於女性，但始終難以找到對象，也沒人主動介紹，年復一年，青春也就漸漸蹉跎了。蹉跎了是很遺憾，然內心深處依舊渴望愛情，既想愛人，也想被愛。不，愛情已渺茫，越來越難尋，那麼友情也好，一樣值得期待，也一樣可感受到有人關愛、解憂及共享的滋味。事實上，友情一如愛情，也是需要雙方談得來，彼此的理念和價值觀等相近，且能相互珍惜。說得透徹些，世上的愛情都是從友情中發展出。若彼此沒有情感，無法建立友誼，愛情就難以產生。

當友情轉變為愛情時，快慢不一，唯有當事人心中最清楚。如果嘉華是在年輕時，或婚後不久來按摩，恐怕見到了邱瑞蓮也沒什麼感覺，只當她是個按摩師，技巧不錯，根本不會將她視為交往或談情的對象。然而走過三十多載春秋，如今已到哀樂中年，且已年滿五十，因緣際會下，與這盲女相遇相知，忽然驚覺公式化的人生，特別是業已僵化，僅流於形式的婚姻，竟是那麼愁悶無趣，像似一潭死水，激不起一絲令人愉悅的浪花。顯然就跟一般人，尤其是婚後的男人一樣，嘉華對於多年來的婚姻既失望又厭倦，彷彿全為了家庭和孩子而工作，而生活。這箇中原因，雖有介入岳父的生意，而賠掉田產一事，然關鍵因素在於夫妻二人的個性不太相配，彼此有很長一段時間未好好談心，也不知該從何談起，成天盡是忙進忙出，你忙我也忙。

這樣過了一年，又逢秋雨時斷時續的十月天，氣溫雖下降，卻尚未真正轉寒變冷，嘉華一樣在某個週五晚上，搭車來按摩。他出門時覺得白天已下夠了雨，晚上應該不會再下，地面也漸乾，看來毫無會下雨的樣子，於是就沒帶傘。怎知天有不測風雲，在按摩途中竟下起雨來，直到按摩完畢依然下個不停，而且越下越大，連帶颳起風來，頗有秋颱之勢。嘉華見這豪雨有些傷腦筋，急速抓起掛在架上的西裝外套，才將左手臂伸入一邊的袖子，卻因用力過猛，終於扯下袖口一粒將掉未掉的紐扣，任其滾落地上，響起鑾亮的一聲鏮鏘。邱瑞蓮及時低下頭去尋找，嘉華也蹲下去看，並從褲袋裡掏出打火機，壓出點火花，周圍照照，還好半分鐘就找到了。

「來，互我，我擦擦ê，即馬揣遮針佮線，緊甲伊紩（縫）起。」

「免麻煩啦！轉去時阮某看到都會紩。」

「無麻煩，一晝久都好，汝坐下稍等下，橫豎即馬風雨誠大。」說著就往房裡去拿針線，再一溜煙似的走出來，向嘉華拿了外套，逕自坐在燈下縫起紐扣。

「我看等下離開時，愛甲汝借一支雨傘。」

「雨傘以外，拄著此款大雨，閣是暗時，歸氣坐計程ê轉去卡好。」

「風雨天恐驚ê歹搭車。」

「我遮甲汝叫車。」

「汝有熟知ê車行抑是運ちゃん（司機）咻？」

「有啊！鉄好囉！汝稍看一下。」

「喔！赫緊，多謝。」

將外套交給嘉華後，邱瑞蓮收好針線，站了起來，欲走回房裡，嘉華卻一步來到她跟前，拉起她的左手，親吻了一下，接著又吻了她的額頭和臉頰。這些突如其來的舉動並未嚇著邱瑞蓮，她只是含情脈脈看著他，就像初戀的少女注視著情郎，心中充滿喜悅，然後跟著將針線擱在桌邊，騰出雙手，輕輕將嘉華的臉龐托住，再稍傾著頭，墊了腳尖，吻了他的面頰。此時屋外依舊下著雨，但風聲減弱了許多，狂風怒吼早已轉成微風呢喃。就這樣，一對看來懸殊的男女，竟沉浸在動人的忘年之愛、感人的黃昏之戀中，手攜手，肩並肩，相偎又相倚，相吻復相擁，從明亮的外廳走向暗黑的臥房。一切盡在不言中，宛如入夜走失深山，忽聞淒美的笛聲，愈聞愈嚮往，愈走愈迷茫。

就在意亂情迷，亦似暗潮洶湧時，嘉華忽聽得一聲「だめ」（駄目，即不可以），原來正是內心深處的吶喊，於是猛然驚醒，摸黑穿上衣褲，匆匆跑離臥房。「緊先扑遮電話轉去！」後頭邱瑞蓮披上衣服，弄了下頭髮，也從房裡趕了出來，並即刻抛出這句話。嘉華點點頭，鎮定地走到桌邊，拾起話筒，撥了串號碼，打了通電話，告訴太太因風雨將晚歸。接著，邱瑞蓮翻了下桌上的電話號碼簿，也打了通電話，幫嘉華叫車子。此刻二人面對面，一時默然無語，臉上頗有愧色，心中亦有餘悸，彷彿偷嚐禁果被撞見，被彼此的良心所撞見。

「咱以後伓倘閣見面啊！按爾生不但傷害到恁太太，也傷害到咱。」

「我知影，所以即陣愛緊離開。」

「真見笑，我應該愛阻擋，結局嘛……」

「放心，若有代誌，我亦有責任，絕對伓是汝一人愛承擔。」

「講此無路用啊！一切攏是我造成，若有代誌，我無法度閃避。」

「唉！萬一誠是有代誌，除了大人，連囡仔亦受影響，若按爾生……」

「咱以後莫閣見面都好，誠是有代誌，我家己會處理，汝放心。」

「我一時茫茫緲緲，嘛伓敢確定到底有抑無？若事後發覺……」

「放心，我有看過醫生，無論啥米情形下，我攏無法度生。」

「無法度生？！」

嘉華聽了頗訝異，卻仍難掩羞愧之色，而此時已聞計程車駛入巷口，且在引擎轉動聲外，還伴隨著雨水飛濺，以及強風吹襲之聲。他接過來邱瑞蓮遞上的雨傘，與她相互凝視一兩秒，轉頭就奪門而出，一腳踏入車內，隨即乘之揚長而去，像是逃離火宅般。不，與其說像是火宅，或什麼事故發生的現場，倒不如說是種著禁果的伊甸園來得貼切。無論如何，幸虧有那一聲「だめ」（不可以），這才令他回過神來，丟棄了嚐不得的禁果，趕緊跑離了伊甸園。

第三十三章

嘉華逃命般的離去後，邱瑞蓮再次關上店門，熄掉燈火，緩步走回房裡。一切看來就像夢一場，甚至比南柯一夢還短暫、還倉促，如今夜半夢回，獨守閨房，風雨未歇，天亦未明，深閨清冷，愛怨尤深。思及此，淚水如溪，已然流經面頰，滑過下顎，滴落胸前，沾濕了衣襟。那淚水不全然是因哀傷、悔恨、羞愧、遺憾等而流，也有喜極而泣的成份。喜悅來自雙方心靈之合，歡愉來自彼此肌膚之親，縱然不見容於禮教、世俗、法律等，縱使來去恰似浮光掠影，靈肉交融那瞬間卻永難忘懷，有如烈酒中的一陣芳香、一抹甘醇、一絲甜蜜。

這樣憂喜交雜睡去後，隔天一醒來，即刻想到是否該搬家？顯然搬家才能永遠和嘉華斷絕往來，徹底斬除這段孽緣，否則人性難耐相思苦，特別是動了真情的男子，難保哪一天他突然又跑來。可是搬家談何容易？此地的租期尚未屆滿，訂金卻已繳。這還好解決，真正困擾的是客源。這些年來，慶幸此地就在圓環邊，地段不錯，吸引了不少客人，乃至一陣子就有新客人光臨，使得客源不絕如縷，進而打響了招牌，收入也日漸豐厚。如果此時遷到別地，萬一該地不成氣候，客源稀少，生意就難做，既無生意也就難生存。那就先打聽個好地點吧！不，沒那麼簡單，有了好地點，若客人都被現有的店家搶去，一切還是無望。想想在此地好不容易招徠客人，舊雨兼新知，生意已穩固，忽然間捨棄，再於別地另起爐灶，是智或不智？為什麼對嘉華這麼害怕？他也是客人，不是嗎？怎能拒人於門外？看來還是在於自己的定力，也要對他有信心。

到了次週的星期五晚上，果真不見嘉華的蹤影，之後的每個週五晚上亦如此，顯然分手是分定了，一段孽緣也斬斷了，從此各奔前程，互不相干。這樣無聲無息，無風無浪，一年轉眼間又過去，邱瑞蓮身邊卻多了個小孩。她不是坦承不孕嗎？難道是刻意隱瞞嘉華，不願讓他費心，不忍令他難堪，私底下還是生下了二人的愛情結晶，或說得不幸些，產下了孽根？不，完全不是，完全與嘉華無關。那孩子是邱瑞蓮所領養，一則出於惻隱之心，二則內心也渴望有個孩子可照顧，可愛護，可做伴等，從而體驗當母親的滋味，實踐身為女人的可貴使命。於今看來，養育孩子可能已非女性專屬，男性也可勝任，但邱瑞蓮願承接下來，除了她保有傳統女性的特質、母性的本質外，她與這孩子有緣也是一大因素，好像冥冥中就是虧欠這孩子，就是得彌補他。

那孩子是個台英混血兒，卻很遺憾是非婚情況下所生，台灣這邊的生母無法接受他，英國那邊的生父恐怕不知道，若知道，也難以接納。邱瑞蓮是從他外婆那兒得知此事，下定決心願承擔，並好好撫育他，這才辦了些必備的手續，將他收為養子。他外婆梁太太是邱瑞蓮的老客戶，也因行動不很便利，幾年來都是由邱瑞蓮每週一次，到他們府上為她按摩，久之雙方就建立起良好的關係，也釐了解彼此的性情等。事實上，就算邱瑞蓮和梁太太沒什麼話說，只是普通的交易關係，但經常在她家走動，對他們的家境等已了然於心。當然，即使邱瑞蓮觀察敏銳，也判斷正確，若有事對方不提起，也沒徵詢她的意見等，她是絕對不會，也不敢主動說出。

梁太太和她女兒梁潔芳是寡母孤兒，自梁潔芳婚後就跟著她及女婿同住。那女婿趙守助在台無親人，他老爸早已至加拿大與次子一家人定居，因而趙守助本著岳母即等同於母親，且家有一老如有一寶，自然就讓她和女兒一道過來。趙守助是從事衛浴設備的貿易商，經營有成，婚前就買下一幢六十餘坪的房子，所以別說一個岳母，就是再來七、八個人也可住得相當舒適。至於那貿易的市場，國內外皆有，光是國外就佔了六成，因此一年當中，趙守助將近有三分之一的時間在國外。這樣的情形尚好，有大半的時間仍可與家人相聚，且趙守助亦非過於重利的人。不過，趙氏夫婦婚後四年未生一兒半女，或許他們任一方，或雙方皆有生理上的問題，也可能根本沒什麼問題，好在彼此都還看得開。

無論男女，婚前皆有些同性好友，好到常稱為死黨，而且這些黨員又常透過聚會、聚餐、郊遊等活動，認識到黨外的人，包括同性及異性，乃至於年紀較大或較輕者。婚後的梁潔芳既無孩子可帶，又無須為生活操煩，自然常跟她的死黨保持聯繫，過得像似未婚的上班族。在此狀況下，有一次在國賓飯店的聚餐中，她認識了名為羅傑（Roger）的英國男子，竟與他一見傾心，結下孽緣，日後為他生下一子。家鄉在利物浦的羅傑任職花旗銀行台北分行，而正巧梁潔芳的一位好友也在該行工作，更加速這對異國男女的交往。這段婚外情可說是今生注定，遠在海外的二人就是會相遇，並繾綣糾纏一番。

當梁潔芳發覺體內開始有變化時，首先浮上腦海的是腸胃等問題，因她下意識裡認為自己不孕，懷胎的機率幾乎等於零，所以才放心和羅傑出了軌，在他寓所隨興來場雲雨情。等到就醫確認是懷孕，她內心真是百感交集，偏偏此時羅傑已調離台灣，欲找他談判已太遲，然最緊迫的則是務必瞞過丈夫。為此，丈夫在台期間，她就趁著肚子變化微小時，托詞到好友的英語補習班教課，隻身南下高雄躲避一陣子。接著，臨產時丈夫正好又出國，於是順利在高雄生下孩子，再於做滿月子後返回台北。現在頭痛又令人傷心的問題來了，該如何處置這可憐的孩子？求助於好友或親戚，恐怕沒人敢接，又得受辱受諷，也等於向丈夫坦承己過。唉！一切都是自作孽不可活。

眼前唯一的依靠就是自己的母親梁太太，而梁太太不願包庇也得包庇，畢竟女兒一時意亂情迷，糊里糊塗與人生下小孩，而且還是與外國人所生，說來做母親的也有責任。如今生米已煮成熟飯，痛責女兒已無濟於事，要緊的是趕快在女婿歸國之前，想辦法將這無辜的嬰孩過繼給別人。這也可說是自己的親骨肉，一個蠻漂亮的男嬰就要這麼送給人家，真是心痛，但又不得不割捨，否則不僅女兒萬分難堪，恐被迫離婚，此後一生將報銷，連自己都無顏見祖宗，更愧對自己的女婿和親家。就在此緊急狀態下，有一天梁太太於按摩完後，忽然和邱瑞蓮談起領養之事。她不敢說是自己的孫兒，只說是熟人的女兒與人意外所生，情急之下必須脫手，好讓善心人士接去撫養，問及可有無小孩的親朋好友願考慮。邱瑞蓮一聽，心中百味夾雜，真像是自己偷情結出惡果，頓時頰臉紅，好在梁太太當做是聽聞此事的正常反應，毫不覺得奇特。

交談中，忽聞房裡傳來嬰孩的啼哭聲，此刻則輪到梁太太心虛臉紅，直說那孩子就暫時寄放在她家。說著就往房裡走去，再將嬰孩抱出來，邊走邊哄，但小寶貝依舊哭鬧不停，梁太太也跟著潸然落淚。邱瑞蓮見狀，馬上伸手過來抱抱，再左右輕輕晃動身子，用著哼唱的語調，哄小孩平靜下來。她哼唱的正是那首在學校所學，由舒伯特譜寫的《搖籃曲》。儘管中文歌詞不很清楚，整個旋律和節奏卻掌握精確，以至於唱完一段嬰孩已停止哭泣，接著在第二段、第三段中就緩緩睡著了。於是她抱著嬰孩，跟著梁太太走回房裡，再將他放在小床上。

幾天後，邱瑞蓮受人之託，有聯絡上她的三哥和三嫂，他們因膝下無子，不計較來源，願意領養。誰知法律手續尚未辦，只是先抱來試試，那嬰孩就像是察覺環境已變，主人也已更動似，竟日夜常哭鬧。哄一陣靜一會，隔沒多久又啼哭，迫得領養人打起退堂鼓，趕緊叫邱瑞蓮抱回去。說也奇妙，邱瑞蓮抱回去後，一連三天在她家中，這嬰孩竟十分乖巧，好像知道她得按摩維生，除了清晨、深夜或肚子餓時哭哭外，居然一整天都靜悄悄。很顯然，這孩子就是跟邱瑞蓮有緣，今生跟定了她，要來與她做母子。縱然梁太太不太放心由盲女領養，但一時領養人難尋，另一方面也看出邱瑞蓮很有決心，最後還是將孩子交給她。

為表示負責，也為了贖過，在邱瑞蓮正式領養了孩子後，生母梁潔芳每個月都有匯些錢給她，當做養育或生活費，並約定直到小孩年滿二十歲為止。本來邱瑞蓮想婉拒，但梁太太堅持，畢竟這是生母尚能做，也該做的事。約八年後梁潔芳和她丈夫移居加拿大。於此其間，夫婦倆有幸生下一女一兒，已分別為七歲和五歲，頗能增進家庭樂趣，現在又帶著他們一齊移民海外，不僅全家樂融融，還為孩子找到了理想的教育環境。此後梁潔芳便逐漸淡忘那個混血小孩，但還是會將生活費匯回台灣，再由梁太太挪出一部分，轉寄給邱瑞蓮。打從邱瑞蓮成為養母後，一來她無法放著幼兒在家，外出替人按摩，二來梁太太易感傷，唯恐相見就會問起孩子的種種，因此二人已結束交易關係，不再碰面。如果匯款有問題，一律以電話聯繫，但截至目前都很順暢。

提及到府按摩，早在邱瑞蓮中止這項服務之前，嘉華的老友王哲欣已半年多未叫她來按摩，所以其間的變化他一概不知。雖然嘉華一陣子就去看他，和他喝茶閒聊，彼此卻很少談到邱瑞蓮，若有也僅一兩次，隨口說說她按摩得不錯。嘉華再怎麼毫無心機，面對的又是從小一塊長大的好友，有關自己與邱瑞蓮的那段畸戀，無論如何也不會說出，更不敢說出，終究婚外情唯有招致議論和訕笑，有誰願意好好去了解，並同情你，支持你。再則，這段意外迸發的戀情已匆匆結束，並且是雙方以慧劍斬斷，就算事後說出來，好友能理解，對自己又有何好處？不如將它永遠埋葬在內心的秘密花園中，連憑弔也免了。

嘉華此時為五十三歲，其長子李裕甫早已大學畢業，服完兵役，並進入華南銀行工作，算是繼承父業。長女李裕芳念政大統計系三年級，將來也有意在金融界服務。次子李裕亨剛於去年考入東海大學外文系，雖學校和科系均不錯，然位處台中，不得不住校，或在校外賃屋居住。這時嘉華方慶幸仍待在一銀，否則太太已沒在上班，孩子念的是私立學校，且遠在中部，除了學雜費，還有生活費等，其負擔之重可想而知。當然，長子已踏入社會，再過幾年也會成家立業，而長女就快畢業，無論未來工作長短，終歸是要嫁人，所以想來還足以應付，反正只剩次子一人須栽培。若再從夫婦的角度來看，藉著孩子在外地念書，每隔半年，趁著特休時，二人相偕南下，既探望孩子，又遊覽台中名勝，對於僵化的關係頗有幫助，彷彿注入了潤滑劑，又帶來良性、和諧的互動。

已入中年的嘉華除了仍舊愛看書，對攝影藝術也依然十分熱衷。數年前在老友邱清和的推薦下，加入了名為「自由影展」的攝影協會，此後就常與會友切磋技巧，討論意境，外出創作等。近年來更啟發了長子李裕甫對此道之興趣，傳授給他不少入門的知識和技巧，並邀他入會。就在一九七九年那年五月某個週日，「自由影展」一夥人相約到野柳等地攝影，午後則返回台北，喝過下午茶，才告解散。此時已過四點，天色猶亮，歸途中經過新公園（一九九六年更名為二二八和平紀念公園），嘉華父子和邱清和三人又被園中景物所吸引，索性就入園再拍幾張，反正風景照不限海景，也順便可在涼亭休息一會。

走入公園後，三人各自取景，並約好一小時後在八角亭會面，然後再一同搭車回家。嘉華向來喜歡老樹，尤其在生氣蓬勃、萬物滋長的夏日裡，一棵棵老樹就像是一座座莊園，裡頭住滿了鳥雀、松鼠、猴子等，好不熱鬧；而對於人類而言，則宛如一把把碧綠、巨大的陽傘，只要來到其下，就能擋住豔陽，更可酣眠夢長樂。他邊走邊拍，有時將枝椏貼著天空拍取，有時則將樹幹連著樹影一起拍。就在拐入另一條路徑時，忽然迎面看到一只皮球滾了過來，接著一個外國人模樣的小孩跑了過來。那小孩差不多二歲，看起來就跟洋娃娃一樣，不但漂亮可愛，還顯得活潑又好動。眼見那只皮球快滾到腳根前，嘉華立刻向前小跑一步，伸出左腳將它堵住，再笑著看看那孩子，然後彎下腰，撿起那只皮球，將它交還給已來到面前的小男孩。那孩子拿了球後，仰起頭來對嘉華笑笑，說了聲謝謝，嘉華也對他微笑，並摸摸他的頭，回了聲不用客氣。

當小男孩轉身要離去時，路口那端有個少婦邊喊著「阿平！阿平！」，邊跑了過來。嘉華定睛一看竟是邱瑞蓮，頓時心中一團疑雲。邱瑞蓮看到孩子後頭的男子是嘉華，一時表情也很尷尬，分不清是驚還是喜。

「此囡仔是……？汝咧甲米國仔扰ê咻？抑是佮米國仔生ê？」

「阿平！媽媽佮此阿伯稍講遮話，汝先去邊仔扑球。」對孩子說。

「是我分來ê（領養），二年前分來ê。」回過頭來對嘉華說。

「分來ê？所以是別人佮外國人生ê？」

「是啦！」

「汝何必都按爾？目睭無啥看ê，伓是真不方便？」

「袂啦！有個囡仔扰卡親像大人，親像查某人。汝近來好好，平安吧？」

嘉華點點頭，接著靈機一動，拿起掛在胸前的相機，調好鏡頭，開始幫那孩子拍照。短短十分鐘內，為他捕捉了不少遊戲中的身影，有拍球時認真的模樣，有追逐滾球時緊張的模樣，也有觀察蝴蝶飛舞時專注的模樣。無論是動是靜，每一張都拍得很精彩，完全將那孩子討人喜歡、惹人憐愛的一面呈現出來。最後，嘉華也不忘為這對母子拍一兩張，而且是趁著他們互動時悄悄拍下。

「汝猶原滯佇圓環邊天水路彼？」

「是啦！佇彼做生理慣勢，卡有人客。」

「按爾好。」說著忽然聽到邱清和在喊他。

「知啦！我來啊！」偏過頭去，大聲回應說。

「咱再見囉！」以平常聲調對邱瑞蓮說。

「再見！」

匆匆和邱瑞蓮母子道別，轉頭要走時，邱清和及李裕甫已迎面走來。他們不清楚嘉華和那對母子的關係，但憑直覺也看出雙方剛說過話，尤其是李裕甫更猜出，父親有替那孩子拍照，因為老爸最喜歡為兒童攝影，何況又是個外國小孩。至於邱瑞蓮，雖頭一次碰面，也立即猜到，那年輕人應是嘉華的兒子。

回程的車上，一時閒得無聊，邱清和問起方才那對母子，嘉華簡單地回說那盲女是按摩師，過去曾到她店裡，請她按摩過，技巧還不錯；至於那小孩則是她的養子，是台灣人與西洋人所生的混血兒。邱清和一聽，自然會同情按摩師邱瑞蓮，但另一方面也覺得她有些多事，自己已經看不清楚，行動不太自由，何苦又去領養孩子，而且是個被拋棄的混血兒。坐在一旁的李裕甫也這麼認為，然而或許是父子連心，下意識裡總覺得父親好像跟邱瑞蓮很熟，不僅僅是顧客與店東的關係，當然即使成為好朋友也不足怪，畢竟父親善良又和藹，一向很同情弱勢者。不過，這件事母親知道嗎？應該知道吧！過去父親去按摩時，都會跟母親或家人說一聲。幾次後不說，母親也知道，根本不曾發問。看來回到家也不用提起，反正只是碰到熟人，寒暄幾句而已。

到了隔週的星期天下午，嘉華知道邱瑞蓮一向關門休息，不替人按摩，便帶著沖洗好的相片去找她。很幸運，她和那從其邱姓，取名為昇平的孩子都在家。邱昇平一看到嘉華，立刻認出是上個禮拜天，在公園裡遇到的那位伯伯，顯得喜出望外，連叫他二聲阿伯。嘉華一聽當然很高興，幾乎是心花怒放，順手就將他舉起來，抱在懷裡又憐又愛。接著，告訴他有相片要給他看，將他放了下來。當邱昇平看到相片中的人物竟是他自己，而且不止一張時，小小的臉蛋流露出十分喜悅的表情，混雜著歡樂、驚訝和奇妙的感覺。就連邱瑞蓮看到那些照片，還有她與孩子合拍的幾張時，縱然不是看得很清楚，快樂的心情卻已寫在臉上。別說邱昇平難得看到自己的照片，就是邱瑞蓮從小到大，除了幾張證件照以外，幾乎未曾有人特別為她拍過照，難怪快樂洋溢於臉上，感動充滿於心中。這一切都是嘉華所帶來，看來嘉華不僅跟她，就是跟邱昇平也緣份非淺。

那天趁著天氣好，太陽又不很熾烈，嘉華乾脆帶著邱瑞蓮母子到兒童樂園玩。從圓環到圓山不算遠，但邱瑞蓮卻從未帶孩子來兒童樂園，可能是怕假日人潮洶湧，孩子還小，自己又半盲，很容易在人群中走失。現今有嘉華陪同而來，這些顧慮就多餘了。他們二個大人、一個小孩就跟一般家庭一樣，多半是親子共乘一只旋轉杯、一部空中吊車、一節火車車廂等，但碰到嘟嘟小汽車或碰碰車時，就只能讓孩子一人單獨乘坐，因為僅有一個狹小的座位，純粹設計給兒童駕駛並玩耍。當邱昇平開著小汽車在場地上玩時，嘉華和邱瑞蓮邊看著，邊閒談起來，有時也在他轉彎或駛近時，和他揮揮手。

「飼此囡仔，經濟負擔會大袂？」

「袂啦！我掠稜ê生理嶄然仔好，收入真穩定，佃生母每個月亦有寄錢來。」

「喔！按爾我都卡放心，但是若有代誌，免客氣，遮緊佮我聯絡。」

「我知影，多謝。我是卡擔心伊以後讀冊時，佮同學鬥陣ê問題。」

「按怎？阿平看起乖乖，咁會欺負人，抑是佮人冤家？」

「但是伊外表看起就是佮人無仝，附近ê囡仔攏叫伊米國仔。」

「是啊！連囡仔都看ê出，伊佮人無仝款。」

「雖然是按爾生，嘛愛鼓勵伊去讀冊，我到時會佮老師先講囥ê。」

「是啦！按爾老師卡好處理囡仔ê代誌。以後有欲甲阿平講伊ê身世無？」

「總是愛講ê，等伊卡大漢時，遮詳細講互伊聽。」

「對。啊！阿平！卡注意駛，佅倘挵（撞）著捌ê囡仔ê車。」

第三十四章

過去嘉華一陣子就會去探望身障的王哲欣，現在又多了邱瑞蓮母子，於是大致上一個月裡，有一到二次去看王哲欣，有二到三次去看邱瑞蓮母子。如果碰到週末或假日「自由影展」有攝影活動，或者臨時有重要的公事、私事等，則上述的拜訪就取消。當然已是老行員，一年當中享有不少特休假，除了在春季、秋季時請個假，和太太一齊到台中探視次子，嘉華有時也會在平日，請個半天或一天的特休，跑到邱家，專程帶著邱昇平一人去郊遊。他們老小二人去的地方除了兒童樂園、動物園，還有新公園、植物園、台大校園、外雙溪、碧潭、北投等。當他們走在街上時，不免有些行人會注意到邱昇平，好奇地望著這個混血小孩，但邱昇平倒不在意，因為身旁有個爸爸似的本土阿伯在，他自然就是個台灣小孩。

翌年一九八零年嘉華一家搬到天母。那兒屬於台北郊外，居住環境不錯，但進入市區較花時間，尤其當時尚無捷運，轎車也還未全面普及。這樣一來，去看王哲欣或邱瑞蓮母子當然沒以前方便，可是熱忱的嘉華仍不改初衷，一有空就去找他們閒話家常。有時為了節省時間，乾脆在週六中午下班後，打個電話，告訴太太或家人，他要去逛書店，或拜訪老同學等，然後在銀行附近吃個飯，隨即搭車去看望王哲欣或邱瑞蓮母子。

既然在市區住慣了，出入又方便，何苦搬到天母？說來不外乎一個緣字。大約六年前，嘉華的妹婿張啟明，即么妹淑幸的丈夫在天母置產，嘉華有來過數趟，總覺得那房子漂亮又寬敞，比諸美軍宿舍還氣派，還有規模，而且周遭環境相當好，空氣清新，巷弄裡也很整潔、寧靜。當時即表示，若有機會，也想遷居天母，然心中很清楚，像那種房子一輩子恐怕買不起。誰知向來喜歡看房子的淑幸，幾年後竟幫嘉華物色到一棟。那一棟雖非張家那種典型，而是四層樓建築的二樓，但總坪數將近五十坪，蓋得很紮實，也很美觀，屋主又急於脫售，價格可再議，於是嘉華就把握了這良機。不過，他可無法像妹婿那樣，將市區的舊房子擺在一邊，以七成的現金來買新屋。他是先賣掉南京東路的老房子，拿了售款，再向銀行借一些，才順利買下天母的房子。

說是順利，其實過程中還有段小插曲。當年買下南京東路三段的房子時，由於是選樓下，他出的錢比同事江小姐還多。這也合理，通常樓下的房子都比樓上貴些。但多年後樓上樓下要整棟賣時，江小姐的義弟黃必盛卻堅持上下同價，即售款平分。他母親黃江竹桃亦持同樣論調，完全違背她當時所謂一樓較貴的說法。嘉華欲找江小姐理論卻行不得，因為她已嫁到菲律賓，再者房子是以養母黃江竹桃的名義買下，一切遵從其意見。對於這人還不錯，卻斤斤計較的老婆子，嘉華也就算了，沒想到黃必盛竟也這般見識，毫無青年開朗的胸襟。想當初他高商畢業，託親友介紹，進入一家貿易公司上班，對日文一竅不通，還是每晚到樓下，請嘉華幫他從五十音教起。嘉華未收他分文，一則他剛入社會，二則他蠻認真學，三則本人有些教學慾望。怎知如今碰到賣房子的事，黃必盛心中唯有一個利字，真教嘉華搖頭嘆息，是否國民黨的教育有偏差？還是純屬個人問題？

既知黃家母子這種德性，除了乾脆不賣，還有什麼辦法？然而舊房子不處理掉，如何購買新房子？若不快一點，恐怕就被人買走了。算了，跟那對母子辯論也是枉然，況且買方不易找，人家有意買下全棟，怎好叫人只買樓下？最後就如太太楊瑩雪所言，自願吃虧，自認倒楣，嘉華同意以上下同價賣出。鄰居有個何太太得知，反稱讚嘉華，說他有雅量、有遠見，頗有塞翁失馬，焉知非福的意味。果然日後何家子女來訪，對李家的天母新居讚不絕口，認為非常值得。

天母的確是理想的住宅區，特別是三十幾年前，新的大廈還沒蓋得像現在這般密集，交通運輸也沒現在這樣頻繁，可見的綠地相當多，幾乎青山綠水處處看得到。沿著嘉華他家後面的坡道走去，除了於一九八零年後遺留下來的美軍宿舍，道路兩旁皆是喬木成排，間或花草點綴，全然鄉野景觀。待走至盡頭，則彷彿柳暗花明又一村，那座如今聞名的天母公園已在望。每次嘉華散步到此，總覺得應該找個機會，改天帶邱昇平來這兒玩玩，順便拍拍照，甚至到家裡坐坐。心頭才這樣一想，眉頭很快就皺了起來。太太見到那孩子，一定會問起他的身家背景等，屆時該怎麼說好呢？這孩子雖只是邱瑞蓮所領養，但邱瑞蓮何許人也？與她又是如何認識？再怎麼說是單純愛護那小孩，連旁人聽了都難免疑信參半，更何況是自己的太太。一轉念，嘉華放棄了帶孩子來玩的初衷，除了怕惹麻煩，內心深處仍隱藏著一份愧疚，對太太曾感情不忠的愧疚。

縱然有這層顧慮，在邱昇平六歲那年，嘉華還是帶著他，以及他的養母邱瑞蓮來到天母地區。他們並不是來玩，而是在嘉華的帶領下，來一家名為健樂的藥房拿藥。健樂藥房與一銀的醫務室有簽約，專門供應藥品、藥劑等給銀行，再由銀行提供給有需要的行員。基於這種合作關係，行員直接到健樂藥房拿藥時，對方也會算得較便宜。那一天之前約二個禮拜，邱昇平不小心患了感冒，病狀不輕，使得邱瑞蓮也受感染，母子二人只好雙雙就醫。嘉華得知，便在他們必須再自購成藥時，搭車帶他們來健樂藥房，並將邱瑞蓮介紹給藥房的陳老闆，往後只要是她來拿藥，都可記入嘉華的帳裡。起初邱瑞蓮想婉拒，但嘉華一片好意，而且這樣的確能省下不少錢，也就感激地接受了。

不過，說巧也真巧，常出現於電視劇或電影中的情節，竟也發生在現實生活中。那天嘉華帶著邱瑞蓮母子來天母，時間大概是午後四點十分，也就是小學放學的時候，而健樂藥房又離士東國小不遠，於是淑幸的么兒，正讀國小四年級的張邦強就目睹了這一幕。張邦強每天都要經過健樂藥房，早上時店未開，到下午時店已開，這時他就愛東張西望，看些健素糖、魚肝油、安賜百樂、保利達B等五顏六色的廣告海報，連對嬌生嬰兒爽身粉都感興趣。這一回就在他停下腳步，頭往店裡瞧時，竟意外地看到舅舅嘉華在那兒。正想喊他，卻忽然聽到舅舅背後有個小孩在叫著「爸爸！」，旁邊還有個長髮的女人，像是孩子的媽媽，可是那孩子看來是個美國人。這是怎麼回事？舅舅跟他們是什麼關係？這一想索性拔腿就跑。回到家，他隻字不提，過了三天，才在廚房裡，悄悄向母親說起。淑幸聽了半信半疑，勸他別再對人講，那只不過是舅舅的朋友罷了。

此外，嘉華曾帶著邱昇平到西門町看電影，之後又去那家老店Astoria（明星咖啡店）坐坐，結果竟二度和邱清和不期而遇。說來也不奇特，Astoria本來就受藝文界人士青睞，而好友邱清和又是嗜喝咖啡，喝遍了台北各家，仍不捨此家。年輕時嘉華也常來，與楊瑩雪初次約會就是在此碰面，而加入攝影協會後，每次活動一結束，總有人提議到此，或到上島咖啡喝一杯，休息一會。邱清和在此見到嘉華毫不覺意外，可是二次都看到他帶著邱昇平來，多少感到有些特別，總覺得他和那孩子的養母存著某種關係，像是過往親密的關係，否則情況類似的小孩何其多，為何單單憐愛他，照顧他？邱清和會這樣想，並且直接想到男女關係，除了一般人也會，他在這方面確實有過親身經驗，能感受較深。不過，生性風流，又愛新鮮的他，就像勇於嘗試創作一樣，儘管有過一段段婚外情，卻全是逢場作戲，更不可能惜花連盆，回過頭來疼愛孩子。

邱清和想歸想，終究那是嘉華的私事，若真要一探虛實，也得等孩子不在場時，何必呢？屆時一問起，嘉華也會探詢他那些風流傳聞，到頭來還頗有龜笑鱉無尾之譏。不，不是龜笑鱉無尾，而是幾分類似大盜比小偷，沒臉說人家。既然沒臉說人家，那就絕口不對人提起，包括家人、外人等。可是偏偏有時話語出口特別快，快得連腦袋都來不及擋，也就是所謂說溜了嘴。那是約一個月後，有一晚，邱清和與他太太在家中小酌，忽然拌起嘴來，邱太太就揭他的瘡疤，數落他的風流是非。邱清和一聽當然惱羞成怒，脫口就說出嘉華與盲女的事，結果邱太太頗感意外，聽得且信且疑。說實在，自己的丈夫是情場老頑童，她多年前還煩惱過，但自從問過算命仙後，吵歸吵，倒是放心多了。原來那算命仙看了邱清和的生辰八字，笑笑說：「伊若真正用感情，我此頭殼互汝�落來（砍下來），準做椅仔坐。」

就因為如此，一聽嘉華亦有韻事，邱太太整個注意力都給吸了去。她很清楚嘉華的個性，絕非老頑童邱清和可比，否則該找個明眼的小姐才對，可見嘉華是有付出真情。不巧邱家是三代同堂的大家庭，邱太太不小心也說溜了嘴，以致於婆婆、公公都先後風聞。公公邱父又是嘉華的岳父楊睿榮的老同學，更是岳母楊太太的老牌友，迄今仍常相聚打麻將，所以這件事最後傳入了楊太太耳裡。當然，楊太太獲悉此事時，牌局已散，牌友已離去，身旁僅有邱母一人，而邱母也是無意中說溜了嘴。

然後，過了二個半月，端午節又將來臨。楊太太和往年一樣，照例帶來幾串粽子，一方面過節應景用，另一方面也請嘉華他們多消耗些。那些粽子並非她所做，也非市面上所買，而是她的好友寶春家的親戚所包。每年快到端午節時，寶春那住在板橋的親戚都會包一堆粽子，再派人送些給寶春。雖說寶春現在有楊太太與她同住，二個老人家還是吃不完那些粽子，於是就再轉送出去，而其中一部分就拿到嘉華他家來。這樣也不錯，他們就不用包，也不用花錢買。

自從楊太太去寶春那兒住後，一年到頭，大概就屬端午、中秋、過年、元宵等節日，或有要事才會來女兒楊瑩雪這裡，即女婿嘉華他家。母女一陣子方碰面，的確有不少事可談，但絕不會像過去同住時，為一點家事就吵起來。

「お父さん近來有卡捷去看汝無？」

「無啊！伊ê個性汝嘛知，我亦無啥愛看伊。」說著打了個噴嚏。

「至少伊有互汝生活費。」

「抑無欲叫我呷風飛沙咻！」說著又打了個噴嚏。

「汝咧扑咳啾，是感冒啊咻？」

「是啦！此幾日太熱，寶春攏冷氣開歸暝，我可能去感著。」說著趕緊掏出手怕，擦去鼻涕和鼻水。

「我來抸リサ——ル（利撒爾）互汝呷。」

「免啦！我久年來攏呷三角矸仔ê糖漿卡有效。」

「汝咧講國安感冒藥水咻？好，等下我愛去士東市場，汝亦愛轉去台北，咱車坐ê，會經過一間藥房，遮先落車來彼買。彼藥房佮一銀有契約，若是行員抑是家族去買，攏有算卡俗。」

「真好啊！華ちゃん滯銀行誠是滯對所在。」說著又擦去鼻水。

「歇睏日看ê嘛捌閣去銀行，調來福利社亦是仝款無閒。」

「喔！可能有一半擺仔，取阿凸仔囡仔去佚佗吧！」

「阿凸仔囡仔？」

「喔！是按爾啦！彼日仔去清ちゃん個兜扑麻雀，聽個老母講起，華ちゃん識一個掠稜ê青暝查某，彼查某有分一個米國囡仔來飼。看起華ちゃん佮彼查某有來往，所以對彼囡仔亦真疼惜。」既已說出口，只好說詳細些。

「清ちゃん個老母奈知？攏聽清ちゃん講ê？咁會信ê？華ちゃん以前是有去圓環邊掠稜過，所以佮彼青瞑查某熟知，但是了後伊都無去啊。咁彼囡仔ê關係，個閣繼續來往？」

「是聽個按爾生講，我根本伓知。」說著又擦了擦鼻頭。

差不多十點一刻母女倆就出門去。搭公車到士東國小那一站時，她們就下了車，隨即步行三、四分鐘，來到健樂藥房。和那天生開朗，又基於做生意，須與客人搏感情的陳老闆打個招呼後，楊瑩雪說明來意，並將老媽介紹一下。陳老闆看到是新客人，又是嘉華的岳母，馬上請她們到後頭坐坐，並叫夥計奉茶，一邊也親切地詢問楊太太的病情，像個醫生似。楊太太對這服務，特別是店內齊全的藥品沒什麼話說，但卻表示為了買個藥，老遠從市區坐車來，似乎不太理想。陳老闆一聽，便將之前嘉華帶友人來買藥的事說出，並強調將車資列入，在這兒取藥還是很划算，既便宜，又買得安心。什麼友人？不等楊瑩雪問起，陳老闆就主動將邱瑞蓮母子描述一番。顯然他沒別的用意，也不知道其間的關係，僅是想說服楊太太。楊太太只好點點頭，拿了藥，付了錢，就和楊瑩雪走出店門。

那天晚上，楊瑩雪本想質問嘉華，但嘉華加班晚歸，而隔天就是端午節的前一天，得早點到市場取回預定的雞肉，再採買些應節的食品等，因此就作罷，況且白天也夠累了。到了翌日，不知是趕著出門，還是心繫那件事，明明有從房間拿出錢包，一到市場卻發現沒帶在身上。怎麼辦？幸好小姑淑幸她家就在附近，遂跨過市場，先去找她。很幸運，淑幸有在家，正著手準備一些過節的菜餚。向淑幸借了些錢後，匆匆告辭，又往市場走去。

端午節當天大家都放假。長子李裕甫已婚，另住石牌，這一天自然是帶著妻兒回來，也好讓太太能盡點孝道，幫婆婆炒些菜，洗個碗等。李家這位大媳婦叫薛友蘭，與李裕甫是在一次聯誼會上認識，本人任職於合庫，個性和丈夫一樣隨和。除了他們，當天來作客的還有楊太太，以及長女李裕芳和她夫婿，那來自馬來西亞的台僑潘光華。潘光華曾是僑生，在政大時就與李裕芳結識，目前則在明台產物保險服務，因隻身在台，所以來太太娘家過節。再加上已服完兵役，現在在外貿協會工作的次子李裕亨，這一天可說是年輕人的聚會。不，還有二個小孩，即李裕甫那一歲半的兒子李超倫，以及李裕芳那二歲的兒子潘斐然，也就是嘉華夫婦的孫子，楊太太的曾孫子。這樣一家四代歡聚的好日子，身為女主人的楊瑩雪還好質問嘉華嗎？何況一天下來也累壞了，樂壞了。

過了端陽佳節，次日午後，楊瑩雪閒著無事，就帶著錢去淑幸家還她。淑幸見到兄嫂特地為還錢而來，頗驚訝地說：

「一點仔錢汝亦還緊緊。」

「會當還都量早還，欠人錢我亦艱苦。」

「文子若親像汝都好。」

「按怎樣？伊即馬滯汝台北ê舊厝，咁捌厝稅（房租）無準時互汝？」

「啥米無準時！有倘時都跳過二、三個月無互我。唉！可能是前世欠伊，此世遮得佮伊做姊妹仔。汝嘛知，伊去香港做生理，大部分ê本嘛是我借伊ê。」

「此幾咚伊做囉嶄然仔順，咁甲汝借ê錢抑袂拖還？」

「趁ê錢攏互彼些囝開開去，有時此個破病入院，愛用錢，有時彼個佮歹囡仔鬥陣，做出違法ê代誌來，請人弁護，講情抑卡愛用錢。」

「阮三年前賣林口彼塊山ê時，嘛有互伊一筆錢，而且汝該得ê份嘛攏互伊，按爾生，伊抑無夠用？」

「伊開銷大喔！嫁查某囝嘛嫁甲真風神，開去袂小錢。看起彼塊山緊賣掉亦對，阿甫遮有法度佇石牌仔買茨，抑無免ê一咚半咚，文子愛急用錢，到時真可能會去揣華ちゃん，要求將山ê所有權狀互伊做抵押，倘好向銀行貸款。」

「是啦！終歸彼山是お父さん留ê，阿甫閣是大孫，有權得到。講起阿梅上識人情，得到伊該得ê份都一直說謝。啊！有咧急，稍甲汝借遮トイレット（toilet的日語拼音，即廁所）。」

楊瑩雪從洗手間出來後，淑幸見她一副愁眉不展，彷彿有心事的樣子，便問她何事。當楊瑩雪說出嘉華與盲女，還有那外國小孩的事後，淑幸稍露難色地說：

「既然汝已經聽人講，我亦坦白甲汝講，舊年阿強放學ê時，經過藥房，亦有看到個阿舅佮彼二個親子（母子）咧店內。」

「所以確實有此代誌？」

「免想傷濟，轉去遮問華ちゃん，問互清楚，佮伊好好仔講，我想華ちゃん是有責任佮道德ê人，絕對㑳是一般愛風流ê查甫人。」

「若親像清ちゃん彼款ê抑馬馬虎虎，我是擔心伊誠是用感情。」

「免想赫濟啦！半世人都鬥陣過來啊，亦做公做嬤啊，想佧開ê。佮伊好好仔講，我想無啥米偌嚴重ê代誌。」

當晚次子李裕亨在外聚餐，尚未歸來，楊瑩雪趁此機會，於晚餐後，暫且將碗筷擱下未洗，來到客廳，問起嘉華那件事。嘉華闔上書本，將它擺回書櫥，再以宛如雲淡風輕的口吻說：

「我知影真不應該，但是一切攏已經過去啊。」

「過去啊！汝即馬嘛抑咧佮伊來往，咁㑳對？眾人攏知，連阿強亦知，我此受害者顛倒是最後遮知，誠是悔しい（令人氣憤、懊惱）。」

「阿強亦知？」

「汝舊年捌取個親子來買藥仔吧？誠拄好，阿強放學經過藥房，起互伊看著。」

「喔！」

「汝看，汝即馬嘛抑咧佮因來往。」

「彼是完全為得彼囡仔，咱都愛同情彼囡仔。」

「彼囡仔誰人抚來ê？都是彼盲の女，咁㑳對？都是汝當初佮伊有感情，所以即馬遮特別照顧彼囡仔，咁㑳對？」

「但是我佮伊已經無男女間ê感情啊，阮ê一切攏已經過去啊。」

「恁可能是過去啊，但是我ê艱苦即馬遮欲開始。汝亦誠ばか（混蛋），講互任何人聽，有誰人會想汝是單純疼彼囡仔。唉！想起是我欠汝，汝欠個親子。若閣進一步想，我會欠汝，起因亦是汝為阮老爸了歸家伙，付出袂小。」

「莫按爾生想，我知影真對不起汝，伓過佮彼查某ê一切攏過去啊。」

「但是汝有咧照顧彼囡仔，就是佮伊抑有感情。」

「拜託汝相信我，我現此時干焦對彼囡仔有感情。」

「所以若叫汝離開彼囡仔，汝會感覺真歹做到。」

「此囡仔講起有卡特殊，咱都愛加減了解伊，同情伊。」

「彼查某家己都看袂清楚，何苦去扰彼囡仔來，閣是間の子（混血兒），真是無疙揭疙，家己揣麻煩。」

「彼是伊有愛心佮決心，家己欲想辦法，撫養彼囡仔大漢。」

「對啦！恁都是想法仝款，所以會鬥陣，閣鬥陣赫久。若講起，正常ê囡仔是愛有老爸佮老母，真歹運伊無，所以汝遮做彼老爸ê角色，去照顧伊，橫豎汝本來都對囡仔有愛心，茨邊頭尾ê人攏按爾講。我看飼一隻狗仔，抑是貓仔，時間若久嘛有感情，袂輸是漸漸看伊咧成長ê囡仔，一時一刻叫汝佮伊拒絕來往，むり（無理，即不可能，很困難）よ。」

「御免なさい（請原諒）。」說著深深一鞠躬。

「暗啊，我先來睏，汝遮稍等阿亨一下，伊亦得欲轉來。」

「我一定會想辦法彌補汝。」

楊瑩雪沒回應，也不知怎麼回應，只默不作聲離開客廳，走向主臥室。一會兒又從主臥室出來，一手拿著枕頭，一手抱著毛巾毯子，再走向最後面的那間房間。在李裕甫結婚之前，那房間是他個人的臥房，如今他已成家立業，並搬出去住，那房間就改成客房，但除了娶親前夕，特地來幫忙的玉梅曾借宿過，長久以來都是充當休息室或書房。既然有間空房，三兩天就打掃得乾乾淨淨，床單也鋪設得整整齊齊，楊瑩雪乾脆跑來這裡睡，以抗議嘉華在情感上之出軌。此後這間房間就成了她的臥房，梳妝鏡、化妝品、藥膏、衣物、錢包等都移來這裡。但在週末假日中，李裕亨還是常在這裡看書，甚至後來買了電腦，也擺放在這裡，因為這兒面積較大，採光較亮。

分房睡容易辦到，然一天當中，尤其是晚上，一對怨偶還是要碰面，而一碰面就不免老話重提，說到激動處，立即就爭執起來，卻又一時無解。偏偏二人的嗓門都蠻大，就這樣吵到了鄰人，更點點滴滴傳入人家耳中。當然，清官難斷家務事，何況是尋常的鄰居，再說哪家夫妻不吵架，也就沒人敢出面勸解。但嘉華他們每天得進進出出，一遇到左鄰右舍的人，總覺得有些過意不去，甚而感到背後有人在議論是非，於是楊瑩雪稍考慮後，收拾好簡單的行李，由李裕甫接去石牌，暫時與長子一家同住。

這樣一來，眼不見為淨，倒也落得六根清靜，連旁人、外人皆受惠。不過，母親就是母親，妻子就是妻子，楊瑩雪到了長子家，沒二天又擔心起次子和丈夫，不知他們會將衣物送去自助洗衣店洗嗎？不知他們會煎個荷包蛋，炒盤菜嗎？或乾脆到自助餐廳去吃？但也得挑衛生可靠的餐廳才行。還有，購買早上吃的麵包時，他們會避開那些底部烤焦的嗎？還有……

第三十五章

來到長子家等於是來為他們看家。一早李裕甫夫婦相偕上班去，晚上六點過後才會返家，而孫子李超倫由媳婦的姊姊在帶，要到週末才會從永和接回家，所以白天就只有楊瑩雪一個人在家。她早上掃個地板，擦個桌椅等，到了下午，又會每隔二、三天就返回天母家中，洗個衣服，或煮個料理，好讓嘉華和次子歸來時熱了吃。關於這些家事，她之前有打電話告訴次子，一則閒不太下來，二則不希望他們天天外食。既然如此，不如早點回家去。但一回到家，又得面對嘉華，因他所引起的不悅、憤慨等將再襲上心頭，痛楚也會加劇。如果這時涉及的三個大人和那個小孩，當中有一個消失掉，也就是說退出這場惱人的「遊戲」，那麼自己的心情就會好轉，不再像現在這般沉甸甸，宛如鐵鎚掉落心海中。可是要怎麼消失掉？病故還是意外死去？看來這想法不僅自私，還蠻可怕。

想了想，還是找個機會，和那盲女談談，看她有什麼好辦法，可以從此中斷嘉華與他們的交往。為此，某日下午，楊瑩雪打了個電話到銀行，簡單說明用意，要求嘉華提供邱瑞蓮的住址和電話號碼。起先嘉華有些顧慮，但稍為一想，覺得當事者總該有所表示，譬如道歉、談和等，不妨就讓她們去談談看，一來可抒發心中的鬱悶，二來可排除多餘的猜忌、誤會等，遂據實以報。

獲知聯絡方式後，剩下的便是打電話，或直接拜訪，但拜訪前也得約個時間，甚至住家以外的地點，因此還是要打個電話。當然，如果採取突襲式的拜訪，那就不須事先打電話，但很可能撲空，白跑一趟，再說也不想這樣做，畢竟整件事的發展已非當初的情況。顯然打電話是目前最佳的方式，既可免除炎炎夏日去人家府上問罪責難，更可藉著電話，只互通聲息，而不必面對面，看不到彼此緊張、尷尬、愧疚、不悅諸表情。

電話打通後，楊瑩雪確定接聽的是邱瑞蓮，便先自我介紹一下。對方一聽，即刻誠懇致歉，再三表示造了惡業，害人又害己，實在罪不可赦，並保證她和嘉華之間已無愛情存在，早在那晚的肌膚之親他們就知犯錯，也決心斷絕往來。

「但是即馬有彼囡仔，恁嘛是抑咧來往。」

「我知影按怎解說，李太太汝亦真歹相信，伓過目前確實是為得此囡仔，伊佮李先生ê感情真好，甲伊當做是伊ê老爸。一開始無偌久，我有感覺按爾生無啥妥當，囡仔會愈來愈依賴李先生，所以捌甲李先生講，阮母仔囝生活上抑算方便，伊免赫麻煩，定定來看阮，閣時常取囡仔去佚佗，但是伊誠甲意此囡仔，囡仔亦誠聽伊ê話，此幾年來遮繼續咧來往。」

「按爾生誠是頭疼，大人欲斷都無一定會斷，何況是囡仔。」

「此個熱天若過，阮阿平升起都國校三年，差不多欲十歲啊，應該亦卡識代誌，所以我會甲伊講，李先生秋天時會調去國外ê分行，一段時間會滯ê國外，無倘轉來台灣，伊愛漸漸學會曉照顧家己。李太太汝感覺按怎？按爾生做，好無？若騙囡仔講是破病，抑是其他意外ê事故，總是無好采頭。」

「好，照按爾生做好。但是大人此邊咧？嘛是愛講互伊知。」

「關係李先生方面，咱若講互伊知，伊自然會理解。」

「好，好，遮麻煩汝。」

「李太太，伓倘按爾講，是我伓對，造成汝ê麻煩佮艱苦，請汝原諒。」

嘉華得知這提議後，覺得尚可行，只是印象中，邱瑞蓮似乎從未說過「阮母仔囝生活上抑算方便，汝免赫麻煩，定定來看阮，閣時常取囡仔去佚佗。」這類的話，反而慶幸有人幫她忙，為她帶來不少便利。如今在電話中，她會對楊瑩雪這樣說，很顯然是出於愧疚，更是出於自衛，想把一些責任往嘉華身上推。也無所謂，果真她有這樣說，自己還是有空就去看邱昇平，帶他到戶外走走，或到西門町看場電影等。或許嘉華不自覺，但他之所以這麼疼愛邱昇平，多少還是受到幼時所讀童書的影響，特別是那本《尋母三千里》，下意識裡好像將邱昇平當成馬可，一個值得憐愛與協助的苦命兒。

事實上，嘉華還有二個小孫兒須疼惜，因此花在邱昇平身上的時間已明顯減少，只是他心疼這棄兒，又是個混血兒，從小得忍受別人異樣的眼光，乃至同伴的質疑或嘲弄，不忍心一次就跟他斷絕往來。在電話中他對太太說：

「閣三年伊都國校畢業，落去都是讀國中，所以佇此期間，我會用出張當藉口，減少去看伊ê次數，一方面互伊心理上有準備，以後伓是囡仔，愛學會曉獨立，會曉照顧家己，亦會曉照顧個養母。」

「所以一時抑是歹斷。」

「反勢伊五年生時都有法度完全切斷。」

「好啦！無差甲此幾年。」

「汝亦好轉來啊！我知影滯人兜總是袂慣勢。」

一兩天後楊瑩雪回到了自己家中。午後閒來無事，她試著比較嘉華及父親楊睿榮的外遇，發現前者出於真情，也盡力維護本身的家庭，而後者或許亦有些情愫，卻過於放蕩，完全不顧自己的家庭，甚至還拖累女兒和女婿。若再將楊睿榮的出軌行為與他人做比較，例如嘉華的好友邱清和，或是小姑淑文的丈夫賴銘山等，還是會發覺楊睿榮最差勁，連對外頭的小公館也一樣毫無責任心，唯獨最後碰上了瓊枝，才被收服，也總算根治了風流宿疾。當然，感情出軌就是不忠，只是背景、成因、狀況、程度、後果等有所差別，其對配偶和本人的傷害則一致。想來頗微妙，暫不提自己的母親及二嬸、三嬸，光是自己和二個小姑一比，馬上可看出最小的淑幸最幸福，她丈夫張啟明不但出生望族，本身能力好，會賺錢，懂得顧家，還十分難能可貴，從未有過感情出軌。說實在，嘉華也不怎麼輸他，虧就虧在婚外情一事，而這顯然是冥冥中的安排，加上執著的性格所使然，逃也逃不掉，更形成夫妻二人共同的命運。

面對丈夫有外遇，個性相異的女人就會有迴然不同的反應。像楊太太乾脆寄情於打麻將，玩紙牌，以及定期和老同窗聚會等，而淑文具有從商的本領，又被現實生活所逼，索性也擔起養家活口的重任，做起跑單幫的生意來。她們在各自的活動或事業中有所進展，很快就將丈夫的背叛拋諸腦後，無暇沉溺在自怨自艾中。但楊瑩雪就無法輕易擺脫惡劣情緒的糾纏，她習於鑽牛角尖，反為他人犯錯而苛責自己，心中始終充斥不滿、憤慨、嫉妒、怨恨等，以致於想離婚。但離婚後要去哪裡？俗話說「天公伯仔惜戇人」，老天絕不會任她恣意糟蹋自己，沒多久就給了她紓緩壓力，重新調整自我的機會。那說是特別也特別，看成尋常也尋常，就是出國旅行，而且是跟玉梅一道去。

在一九八七年時，台灣開放觀光旅遊已有一陣子，不過當時旅行的天數都很長，旅行團的人數也很多。像楊瑩雪和玉梅所參加的日本團，除了最北端的北海道未去，主要的本州、九州、四國都包含在內，前後長達二個禮拜。說來這回二個算是妯娌的女人能同遊，除了巧合，也是彼此有緣。此時玉梅已七十歲，勞碌大半輩子，如今兒子林志成事業有成，孫女、孫兒也已長大，遂鼓勵母親出國遊覽。但老人家雖說耳聰目明，身體又硬朗，旅途中總得有個伴，可惜子孫各忙各的事業和學業，只好考慮其他至親好友。首先想到的是淑幸，但她忙著家中大小諸事，根本沒空參加，於是經她推薦，找上了正煩惱中的楊瑩雪。嘉華獲知，認為此行有助於改變楊瑩雪的心情，更是為人丈夫贖罪的好機會，便大表贊同，替太太提供旅費，兌換日圓，並列出應攜帶的藥品等。

日本對於楊瑩雪和玉梅而言都蠻有親切感，尤其是楊瑩雪十五、六歲時，還曾在長崎念過初中，對日本更有一種近似歸鄉的情懷。可是事隔多年，戰後的日本不但走向民主，更在經濟發展上突飛猛進，早在一九六四年主辦東京奧運後，就邁入已開發國家，展現出亞洲先進大國的景象。然而，在現代化及西化之餘，傳統、古典、幽雅的日本仍牢固盤據著，成為國家的精神象徵，也是最吸引外國觀光客的地方。因此，到日本旅行，一旦遠離都市叢林，漸漸進入鄉間郊外，來到名山大川，或古剎名城時，遊客的心情就愈加興奮。

白天行程接行程，縱然是走馬看花，倒也令人樂而忘憂，甚至有點流連忘返，但到了晚上，住入旅館，欲休息時，那件惱人的婚外情事又悄悄襲來，冷不防地攻佔了心頭。越想不去理會它，偏偏它就越往心頭竄，真是避不掉，理又煩。這樣翻來覆去難成眠，一旁的玉梅也察覺到，遂問說。

「按怎？睏袂去咻？我嘛差不多此款ê，出外都歹睏。」

「是啊，咱攏仝症頭，換舖都睏袂去。」

「稍起坐好。心肝頭若有代誌揹ê，袂要緊，講出會卡氣活。」

「唉！抑有啥米代誌？總是華ちゃん彼條代誌，講起都見笑。」

「我有聽幸ちゃん講起，想起抑是伊欠彼對母仔囝感情上ê債，再講華ちゃん是軟心ê人，自然都佮個纏卡久。汝放心，出國進前，為著旅行平安，我有去廟寺拜拜，連鞭問過神明，伊講華ちゃん一切歹運ê代誌攏過去啊，自今以後，絕對袂閣有紇紇纏ê代誌發生，應該結束ê亦愛結束啊，恁免操煩。」

「若誠是按爾生就好。」說著打了個哈欠。

「講睏袂去，但是佚佗歸日嘛㾀（疲倦）啊，好來睏啊。」說著也打了個哈欠。

「好，好，我先去トイレット（廁所，洗手間）一下。」

翌日旅行團來到京都市東山區的清水寺。雖非櫻花季，亦非楓紅時節，而是夏末秋初，然一登上這建於懸崖峭壁的千年古寺，即刻感受到其周圍山林之仙氣，待進入本堂更震懾於佛佗靈秀之氣。清水寺不僅是日本極重要的文化資產，也已登錄為世界文化遺產。在這古剎名寺除了禮佛，並眺望清水舞台外的京都市景，最值得觀賞的還是寺廟的建築工藝，其氣勢雄偉乃鬼斧神工之作，且巧奪天工到不費一釘。在此楊瑩雪搖起殿堂前巨大的鳴鈴，期望神明能達成她的心願，那就是最終能與嘉華白頭偕老。接著，她排隊喝下有名的音羽之泉，祈求家中老幼個個健康平安，更希望這泉水有如忘憂水，喝下後就不再為俗事所煩。臨去時，她和玉梅也跟一般遊客一樣，買了好些個御守り（護身符），有保佑事業、學業、健康、財富、婚姻等各種各樣，每一個看來都比其他寺廟的精美，分贈給家人及好友，必定個個歡喜。

一趟日本之旅歸來後，楊瑩雪的確變得較開朗。她曾向次子李裕亨表示：「想起恁老爸抑是真顧家，伊了後會佮彼青暝仔母仔囝赫久，主要ê原因抑是為著彼囡仔，到此來，伊年紀亦大啊，隨在伊去，橫豎亦伓是做歹代誌。」然後將近一個禮拜，每逢吃晚餐，她都會訴說在日本的所見所聞，讓嘉華聽來既懷念又新鮮，而李裕亨則聽了蠢蠢欲動，想著有朝一日也去這東亞鄰國玩。

很幸運，到了一九八九年五月下旬，楊瑩雪又和玉梅出遊，而這回是遊歷歐洲。與上次日本行不同的是，這回是由楊瑩雪的三叔楊睿哲找上門。楊睿哲已從土銀（日本時代的勸業銀行台北支店）退休多年，閒來愛與太太到台灣各地走走，更愛閱覽介紹西洋文物的書籍等，遂在子女的建議與出資下，決定把握機會，趁著有生之年和牽手共遊歐洲。當他與楊瑩雪聯絡上時，原本希望嘉華能同行，因為嘉華也愛看書，對西洋歷史、文化等也有些認識，如此老年、中年二對夫妻，又是親戚同遊一定很有趣，且別具意義。無奈旅程須耗一個月，嘉華忙於公務，很難請長假，只好改由玉梅隨行，以便有個同房的室友。

他們這一團從桃園起飛，在泰京曼谷轉機後，先飛往北非的埃及，待了二天，再進入巴爾幹半島的希臘，然後由南向北，開始遊覽整個歐陸。這種一次遊全歐的大團亦不復見，就算是自助旅行，也沒人敢如此規劃，不但費時費力，更需龐大資金。當時幣值大，一趟歐洲全覽約需十三萬台幣，若用於現在，頂多遊歷四、五國，且最長不過十二、三天。總之，人生難得一次出遠門，又是到人文薈萃的歐洲，在那時看來，當然得一趟遊盡，並盡量賞遍。

然而每到一處優美、瑰麗的景點，楊瑩雪就不免有些感傷，想著假如嘉華能來該多好。可是回頭想到老同學莊美瑾，不禁又為自己的幸運竊喜。莊美瑾和她丈夫早年經營手工藝品店，楊瑩雪曾為貼補家用，一度到他們店裡工作。趁著台灣觀光業起飛，他們又經營有道，多年下來賺了不少錢，夫妻倆也計劃有一天能攜手暢遊歐洲，可惜丈夫操之過勞，未滿五十歲即死於肝病。一夕之間成為寡婦的莊美瑾，雖擁有財富，卻得防範子女胡亂投資，而不幸自身又有眼疾，視力越來越衰退，再加上膝關節的毛病等，現在已是深居簡出。思及此，一到教堂參觀時，無論是米蘭的大教堂，或山丘的小教堂，在為家人禱告之餘，楊瑩雪也必定會為莊美瑾祈福一番。之後來到維也納，她知道莊美瑾愛聽古典音樂，還特地為她買了些錄音帶，有華爾滋舞曲、鋼琴協奏曲、交響曲等。自然同為愛樂者的嘉華也有一份，尚且包括柴可夫斯基的芭蕾舞音樂。

在此期間，六月的台灣不僅日漸炎熱，還正逢各級學校的畢業季，也就是鳳凰花開，驪歌初唱的時節。嘉華念及不久將與邱昇平疏遠，遂在參加了他的小學畢業典禮後，於隔天帶他乘著火車，來到北投的招待所遊玩。過去當邱昇平四、五歲時，嘉華也曾帶他來過，如今他已十二、三歲，儼然一副小大人的模樣，難怪管理員阿桂看了說：

「幾年仔無看，夭壽喔！變甲赫大漢，閣赫緣投（英俊），誠是米國人都是米國人。」

「阿姨，我伓是米國人，算起佮汝仝款是在地人，因為阮外嬷ê查某祖仔古早滯佇台南，荷蘭人來時，捌佮一個荷蘭ê軍官結婚，所以了後ê囝孫加減攏有荷蘭人ê血統，看起多少親像外國人，其實講起抑是在地人。」

「喔！對，對，我嘛捌聽人講起此段歷史。好，恁呷遮茶，稍歇睏ê，我先來風呂場（ふろば，即浴室）清一下，等下恁都會使洗溫泉。」

「阿平，敖喔！閣會曉按爾生解釋。老師教ê啉？」嘉華問說。

「是啦！教阮歷史ê蔡老師按爾講，基金會ê葉姊姊嘛按爾講。」

嘉華點點頭，知道他講的是賽珍珠基金會。該會於一九六四年由美國著名作家賽珍珠所創立，四年後即在台灣設立分會，專門協助非婚所生的混血兒，但現已擴大範圍，包括接受外籍配偶的諮詢等。邱昇平就是在二年級時，經導師顏老師的介紹，加入該組織，開始接受生活、課業及心理輔導。

「阿平，此個熱天若過，我大概佇九月中都會調去日本東京ê分行，可能四、五年間無法度轉來，所以汝愛卡堅強ê，愛學會曉照顧家己，亦體貼恁媽媽。」

「喔！我知影。媽媽有甲我講，爸爸原本都有一家，是因為佮媽媽熟知，閣特別為著我，遮一直佮阮來往。爸爸汝放心，我亦卡大漢啊，我會當理解。」

「我知影汝真識代誌，個性閣真明朗，功課亦好，按爾我就誠放心。好，風呂場（浴室）應該清好啊，汝先去洗。熱天時免浸久，溜溜拭拭都好。」

雙雙洗過澡，小睡片刻，接著就到半山腰的麵店吃麵。吃過清淡的榨菜肉絲麵後，順著下坡路就來到火車站。一搭上北淡線的列車，邱昇平心想這一天的旅程已劃下句點，怎知抵達台北後，嘉華又帶他去東方出版社逛。在那老書店他為邱昇平選購了一本國中生適用的英漢字典，並為他買了二本譯成中文的歷史小說《深宮怨》及《我與拿破崙》。這二本書亦屬於傳記文學，分別敘述少女時期的英國女王伊莉莎白一世，及意氣風發的法國皇帝拿破崙，適合中學生閱讀，以大致了解名人的心路歷程，以及所處的時代背景。走出書店時，嘉華突然想起三浦さん，當年他家的大客戶，也曾在他就讀中學前，帶著他到書店購買英和字典等，而且那一天也是到北投洗溫泉，返回台北之後。死於大戰中的三浦さん，無緣看到他成人，而今他是否有幸目睹邱昇平成年呢？

說來邱昇平應該是英國人，伊莉莎白女王一世等於是他的老祖宗，但因為生父生母造孽，使他出生不久即由邱瑞蓮領養，所以歸為台籍在地人。關於這真正的國籍，嘉華後來也得知是英國，不是最初想像的美國。至於邱昇平本人最近也從養母口中獲知，然而這與美國籍、荷蘭籍等皆無差，重要的是他已溶入生長的本土環境中，認定自己就是這塊土地上的一分子。成年後，在某些因緣際會下，也許他會展開一段尋根之旅，最終獲得英國國籍也說不定，或藉著赴美工作等，跟時下有些台灣人一樣，先申請個綠卡，最後再拿本美國護照亦有可能。無論如何，這些都是未來的事、揣測的事，根本不確定。眼前確知的是他和嘉華在書店外分手後，就愉快、自信地搭車回家。

與此同時，恰逢中國發生天安門廣場的示威事件，連日來在電視及報紙上報導不斷，尤其是六月四日午夜軍方出動戰車鎮壓以來，幾乎全球都在做密集報導，一向愛看新聞的嘉華自然不會錯過，也投注不少注意力，正好沖淡了對分手一事的無奈感。其實同樣在一九八九年，台灣也於四月七日發生愛國志士鄭南榕的自焚事件。然此壯烈犧牲乃是抗議國民黨而起，因此本地的媒體，特別是官方的二大報《聯合》、《中時》均報導有限，以致於不少民眾被蒙在鼓裡，直到五月十九日鄭氏出殯時，方從街上盛大的送葬行列得悉，並深感其殉道精神。總之，這二件事皆意義非凡，但以震撼性、衝擊性而言，天安門事件較佔上風，全世界均在密切注意。楊瑩雪於六月底返台後，一聽嘉華說起，即熱切地表示在英國時，從飯店的電視上有看到報導，而且好幾次，問了領隊才知這麼一回事。

第三十六章

在一九九一年八月嘉華滿六十五歲，從服務了四十三年的一銀退休，整個公務員生涯也就劃下了圓滿的句點。那年十月中次子李裕亨請休假，陪同他到阿里山遊玩，度過三天二夜快樂、難忘的山中假期。在前一年，他曾跟老學長杜恩輝通過電話，但基於長途電話，不宜講太久，最後僅以退休時會到高雄拜訪作結。杜恩輝於一九五九年從綠島獲釋歸來，沒多久就帶著妻兒，離開台北，返回高雄。若說高雄是他的原始故鄉，則台北便是他的第二家鄉。或說當個過客，台北是他人生中的一大站，曾在此求學，就業，結婚，也曾在此無故遭逮捕。返回高雄旗山後才讓他獲得新生，從絕望中重新找到希望，再度感受到生之喜悅，並看到光明的未來。如今他將近七十歲，雖已退休，偶爾還會看診。除了長子杜世佳是精神科醫生，後來所生的長女杜世敏、次子杜世宇也全懸壺濟世，分別擔任小兒科及復健科的醫生。在旗山一帶只要提起杜醫生，親子四人的風評都很好。

從一九六零年至一九九零年這段期間，雖分隔南北二地，嘉華和杜恩輝還是有見過面。然這些皆在婚喪事宜的場合下，像雙方子女嫁娶時，以及杜恩輝的岳父、岳母仙逝時。在這類場面中，是可敘舊，但講的多半還是應酬性、交際性的話，而且有時一方另有要事，不便南北奔波，並非對方的喜事都出席。至於杜恩輝的老泰山、老泰水先後過世時，因其妻蕭麗杏的娘家就在台北，而蕭家又與李家自上一代即有往來，交情可謂深厚，嘉華自然是禮到人也到。凡此婚喪喜慶之外，一年到頭，各忙各的，二人還真難促膝長談。而今盼到退休，嘉華就想著找個好日子，南下登門造訪，既見好友，又可暢所欲言，一抒心中雜感。

可惜難以從願，退休不到四個月，嘉華又上班去了。這是在他當年的屬下張公俠的盛邀下，進入大眾電腦擔任日文兼業務顧問。張公俠比嘉華小二十歲，足以當他的兒子。一銀在一九七二年成立資訊部時，嘉華是專案主任，張公俠等其他七人則是專員，一齊推動銀行業務的電腦化。到一九八一年時，資質聰穎、表現優異，又擅長交際的張公俠被大眾電腦相中，隨即離開銀行，放棄公務員身分，擔任起高薪的程式設計師，之後轉任業務經理，現在則是特別助理。

嘉華從未在私人企業工作過，初入大眾電腦時，還真有點不習慣，尤其是見到那些年紀比他小的襄理、副理、經理，乃至高層的總經理、董事長等，基於商場禮貌，都得呼為某某經理等，心中頗不自在。回到家，他說給太太聽，楊瑩雪告訴他那只是口頭稱謂罷了，再說人家請他去當顧問，多少已有敬老尊賢的意味，看在錢大爺的份上就別再計較，何況後頭還有那隻「神猴」王永慶在，此乃他家的關係企業，而他總比你嘉華老又大，可服了他吧。當然嘉華也自知是來做事，而一旦做起事來就努力以赴，因此很快就忘了心中這點小小的疙瘩。實際上，張公俠還特別提醒他，直接叫他張さん就好，因為他也都稱他為李さん，而不是李顧問、李顧問叫得頗官僚。於是不出一週，那些襄理、副理、經理，包括總經理，個個都請他直呼某某さん即可。連那位年輕有為的董事長也不例外，但嘉華出於職場倫理，還是稱呼他為社長さん，即董事長先生。

約半個月過後，嘉華在公司就感到勝任愉快，覺得上上下下都很敬重他，認為他很好相處，是個可親的長者。那些基層的年輕職員，特別是未婚或結婚不久的小姐，午後買個點心或飲料，總少不了請他一份。不過他們不太習慣被叫某某さん，嘉華一察覺出便跟著直呼Peter、David、Alice、Helen等洋名，當然其中也有小名比洋名好叫又好記的，像阿亮、小美、大丙等。甚至有些經理被屬下呼為Richard、Grace等也毫不介意，因為年齡差距不大，這樣一叫反而更親切，更好帶領。回想在一銀時，同事間很少以洋名互稱，幾乎都叫某某さん、某某經理等，或直呼其名。到了大眾電腦，雖也感受到日式企業文化的存在，並知此家頗注重日文，但美式企業文化已漸普及。

過了半年，晚些退休的老友黃慎謀在同窗會上，得知嘉華在大眾電腦找到事業的第二春，遂三番兩次打電話來，請嘉華代為推薦。嘉華受人之託，自然是在送上求職者的履歷表時，不忘美言幾句。張公俠過目後，點點頭，說會好好考慮，但也須呈報上頭，徵詢其意，無法馬上答覆，請對方稍等幾天。當晚下班後，和客戶有約，張公俠在洗手間更換領帶，輕灑淡雅的古龍水，並重新梳頭時，心意已決：此處非養老院，縱有台大學歷，又是彰銀退休，然欠缺電腦知識、資訊經驗等，一切免談。實則就算黃慎謀有接觸過電腦，此人個性如何，實力如何，敬業精神如何，全是未知數，況且依目前之預算及需求，聘請一位顧問足矣，已可開拓金融界的硬體、軟體業務。

當嘉華據實以報時，黃慎謀知道虧在電腦實務方面，但內心仍不爽，多少認為是嘉華怕他來搶飯碗，故意向上面隨便介紹一番。其實公職退休就算不優渥，安養天年絕無問題，再說黃慎謀的三個女兒已出嫁，最末的兒子在美學成，如今在經濟上也漸能獨立，實在不需他再工作。可是離開職場後，不懂得安排生活，總覺得日子難打發，又見到身邊的老友退休後，有的仍在上班，不是被請去當顧問，就是委以總經理等高階職位，心裡更不是滋味，也很想求得一職，以證明寶刀未老。幾番努力，最後還是三陽工業的翁董念在老同學份上，請他去旗下的慶豐銀行（現由中央存保接管）任職，專門負責放款業務。

就在家家有苦經，人人有怨言的生活中，時代的巨輪已運行至一九九四年。這一年在台灣選舉史上頗重要，乃是北高二市的市長，以及台灣省長開放民選的第一年。但當中的省長於一九九八年精省後改回官派，且形同虛位，無實權。總之，對於台北人如嘉華、黃慎謀及其家人、親友、同學、同事等而言，大部分都注意到這項年底的選舉，也決定盡量出來投票，以期選出一位好市長，一改多年來官派市長的官僚作風。雖然以嘉華來看，他周圍的親朋好友不見得個個與他觀點一致，但百分之七十大概心中都有理想的人選，那就是陳水扁。自一九八一年陳水扁以高票當選台北市議員以來，他的學識、能力與問政風格等就逐漸深入人心，之後於一九八九年至一九九三年擔任二屆的立法委員，其問政品質更上層樓，一舉一動備受矚目，也因而在一九九四年代表民進黨競選台北市長。其實，早在一九七九年美麗島事件爆發後，陳水扁受其妻吳淑珍之鼓勵，擔任該事件被告之一黃信介的辯護律師以來，他就踏上了政治的不歸路，積極參與黨外的民主運動，更與廣大的群眾心手相連，寫下一頁頁輝煌、艱鉅的歷史。

大部分的人，不論是在北高二市，或其他外縣市，大概都在一九九零年代左右開始注重選舉，並踴躍參與，尤其是一九八六年民進黨成立後，黨外更有具體、明確、清晰的面目，成為反對執政黨者大力支持的對象。嘉華的三個孩子都是在此時期關心起國事，最小的李裕亨更是遲至三十歲才去投票。除了這些三十來歲的年輕人，本身主修法律，又開事務所的林志成，雖是標準的知識分子，卻也是在四十四歲後才熱烈討論國事，關心起台灣的前途。對於一九六四年彭明敏等人發表「台灣人民自救宣言」一事，在當時他身為大學生，竟全然無知，回想起來頗感汗顏。之後對於一九七七年八月台灣基督教長老會發表「人權宣言」，同年十一月發生「中壢事件」等，他也一知半解。直到一九七九年十二月十日爆發「高雄美麗島事件」，他才特別注意到，感受到低氣壓的政治環境可望轉變。果然於一九八七年七月解除長達三十八年的戒嚴令，於一九九一年四月廢除「動員戡亂臨時條款」及「懲治叛亂條例」，並在一九九二年五月刪除侵犯人權的刑法一百條。

以上種種改變固然是時勢所趨，但一九八四年十月所發生的「江南案件」顯然是有力的幕後推手。江南乃華裔美籍作家劉宜良的筆名，因其著作批判蔣經國，故遭其子蔣孝武派黑道至美殺害。案發後驚動台美二地，華府尤為憤怒，遂逼蔣經國說出蔣家人不再接班，並開放黨禁、報禁等，否則將以美國法律侍候。關於蔣經國是否為主謀，江南遺孀崔蓉芝即堅稱本案與他關係密切。無論如何，倘若被殺害的是華人或台灣人，美國政府還會追究到底嗎？整部台灣民主運動史血淚斑斑，感天地又泣鬼神，暫不論日治時代，光是一九四七年的二二八事件以降，若有所成就或進展，絕大部份是靠先人前輩奮戰不懈，一代代前仆後繼，犧牲無數人的青春與性命而獲致。

總之，台灣從此進入了政黨政治的時代。而正當一九九四年台北市長選舉如火如荼進行時，十月下旬某日，有一對父子前來志成事務所，欲委託一件專利案。剛開始林志成並未看出是熟人，待那老父自我介紹，又提些舊事，他這才恍然想起，原來是徐遠鵬，即當年他母親玉梅幫傭的老東家徐將軍的姪兒。時隔多年，若不點醒，偶然二人街上碰頭，除了互相道歉，很可能又各往西東。但徐遠鵬怎麼認得出林志成呢？原來他是衝著事務所的招牌而來，心想這一家應該就是學法律的那個林志成所開，而且同是東吳大學畢業，林志成也算是他的學弟。不過，同名同姓，又同為律師的不乏其人，怎有把握？無所謂，此行主要是委託案子，認人倒在其次。

年已五十九歲的徐遠鵬曾任報社記者，但早就退休，現在是一家小型科技公司的合夥人。那家公司還算新，乃三年前他與友人所開，而他兒子徐正挺也是股東，並擔任產品設計，一陣子就有發明專利問世。他們這回選擇志成事務所，除了衝著招牌而來，另外一大理由便是離公司很近，同在敦化南路二段上。

就在徐正挺和事務所的技術人員討論案子時，徐遠鵬也在林志成的招呼下，至其辦公室喝茶敘舊。交談中，提及徐將軍夫婦曾回中國看望，但回台後六年內二人就相繼過世。說著說著，徐遠鵬眼尖，忽然看到書櫥底層擱著一面競選旗幟，而且是鮮明的青綠色系，遂幽默地說：

「原來我們是同一國的，真好。」

「喔！被你看到了。可是你不是支持趙少康的嗎？」

「唉！那個做事總是半途而廢的趙一半，沒什麼實力，我不選他。坦白跟你講，我家五票全部要投給陳水扁，只有他能將台北建設好。」

「如果外省人全都像你家這樣就好了。」

「別提我們外省人，其實還是你們福佬人佔最多，但偏偏你們不團結，本身有好的人選也不支持，不過也難怪，因為多年來被國民黨洗腦，有不少人已經無法獨立思考，無法獨立判斷，一切只照國民黨的意思投票。」

「沒錯，就是這個樣子，連你們大部分的外省人也是如此，但是你就不同，具有獨立的思考能力，能夠分辨候選人是否真有本事，而不是只看學歷。看來這跟你過去從事新聞工作有關吧？還是看了不少政治方面的書呢？」

「你說對了，我在派駐華盛頓時，有空就去國會圖書館看書，找資料，結果重新認識了中國現代史，特別是二次大戰以來的歷史，這才發覺國民黨那套全是鬼扯，我們從小就是被它亂編的教科書給騙了。什麼八年抗戰？如果沒有美國在一九四一年對日本宣戰，一九四五年就打勝，中國大陸早就給日本強佔了。」

「聽說那『開羅宣言』只是一張新聞稿，沒人簽字，根本不具法律效力，不能當成正式的條約看。如果真要追究，應該要看『舊金山和約』才行。」

「一點沒錯，當初那『開羅宣言』只不過是羅斯福總統安撫老蔣之計，鼓勵他堅持對日作戰，請邱吉爾首相也配合一下，隨興說說而已。一直要到大戰後，包括美國在內的四十八個國家，在一九五一年九月簽下對日的『舊金山和約』，由日本放棄台澎，但未言明讓渡何國，才算定案，所以台澎根本沒回歸中國。」

「不管是這個流亡的中國，還是那個真正的中國。」

「沒錯，因為當時這二個中國都互爭正統性，大會乾脆統統不邀請。」

「可是到了一九七八年年底，美國還是承認了中華人民共和國，而和台灣這邊的中華民國中止外交關係。」

「但是美國在隔年有通過『台灣關係法』，表示關心台澎的安全。你想它是做好看的嗎？這關係法的制定就是源於『舊金山和約』，而且定義為國內法。所以說穿了，台澎的主權還是掌握在美國手中。」

就在越談越起勁時，徐正挺和法務助理方小姐來敲門，原來案子已大致談妥，該打道回府了。離開前，徐遠鵬直說有空再敘，並建議林志成再度訪美時，若有到華盛頓，不妨抽空去國會圖書館，或其他大型圖書館看些相關的書。林志成頻頻點頭稱是，並送客送到樓下，幫他們叫車，看著他們乘車離去為止。

到了十二月三日投票選舉時，登記為三號的陳水扁不負眾望，終於以六十一萬五千餘票當選為首屆民選市長，即將實現其「快樂的市民，希望的城市」之口號與承諾。在眾多熱情的支持者當中，王哲欣可能是最感欣慰、最感驕傲的一位，因為他是抱病來投票。或許看在投開票所的警員、票務人員，以及陸續湧來的投票者眼中，他只是行動不便而已，但實際上他已罹患肝癌，來日無多。關於這不幸的消息，連他的老友嘉華也是半年前才獲知。那天嘉華趁著假日天氣好，懷著輕鬆的心情去看他，結果聽他家人說，因身體不適，正住院中。嘉華當時就覺得有些不祥，待趕到醫院，問了王太太，方證實是得了肝癌，已經很難醫好。

此後每逢週末或假日，只要是家中無事，公司方面也沒急件，嘉華總是到醫院探望王哲欣。他非醫生，亦非護士，更非家屬，純粹只是從小一塊長大的同學，但就是能帶給病人不少安慰和希望。若身體狀況允許，天氣也晴朗美好，他會推著病人到院中的花園散步，說些公司的趣聞瑣事，或聽些對方的抱怨，像兒子有四個，個個只顧自己的妻小，或一生惡疾纏身，莫非前世造業，今世來償還等。當然有時心情好，王哲欣也會輕輕唱起那首《紅蜻蜓》，或日文的《野玫瑰》等，讓彼此暫時返回那遙遠，卻無憂無慮的童年時代。

或許是已遭受半身不遂的打擊，臨老再患重病，悲痛歸悲痛，王哲欣倒也日漸看開，並擬起遺囑。關於寫遺囑一事，由他口述，嘉華在病床邊筆錄。遺囑關係重大，又是為臥病的人提筆，其心靈意識並非時時刻刻皆澄明，過程中除了修修改改，自然也免不了提醒、辯證、質詢等，好在幾回後終

於定稿，並影印數份存檔。顯然王哲欣自知往生之日已近，因此趕快起草遺囑，交待後事種種。果真

在一九九五年三月初，即選後隔年春寒時，一生受病魔折騰的王哲欣終於駕鶴西歸。照其遺囑，家人

將他葬在其母墳旁，讓他們母子繫魂有伴。死前他頗關心市長選舉，一心一意想投陳水扁一票，最後

不僅達成，還看到他高票當選，分享到他的喜悅，彷彿自己也打了場勝仗，可以安心休息了。

王哲欣走後約三個月，無獨有偶，另一位老同學邱清和也撒手人寰。邱清和的身子還算不錯，雖然嗜煙好酒，風流韻事不斷，多年來倒也平安無事，誰知竟在六月中旬突然送醫急救。嘉華接獲邱太太的電話後，一下班就趕到馬偕醫院，可惜邱清和一直不省人事，任憑大呼小喚均無回應，原來腦內的血管已破裂。邱太太傷心之餘，半責備半戲謔地說：「此個老人囡仔愛風搜，愛佚佗，按爾生去喔！放心啊去第七天國遊喔！」接著從她的怨言中得知，邱清和大半輩子在華南產險工作，僅於死前二年到第一人壽兼個董事長，原產險公司就以服務未滿二十五年為由，拒發退職金。嘉華一聽感同身受，很了解未亡人的心境，但也對此無能為力，畢竟每家企業作法不同，卻都制定有利於己的法規。

接連送走二個老友，更感人生無常，而自己也近七旬，唯恐來日所剩無幾，嘉華益加珍惜與家人、親友等相處的時光。而就在前一年開春時，年已三十五歲的次子李裕亨終於結婚。新娘鄭怡青是家運動器材行的業務員，於接受外貿推廣的協助時，與任職協會的李裕亨認識，但多年後雙雙才攜手步上紅毯。婚後李裕亨與父母同住，生下一女李如茵，深得初獲孫女的嘉華之喜愛。且不知是同住，抑或遺傳，李如茵日後也變得愛看書，愛做研究，功課好，數理方面尤佳。

年去年來，日子盡在看似稀鬆平常中度過時，有天晚上，大約九點半，嘉華他家的電話響起，走來一接聽，又是熟人去世的惡耗。這個熟人不是別人，正是推薦他到大眾電腦任職的張公俠。乍聽這死亡的消息，嘉華還真不敢相信自己的耳朵，因為早上在公司，還與張公俠有說有笑，竟然下班後隔了幾個鐘頭，從電話那端傳來他因肝病暴斃的消息。但冷酷的事實已呈現出，再難以相信也得接受，只是來得太令人措手不及，太讓人深感意外，終究死者正處於壯年期，還差四個月才滿五十歲，而本身又相當優秀，事業也處於高峰期。

身為董事長的特別助理，張公俠並非像一般秘書，只是替老闆安排行程，處理文書等，而是還得發揮他的交際手腕，負責拓展業務，為公司賺進大筆錢財。別以為陪客戶喝酒吃飯只須長得體面，穿得好看就行，還得在談及技術、應用等方面，提出專業的、有說服力的看法，且又不流於照本宣科。很不幸四十出頭時，張公俠即知有B肝症狀，然身為比業務經理還忙的大將，無暇也無心養病，常服用保肝藥就了事，以致那晚在日本料理店應酬時，猝然倒在榻榻米上，待送醫急救，發現肝衰竭，已回天乏術。

出殯那天，嘉華見到張太太和三個孩子，包括二個念高中的女兒，及一個尚讀小學五年級的兒子。他們面無表情，看來頗茫然，只是機械式地向來賓答禮。目睹這一幕，嘉華感慨萬千，想著若張公俠還在銀行就好，但人生的成敗榮辱早已寫入生死簿，連該償該取的條條皆清楚，實在怨也枉然。

第三十七章

隨著張公俠的猝死，嘉華猛然想起那混血兒邱昇平，隔了七年應該已十九、二十歲，成年了吧！內心雖想去看他，但一到他家，必然會與他養母邱瑞蓮碰面，所有愉快、不愉快的事又將湧上心頭，好不容易這些年才平靜下來，和太太楊瑩雪的情感也才逐漸重修舊好，何必再去惹塵埃，也就作罷。想那芸芸眾生，個個帶業來投胎，各人造業各人擔，就算多麼疼愛邱昇平，總無法呵護他一輩子，為他規劃一條康莊大道。這是連自己的子孫都難辦到，不，連對牛馬等牲畜也難辦到，因此才會說牽馬到河邊，喝不喝水就看馬。回顧年輕時，一心想協助岳父創業，怎知那楊睿榮不成材，只知貪圖享受，甚至公款私用，一旦事發卻逃避卸責，丟下爛攤子讓女婿收拾。算了，各人有路終須自己走，平坦或崎嶇，冥冥中已有定數，旁人再愛再憐，終究無法代他走一遭。自己人生路上，長日將盡，暮色已臨，還有多少光陰可虛擲，何不看開一切以度日。

也好在他沒去，否則等於白去，因為數年前邱瑞蓮在一位同行的建議下，已搬離天水路，喬遷至民權東路，離行天宮不遠之處，重新在那兒開張營業，以求生意興隆。至於邱昇平則在十九歲那年高中畢業，然後跟大家一樣投考大學。他自認為考得比模擬考好，卻被分發到逢甲大學化工系。基於逢大位於台中，且又是私立學校，學費加生活費頗高，想必徒增養母的負擔，再者不能留她一人在家，於是決定重考。翌年一九九七年，台北工專轉型為科技大學，他也變走運，考入該校的材料系，從此展開愉快、充實的大學生涯。已成年的他當然還記得嘉華，那是他曾喊爸爸的大好人，不過這些年來，從少年到青年，他的生活圈子已擴大不少，心中想要、想追求的越來越多，也變得複雜又有趣，相形之下，嘉華已沉入其心海深處，永遠擱淺了。

同在一九九七年，八月初嘉華離開了大眾電腦，將近五十年的職業生涯於焉告終。現在他可盡情做些愛做的事，像聽音樂、買CD、看些音樂、美術，以及文學、史學、醫學、心理學等方面的書，或觀賞NHK的精彩節目等等。有一天薄暮黃昏，他到公園散步，偶然發現一條小狗，看來楚楚可憐，遂跑到附近的便利商店，買了些熱狗、餅乾，還有一瓶牛奶來餵它。原想將它抱回家養，卻怕太太不贊同，想了一下，乾脆先帶到石牌長子家寄放。長子李裕甫和他太太不是很喜歡狗，但願意暫時收下。隔日一大早，嘉華趕到長子家，小倆口正準備去上班，只說整晚吠聲不斷，吵人又擾鄰，應想辦法解決。嘉華一時不知所措，只得將頻頻吠叫的小狗帶出門。怎知一下樓梯，到了戶外，那小狗竟不再叫，只顧默默往前跑，像是獲救受解脫的樣子。嘉華心想如果它有回過頭，停下來，那麼就想辦法收養，可是它一溜煙就消失在巷口。

日子在平靜中度過，很快又逢北高市長選舉，而且一進入一九九八年初秋，候選人角力的意味就越來越強，選戰的氣氛也逐漸變濃。這時嘉華忽又念起杜恩輝，很想與他見面，好好談些話，於是就打了通電話給對方。老學長一接聽，當然十分高興，卻請嘉華無須來高雄，因為九月下旬他會到台北，參加一場退休醫生的特別聚會，屆時就可順便拜訪。他還說趁此可搭乘台北捷運，並參觀這四年來在陳水扁的主政下，台北市的嶄新建設等。嘉華聽了覺得很有意思，也很興奮。自從捷運的北淡線開通以來，他本人都還未坐過，不如到時和學長搭到北投，邀他到招待所洗個溫泉，吃頓飯等。

期待相見的日子轉眼間來到。那天杜恩輝從下榻的旅館步行到台北車站，再從那兒搭乘捷運到石牌。到了石牌站，一出捷運車門，由於非巔峰時間，又是平常天，月台上沒幾個人，一下子就認出嘉華。數年未見，二個老友熱情相擁，互相問好，再一同步出車站，改搭公車到天母。一到天母嘉華家中，他太太楊瑩雪也熱情接待杜恩輝，並問起杜太太蕭麗杏的近況，還有三個醫生子女的事業等。因已近中午，冰箱裡尚有些食材，楊瑩雪就下廚展示手藝，煮了頓美味可口的料理，留杜恩輝一齊享用。進餐時，嘉華忽然想到，這樣不僅省下在外請客的錢，還讓客人品嚐到太太所做的菜餚，真是別具意義。

午後二個老友再從石牌搭捷運到北投。洗過水質、水溫皆宜人的溫泉後，全身舒暢，心中快意，靜坐一隅，享受那庭園吹來的微風，並傾聽池塘裡偶爾傳來的蛙鳴，以及錦鯉翻泳的水聲等。接著，他們邊喝茶邊閒聊。說起捷運，談到市政，頗感陳水扁治理有方，台北人有福，一邊也深覺高雄亟需改善，期望謝長廷來換新衫，更期待「南長北扁」圓滿實現，則全台將受惠。靜默一會，喝了口茶，嘉華話鋒一轉，心有所感地說：

「先輩，恁尪仔某真敖，會當度過彼段日子。本当に偉い（真的很偉大）。」

「実は杏子の方が偉いだ（實際上是杏子偉大）。對頭到尾伊攏支持我，佮我行過彼段日子。另外，佇咧上艱苦ê時陣，呷教亦真有幫助，互我自信佮勇氣。但是坦白講，假使彼時杏子另外有好ê對象，為著個母仔囝ê幸福，我亦會叫伊免等我，好好把握家己ê幸福卡要緊。有喔！阮受難者中間，嘛有人拄著此款情形，因為伓知值咚時會死，若真正愛惜牽手，攏會勸伊閣嫁。」

「我想假使杏子彼陣有對象，伊亦是會堅持等汝倒轉來。」

「我亦按爾生想，但是世間ê代誌真歹講，袂使馬上講對，抑是伓對。我所識ê醫者（醫生）內底，有人結婚了後，感覺無合，無意中拄著新ê對象，嘛緊離婚來娶伊，亦有一時無法度離婚ê，嘛偷偷仔佮伊同居。此好抑是伓好，愛看各人ê情形來講，攏伓是簡單都會當講清楚，因為人ê感情、心內ê感受一切，講複雜亦真複雜。」

「假使有人佇途中，發覺按爾做對家己ê牽手不忠，為著家庭佮囡仔，趕緊越頭（回頭）倒轉來，按爾生是伓是卡好？」

「不但卡好，亦會使講是誠難得，誠可貴，歸家攏有顧著。大部分ê人一開始，攏知影婚姻以外ê感情是不允准ê，但是無勇氣倘越頭，漸漸都變成感情ê奴隸，久啊都親像痲痺，那行那遠，良知ê彼隻手已經挽伊袂倒轉來。此伓是干焦感情方面，非法貪財等等亦如此，一開始良心、良知抑會跳出來提醒，久啊都無效，挽袂倒轉來，若親像互鬼牽，一路叩叩行。」

嘉華聽了感受非淺，頻頻點頭，杜恩輝當然覺得很高興，然內心深處不免起疑，是否嘉華過去曾發生婚外情之類的事？依他純情的個性，以及剛才的發問來看，似有可能，但可確定的是他早已回頭，那段情已成過眼雲煙。那是再好不過，也就無須質問，反正午間在他家，見到他們夫妻老來伴，雙雙熱情款待訪客，言談舉止間流露出的就是一種幸福感，平凡的幸福感。

過了秋天，年底的北高市長選舉一眨眼就屆臨。選舉結果，陳水扁獲得六十八萬八千餘票，比四年前還多，卻不敵國、新二黨合謀，以王建煊為煙幕彈，實則共推馬英九，而敗下陣來。那晚支持陳水扁的台北選民很傷心，好在高雄的謝長廷頗有贏面，大家從連線轉播上，改而為他加油，終於搶下南都一席，彌補了因北部失利造成的遺憾。數年前即南下默默佈局的謝長廷，不僅取代了毫無建樹的吳敦義，更從此開創出高雄的美麗新世界。「南長北扁」的理想雖無法同時達成，力拱陳水扁競選二千年總統的呼聲則響徹雲霄。這樣一來，綠營選民又抬頭挺胸，心中充滿希望，而陳水扁非但不因連任失敗而受挫，反而氣勢如虹，聲勢如日中天，頗有未戰先贏之姿。

嘉華與杜恩輝分住北與南，心中卻無異於各地綠營的支持者，莫不寄望千禧年大選陳水扁獲勝，一邊也期盼二十一世紀能帶來新局勢、新氣象。無奈天不從人願，一九九九年十一月中，嘉華還跟杜恩輝通過電話，表示翌年要去高雄一趟，看看蛻變中的港都風情，不料到了年底就因突發事故，早一步揮別人間。這一走不僅看不到高雄的新貌，也未能迎接新世紀的到來，無法再投陳水扁一票，更無緣目睹他當選總統，光榮入主凱道上的總統府。

那天十二月二十四日，即聖誕節前夕，嘉華和入冬以來的每一天一樣，因擔心天黑愈加寒冷，約在午後三點就提前洗澡。那晚他和楊瑩雪還準備外出，帶著孫女李如茵到國家戲劇院，觀賞一齣由德國童話改編，並由柴可夫斯基譜曲的芭蕾舞劇《胡桃鉗》。李如茵從早上就顯得蠻興奮，到了午後心情更愉快，趁著阿公洗澡時，在客廳裡畫起畫來，接著又做起算術練習。這一天她也得早些洗澡，早些吃晚餐，再早點出門。通常六歲孩子的時間觀念不很強，但李如茵卻顯然發覺阿公洗太久，比平日還久。她感到蠻奇怪，就去問在廚房揀菜、洗菜的阿嬤。楊瑩雪一聽也頗覺反常，遂來到浴室外敲門。連敲三下毫無回應，又無法直接開門，因嘉華洗澡時總愛反鎖。這下可真令人又急又怕，李如茵見狀，便說繞到後陽台看看。楊瑩雪即刻跑到後陽台，拉了把凳子墊高，從窗口往浴室裡一瞧，嘉華已昏迷不醒，倒臥在浴缸旁。

緊急通知了救護車，彷彿不到五分鐘，一路鳴響的車子即趕到。救護人員以萬能鎖開門而入，先對嘉華施以人工呼吸，毫無動靜，遂立刻抬上擔架，用救護車載著往榮總疾馳。很不幸，在醫院用盡各種方法搶救，始終無法起死回生，只好在五點四十分時宣告不治死亡。死因是心藏衰竭。

嘉華享年七十三歲，算是高壽。他的三個要好的同學當中，除了王哲欣及邱清和於一九九五年先後去世外，另一位黃慎謀也於一九九七年夏末，在將股票送去集保時，因過馬路闖紅燈，喪生於車輛下。換言之，四人當中他最後走，並活到超過七十歲。在此之前，他的長輩已接連謝世，多半是因病而死，但他的岳父楊睿榮卻臥病多年，受盡化療等醫療之苦，最後幾乎成為植物人，又拖了一段日子才斷氣。即便二個年紀較小的妹婿，即淑文的丈夫賴銘山，及淑幸的夫婿張啟明，亦先後得病住院，過了二、三年終告不治而死。他們在世時，雖經濟能力有別，過世時卻都未滿六十五歲。事後回想，且加以比較，縱然十分不捨，楊瑩雪卻深覺嘉華不願拖累她，不想讓她有形、無形的各種債償不清，因而悄悄走了，剎那間就走了。

辦完葬禮，過了農曆新年，二千年三月的大選終於登場，陳水扁在連宋分裂的情況下，順利以高票當選，頗具劃時代的意義。連宋不服，於四年後攜手合作，由殿後的連戰為正，得票次高的宋楚瑜反當副手，實乃國民黨財大勢大所致。然選舉揭曉，連宋合仍敗，而陳水扁雖經歷三一九槍擊案，幸能逃過一劫，連任成功。從二千年到二千零八年，在陳水扁總統的主政下，縱然是朝小野大，泛藍杯葛不斷，但台灣的競爭力，特別是經貿方面，卻在全球備受矚目，而民主化程度亦受國際讚揚。暫不論這八年間的重大建設，如高速鐵路、雪山隧道、一零一大樓等，光是國民所得，及勞工薪資所得都高於目前的水準。很可惜，也非常不幸，於二千零八年三月改選時，半數愚昧的台灣人，好騙難教，糊里糊塗選出無能的馬英九，以致拖垮了過去的各項政績。

在其任內，馬英九只知迫害陳水扁，將他非法監禁，充分曝露出構陷、清算、凶狠、殘暴等中國文化陰暗的層面。至於政治、經濟上的建設則一事無成，甚至企圖在社會、文化、教育上走回頭路，返回一黨專政的戒嚴時代。由於這些現象愈趨明顯，二零一二年再度大選時，有不少人猛然覺醒，改投蔡英文，期望公平、正義的社會能實現。怎奈馬黨操縱一切，不但提前選舉，還全面抹黑，惡劣攻擊，更綁架中選會，擬以軟體程式竄改選票。最後馬雖當選，然其得票數與得票率均大不如前，而蔡英文則雖敗猶榮，成功凝聚不少向心力，使得民進黨大幅成長，得票突破六百萬票，遠超過上屆所得。

大選之後，約在二二八和平紀念日前二天，淑幸打了通電話給兄嫂楊瑩雪，欲邀她一齊到桃園看望玉梅，因玉梅九十五歲的生日將至，而且還時常念著嘉華等。由於小時候父母俱亡，全由玉梅拉拔長大，淑幸因而視玉梅為母親，二人感情非常好，交往極為密切。數年前，玉梅不願跟家人到國外度假，其子林志成頗傷腦筋，淑幸獲悉，立刻搭車來林家，與玉梅作伴，看顧她的起居等。

玉梅歲數已過九旬，但身體狀況極佳，無任何宿疾或毛病，只是有時簡單的事情會一再發問，偶爾也會張冠李戴，弄不清誰是誰。那天大夥為她辦聚會，卻當面不提她的生日，因為她向來不愛過生日，更不想麻煩子孫或親戚幫她作壽。然而大家難得同聚一堂，她也神采飛揚，顯得很愉快，彷彿過年過節似。當男女老少吃著點心，喝著咖啡或紅茶，邊談論著大選的種種時，她只在一旁靜靜聽著，或頗有同感地點點頭，完全不說一字一句，畢竟由周圍的人來講已足矣。

接著，以老律師林志成為首的男眷自成一組，討論著台美關係等。他們認為未來的局勢雖難測，然台灣對美國而言相當重要，倘若失守，不僅禍延東亞，危及全球，更令美國喪失在西太平洋的軍事、商業等利益，華府不得不慎。至於對本土派而言，亦唯有保住台灣，方有建國之一日，從此不再背負歷史的惡債。

在客廳另一角，楊瑩雪和淑幸等女眷也自成一群，交換著炒菜、煮飯、購物等生活經驗。當談到嘉華時，玉梅頗有故事可說，一小則、一小段，娓娓道來，滿是懷念與珍愛之情。

當晚入眠時，像是日有所談，夜有所夢，依稀中，玉梅返回了太平町通的老家。有一回，嘉華吵著要她帶他去看街頭的迎神賽會。當看到隊伍中有一輛牛車，上面佈置得像漂亮的戲台，坐著或站著一些妝扮成仙女、民間傳說人物等的孩童時，他頗感興趣，便扯扯身旁玉梅的裙擺，仰起頭問她說：

「阿梅！愛按怎樣，遮佮頂懸ê囡仔仝款，坐咧扮戲？」

「彼是互荗內散赤ê囡仔咧做ê代誌，賺淡薄仔工錢。嘛真辛苦，愛坐歸半工。」

「但是聽咱兜阿秀講過，囡仔若是按爾妝做仙抑是王，坐咧遊街迎鬧熱，神明都對伊有保庇。」

「喔！華ちゃん真巧。不過，只要華ちゃん踮荗內時乖乖聽爸母ê話，踮幼稚園時聽先生ê話，後擺入學好好讀冊，按爾神明對汝都有保庇。」

「喔！我知影啊！」

釀小說04　PG0882

債與償

——台灣二二八傷痕小說

作　　者	陳彥亨
責任編輯	蔡曉雯
圖文排版	彭君如
封面設計	陳佩蓉

出版策劃	釀出版
製作發行	秀威資訊科技股份有限公司 114 台北市內湖區瑞光路76巷65號1樓 電話：+886-2-2796-3638　傳真：+886-2-2796-1377 服務信箱：service@showwe.com.tw http://www.showwe.com.tw
郵政劃撥	19563868　戶名：秀威資訊科技股份有限公司
展售門市	國家書店【松江門市】 104 台北市中山區松江路209號1樓 電話：+886-2-2518-0207　傳真：+886-2-2518-0778
網路訂購	秀威網路書店：http://www.bodbooks.com.tw 國家網路書店：http://www.govbooks.com.tw
法律顧問	毛國樑　律師
總 經 銷	聯合發行股份有限公司 231新北市新店區寶橋路235巷6弄6號4F 電話：+886-2-2917-8022　傳真：+886-2-2915-6275

出版日期	2013年1月　BOD一版
定　　價	480元

Printed in Taiwan

國家圖書館出版品預行編目

債與償：台灣二二八傷痕小說 / 陳彥亨著. -- 初版. -- 台北市：釀出版, 2013.01

面； 公分. --（釀小說；PG0882）

BOD版

ISBN 978-986-5976-92-7（平裝）

857.7 101023559

讀者回函卡

感謝您購買本書，為提升服務品質，請填妥以下資料，將讀者回函卡直接寄回或傳真本公司，收到您的寶貴意見後，我們會收藏記錄及檢討，謝謝！

如您需要了解本公司最新出版書目、購書優惠或企劃活動，歡迎您上網查詢或下載相關資料：http:// www.showwe.com.tw

您購買的書名：＿＿＿＿＿＿＿＿＿＿＿＿＿＿＿＿＿＿＿＿

出生日期：＿＿＿＿年＿＿＿＿月＿＿＿＿日

學歷：□高中（含）以下　□大專　□研究所（含）以上

職業：□製造業　□金融業　□資訊業　□軍警　□傳播業　□自由業
　　　□服務業　□公務員　□教職　□學生　□家管　□其它＿＿＿

購書地點：□網路書店　□實體書店　□書展　□郵購　□贈閱　□其他

您從何得知本書的消息？

□網路書店　□實體書店　□網路搜尋　□電子報　□書訊　□雜誌
□傳播媒體　□親友推薦　□網站推薦　□部落格　□其他＿＿＿＿＿

您對本書的評價：（請填代號　1.非常滿意　2.滿意　3.尚可　4.再改進）

封面設計＿＿　版面編排＿＿　內容＿＿　文／譯筆＿＿　價格＿＿

讀完書後您覺得：

□很有收穫　□有收穫　□收穫不多　□沒收穫

對我們的建議：＿＿＿＿＿＿＿＿＿＿＿＿＿＿＿＿＿＿＿＿

＿＿＿＿＿＿＿＿＿＿＿＿＿＿＿＿＿＿＿＿＿＿＿＿＿＿

＿＿＿＿＿＿＿＿＿＿＿＿＿＿＿＿＿＿＿＿＿＿＿＿＿＿

＿＿＿＿＿＿＿＿＿＿＿＿＿＿＿＿＿＿＿＿＿＿＿＿＿＿

請貼
郵票

11466
台北市內湖區瑞光路 76 巷 65 號 1 樓
秀威資訊科技股份有限公司 收
BOD 數位出版事業部

（請沿線對折寄回，謝謝！）

姓　　名：__________ 年齡：______ 性別：□女　□男

郵遞區號：□□□□□

地　　址：__________

聯絡電話：（日）__________ （夜）__________

E-mail：__________